河套风云

李廷舫◎著

远方出版社

图书在版编目(CIP)数据

河套风云 / 李廷舫著. -- 呼和浩特 : 远方出版社,
2019.1

ISBN 978-7-5555-1224-0

Ⅰ. ①河… Ⅱ. ①李… Ⅲ. ①纪实文学-作品集-中
国-当代 Ⅳ. ①I25

中国版本图书馆 CIP 数据核字(2018)第 295002 号

河套风云

HETAO FENGYUN

作　　者　李廷舫
责任编辑　刘洪洋
责任校对　刘洪洋
封面设计　晓　乔
版式设计　王桂兰
出版发行　远方出版社
社　　址　呼和浩特市乌兰察布东路 666 号　邮编　010010
电　　话　(0471)2236473 总编室　2236460 发行部
经　　销　新华书店
印　　刷　内蒙古恩科赛美好印刷有限公司
开　　本　710mm×1000mm　1/16
字　　数　340 千
印　　张　21
版　　次　2019 年 1 月第 1 版
印　　次　2019 年 4 月第 1 次印刷
标准书号　ISBN 978-7-5555-1224-0
定　　价　50.00 元

目　录

第一章　荒原火种

第二章　星火燎原

第三章　光耀绥西

第四章　风云激荡

第五章　中滩风雨

第六章　特别记述

第七章　五原誓师

第八章　绥西抗战

第九章　民族英杰

第十章　捍卫和平

第一章　荒原火种

民国初期的河套

民国初年，整个绥远地域归山西省管辖，河套属山西边地。其时，民国政府对这里的统治力量还很薄弱，河套大多数地方呈无政府状态，是大地主和蒙古王公贵族作威作福的领地，也是外国传教士的“自由王国”。还有一些土匪部队乘虚而入，各霸一方，横行乡里。

在这片政治混乱的土地上，阶级矛盾一触即发，民族矛盾日显尖锐。

追溯历史，清朝对塞北部分区域实行蒙汉分治，河套地区为蒙古王公管辖的伊克昭盟鄂尔多斯左翼后旗（今达拉特旗）和鄂尔多斯右翼后旗（今杭锦旗）领地；1648 年，阴山南北部分草原划定为乌拉特三公旗封地。居住河套地区的汉族则归萨拉齐厅管辖。1903 年，清政府在大佘太设五原厅，后移治于隆兴长，管理居住在乌拉特三公旗、达拉特旗和杭锦旗境内的汉族人。

中华民国建立后，于 1912 年撤销了清朝的五原抚民厅，改置五原县，辖后套全境。1914 年，绥远由山西省划出，设置绥远特别行政区。1928 年，绥远特别行政区始设为绥远省。后套属绥西地区。

以上是从清朝到民国年间河套地方行政区划的演变。从经济发展和民生状况看，从 1886 年到 1918 年，河套早年开发者王同春等利用三十多年时间，在后套挖通了八大干渠，同时采取各种手段拉拢蒙旗王公和召庙喇嘛，租赁或换取到蒙古人的大片牧场，依靠黄河水利垦荒种地，发展成为富甲一方的大财主。其间，1891 年到 1901 年，晋、陕、冀等省两次遭受严重旱灾，多地赤野千里，颗粒无收，迫使许多农民背井离乡，外出逃荒求生。一时间，晋、陕、冀等地荒野、道路上，随处可见饥寒交迫中悲惨呼号的灾民。此时正是王同春家业发展的鼎盛时期，多处牛犋（庄园）囤积着大量粮食。工于心计的王同春这时做出了一个惊人的决定——放粮施赈。于是由一个姓洪的门客负责，在县城南的四大股庙架起百余口大铁锅，办起数十个粥厂，一日两顿，供灾民就食。消息传开，四处来后套求生者如水之赴壑。有史料记载，1892 年聚集在隆兴长一带的灾民达四五万人。王同春赈灾用粮三万余石（一石约一百五十千克）。1901 年，王同春再次开仓赈灾。但王同春赈灾自有他的算计。待来年春暖解冻时，王同春便让有劳动能力的人去给他挖大渠或做别的营生。还有的灾民受雇去给王同春种地或租种王同春的土地。王同春由此得到了大批廉价劳动力，作为他发家致富的重要资本。而灾民们却没有摆脱受苦受难的命运。一首民谣这样表述穷人们的苦难情景："提起光绪十八年，怎不叫人泪涟涟。遍地遭灾成年馑，饿死黎民上万千。都说后套收穷人，隆兴长那里能吃饱饭。扶老携幼进后套，想要逃生出了关。风雪天气肚子饿，四大股庙把身安。王同春又叫瞎进财，支起大锅放了饭。放饭是放饭，男女老少挖大干（干渠）。老汉病死渠背上，老婆围着帐篷转。后生有病不停工，闺女去给当丫鬟。后悔不该来后套，没有天灾有人患。"这个"人患"就是地主老财对穷苦人的剥削和压迫。随着人口的增多和贫富差距的突显，河套这片原本被地主老财们视为他们乐园宝地的土地上，阶级矛盾日益加剧。而外国反动势力的侵入，又让这片土地卷入了民族矛盾的旋涡之中。

鸦片战争之后，西方列强与清政府签订了一系列不平等条约。1844 年签订的《中法黄埔条约》明确规定列强有在中国进行宗教活动的特权。此后，大批外国传教士进入中国。河套地区原被划为法国的传教区域。后来法国将这一地区转让给了荷兰和比利时。自 1875 年起，比利时天主教开始在河套西部的三盛公（今磴口县城）传教，后在三盛公建主教府，传教范围不断扩大。到十九世纪末，后套各地建起教堂十九座。一些外国传教士披着宗教外衣，进行文化侵略和间谍活动；同时借助帝国主义的特权，在中国土地上霸占田产。

史料记载，从 1875 年到 1900 年，二十五年间，天主教会在后套地区租用土地达三千三百多公顷，实际数目远不止这些。传教士们俨然以殖民者自居，恐吓地方官员，干涉行政，包揽词讼，收罗并利用"教民"压迫群众。1901 年，中国大地上爆发的反抗帝国主义侵略的义和团运动失败后，清政府与美、英、法、德、荷、比等十一国签订了《辛丑条约》。此后，帝国主义国家在中国的传教士们的气焰越加嚣张，盘踞在三盛公的传教势力成立了教会保安队，更加肆无忌惮地强占土地、掠夺民财、催逼赔款，甚至残害人命，为所欲为。他们妄图在河套建立一个由他们控制的“小独立王国”。

哪里有压迫哪里就有反抗，外国传教势力在中国领土上的侵略罪恶行径，引起了广大人民群众的强烈不满，也引起了中华民族中的先进分子的深深的思索和激烈的反对。中国共产党在后套地方的第一个共产党员刘进仁就是从反天主教教会斗争开始走向革命道路的；中共最早在后套发动和领导的革命斗争，也是针对天主教反动教会的斗争。

这里，从中国共产党最早发动的反对外国教会的斗争开始，揭开河套民主革命时期革命斗争的崭新的一页，以此延续、扩展，书写出了多姿多彩的壮丽篇章。

最早投身革命的河套青年刘进仁

刘进仁,又名刘远志,1902 年生于河北省献县,1911 年家乡遭受水灾,全家逃荒到了三盛公,后迁居后套天德元村(时属临河县一区,现临河城东郊晨光七社)。少年入三盛公教会学校读书,1918 年高小毕业后留校任教。在教会学校读书和任教期间,他目睹了外国传教士与当地反动势力勾结,在中国的领土上掠夺土地、猎取民财、压迫和欺辱百姓的种种罪恶行径,亲身感受到了帝国主义分子对中国人的蔑视和欺侮。出于一个爱国青年的正义,他怀着满腔义愤,写了诉状,向官府揭露和状告天主教教会及反动神甫的罪行。但是,面对着帝国主义势力在中国的飞扬跋扈,他的官司没有打赢,反遭到了教会和反动神甫的嫉恨和更直接的迫害。在愤懑和苦闷中,他想摆脱天主教教会的统治,到外面寻找出路。

一个偶然的机会,1923 年冬天,他到包头附近的巴拉盖村串亲戚时,认识了一个叫张焕文的年轻人。张焕文比刘进仁大两岁,也是因和天主教教会打官司而受到迫害。因有过同样的与天主教教会做斗争的经历,两人谈话十分投机。刘进仁听说张焕文正在归绥中学上学,便也产生了外出求学的想法。

1924 年初秋某日,刘进仁从临河乘船到包头,又转乘火车到了归绥,到归绥中学找到了张焕文。

见面后两人都很激动。张焕文领着刘进仁到绥远会馆住下,但听刘进仁说要到归绥中学上学时,却面露难色说:“唉,你来迟了一步,归绥中学今年的招生考试进行完了,学校开始上课了,想插班很不容易。”

刘进仁现出焦急的神色,说:“那咋办呢?”

张焕文说："不要紧，你先住下等着，咱再想办法。"

过了几天，办法果然有了。张焕文来归绥会馆对刘进仁说，归绥来了个叫邱咸的人，是中国大学毕业的政治经济学博士，要在归绥办一所学校。当时绥远银行里有几个中国大学毕业的校友，大家一起支持他，学校真的办起来了，叫西北职业学校，正招生呢。

刘进仁听说这个学校主要是培养工商方面的人才，开始并不感兴趣。后来听说学校还办了个"英汉专修科"，就改名刘远志，去报名了。

刘进仁入学后才知道，这所学校的教员多是邱咸联系的五四运动中的进步分子，课堂上常给同学们讲些爱国救国的道理，在学生中倡导新文化，灌输新思想，这引起了刘进仁的极大兴趣。他幡然醒悟，世界绝不是自己所熟悉的那么个固有的小天地，只要勇于追求，积极探索，生活道路上是别有洞天的。这时，他暗自庆幸自己入了这样一所好学校，遇到了这样一些好老师。

学校放寒假时他没有回家，春节也是在归绥过的。正月初一那天，他去拜望邱咸老师，向邱咸讲了天主教教会在后套的黑暗统治及自己遭受迫害的情况。邱咸老师听了颇感震惊，含着愤慨说："帝国主义分子在中国领土上这样胡作非为，这样无限制地扩张权力，残害我们的同胞，我们再不能容忍了，要起来同他们斗争！"他鼓励刘进仁写篇文章，揭露帝国主义分子在中国的侵略罪行。

刘进仁同天主教教会做斗争的行动得到了邱咸老师的同情和支持，心里很兴奋。那天回到住处，他从中午写到深夜，历数天主教教会在后套的种种罪行，题目是"后套天主教小独立王国"，写好后又修改、誊清，并写上"向鲁"二字作为笔名。第二天送给了邱咸老师。

这篇稿子由邱咸老师代为投寄，不久在上海的《东方杂志》发表了。杂志传到学校后，同学们争相传阅，奔走相告，更增强了刘进仁同帝国主义分子做斗争的勇气和决心。

1925 年，刘进仁如愿以偿地考入了归绥中学，并当了十五班班长。这一年，上海爆发五卅运动之后，全国掀起了革命大风暴，形成了一场声势浩大的反帝运动。地处塞外的归绥城也被卷入汹涌澎湃的革命洪流之中。以吉雅泰同志主持的中国共产党绥远工作委员会为核心，成立了五卅爱国运动委员会，各校师生最先响应，成立了学生联合会，刘进仁被推选为学联交际股负责人。这次运动中，学生联合会组织游行示威、宣传、募捐等活动，极大地激发了广大群众和各界进步人士的爱国热情，有力地打击了帝国主义分子的反动气焰。刘进仁在这场斗争中也得到了锻炼。

1926年初春，西北职业学校来了位名叫路作霖的老师，任学校训导主任。他不仅常常向学生们灌输革命思想，还常常抽出时间到工厂里活动。又是张焕文领着刘进仁去见了路作霖。第一次见面，路作霖即对刘进仁和张焕文讲起国内外的革命形势。当讲到同天主教教会做斗争的话题时，路作霖说："天主教是帝国主义侵略中国的别动队，也可以说是他们的先遣队。现在中国政府里的一些官僚政客，有的充当帝国主义的走狗，和帝国主义分子暗中勾结，狼狈为奸。光靠几个人同外国侵略势力打官司，不会收到什么结果，唯一的办法是依靠革命，发动劳苦大众联合起来同他们做斗争，才能取得胜利。"这让刘进仁深受启发。

自此之后，几乎每个星期六晚上刘进仁都要去见路作霖，听他指点。路作霖还给了他几本杂志让他看，其中有一本《红色五月》，还有一本《列宁专号》。

随着相互间的了解一天天加深，刘进仁终于知道了路作霖的共产党员和归绥共青团支部书记的身份。不久，经路作霖同志介绍，刘进仁加入了中国共产主义青年团。在归绥旧城舍力图召的庙廊下，举行了他的入团仪式。

从此，刘进仁走上了有组织、有领导的革命斗争的道路。

当时正值国共合作，为加强国民党绥远特别区党部中的中国共产党和共青团的力量，按照组织指示，刘进仁入共青团之后不久即加入了国民党，后来担任了国民党区党部执行委员。

此期间，共青团北方区委派彭振纲同志来归绥，以建立西北青年互助总社绥远分社名义，在绥远协同路作霖一起开展共青团工作。

1926年8月，由路作霖、彭振纲介绍，刘进仁加入了中国共产党。

当年夏天，晋军势力扩展到绥远，商震当了绥远都统；奉系军阀以"讨赤"名义，亦把军队开到绥远。反动军阀张作霖执行"有党皆杀"的政策，在归绥城内制造白色恐怖。

为适应形势的变化和工作需要，中共北方区委决定，在原绥远党团支部的基础上，成立绥远党团地委。在极其艰难的情况下，中共党员都以国民党左派的面貌出现，本着国共合作的原则，开展反帝反封建的革命斗争。刘进仁入党之后，即按照组织的安排部署，深入群众，进行革命宣传和组织发动。他和路作霖等同志一起到毛纺织厂办工人夜校，吸收工人中的进步分子加入共青团，并秘密成立了工会；又深入郊区农村，配合杨曙晓、路作霖等同志，开展组织农民协会的工作。

1927 年初春，绥远都统商震为搜刮民脂民膏，巧取豪夺，设立了归绥县“清丈局”，通过丈量蒙汉族农民的土地，强行收取“清丈费”。这一做法遭到了广大农民的反对和抵制。由此，1927 年 3 月 28 日，由中共绥远党组织以国民党绥远特别区党部的名义发动并组织，几千农民在归绥城南郊孤魂滩集会，举行抗议示威。杨曙晓、路作霖等同志讲话后，农民们手执铁锹、木棒，高呼着“取消清丈局、废除清丈费”等口号，冲向归绥城示威游行。队伍进到城里，许多工人、学生和市民也纷纷参加进来，迅速发展到六七千人，声势越加浩大。在群众运动的重压下，绥远都统商震被迫答应了示威群众提出的各项要求，宣布取消“清丈局”，废除“清丈费”，释放因拒交“清丈费”而遭受拘捕关押的农民，退还向农民勒索的款项，并撤了归绥县长冯某人。斗争取得了胜利。

这就是大革命时期爆发的声震塞外的孤魂滩农民运动。刘进仁是这次运动的组织和参加者之一，也是游行队伍的带领者之一。

1927 年春天，是令刘进仁终生难忘的春天。正当塞外革命形势迅猛发展的关头，蒋介石背信弃义，以突然袭击的卑鄙手段，在上海发动了“四一二”反革命政变，对共产党人进行血腥的大逮捕、大屠杀，白色恐怖很快笼罩了全国。

绥远的革命形势迅速发生了逆转。国民党右派很快打出了反共旗帜，和绥远都统商震秘密勾结，于 6 月中旬成立了“清党委员会”，并组建了纠察队，开始对共产党员和革命群众进行逮捕和镇压。在面临敌人对他实施逮捕的危急情况下，刘进仁按照绥远党团地委组织部长路作霖的指示，由革命同志和友人掩护，离开了归绥，回后套开展党的地下工作。

从此，河套土地上有了第一个本土中共党员的活动足迹。

中共临河支部的建立

刘进仁于1927年7月初回到后套,首先在临河城找到了李春秀和王汝贤。这两人都有过反对天主教教会的经历。

五四运动时,李春秀在萨拉齐县巴拉盖天主堂教会学校上学,就曾鼓动和组织同学们罢课,向天主教反动神甫示威。王汝贤在临河设治局管辖的蛮会学校当教员时,曾画过一幅反洋神甫的漫画,画了一个洋神甫,跪在持枪的中国人面前等待被枪毙,并写着说明:"洋神甫下十八层地狱。"这幅画被比利时籍神甫林允中(外号林半吊子)发现了,见了王汝贤就打,结果反被王汝贤打倒在地。许多人知道了这件事,都拍手称快。可是当时不可一世的洋神甫们哪肯忍受这般屈辱?洋神甫利用他们的权力,取消了王汝贤的教员资格,并扬言不准他再进蛮会城。同在这所学校当教员的李春秀支持王汝贤的行动,毅然离开了教会学校,和王汝贤一起回到了临河。当时临河设治局官府亦同教会有矛盾,他们二人的行动得到了一些上层人物的同情。通过一番活动,李春秀当了临河设治局三区代表,王汝贤到临河东关小学当了教员。

还是1925年五卅运动后,刘进仁在假期回后套,曾和李春秀、王汝贤有过接触,了解到他们都曾受过帝国主义教会势力的迫害,都具有强烈的反帝要求和革命愿望,就将带着的一些五卅运动时的宣传材料给了他们,从此建立了联系。

这次刘进仁见了他们,向他们讲了当前绥远地区的革命形势,也同他们了解了临河的一些情况。此后刘进仁经常与他们接触。通过一段时间的进一步了解和考察,刘进仁向他们公开了自己中共党员的身份。1927年7月下旬某日，刘进仁在临河李春秀的宿舍开会，发展他们二人入了党。还有一位经过刘进仁联系和考察的鞋匠王福元，也同时入了党。这一天，后套土地上的第一个中国共产党的地方组织——中共临河支部诞生了，刘进仁任支部书记。在第一次支部会上，刘进仁向同志们传达了绥远党团地委对在后套开辟党的地下工作的指示，再次讲了中国共产党的宗旨和奋斗目标，以及对党员的要求等。

接着，几个人一起分析了当下后套地区的形势。总的情况是后套离归绥较远，属绥宁边境，是国民党统治势力相对薄弱的地方，地方驻军名目繁杂。1926—1927 年，在后套驻防的部队有晋军、奉军、国民军（又称西北军），还有王英的护路队。他们各霸一方，各自为政，有时还要闹摩擦。行政设置方面，后套归绥远省管辖的有一县二局，即中部的五原县，东部的大佘太设治局，西部的临河设置局。再往西的磴口县属宁夏省。政权机构也不完善，多数地方属大地主士绅专权。这种混乱局面正好有利于中共地下组织发展和开展工作。针对这种状况，新成立的中共临河支部制定了在后套开展党的地下工作的总的原则：深入群众，利用一切可以利用的机会开展斗争，在斗争中发展组织，壮大革命力量。方法是以统一战线的方式发展和壮大革命力量，以公开合法的身份来隐蔽秘密活动，利用“上层”掩护“下层”。支部对工作进行了分工，刘进仁负责全面工作，李春秀负责组织和军运工作，王汝贤负责宣传和农运工作。刘进仁要求每个党员都要利用自己公开合法的社会职业，站稳脚跟，利用一切可利用的关系和条件，搞好统一战线，开展和推进学生运动、农民运动、建立革命武装等各项工作。

中共临河支部虽然是只有四个党员的支部，它的建立却意义非凡。它是在后套土地上诞生的第一个中共党支部。这个党支部的建立，标志着后套这片地处边陲的土地上有了中国共产党的基层组织，拉开了后套地区在中国共产党发动和领导下开展革命斗争的序幕。就是这个党支部，开始在后套土地上撒播革命火种，点燃了势必燎原的革命的火把；同时它预示着这片原属思想荒芜的土地上必定能演绎和书写出壮丽恢宏的革命历史篇章。

中共临河支部决定，首先从办学入手，与帝国主义教会争夺教育阵地和领导权，从而打开工作局面。

争夺教育权的斗争

1925 年以前，临河地方归五原县管辖。1925 年 5 月，始置准县级的临河设治局，管理原五原县西部地域，东起丰济渠，西至乌拉河阿拉善旗东界，南至黄河，北至阴山，其范围相当于今天临河区和杭锦后旗两个地方。官府设强家油房（自此改名临河），下辖四个区。

至 1927 年，整个临河设治局管辖地域，只有水桐树庙、同元城两地各有一处私塾，临河城东关有一所半私塾性质的小学，全境没有一所公立学校。其他所有学校，如蛮会、乌兰淖等地的学校，都是教会学校，陕坝街上有两所男女分校的高小，三盛公还有一所相当于中学的神学院，都是教会所办，基本成龙配套，形成了教会学校的体系。反动教会为加强他们的统治，对中国儿童实行奴化教育，规定教区内的学生只准入教会学校，而不准进别的学校。他们宣扬教会办的学校是上帝的学校，学的是上帝的普施人间慈善恩爱；而其他学校是魔鬼的学校，学的是邪说异道。以此来愚弄和欺骗中国人民。他们不仅让教徒的子弟到他们办的教会学校上学，还千方百计地引诱非教徒子弟到他们的教会学校上学。因为没有别的学校，许多非教徒子弟要上学，只能去他们的教会学校。但许多非教徒群众并不情愿把子弟送到教会学校，因而对兴办公立学校的要求十分迫切。1926 年，北平的爱国学者们集会提出了收回由教会把持的教育权问题。可见反动教会把持中国的教育权，是一个全国性问题。这时，在地处祖国西部边陲的后套，几个共产党人，就要聚集力量，就争夺教育权问题，向帝国主义的反动教会宣战了。

刘进仁这次回临河，以中学肄业生的面目出现，另一身份是国民党绥远特别区党部执行委员。当时,这两个身份都足以让这小地方一些社会上层人物望而生畏。利用这有利条件,刘进仁在教育界开始了活动。他首先去见设治局教育局局长王丕卿。此前王丕卿当过几个月的设治局局长,卸任时遭受新任设治局长孙国栋的讹诈,被讹诈了五百大洋。李春秀为王丕卿鸣不平,写了材料向绥远省告孙国栋。李春秀给刘进仁写了信,让刘进仁帮忙。刘进仁在归绥为他找了人并起了作用。这一点王丕卿是知道的。有了这个缘故,王丕卿见了刘进仁很客气。再说他当了教育局局长,也正想做出点成绩,所以听了刘进仁提出的办学主张,当即表示支持。此后刘进仁与王丕卿成了朋友。

刘进仁说服了王丕卿,调李春秀当了临河教育局视学。从此李春秀取得了在临河教育界活动的合法身份。

时任临河设治局局长孙国栋对刘进仁也同样客气,委任刘进仁当了临河教育督导员。虽然这是个空名,但对刘进仁来说,却是个理想的职位。因为凭借这个名义,他也和李春秀一样,有了在教育界活动的合法身份。

刘进仁和李春秀一起去见设治局局长孙国栋谈办学问题,孙国栋口头上表示支持,但却以没钱为借口一再推拖。在这种情况下,李春秀说:"我们自己想办法,一定把学校办起来!"

这时,绥远党组织遭到破坏,临河支部同上级组织失掉了联系。支部会议决定,让刘进仁到宁夏找组织接关系。刘进仁于 1927 年 9 月去了宁夏,跑了二十多天,并没有接上关系。10 月他回到临河时,听说李春秀在王丕卿的支持下,七拼八凑地弄到一些木料,在临河城里选好了一个地址就开始盖房。这时已经盖起了十几间房子,其中两间大的为教室。在刘进仁回临河之前,由李春秀主办,请了一位老秀才当教员,把原来东关学校的学生招收过来,已经开课了。刘进仁回来后,经王丕卿和李春秀一致推举,当仁不让地出任了校长。

这所学校是临河历史上第一所公办学校,名叫临河两级小学,俗称临河一校,新中国成立后称临河第一完小,后称临河第一小学。

1927 年 10 月,晋军撤退,奉军统治了绥远,奉军将领郭希鹏代理绥远都统。在临河原由晋军委派的设治局局长也随军离去,而奉军势力对这一地区尚未顾及。短时间内,后套出现了一个"三不管"的局面。这时,前署理五原县知事王文墀当了临河设治局局长,他为了得到地方人士支持,对办学表示热心。到这年冬天,临河一校学生达四十多人。

1927年后半年，中国南方接连发生了共产党人领导的南昌起义、秋收起义和广州起义，给了国民党反动统治集团严重打击，全国的革命形势有了好转。而在绥远，则出现了一时的特殊政治气候，由于奉军实行“有党皆杀”的政策，共产党受他们的敌视，国民党也被视为非法，国民党右派的反共活动受到限制。而奉军势力对远在绥西的共产党活动又一时鞭长莫及。这年冬天，刘进仁领导的中共临河支部研究决定，继续以办学为名，开展反帝反封建斗争，派李春秀到蛮会、陕坝、乌兰淖一带活动。

当时，蛮会、陕坝、乌兰淖一带为临河设治局三区。

乌兰淖有个叫温七斤的人，是个反天主教会的积极分子，原是教会学校的教员，因反教会被开除了。李春秀到乌兰淖找到了温七斤，一起商议办学的事，被天主教神甫知道了，站出来说：“这是我们的地盘，不准你们成立学校！”李春秀回击说：“我们中国人在自己的土地上办自己的学校，你管得着吗？你还占着我们的地盘，滚出去！”李春秀以临河教育局视学的名义，和温七斤一起，与外国天主教神甫展开了针锋相对的斗争。最后通过一番努力，在当地群众的支持下，学校办起来了，由温七斤负责管理。

比利时籍神甫林允中从蛮会教堂调到了乌兰淖教堂，看到当地办起了公立学校，十分恼火，他一面用天主教教义威胁学生家长不让学生到公立学校上学，一面雇用了一个原在教会学校打钟的老汉到公立学校捣乱。这老汉手持一根木棒，在街上吓唬到公立学校上学的孩子，企图阻止他们到公立学校上学，还跑到学校里大喊大叫：“神甫的命令，不准你们立学校，你们立的是魔鬼学校！”他闹得学校无法正常上课了。

温七斤到临河找到李春秀和刘进仁，汇报了情况。刘进仁和李春秀去找设治局局长和教育局局长说了这件事。设治局局长和教育局局长都有点惧怕洋人，唯唯诺诺，不知该怎样处理。刘进仁义正词严地说：“就是不平等条约上，也没规定不准中国人在中国的土地上办学校，何况我们现在已不承认那些不平等条约。这是一个国家的主权问题，是地方官吏职责所在，怎能容忍这种丧权辱国的奇耻大辱呢？设治局应当理直气壮地出面办理这个案子！”

一些地方绅士也支持刘进仁的意见。通过争取，设治局出了个指令，让刘进仁以临河教育督导员的身份带上几名护路队的士兵，去乌兰淖办理这件事。

刘进仁到乌兰淖后，首先派兵到教堂去抓那个每天到学校捣乱的老汉。几个兵立刻行动,进了教堂,先朝天鸣了一枪,林神甫听到枪声,知道事情不妙,吓得从后门逃跑了。护兵抓来了那个捣乱的老汉。刘进仁问他为什么捣乱,他说:“都是林神甫命令我干的,我是捞人家的钱,吃人家的饭,听人家使唤。”刘进仁又把乌兰淖地方三甲公会负责人(相当于甲长)叫来,对他说:“你是当地的管事人,对我们自己国家办学校有责任,有人捣乱,你为甚不管?”这个人是天主堂的会长,典型的洋奴,但他很惧怕刘进仁一行,答应不再允许任何人到公立学校捣乱,还答应把教会学校的四十套桌凳搬来给公立学校用,并当即让那打钟老汉去给公立学校拉柴火。

当天夜晚,刘进仁在一位反教会积极分子家中召开群众会,揭露了天主堂和反动神甫反对地方办公立学校的罪恶目的,让大家觉悟起来,送孩子到公立学校上学,群众都表示支持。

此后乌兰淖公立学校再上课时,没有人再来捣乱了。但反动神甫林允中并不甘心失败,跑到三盛公总教府找狄神甫告了状。狄神甫出面向归绥告状,说:“刘进仁带兵到乌兰淖教堂鸣枪示威,宣传共产,扰乱天主堂治安。”绥远当局受理了此案,并给临河发来指令,称:“据天主堂司铎狄文化呈报,共产分子刘进仁带人到乌兰淖天主堂鸣枪示威,扰乱地方治安,宣传共产,速予查办。”随后又发来电报:“经查刘进仁确系共产分子,见电立捕。速解来绥,以凭核办。”

临河设治局局长王文墀和教育局局长王丕卿见了上级的指令,都紧张起来,一时不知该怎样处理。王丕卿把这事说给了刘进仁。刘进仁想了想,和王丕卿一起去见王文墀。为了使这两人对他不产生怀疑,刘进仁理直气壮地说:“这是一场官司,不能只听洋人的一面之词。这场官司是由天主教教会到我们办的学校捣乱引起的。这不只是我个人的官司,也是设治局和教育局的官司。我要是输了,设治局和教育局也就输了。”他们觉得刘进仁说得有道理。经过研究,第一,让刘进仁暂时隐蔽起来,以防被归绥来人抓走;第二,设治局开始审理这个案子,拿出是教会捣乱而不是刘进仁捣乱的证据。

设治局局长王文墀传来乌兰淖三甲公会的两个负责人,开庭审理,最终得出了刘进仁并无不轨行动的结论。天主教会不服,还要上告。这时绥远都统易人,也就再无人过问此事了。

这场斗争过后,李春秀又到陕坝、蛮会一带活动,动员教会学校的学生到公立的临河一校和乌兰淖学校上学。先后有六七个年龄较大的学生,离开教会学校到了临河一校。

1928 年暑假期间，通过中共临河支部成员的工作，蛮会也办起了公立学校，一开学就有八十多名学生，比教会的老学校人还多。

中共临河支部发动的与帝国主义教会争夺教育权的斗争一步步发展，不仅让帝国主义分子感到恐慌，倍加仇视，还引起了当地几家大地主和反动官僚们的不满，扬言："不能让刘进仁、李春秀、王汝贤这三个捣乱鬼掌握临河的学校。"他们要夺权。1928 年，教育局局长王丕卿请了三个月假，回山西老家探亲，这给了反动势力可乘之机。大地主们和反动官吏串联勾结起来，给设治局局长施压，硬是让一个目不识丁的地主少爷当了教育局局长，说他家有钱，能解决办学经费。这个地主少爷一上台，首先解除了李春秀的视学职务，接着就制造舆论，要罢免刘进仁的临河一校校长职务。这时，临河一校有个崔某某，也和反动势力勾结了起来。这人曾是绥远团地委青年部负责人，后来被捕叛变了。此前刘进仁写信聘请萨拉齐县的进步青年来临河当教师时，崔某某知道后给刘进仁写信，要来临河当教师，刘进仁不知道他后来被捕叛变的情况就让他来了。想不到因一时一事失误而埋下了隐患。新上任的教育局局长答应罢免刘进仁后，让崔某某当校长，这个叛徒就更死心塌地地与反动势力沆瀣一气，狼狈为奸。因他知道刘进仁过去在归绥的活动情况，这对刘进仁构成了极大的威胁。

面对这种情况，中共临河支部召开紧急会议，决定叫刘进仁先到乡下躲一躲，由学校倾向革命的进步教师刘向月、高立亭出面，发动学生运动，与反动势力做斗争。

支部会议开过后，刘进仁即秘密找刘向月、高立亭谈话，布置任务。刘向月和高立亭积极性很高，信心很足，连夜召集学生积极分子开会，赶写标语，制作旗帜。第二天朝会上，高立亭登台讲话，揭露反动势力倒行逆施篡夺临河教育领导权的恶劣行径和这个教育局局长上台不久就贪污办学经费的事实，带领学生高呼口号："打倒目不识丁的教育局局长！""打倒贪污分子！""保卫临河一校！"接着，学生们结队走出校门，高呼口号，到设治局请愿。

在学生运动的压力下，又有刘进仁等掌握和揭发的这个教育局局长贪污办学经费的铁的事实，几天之后，设治局撤销了这个地主少爷教育局局长的职务。不久，叛徒崔某某也灰溜溜地离开了临河。

中共临河支部发动的第一次学生运动取得了胜利。刘进仁回到学校，借这次斗争胜利的实例,对学生进行革命的政治思想教育,讲中国人民为什么要革命,要打倒土豪劣绅、贪官污吏,以及该怎样打倒他们;同时揭露帝国主义在中国横行霸道的种种罪行,讲中国的命运和民族的前途。这样在学生心中播撒革命种子,为引导和培养临河青少年走向革命道路,起到了至关重要的作用。

农民运动的星星之火

1927年9月，刘进仁去宁夏找组织未能如愿，为设法与组织接上关系，回到临河后于10月用隐秘的语言给原先认识的归绥毛纺织厂的一位工人党员写了封信，说："后套有很多绒毛，资金也已具备，打算开个毛纺厂，就差一位师傅，你能否给介绍一位？弄上机器就可以开工了。"他只是想试探一下，没想到过了些日子接到一封来信，具名贾听晨，说他已结婚，要搬上女人住娘家去。还有些别的家长里短的话。刘进仁一看便明白了，信是组织上来的。等到夜深人静，关好了门，刘进仁和李春秀把信纸用水浸湿，然后用灯烤，便烤出了用矾水写的红字，大意是中共绥远特支已建立，已知道他们建立了组织，速将组织情况报来，并告知了通信方式和地址。刘进仁知道这信是李子光同志写的。李子光同志原名贾亦中，在此化名贾听晨，他是中共归绥地下组织的重要成员。

自此中共临河支部与上级组织接上了关系，通过每月通信，大体了解了当前的斗争形势，也能得到上级的指示。这样，党员的斗争目标更明确了，思路也更开阔了。他们根据上级指示，在争夺教育阵地的斗争取得阶段性胜利后，又将斗争目标扩展到农运和军运方面。

李春秀同志到了三区，住在陕坝，经常深入周围农村开展工作，不久发展了陕坝的陈广范、王亮滩的农民杜方方和陕坝驻军中的刘昆山入党。1928年3月，在陕坝成立了党小组。接着，在蛮会也成立了党小组。在支部力量扩大的过程中，他们不失时机地把工作重点转移到农村，发动穷苦农民与地主阶级展开斗争。

俗称"黄河百害，唯富一套"，是说后套地方从清朝光绪年间到民国初年，早期的河套开发者王同春等在这里开通了八大干渠，此后能大面积地引黄河水灌溉，旱涝保收，能出产大量粮食。但是，到了二十世纪二十年代和三十年代初，在后套形成了土地高度集中的局面，百分之五十的土地掌握在东部（五原）的王同春家族、中部（临河）的李干臣家和西部（现杭锦后旗）的杨米仓家族手中，另有百分之二十的土地被一些中小地主占有。广大农民处于少地或无地的贫穷境况。几家大地主掌握着乡间的政权、地权和水权，以租地、雇工、买卖、高利贷等多种方式对穷苦农民进行剥削。还有，这个“唯富一套”的地方，也成了各路封建军阀的吃粮养兵之地，过兵和驻军长年不断。另外，各种名目的土匪、盗贼遍地皆是。地主的剥削加上兵灾匪患，让后套的广大人民生活在深重的苦难和灾害之中。

1928 年，绥东、绥中和后山一带又遭旱灾，秋后，到后套求生的灾民纷纷涌来。这时，大地主们再不像清朝光绪年间的王同春，为留住大量廉价的劳动力为他挖渠，而拿出大量存粮支起粥锅“慷慨”救灾。成群结队的灾民奔走呼号，讨吃要饭，饥寒交迫，苦不堪言。到了冬天，灾民们到处搭草棚以避风寒，仅王亮滩一地就集中了二百多户住草棚的灾民。陕坝、乌兰淖、蛮会、大发公等地都住有大量的灾民。

1929 年 1 月间，王亮滩一个草棚子失火，一个灾民的娃娃被烧死，一时灾民住地哭声震天。这时，正在灾民中活动的李春秀赶到现场，把灾民们召集起来，进行宣传鼓动。他以这一悲惨事例说明灾民的苦难深重，他说：“我们在这里忍饥挨饿，而大财主家囤积着大量粮食，他们还串通起来，抬高粮价，乘机发财。”他号召灾民们团结起来，共同行动，到政府请愿。

由一百多名灾民组成的请愿队伍很快组织起来了，由几个领头人带队，向临河城出发。李春秀先走一步，到城里找到刘进仁，汇报了情况。

为了更有利于开展斗争，中共临河支部书记刘进仁同志始终坚持统一战线的工作方式，坚持“以公开合法的身份隐蔽秘密活动，利用上层掩护下层”的原则。为此，他总是和地方的上层人士保持着一定的联系，再说他自己在地方上也算个士绅，属于上层人物了。刘进仁听了李春秀说的情况后，立即去找设治局局长黄彦帮。黄彦帮见院子里来了这多灾民，正着急不知该怎么办，见了刘进仁就问：“来了这么多灾民，你说该怎么办？”

刘进仁说：“政府应征集些粮食，安抚一下灾民，不然会出大乱子。”

黄彦帮又问:“可眼下该怎样处理?”

刘进仁说:“你还是去见一见吧,总得有个解决办法。”

黄彦帮拉着刘进仁一起到院子里见灾民,问灾民们有什么要求。灾民们一致要求让政府给些粮食,帮他们度过荒年,并说若拿不到粮食,他们就不走,宁可死在设治局院子里,反正离开这里也是饿死。黄彦帮无可奈何,答应把设治局仅存的二三十石粮食发放给灾民。灾民们要求立即发放,黄彦帮答应了。但他怕灾民领上粮食仍不走人,要求发一份粮食走一个人。黄彦帮让刘进仁当“监放委员”,监督给灾民放粮。这次,凡来请愿的灾民都得到了一些粮食。但这对于众多饥饿中的灾民来说,无异杯水车薪。

1929 年春天,青黄不接之际,在陕坝及周边农村,每天都有几十人饿死,尸体扔在渠壕里,任恶狗吞食,其状惨不忍睹。这种情况下,由于大地主、大商人囤积粮食,粮价不断上涨,1928 年一石糜子四块钱,1929 年春天涨到二十多块,又涨到三十多块。灾民生活无着,卖儿卖女卖老婆的比比皆是,蛮会街上,随处可见插着草标等待买主的孩子,还有被男人领上出卖的女人;投河寻死、悬梁自尽者亦不计其数。蛮会城南有一家七口人,以卖柴求生,可是一车柴换不到半升米,最后这家人无法生存,全家服毒而死。

怎样发动在死亡线上挣扎的灾民起来和地主老财做斗争而得到粮食,成了摆在中共临河支部面前的一个大问题。支部开会分析了形势,认为上次通过组织灾民向设治局请愿,得到了一些粮食,那是设治局局长紧急之中息事宁人的权宜之计,从根本上看,地方官僚是不敢触动和损害地主阶级利益的,再行请愿已无济于事。为使灾民度过荒年,必须改变斗争方式,发动灾民直接向大地主夺粮。支部决定由王汝贤出面组织。当时,陕坝及临近的大地主有驻军黄马队保护,蛮会的有区兵保护,离陕坝较远的圣家营子没有驻军,也没有区兵,支部决定斗争的第一回合就在圣家营子展开。

圣家营子最大的地主叫张大旗,原是左宗棠部下的传令兵,后落脚后套,成了大地主,曾是哥老会龙头,后入天主教当了会长。那天,王汝贤发动、组织了四五百灾民,集中在圣家营子。王汝贤讲话,揭露了时下大地主囤粮居奇、抬高市价,借灾荒大发横财的恶劣行径,最后说:“我们灾民要想不被饿死,就要组织起来,同地主老财做斗争,让他们开仓放粮!”

“张大旗家有粮,让他放粮!”王汝贤事先安排好的一个人带头呼喊起来,领着众人包围了张家院子。

张大旗慌忙跑出来挡在门口说:“谁说我有粮食,我没有粮食,全家人还饿着呢!”灾民代表说:“我们知道你有粮食,也不白吃你的,拿多少记账,现在借一斗,秋天还二斗!”张大旗还是一口咬定没有粮食,愤激的灾民们一拥而上,冲进了张家院子,打开了粮仓,指定专人过斗记账,开始分粮。这次行动,一举分了张大旗一百多石粮食。

事后张大旗到临河设治局告状,说共产党煽动灾民抢了他的粮食。设治局局长和驻军联系,派出晋军黄马队两个连,包围了圣家营子,抓了王汝贤和几个灾民,押回了临河,并组成审判厅开庭审理。

刘进仁得讯后,即开始在上层人物中周旋,以期大事化小。在审判过程中,王汝贤和几个被抓的灾民一口咬定,灾民们是借粮而不是抢粮,并举出账本为证。而张大旗一口咬定是共产党煽动的抢粮。因属涉共案子,临河当局不敢轻易定案,就报到了省里。国民党绥远省党部电令将嫌犯解送归绥。后来王汝贤在押送归绥途中逃脱了。几个灾民被押到归绥关了些日子,因查实他们确系灾民而不是共产党,也就放了。

可惜又可叹的是王汝贤此后脱离了党的组织,不知去向。

1929 年春天,就在中共临河支部发动灾民向地主夺粮的时候,国民党反动派在绥远到处逮捕共产党员和进步人士,绥远特支负责人王建功、李子光相继被捕。之后不久,由于曾任国民党绥远省党部纠察队长的张恒孝举报,临河也来了通缉令,说:“查刘远志潜伏临河,任临河一校校长,此人系共产分子,见电立即逮捕解绥。”刘进仁通过设治局局长黄彦帮的秘书罗某得知了这情况,便把学校的工作做了安排,回家穿上长袍马褂,戴着礼帽,提着文明棍出了城。然后骑骡子到蛮会隐蔽了起来。后来又辗转到了宁夏。

此后绥远省党部来电追查,临河设治局便以“经严行缉捕,确不知此人去向”回复。

1929 年 10 月,临河设治局升格为县,称临河县,第一任县长叫彭继先,五个月后白保庄接任。

当时,后套大片土地上种植大烟(鸦片)。1930 年春夏之交,县政府为征收税费,委任了“丈烟委员”,派人丈量大烟地。丈地人员吃了地主的贿赂,给地主丈地,一亩丈成了八分,而给小户穷人丈地,则八分丈成了一亩。为此引起了小户农民的强烈不满。李春秀发现了这一问题，让一个名叫白英的农民去找“丈烟委员”理论，可“丈烟委员”根本不把白英放在眼里，让爪牙把他轰走了。白英不肯罢休，继续在村里了解丈烟情况，并通过记账先生掌握了一些数字，然后以联名告状的方式写了呈子，告到了县政府。

县长白保庄见到呈子后，害怕众怒难犯，引起更大的事端，又是新任县长，要表现自己清正的形象，便派人到蛮会查办。由于事实证据俱在，这个“丈烟委员”被撤了职。重新丈量烟地，保护了穷人的利益。

白英原为东川萨拉齐县人，1890 年生于萨拉齐县白青尧村，1926 年随冯玉祥国民军来到后套，后国民军离套西进，他脱离了军队留后套务农。他为人正直，爱打抱不平，有一定的文化和办事能力。1930 年 9 月，刘进仁从宁夏回到后套，考虑到以前国民党绥远省党部对他下的通缉令还没有撤销，为了隐蔽，也是急于了解情况，先去了蛮会，找到李春秀。李春秀向刘进仁汇报了前段时间支部的工作情况，同时说到白英在斗争中的表现和他强烈要求加入革命组织的愿望。他们都认为白英已具备了入党条件，便作为介绍人，介绍白英加入了中国共产党。

白英入党后，支部分工让他负责农运工作。这时，李春秀正在寻找机会策动军运。

这年暮秋时节，白英在蛮会活动，了解到好多人有买地的要求：租种地主土地的佃农和少数自耕农想扩大土地；有一些外来的难民、移民靠给地主揽工挣下点钱，也想买点土地耕种；还有农村及小城镇从事其他职业赚了钱的人也想买地。当时河套已开垦的土地多归大、中、小地主所有，大量未开垦的荒地由官府控制，官府不放垦，他们就无法得到土地。能不能发动群众，向官府申请买地？白英带着这一问题找到刘进仁商议。刘进仁说：“这个问题，不光在蛮会，是后套普遍存在的一个问题。”于是他们商定，利用一部分农民的买地要求及对官府和大地主的不满情绪，发动无地或少地的农民和其他要求买地的人，以公开合法的联合签名方式，向南京国民政府申请买地，由此发动更多群众同反动官僚地主做斗争。刘进仁以中共临河支部书记的身份，指定这项斗争由白英负责。

很快，白英以众人的名义，起草了一封给南京国民政府的呈文，其实就是一封信，大意是他们都是绥远省东川、后山一带遭年馑流落到后套的难民，在这里没有地种,生活十分艰难。后套地方荒地、余地很多,他们想买土地,请政府做主,给他们想办法解决。然后,白英拿着这封信,四处跑着让众人签名。丈量烟地的斗争胜利后,白英在农民群众中已经有了很高的威信,又听说他帮着买地,消息传开,很多农民尤其是租种地主土地的众多佃农热烈响应,跑着前来报名、盖章或按手印。

这封信寄出月余,便接到了绥远省政府的盖着大印的回复:“已令临河地亩局办理。”白英凭借这个批复,进一步发动群众,并以陕坝为中心,在萱子芳的救世医院里设了办事处,接待和组织前来报名买地的人。报名者日渐增多,除了三区的人,还有四区三道桥的小学教员杨子华也发动了好多农民前来买地,也有来自较远的一区和二区的人。其中多为长年租种地主土地的佃农,也有从事其他职业的想买地的人。1931 年内,报名买地者达五百余人。白英等即去临河县地亩局交涉买地的问题。可是临河地亩局并不是为贫困农民办事的,他们非常清楚,你写信给南京政府,南京政府批转给绥远省政府,绥远省政府做了个批示,这只是官府文牍运行程序而已。他们并不当回事办理,农民还是照样买不到土地。中共临河支部成员和几个积极分子再行研究,决定派白英和积极要求卖地的苏子翰二人到归绥向省政府请愿并进行必要的活动。这也是力求以上层掩护下层、以合法的方式掩护中共发动的群众斗争的做法。支部让白英去归绥,还有另一目的,即当时临河支部又与组织失掉了联系,让他到归绥设法接上组织关系。

白英和苏子翰到归绥后,先向绥远省政府递交了关于买地的请愿书,接着就四处找关系,进行活动。

由于中共绥远党组织又遭破坏,白英并没有和上级组织接上关系,几天后就回了陕坝,留下苏子翰继续在归绥活动。

苏子翰不是中共党员,但他能说会道,善于交际,又曾在归绥学过医,有些熟人,通过他的活动,归绥的一些社会上层人物,包括国民党绥远省党部的几个人物,都知道了后套农民请愿买地的事,竟表示支持。他们都知道后套地广人稀,有许多可以垦种的土地,且土地肥沃,能引黄灌溉,旱涝保收,早就想在那里弄些土地,坐收租金。他们是想借此机会,参加进来,达到自己在后套买地的目的。他们给苏子翰出主意,让学习外国的办法,在河套搞一个农业合作社,推动买地。苏子翰写信把这一情况告诉白英,征求意见。白英拿着苏子翰的信去找刘进仁,问该怎么办。刘进仁召开支部会研究,认为有上层人物参加进来,正是我党开展统一战线工作的好机会,可以利用他们作为外围,壮大声势,推动群众买地运动的开展;办农业合作社也是好事,可以利用这个合作社作为党的活动基地,吸引和团结更多的群众,开展土地斗争,同时发现和培养积极分子,发展壮大党的组织。

基于这一认识,白英给苏子翰回信,说是同意归绥的上层人物参加,让他从速办理。没过几日,苏子翰就回来了,还带回了一个"临河县农业合作社"的木头大印,据说是国民党绥远省党部发给的。这下,后套农民买地的声势更大了,吸引的人也更多了。

1932 年 2 月某日,临河县农业合作社正式成立了,利用陕坝营子芳救世医院的院子,门口上挂起"临河县农业合作社"的木头牌子,一间屋里摆了张桌子,由白英坐镇指挥,找来纸和笔,让杨子华坐在那里登记入社的人,并按规定数目交纳入社费。一连几天,这院子里赶车的、骑驴的、步行的、人来人往,川流不息,但来的多是租种地主土地的较为富裕的佃农和自耕农,从事其他职业者,挣到了钱的难民、移民,一些想乘此机会扩大土地的中、小地主,真正的贫苦农民因没钱买地,也没钱交入社费,对这个合作社很少问津。如何叫后套众多贫苦农民也加入这次买地运动,又如何通过这次买地运动给后套众多贫苦农民带来利益,让河套农民运动的星星之火形成燎原之势,这又成了摆在中共临河支部面前的一个重大课题。

李春秀同志壮烈牺牲

中共临河支部成立时，就计划适时在后套这一驻兵繁杂的地方开展军运，建立革命武装，支部分工由李春秀负责此项工作。自 1927 年 7 月至 1930 年上半年四年间，根据斗争形势需要和支部安排，李春秀把主要精力用于发动对反动教会的斗争，争夺教育权，后来又与王汝贤、白英等一起发动农民运动，但他心里一直记着军运的事，寻找适当的机会付诸行动。

1929 年下半年，刘进仁因受到国民党绥远省党部的通缉在宁夏躲避，他听说中共绥远特支负责人李子光出狱后到了包头，秘密写信给李春秀，让他到包头设法与组织取得联系。李春秀到包头活动数日，并没有找到组织。这时，王英部队驻在包头，里面有他的熟人，李春秀便到王英部队中活动，除了原有的熟人，又结交了不少新朋友，还有几个成了“换帖”（结拜）兄弟。这次活动为李春秀后来到王英部队开展军运打下了基础。

1930 年春季，马仲英部队被吉鸿昌将军所部赶出宁夏，窜来后套，驻扎在三盛公和临河西部地区，而且在这一带招兵买马，妄图扩大实力，反攻回去。该部有李春秀认识的一个营长，他便通过这个关系，打入了马仲英部。

也就在这个时候，因王英投靠了蒋介石，其驻在包头的部队被晋军打散，不少散兵游勇窜回了后套。李春秀看准了这个机会，以为马仲英部招兵的名义，招回了几十个王英部队流散人员，还搞到了几十匹骡马，为此深得上司欢心，让他带着这些人当了连长。李春秀是想等待适当的时机，把这些人马拉出去，组织自己的军事力量。

这年 11 月，马仲英等来了机会，率部开回宁夏。李春秀想趁其部队开拔的混乱之机，搞到些枪支、马匹，可终因马部防范甚严，没有成功，只带着他招去的几十个人跑了出来。可这几十人原都是王英部下，身带匪气，很快又流散了。

李春秀此次策动军运的计划没有成功，但他并没有失去信心，还要等待和寻找机会。

1930 年，晋军郭凤山部改编为第三旅，移驻后套，因马匹均为黑色，称黑马队。1931 年 2 月，返回河套的王英匪部为了复仇，包围了驻在临河城内的黑马队并展开激战。后经当地乡绅出面调停，黑马队退到五原，临河由王英匪部占领。

1931 年 3 月，中共临河支部开会，研究军运工作。通过分析形势，认为王英匪部的人多属惯匪，极不可靠，直接从王部入手策动军运，很难成功。决定目标瞄向晋军黑马队，可采取迂回战术，先打入王英匪部，利用可能利用的关系开展工作，然后伺机接近黑马队，策动军运。

在五原和临河交界处的天吉太桥，驻扎着王英的一个连，连长小刘是李春秀在包头结识的换帖兄弟，曾向李春秀表示过对王英匪部的不满，有机会要走革命道路。这次支部会后，李春秀就去“投奔”小刘，在他手下当了排长。他一面在该部秘密活动，一面设法与黑马队联系。

驻扎在五原的黑马队，军饷缺乏，军心涣散，正处在风雨飘摇中。

1931 年 6 月，黑马队驻五原的一个连酝酿哗变。李春秀得到消息，决定亲自带两个熟悉黑马队情况的人前往策应，把这个连的人马拉出来。他临行之前，小刘连长给了他一支不太好使的手枪。

李春秀和伙伴到了五原，隐蔽在新城北门水闸附近，并按照线索与黑马队这个连的人取得了联系，决定次日举事。但由于行动中走漏了风声，这个连内部有奸细告密，事情败露。第二天拂晓，黑马队出动两个连人马，将李春秀住处包围。李春秀情知有变，带着伙伴就往外冲。此时，敌人已经严密地封锁了巷口，在开枪对射一阵之后，李春秀终因弹尽而被捕。

李春秀被捕以后，敌人认为，一个青年知识分子敢干这种事，绝非偶然，严刑逼供，要他交出幕后指使者。李春秀英勇不屈，只承认自己是共产党员，他说他所做的一切都是共产党让他做的。敌人无法，只好以煽动哗变、持枪拒捕为由，决定杀害他。

刘进仁得到消息之后，马上派人到五原了解情况，准备设法营救，终因时间急迫而未能奏效。

1931 年 6 月 9 日，在赴刑场的途中，李春秀对沿街围观的群众慷慨陈词，号召劳动群众赶快行动起来，跟着共产党闹革命，打倒国民党，打倒军阀，推翻蒋介石，打倒大地主和贪官豪绅……

五原，是汉朝以来的塞外古镇，在这里，李春秀第一个喊出了共产党的声音，表达了人民的心声。他的呼喊唤醒了无数的劳苦群众。

正处于反动统治者剥削、压迫苦难最深重的劳苦群众，听到李春秀的演说，犹如在寒冬听到了春雷，深受感动。有的自动送酒送肉，为李春秀饯行；有的伸着大拇指直喊："好样儿的！"有的交头接耳，说："咱们这里也有了共产党，共产党真是好样儿的，坏家伙们快完蛋了。"

最后，李春秀高呼"中国共产党万岁"等口号，壮烈牺牲。时年二十七岁。

李春秀，祖籍山西省河曲县巡集镇瓦窑村。1899 年，其父母逃荒走西口来到萨拉齐县大代夫营子落脚。1905 年，李春秀生于这里。他还在襁褓之中，父亲病逝。为了活命，母亲带着他和幼年的哥哥，嫁给了一个姓岳的贫苦农民。李春秀从十岁开始便一面帮着给天主教扛长工的继父种地，一面在教会小学读书。1919 年，五四运动爆发后，临近高小毕业的李春秀，在新文化、新思潮影响下，开始认识到农民贫苦的根源，也因此对封建制度和阶级剥削、对帝国主义的侵略产生了仇恨。他多次鼓动同学们罢课，反对天主教堂外国神甫对中国人的剥削和欺压，因此他被教会学校开除，连他的继父也不能再给教堂种地了。

1922 年春天，萨拉齐县遭受严重旱灾，李春秀一家逃荒来到蛮会。继父租种教堂的土地，十七岁的李春秀凭着高小学历，在教会小学当了教师。蛮会教堂的比利时神甫，在蛮会、陕坝、乌兰淖一带霸占土地，肆意横行，欺压中国人，比起萨拉齐县教堂的神甫有过之而无不及，同样激起了李春秀对帝国主义的仇恨。他在讲课时，不断向学生灌输反帝反封建的新思想。1925 年，他接触了刘进仁之后，反帝反封建意识愈加强烈，行动也更为激进，因此他被反动教会解职和驱逐。

1927 年 7 月，经刘进仁介绍加入中国共产党后，李春秀真正走上了革命道路，从入党那一天起，他便全力以赴，奋不顾身地为党的工作而奋斗。他坚持反帝斗争，组织农民运动，又策动军运，直到献出了自己年轻的生命。

李春秀是后套地区第一个为革命牺牲的共产党员。他临行前的撼动人心的呼吁，他视死如归的壮烈行为，令许多耳闻目睹的群众为之动容，也让后套人民对中国共产党有了初步的认识，不禁心生敬意。

李春秀牺牲以后，革命同志怀着沉痛的心情，誓要继承他的遗志，更加坚定地与黑暗势力做坚决的斗争。革命同志及社会贤达自动凑集了一百元大洋，为李春秀的家属安排生活，赎回了他典押出去的土地。

李春秀遗下两女一男。儿子李锁绊子，是他牺牲一月后才出生的。白英为李春秀的家属经办赎地手续时，曾抱着锁绊子警告当地的大地主说："再过二十年，又一个李春秀！"

新中国成立以后，经内蒙古自治区民政厅批准，追认李春秀同志为革命烈士。烈士的忠骨也由五原县政府帮助找到，移回蛮会。

声震绥西的学生运动

1930年9月,刘进仁从宁夏回到后套,在蛮会隐蔽了一段时间,待白保庄出任临河县县长,时过境迁,对他以前“涉共”的事,不再有人过问了,他回到了临河。李春秀在策动军运中被捕,于1931年6月牺牲,刘进仁与中共临河地下支部的活动并没有因此停止。

1932年2月,春节过后新学年开学时,当了临河一校校长的高立亭以个人名义,聘请刘进仁到临河一校当了历史教师,后来又教语文。这正好给了刘进仁一个很好的机会和讲台。他努力利用这个机会和讲台,向同学们传播革命思想,引导他们走革命道路,启发他们同一切反动势力做斗争。

此前1931年冬天,临河县一区的大地主李干臣买通了官府,当了临河县教育局局长,并很快和国民党归绥市党部臭名昭著的反动分子、绥远省教育厅厅长潘秀仁拉上了关系。李干臣少年时进过学堂,在临河算个有文化的人,认为自己当教育局局长很称职,又有潘秀仁做靠山,上任不久就动用权威,想一手控制临河的教育领导权。为了排除异己,安插亲信,1932年5月间,他以学校教员都是萨拉齐县人为理由,撤销了高立亭临河一校校长职务,指派一个叫王某某的纨绔子弟当了校长。

这个王某某平时吃喝嫖赌,无所不为,还有偷窃行为。他当了校长后,更加得意忘形,放荡不羁,整天和社会上的赌徒流氓打得火热,严重地破坏了学校声誉。对此,全校师生大为不满。

刘进仁认为这是一个开展斗争的机会,他与白英等支部成员商议,决定发动学生,先从王某某身上开刀,通过揭发他的劣行,把他赶出学校,以此打击地方的反动势力。

正巧这时，驻军王英部一个排长到学校向王某某讨要赌债，在校园里污言秽语，高吼二叫，搅得学校一片混乱。学生们愤怒至极，一拥而上把王某某围了起来，高声喊："王某某你不配当校长！你给学校丢人，赶快滚出去！"喊着，就把王某某捆绑起来，拉出校门。学生们喊着口号，押送王某某到了县政府，要求县长处理。

开始县长并没有出面，打发一个科长出来，对学生们说："校长是教育局管的，你们先把人放下，等我们和教育局研究研究再做处理。"

学生们哪肯就此罢休，当即拉着王某某到了教育局，找到局长李干臣，质问："你弄来的校长是个甚人，这样败坏学校的声誉？"李干臣一时无言以对。学生们拉上李干臣一起去见县长，当着他们的面，历数了王某某的种种劣行。县长也认为这个人不适合当校长，为平息事态，当即宣布撤销了王某某的校长职务。

这件事对李干臣打击很大，但他出于地主阶级的本性，并没有接受教训，又弄来个地主当校长。这人叫李某某，一上任就扬言说，王某某被赶下台，是他太软弱了，对学生就得厉害点，得用点硬办法。他花钱雇来两个当兵的，每天跟着他出出进进，以示威风。不久就贴出布告，以"组织学生罢课"的罪名，开除了四个学生。这四个同学都是上次驱赶王某某的学生运动的领头人。李某某想用这样的"厉害"办法把学生镇住，叫他们再不敢"闹事"。想不到却适得其反，一下把学生们激怒了。

通过上一次驱赶王某某的斗争锻炼，临河一校的同学们更勇敢、更团结也更有斗争经验了。这次又是那四个被宣布开除的同学带头，众多同学一呼而起，把李某某的办公室围住，"李某某你出来，你说，为甚开除学生？""你刚来就开除学生，还想做什么？"李某某气势汹汹地从办公室冲出来，对学生们高声喊叫："这是学校，你们不好好念书，参加闹事，谁闹事我就开除……"他话音未落，愤怒地同学们就冲了上去，围住他痛打开来。两个当兵的跑过来保驾，也无济于事。直到把李某某打倒在地，同学们才住了手脚。李某某狼狈不堪地从地上爬起来，拔腿就跑。学生们高喊："打倒李某某！""不许李某某开除学生！"在后面追，一直追到县政府。

县政府一官员出来拦挡，对学生们说："你们不好好念书，跑来县政府捣甚乱?”这句话如火上浇油,让同学们一怒之下冲上去,把县政府的门窗玻璃打碎了。县长白保庄从后门溜了,派了一个自称巡官的人出来,让学生选代表,到警察局谈判。没想到这是反动官僚们设的圈套,当同学们选出的四名谈判代表走进警察局时,警察锁了大门。那位巡官立刻翻了脸,说学生冲击县政府,打人砸玻璃,属出规行为,不属谈判范围。他们以“破坏县政府”的罪名,把四名同学关押了起来。

外面的同学们知道是上了当,推着警察局的大铁门高呼:“不准关押我们的同学!”“打倒反动官僚!坚决斗争到底!”斗争坚持到深夜。

第二天,临河一校的同学们即开始罢课,同时印发传单,就临河一校学生被关押事件向社会各界发出呼吁,并派代表到绥远省政府请愿。同学们还自动组织起来,到警察局看守所慰问被关押的同学,送钱送食物,还传递纸条,向他们说明外面的斗争情况,鼓励他们坚持斗争,斗争到底。

一段时间内,临河一校发起的学生运动声震绥西,在省会归绥也传得沸沸扬扬。

在此期间,中共地下党员刘进仁同志一方面秘密地指导学生坚持斗争,一方面以地方绅士的身份,在社会上层活动,设法营救被关押的学生。

这场斗争持续了两个月时间,临河一校学生罢课,秩序一片混乱。后来,国民党绥远省党部派出大员陈国英来临河处理此事。陈国英和教育厅厅长潘秀仁有矛盾,又知道临河的教育局局长李干臣是潘秀仁的走狗,认为临河一校的事都是教育部门用人不当、管理不善造成的,他下令把被关押的四个学生放了。学校这才开始复课。

这次学生运动有力地打击了地方的封建势力,也锻炼了一部分追求革命的青少年同学。自此,临河一校成了一个革命的活动中心,只要一有行动,同学们必然响应。临河一校的同学们还自动组织起来,以春游的名义到陕坝,实际上是向陕坝教会学校的学生宣传进步思想,吸引和鼓动他们勇敢地冲破帝国主义奴化教育的思想牢笼,正确认识外面的世界,了解发生在中国的革命。

也是从这时起,临河一校成了绥西地区的一个重要的革命阵地,成了培养革命青年的摇篮。后来,李贵、侯福荣(候野烽)、贺瑞林、訾秉杰等同学,就是从这所学校走出来,奔赴延安,走向革命道路的。

结 语

从1927年7月中共临河支部成立，到1931年6月李春秀壮烈牺牲，再到1932年临河县农业合作社成立，临河一校发起的声震绥西的学生运动，四年多时间，为中共河套地下革命斗争历史的第一个阶段，定名为中共临河支部阶段。这个阶段的斗争是初级的，也是复杂、激烈的，有胜利也有挫折，显然胜利大于挫折。这个阶段的斗争是传播革命思想、播撒革命火种的阶段，也是唤醒民众的阶段，是后来在河套大地上奏响的雄浑激越的革命乐章的前奏，是河套革命史诗上一个不可缺少的章节。

这一阶段的主要活动人物有刘进仁、李春秀、王汝贤、白英。遗憾的是王汝贤后来脱党了。白英入党后，接替王汝贤任支部委员，分管宣传和农运方面的工作，一时干得有声有色。李春秀为革命壮烈牺牲，可歌可泣。在艰难的环境中，刘进仁继续领导中共临河支部坚持地下斗争，表现了他一个共产党员坚定的革命信念，实可称赞。

第二章　星火燎原

中共临河特支的成立

1932年初春，后套来了个名叫王森的人，临时用名王石符。他从北平坐火车到包头，改乘烧木炭的汽车到五原，又坐骡子车西行。一天傍晚到了一个叫邬家地的村子，夜晚住在店里，和一个同是姓王的青年睡一铺炕。那青年很爱说，主动和王森搭讪，问："你从哪里来？"王森说："从北平来。"又问："来干甚？"王森说："来会一个朋友，想在后套找个事干。"那青年不等王森问，就主动自我介绍："我叫王垩聊，临河县狼山人。"王森嘴里念着这个名字的发音，觉得很怪。又不等王森发问，青年笑了笑说："我这名字很怪吧？"就用手在炕皮上划着，写了"垩"和"聊"两个字，"这两个字，一般人都不认得。你一定认得。"王森笑着点点头："认得。"青年说："一看你就是读过书的人。"接着说："我也是，在归绥上过学。"这话引起了王森的兴趣，问道："你们临河县在归绥上学的人多吗？"王垩聊说："不多，除了我，还有个刘远志，也叫刘进仁，是个共产党。"王森惊讶地问："临河还有共产党？"王垩聊说："他入过共产党，听说现在不干了，在临河当校长呢。"

王森不再发问，他脑子里记住了"刘远志(刘进仁)"这个名字，暗想，他是共产党，怎么又"不干了"呢？是思想消沉脱党了呢，还是与党组织失掉了关系？他又想，以前后套有没有中共党组织的活动？在北平，中共顺直省委的人和他谈话时，说绥远省一级党组织遭受了破坏，还没有恢复起来，却没有提及后套有党组织，而是叫他到来之后，在这里建立和发展党的组织。临河这个叫刘远志(刘进仁)的共产党究竟是怎么回事呢？他带着这个疑问进入了梦乡。

第二天黄昏时分，王森到了临河。

他在城东面一个车马店下了车，逢人打问着，背着行李往街里走。当时临河只有一条不长的直筒子街，站在街东头，一眼可以瞭见街西头，街道两旁有些店铺，都是土门土脸。几家用青砖镶了边的房子，便算是最阔气的建筑了。街的两边，有些零散的独院和土屋，也都被枳芨、芦草、红柳和白茨包围着。王森在街西头找到了组织上告诉他的接头地点——鲁大药房，端详了一下匾额上“鲁大药房”四个字，放下行李，拍了拍棉袍上落的土，便推门走进去。这药房是里外两间屋，外屋没人，王森朝里间屋咳了一声，刚要开口说话，“谁呀？”里屋有人听见动静，一弯腰从门口走出来。当时屋里已有些昏暗。王森看着这人，几乎被他细高的身个儿惊呆了。他个头儿差不多有两米高，看上去恍惚一座塔，在这本来不是很高的屋子里，头皮都挨近房顶了。他出门后直起腰来，是个年近四十岁的大汉。他打量着王森，用浓重的山东口音问：“你找谁？”

王森问：“你是这里的房鲁泉先生吗？”

他说：“是我，你……”

王森说：“我是从东面来的，找孙景绪先生。”

“噢，是你！快请进！”他立即现出欣喜的样子，热情地帮王森提起行李，一边往屋里走一边说，“孙先生不住这里，我是他的朋友。他对我说过了，东面有人要来这找他。”领王森进屋放下行李，他就忙活着烧水，蹲在灶前又说，“你先歇歇，在我这吃了晚饭，我去找孙先生来见你。”

王森见这人又热情又诚恳，断定他和孙景绪不是一般关系。他一边烧火一边和王森攀谈，王森知道了他和孙景绪是同乡关系，不久前才认识的。他又问王森：“你和孙先生是亲戚？”

“不，”王森摇摇头说，“我不认识孙先生，是经朋友介绍来找他，听说孙先生在这做了官，想来找他谋个差事，混碗饭吃。”

“噢，你还不认识孙先生？”他点着头笑了笑，像是琢磨着什么事儿，便没再问什么，只顾往灶里添柴，去烧火了……

吃过晚饭，房鲁泉叫王森独自在他的药房等着，他去找孙景绪，一会儿就回来了。

王森和孙景绪见面，刹那间四目相对，两人都愣住了。王森忽然想起来了，惊喜地看着他说：“这不是……”

孙景绪似乎也认出了王森，一边凝视一边思索地说：“你……”

房鲁泉见这两人这欲言又止的样子，知趣地插嘴说了声“你们谈吧”，转身出去了。

孙景绪说：“咱们好像在哪里见过面的？”

王森说：“我原名叫郭元芝，两年前在济南见过孙先生，我们曾谈过话。”

“噢，想起来啦，想起来啦！”孙景绪一手拍了拍脑门，高兴地拉住王森的手说，“想不到来的是你！”

王森说：“我也没想到孙景绪同志就是你呀！”

孙景绪笑了笑说：“只是名字上改了两个字嘛！”

孙景绪当时四十几岁，他原名孙金萱，山东临沂人，曾是冯玉祥部队旅级军官，大革命时期加入中国共产党。1927 年蒋、冯合流后，他通电反对冯玉祥，愤然辞去官职，解甲还乡，表面上是在家乡闲居，其实一直没有中断和党的联系。

既是同志，又是熟人，见了面格外高兴，王森拿出组织介绍信交给孙景绪，说道：“我现在叫王森，一路上用的名字是王石符。”接着，他便向孙景绪简要地说了自己的经历，并说了“王石符”这个名字的来历。

王森是山西省临县碛口人，1925 年在汾阳读书时开始参加革命活动，1926 年加入中国共产党。1927 年任汾阳县委书记时被捕入狱，1929 年出狱后在太原和家乡临县一带活动。1931 年秋天受省委派遣到内蒙古伊克昭盟和陕北神木一带追赶和寻找红军，两月后返回，得知党在山西的地下组织遭受破坏，他费了许多周折，才与一个到了北平的同志取得联系，并很快去了北平。1932 年春节期间，顺直省委派人和他谈话，叫他到河套来。因为当时经费十分困难，他接到组织通知后，在筹措路费过程中，有个同志帮他活动，弄到了一张从北平到包头的军人护照，上写“某某部上士文书王石符退伍还乡，免费乘车，沿途放行”等等。他拿了这张护照，不仅省了路费，还等于有了护身符，从北平很安全地到了包头。由于这个缘故，他一路上就叫王石符。

孙景绪听后笑一笑说：“我们搞革命，为了对付敌人，就得学孙悟空的七十二变，连名字也要变来变去。现在我们这些孙行者来后套，就是为变着法儿钻进王英土匪部队的心脏里。”接着他向王森讲了他来河套的经过和所面临的情况及任务等。

1931 年秋季，盘踞在河套的大土匪头子王英为在河套称王称霸，乘蒋介石和阎锡山互相倾轧之隙，赶走了驻在五原的阎部黑马队。蒋介石得到这一消息，便趁机拉拢王英，企图在阎锡山的管辖范围内培植自己的势力，于是以南京政府名义，委任王英为西北抗日义勇军司令兼骑兵第三师师长，叫他的参谋长贺耀祖派人秘密来河套给王英送了委任状。王英由此在河套挂羊头卖狗肉，得意忘形地打出“抗日义勇军”旗号，四处招兵买马，扩充势力，还要效仿正规军的样子建立政治处，请他的一位河北同乡李某为他物色和推荐人才。李某想到了正弃了官在山东闲居的孙金萱，便对王英说了。王英知道孙金萱曾是冯玉祥部下的高级军官，1926 年冯玉祥五原誓师时，王英正当护路司令，曾和孙金萱有过交往，也算熟人，听了李某的推荐，同意叫孙金萱来当他的政治顾问。

这李某过去曾入过同盟会，和孙金萱是老相识，可他并不知道孙金萱是共产党，当下给孙金萱写了信。孙金萱当时正接到组织指示，让他设法利用曾和王英有过交往的有利条件，打入王英匪部做工作。事情竟这么凑巧！他接到李某的信后，即刻起身到包头找到李某。李某当即给王英写了信，交孙金萱带上到了临河。

王英见了孙金萱，连说“欢迎，欢迎”，心里着实高兴。孙金萱为掩国民党耳目，又能哄过王英，把名字中的“金萱”改为“景绪”，音相近而字不同；王英斗大的字不识几口袋，说话又是河套口音，根本不理会也分不清什么“金萱”“景绪”的，只认识这个他曾经见过面的孙长官，当下任命他为他的政治顾问兼政治处主任，并慷慨地说：“政治处这玩意儿怎么个闹法儿，我是不知道，你就给咱看着闹吧。咱现在是正规军，人越多越好，你有什么亲的近的，就写信叫他们来，我王英亏待不了他们。”

从此孙金萱便成了孙景绪，在王英匪部留下来。通过一段时间的调查摸底，他认为利用王英授权他组建政治处的机会，中共派一些同志打进来，对王英匪部进行分化瓦解，打着王英“抗日义勇军”的旗号，暗地建立和发展自己的武装，是很有希望的。于是他给顺直省委写了报告，详细陈述了王英匪部的情况和他的想法。省委同意了他的意见，一面派人，一面对河套的工作做了三条指示：一是从内部分化王英土匪部队；二是在王英“抗日义勇军”旗号的掩护下搞自己的武装；三是在河套建立发展党的地方组织，开展地方工作。

王森是除孙景绪外被派来的头一个人，正是带着这三条指示来的。

“你来了好啊！”谈完这些情况，孙景绪激动地看着王森说，“河套这地方很大，又有这么个机会，工作很有搞头！”接着他又向王森说了一些他所了解的有关王英的情况。

王英是河套头号大地主王同春的三儿子，绰号“三没底据”，意思是说他办事没准则、没规章。青年时在北京读书就放荡不羁，结识了不少地痞流氓。后回到五原，因其父与当时的绥远都统马福祥是结拜兄弟，被马福祥委任为五原县保安团团总。此后，他便打着这个旗号，在后套招兵买马，网罗团兵三百余人。1922 年，他当上了绥远省骑兵第二营营长。此后，他见机行事，有奶便是娘，见谁得势就跟着谁干。1926 年，冯玉祥的国民军五原誓师，王英被冯玉祥委任为临河保安团团长，部队分驻五原、临河，他借机扩大队伍，达八百余众。次年又当上了包宁路护队司令，拼凑起两千人的队伍，编成五个旅十个团，司令部驻扎包头。1927 年，冯玉祥率部西进，奉军开进绥远。王英背叛冯玉祥投靠奉军，被委任为东北军第三十一军军长，公开与冯军作战。不久张作霖命令其攻打驻守在山西河曲、偏关等地的阎锡山的晋军。王英率部队从包头出发，到达与河曲隔河相望的陕北府谷境内却按兵不动，一面向张作霖谎报进攻河曲战况，一面派部下秘密到河曲县城与阎锡山接洽投降事宜。后阎锡山委任王英为山西省骑兵第四师师长，并给予赏金、军饷、关防印鉴等，命他速返绥远攻打奉军。1929 年，阎锡山委任王英为山西省骑兵副司令。1930 年春，王英率部赴河南与蒋介石部队作战，又暗中投蒋，被蒋介石委任为中央骑兵第三师师长。1931 年九一八事变后，蒋介石委任王英为西北抗日义勇军司令。王英便又打着这一旗号，在后套收罗了在当地活动的杨猴小等多股土匪，组成号称三个旅的三千人的“抗日义勇军”。

几天后，中共顺直省委又陆续从北平派来了李松山、朱侠夫和高敏夫，都以孙景绪的同乡、同学和朋友的身份，或以朋友推荐的名义，由孙景绪领着，一起去和王英见面。这时孙景绪对王英说：“政治处的人差不多啦，可以挂牌子啦！”王英哈哈笑着表示同意。

临河街西南角，有一所三间正房、两间厢房的独院，四周没有毗邻的房舍，土墙外长着一墩墩红柳、白茨和枳芨，显得荒凉而僻静。王英司令部的政治处就设在那里。这政治处除了孙景绪和他“请”来的四位“朋友”外，王英又给派了个姓胡的十五六岁的孩子做勤务兵。

人员配齐之后，他们就在门外挂了个“政治处”的木牌子。孙景绪打发姓胡的孩子出去买东西，他们聚集在正房的东屋，召开政治处第一次会议。当时连他们自己都觉得好笑,这支为蒋介石所收罗的土匪部队的政治处,竟是由五名共产党员组成的。开会时孙景绪笑了笑说:“中国有句成语,叫作‘不入虎穴,焉得虎子’。从今天起,我们这些人就正式地打入虎穴啦!”

王森插话说:“什么虎?看王英那个样子,像只大狗熊。”

孙景绪气愤地说:“这伙土匪,到处抢劫、奸淫妇女,无恶不作,简直是一群狼!不管它虎也好,狼也好,我们打进了它的窝子,就要认真地对付他们,设法挖他们的墙角,等有一天我们的力量扩大了,就要捣毁他的狼窝!”

孙景绪的话讲得是那样铿锵有力,大家听了很受鼓舞。接着孙景绪宣布,根据中共顺直省委指示,成立临河特别支部(简称特支),孙景绪为书记,王森为组织委员,李松山为宣传委员。又传达了中共顺直省委对特支在临河开展工作的三条具体指示:一是对王英部队进行进一步的了解和分析,迅速做好分化工作;二是对河套地区的社会状况进行详细的调查研究,并写报告送省委;三是努力寻找线索、物色对象,发展壮大党的地方组织。根据这些任务,五个人做了分工,孙景绪负责全盘工作;李松山、朱侠夫、高敏夫负责对王英匪部的分化工作及社会调查;因为王森是山西人,和河套人说话口音接近,易于接触当地群众,又早来了一步,已经接触了地方上一些人,就决定叫他负责地方工作。

最后,大家又研究了如何应付王英、如何隐蔽自己等问题。

如此峰回路转

中共临河特支成立后，五个人一方面开展对王英匪部的政治工作，一方面注意发展地方组织，用孙景绪的话说叫双管齐下。在研究发展地方组织时，王森和孙景绪不谋而合，同时提出了房鲁泉和刘进仁。孙景绪说："还是双管齐下。"决定对两人同时做工作。

王森到临河后，住在房鲁泉的药房里，对房鲁泉已有所了解。

房鲁泉，山东省寿光县人，1894 年生，自幼家境贫寒，只上过几年小学，1928 年随山东移民到了河套。因他自幼好学，青年时曾看过一些医书，到河套后见这里缺医少药，便由别人出钱，由他出人，合伙在临河开了个鲁大药房，维持生活。此人性情豪爽，慷慨好义，爱交朋结友，能钻研，又关心国家大事。他常常读书看报，就国家的局势提些问题，发表些议论，显得很有政治头脑。而且他有着较丰富的社会知识和自然科学知识，在当时属多才多识者，是一个既正派耿直又精明强干的人。

王森很快和房鲁泉交成了朋友，先是介绍一些进步书刊给他看，接着一起探讨国家的前途和命运。夜深人静时两人闲谈，王森有意试探地问："房大哥，你和孙先生是朋友，你看这个人怎么样？"

"怎么样？"房鲁泉笑眯眯地沉思一会儿，把一只手伸在油灯下，像和王森猜谜一样，挺神秘地说，"你看。"他用右手的食指在左手心上写了个"红"字，然后两眼闪射着兴奋的光彩，盯住王森询问，"是不是？"

王森沉住气没有吭声，问他："那么你说我呢？"

他亲切地看着王森说："我看你也是。"

王森说:“如果我和孙先生都是红的,你和我们交朋友,不怕吗?”

“怕?”房鲁泉的神情立即变得十分严肃,“我老房最怕的是中国亡了国,当亡国奴!依我看,咱国家的事就得靠共产党啦!要是孙大哥和你都是红的,那倒好啦,我房鲁泉和你们一起干,掉了脑袋也甘心!”

王森听了房鲁泉这番话,内心非常激动。这不是一篇极生动、极真诚的入党誓言吗?他真想当即拉住他的手,亲热地叫声“同志”。可是党的纪律不允许这样做。他极力克制着自己的感情,没说自己是红的,也没说不是红的,赶紧岔开了话题。

第二天,王森把和房鲁泉的这次谈话经过汇报给孙景绪,孙景绪似胸有成竹地说:“这个人我和他谈了几次,发现他是个很好的对象,就向他讲了些革命道理,他倒猜见我是红的啦!那好啊!既然这样,打个比方说,这也和蒸包子一样,得掌握个火候,到了火候就得揭锅。我看房鲁泉到火候了,干脆向他把事情挑明了吧!”

过了两天,又趁一个静谧的夜晚,王森和孙景绪一起同房鲁泉谈话,作为介绍人,发展房鲁泉入了党。这是特支成立后发展的第一个党员。

接着,王森开始考虑刘进仁这个人。自打在邬家地店里听说了刘进仁“是共产党”又“不干了”的传闻,他就想这是怎样的一个人,又是怎么回事。他向房鲁泉了解,房鲁泉不认识刘进仁,但知道他是个当过校长的地方绅士。那天,王森征求了孙景绪的意见后,又请房鲁泉帮助问清了刘进仁的住处,就去拜访。

那是临近中午的时候,刘进仁正在家。见面之后,王森做出很随便的样子,笑着问:“你是刘校长吗?”

“是啊!”刘进仁打了个愣儿,看着王森,“你是……”

王森说:“我叫王石符,从北平来的。”

“噢,听说啦,听说啦!”刘进仁这才回过神来,很客气地说,“请坐请坐。”打量了王森一眼,又说,“我听说最近北平来了两个人,有个姓孙的,有个姓王的,是来给王英搞政治处的。”

“对。”王森笑着说,“我就是那个姓王的。”当时他心里感到惊奇,自己才来了几天,他怎么倒知道了呢?可见这是个消息灵通的人物。王森仔细端详他,见他三十岁刚出头的样子,中等身材,面孔端正白净,两眼有神。从精神上看,不像是思想消沉的人。他一双眼睛看着王森,也像是在思索和判断着什么。他问:“你找我有甚事吗?”

王森说:“我是慕名而来,听说你是这里的校长,又是本地人,熟悉各方面的情况。而我们是新来乍到,摸不见锅灶,想和你交个朋友,以后短不了向你请教。”

“哪里哪里!”刘进仁用审视的目光看着王森,“你们是从北平来的,我向你们请教才对。”

接着他们便交谈起来。那时,一般知识分子见面,总短不了谈谈国家的政治形势。他们互相都想试探一下对方对形势的看法,又因互相不知底细,存着戒心,谈起来吞吞吐吐,欲言又止。王森向刘进仁询问地方和王英匪部的情况,他都知道得一清二楚,但回答得十分慎重。由此王森断定,这绝不是个普通的小学校长,而是个很有政治头脑的人。王森又试探性地问道:“听说你在归绥上过学?”

“是的,在归绥一中。”

王森微笑地看着他问:“大概你也是个活动分子吧?”

刘进仁摇了摇头,笑着说:“我一个土包子活动甚?”

王森又问:“像你这样的人,为甚不出去做点事呢?”

刘进仁笑着说:“我是此地人,人家都说我们此地人看不见家里的烟筒就哭鼻子,没出息。河套这个地方好,我舍不得离开。”

王森笑了笑,因是第一次见面,他不好冒昧地再问什么,便要告辞。这时刘进仁却现出留恋的样子,用异样的探索的目光看着王森,拉住他的手说:“你别走,就在我家吃饭。”

王森说:“不啦,改日再来。”

刘进仁说:“那么你明天这时候来,在我家吃饭,咱们好好谈谈。”

王森说:“好。”便告辞了。

第二天王森去时,他和他爱人已包好了饺子,并且备了酒菜。王森一看这情形,也无须再客气了,便上炕和刘进仁对面坐下,一边吃饺子喝酒,一边谈话。这次再谈到时事,王森有意露了露自己的倾向,说:“要抗日,指望蒋介石是不行的,听说南方的红军倒要抗日,可惜离得太远,又有蒋介石捣乱。时下东北的形势也面临危机。”

刘进仁听了王森这番谈吐,立即用惊奇的眼光看着王森,仔细观察了片刻,试探地说:“王先生,我不明白,你这么一个好人,又这么年轻——恕老兄说话冒昧,为甚不找点正经事干,跑到这土匪窝子干甚?”

王森说:“我是穷苦人出身,在北平失了学,没事干,经朋友介绍来这混碗饭吃,混好了就干,混不好就走。”

刘进仁微笑地盯着王森,摇摇头说:“不对不对,我看你是有目的的。”

王森假装不解地问:“有甚目的?”

刘进仁急切地问:“你是不是上面来的?”

王森知道刘进仁说的“上面”是有所指的,却故意地说:“不是,人家王英的上面是南京,我是从北平来的。”

刘进仁为王森斟满了酒,劝他喝着,沉默了一会儿,又问:“你在北平参加过学生运动没有?”

王森说:“没有。”

刘进仁说:“我不信,像你这样的人在北平上学,能不参加学生运动?”

王森没有正面回答刘进仁的问题,转个弯儿说:“五卅运动后,学生运动遍及全国,听说绥远也搞得轰轰烈烈,北平的学生还来助威。”

刘进仁听了像是想起什么振奋人心的情景,两眼放出神采,激动地说:“王先生,咱们既已交了朋友,我就对你说了吧,在归绥时我不仅参加过学生运动,还是领头的。”

王森说:“难怪有人说你是共产党呢!”

“谁说的?”也许是因王森进攻得太急了,刘进仁猛地涨红了脸,连连摆手说,“不是不是,我没有参加过。”

王森见刘进仁矢口否认,就不再继续追问。这第二次的试探又止住了。不过通过这次谈话,王森对刘进仁的了解更加深了。估计他即使不是共产党员,也肯定是同情革命的。

房鲁泉同志入党的第二天傍晚,王森第三次去见刘进仁。刘进仁家住街西头,料峭春风中,王森边走边想着前两次见面的情景,想着这一次该怎样说。

刘进仁同样热情地接待了王森,谈话之间,王森想,干脆向他“揭锅”吧,就说:“好啦老刘,我今天是第三次来,既然互相信得过,也不再和你绕弯弯了,干脆告诉你吧,我是CP(中国共产党的英文缩写),组织派我来河套有任务,要寻找失去关系的同志,你要是同志,就坦率地把情况说了吧!”

“啊呀，啊呀……”刘进仁听了这话，用一双睁大的眼睛看着王森，嘴里连着“啊呀”，激动得说不出话来，转眼从炕上跳到地下，回身捧住王森的双手，抖了又抖，攥了又攥，半天才眼里含着热泪，颤声地说，“同志！我等了三年啦！可等到啦！”说着一行行眼泪扑簌簌直往下流。

王森见他这个样子，心里一热，眼里也由不住感到湿润，赶忙扶他上炕坐好，对他说：“我估计你是同志，才来找你谈的。”

刘进仁破涕为笑，说：“我对你也是……只因你是从王英那里来找我的，我有点不放心，你看我们绕了一回弯弯，还是说破啦！”

王森笑着说：“这回你放心了吧，讲讲情况吧。”

刘进仁这才打开了感情的闸门，讲述了他在归绥上学期间参加革命斗争和入党的经历，回后套后建立中共临河支部和开展斗争的情况，1929 年春天后与上级组织失掉联系的情况。讲到李春秀为革命壮烈牺牲时，他忍不住又流下眼泪。

王森这才知道，刘进仁同志是一位仅比自己晚一年多入党的中共党员，现在不是“不干了”，而是与党组织失掉了关系，再加上头一年开展军运的失败和李春秀同志牺牲，他也不当校长了，正处在苦闷之中。但他仍以地方士绅的身份做掩护，在社会上层中活动，同时千方百计地捕捉信息，争取早日与上级组织取得联系。现在见了“上面”来的人，他能不激动吗？王森问：“临河支部的人，现在除了你，还有谁在活动？”

刘进仁说：“临河支部成立时的四个人，除了我，李春秀牺牲了，王汝贤脱党了，王福元也不活动了。后来在蛮会和陕坝发展的几个党员，自李春秀牺牲后，也停止了活动。现在只有一个白英仍有活动，他是 1930 年我和李春秀介绍入党的党员，还未经上级组织批准。”

王森问：“他现在在哪里？”

刘进仁说：“在陕坝搞农业合作社。”

“农业合作社？”王森在这里又听到了个新名词，心里暗想，想不到这河套不仅有过党组织，还有农业合作社！问：“这农业合作社是干甚的？”

于是，刘进仁从农业合作社说起，详尽而透彻地讲了河套的社会经济状况、阶级成分、土地问题等等，越讲越兴奋，最后对王森说：“你来河套这最好啦，我不愿离开这并不是别的，这地方很有搞头啊！”

王森对刘进仁讲的情况很感兴趣，特别是农业合作社。王森说："能不能叫白英来一趟，见见面。"

"咋不能呢？"刘进仁高兴地说，"过两天你来，我叫他在这等你。"

王森回到政治处向特支汇报了情况，大家听了也都高兴。大家到临河不长时间，各方面工作的进展确实是较快的。地方上房鲁泉入党后不久，又介绍了在临河开磨坊的山东人郭金山，通过考察和培养，发展他入了党。根据斗争需要，经特支研究，叫王森和房鲁泉、郭金山三人组成了一个党小组。

在兵运方面，政治处成立一个多月后，较详细地掌握了王英匪部的内部情况，分析了各股土匪的人员状况及相互间的矛盾等，认为王英匪部确实有一些作恶多端的惯匪，而相当大一部分人是为生活所迫或被裹胁进来的贫苦农民，对这些人及时教育、争取是完全必要，也是可能的。由此中共临河特支认为，在这里继续做分化、争取工作，再以为王英扩充势力为名，从地方上吸收一些贫苦农民参加进来，组成我们自己的一支武装，小至一个连，大至一个团、一个旅，先以王英抗日义勇军的名义做掩蔽，等待时机拉出去，是大有希望的。

另外，中共临河特支成员在对河套社会状况调查上也做了大量工作，并给顺直省委写了报告。当时河套阶级成分的特点是"两头大，中间小"。"两头大"，一头是大地主和中、小地主数量大，另一头是无地的贫苦农民和难民多。"中间小"，是自耕农和靠租种土地发家的佃富农数量小。这种阶级组成，就注定了大量的无地农民和难民常年靠给大地主和中小地主揽长工、打短工维持生活，阶级剥削是十分惨重的，贫富悬殊，阶级阵线是十分分明的。再加上天主教在河套地区的黑暗统治，广大贫苦农民的生活十分贫穷和悲惨。而这样的阶级组成和阶级对立的状况，正是我党在这里发动群众展开斗争、组织革命力量的好条件。

那些日子，特支的每个共产党员都信心十足，情绪亢奋，每个人都积极工作，向往着有一天把王英匪部搞垮，建立起革命武装，把河套建成红色根据地。

谁料，正当特支的工作比较顺利地进行时，突然间意外的情况发生了。由于蒋、阎矛盾日趋激化，阎锡山怎容王英打着"蒋"字旗在他眼皮下为虎作伥，于是在1932年4月底，派了嫡系王靖国，指挥号称十万大军进河套剿匪，实际就是来围剿王英匪部。消息传来，王英这草包司令立刻吓得慌了手脚，他手下几个旅长片刻间各自逃散，"刮野鬼"（当土匪）去了。

王英把政治处的人叫了去，神情沮丧地说："我原来想东征，他们都跑了，征不成了，我也得走。"他看着孙景绪，"你们几位呢，实在对不起，是跟我一起走呢，还是另找出路?"

孙景绪说："我们自己安排吧。大敌当前，你赶快安排自己的事吧，不要为我们操心啦。"之后孙景绪又对王英说了些应付的话，就领着政治处的人离开了。

短命的王英"抗日义勇军"就此垮台了。其实这次阎锡山是虚张声势，扬言调十万人进套剿匪，实际只不过来了王靖国师的田树梅旅，总共不过三千人，没费一枪一炮，又重占了后套。王英逃到天津英租界里，后来当了汉奸。

那天，几个人回到政治处，急忙收拾了一下行李，就转移到鲁大药房开特支会议。由于风云突变，中共临河特支开展兵运的整个计划和在河套建立革命武装力量的希望被打破了，当时大家很沮丧。会上意见也不一致，有的人说："我们来的主要目的，是打入王英匪部搞兵运，现在王英匪部溃散无遗，我们还留在这里分化谁、瓦解谁，又争取谁? 干脆全部撤回北平。"有的人主张留下来开展地方工作。因王森是特支负责地方工作的，在地方上建立了组织，掌握了许多情况，觉得这里的工作不仅重要还很有搞头，所以很不愿意离开。他说："河套有这么多受剥削、受压迫的劳苦大众，就是我们组织革命力量的源泉，我们应坚持留在这里，发动群众，把河套搞成个根据地。"最后决定，孙景绪、李松山、高敏夫回北平，向省委汇报并听取意见；王森和朱侠夫留下，分头隐蔽到群众中去，做地方工作。

王森和同志们分别那一刻，心里真不知是什么滋味，但他转念一想，河套有那么多工作需要自己去做，就像这偌大的荒原总得有人开垦，又有那么多同志等着他，于是鼓起勇气，送走同志们之后，毅然夹起自己的一卷棉被，急匆匆向着刘进仁家走去。

王森到刘进仁家时，白英也正在那里。这是王森初次与白英见面。刘进仁和白英急忙迎上来问："情况怎样?"

显然他们对这次突然事变也听说了。坐定之后，王森将阎锡山如何调兵进河套剿匪、王英匪部如何溃散以及特支的决定详细地向他们讲了一遍。刘进仁听了，也为这次兵运的前功尽弃深感惋惜。白英听说王森留下来搞地下工作，两眼立刻闪出兴奋的光彩，双手一拍大腿，说："好啊！ 这么说我来对啦，你就跟我走吧！我们那里正需要你，盼你去呢！”

王森听了白英这话，就像有一股热流涌进心里，感到全身都热了起来。他正是打的这个主意，首先到陕坝的农业合作社去，以协助办合作社做掩护开展工作。

刘进仁也说：“对，你留下，就先住在陕坝合作社里，保你万无一失。”

王森说：“我正是这么想的。”

“那好啊！”白英听了立即夹起王森的棉被，高兴地拉住王森的手，“走，走吧，我领着你，现在就走！”

要出门时，刘进仁忽然想起什么，叫住王森说：“你这名字……”

他一下提醒了王森，“王石符”是王森在王英那里用的名字，现今阎锡山占了河套，就是要剿王英的人，除了自己的同志，有谁能知道自己不是王英的人呢？再叫这个名字，日后不是找麻烦吗？亏得刘进仁经验多，及时提醒。他想了一下，便改名郭同春。同时又想起房鲁泉送朱侠夫到乡下还没回来，不能同他告别，便写了个条子留给刘进仁，让转给房鲁泉。然后他就告别了刘进仁夫妇，和白英一起离开临河，沿着一条土路过兰锁河，往陕坝走。

从“合作社”到“穷人会”

设在陕坝的合作社，全称叫临河县农业合作社。王森初次听到这个名字时感到新奇，问刘进仁：“农业合作社，是合起来种地吗？”

“不。”刘进仁说，“是合起来买地。”

“入社的都是穷人吗？”

“哪里，都是手头攥几个钱准备买地的人。”

后来王森了解了这农业合作社的来龙去脉，他问：“合作社既然是我们插手搞的，为甚不吸收穷人参加呢？”

刘进仁说：“入社要交费，穷人交不起入社费。”

听了这些情况，王森想：这个合作社办起的目的是买地，参加的又都是有点钱的人，我们的党员虽然参与了策划和发起，但由于力量单薄，并没有控制它的领导权，穷人又不能参加，更是个很大的缺陷。以后入社的人一旦买上地，就去雇人种地，剥削比他穷的人，谋求发财去了，合作社自然也就散了。从这个角度来讲，这个合作社就成了发展地主的一个桥梁，但它要求放垦这个口号对农民很有吸引力。我们要利用它搞农民运动，就必须广泛吸收穷人入社，在社员中发展党员和建立组织，在党的领导下，通过斗争为穷人谋利益。

王森把这个想法说给刘进仁，刘进仁很赞成。在往陕坝走的路上，王森又和白英谈起来。白英说：“你这个主张很好，等见了杨子华，和他说说。杨子华这个人挺好，和刘校长和我都挺对劲儿。”杨子华是来自三道桥的小学教师，当时也和白英一样，算是在合作社坐镇的。

王森和杨子华初次见面，谈得很投机。杨子华二十四五岁，细高个儿，瓜子脸，显得沉静稳重，像个文弱书生。王森说："咱们办合作社不能光为个人买地，不能光联络有钱的人，得为穷人谋点利益。"杨子华很同意。于是王森和杨子华及白英一起说定了三条：一是不能向别人讲郭同春（王森）在王英部政治处的事，只说也是来入社买地的；二是郭同春不在合作社担任职务，只帮助出些主意；三是要吸收穷人入社，入社费可以记账缓交。从这天起，王森用郭同春这个名字正式向合作社的管账先生交了入社费，算是入社了。那天夜晚，他就住在营子芳的救世医院里。人们都叫他老郭。

到合作社住下后，王森考虑到总得有个公开的职业做掩护，也好维持生活，便又抽空回了趟临河，找房鲁泉商量。房鲁泉帮他搞了点疫苗，传授了一下技术，闹了个药褡子给他背上，等他再回到陕坝时，就当开种花（即种牛痘）先生了。

春末夏初，正是孩子种牛痘的季节。王森到乡下走村串户，种一次牛痘收一毛钱，穷人家没钱，他说声"以后给"，种过了也就算了，所以人们都抢着让他种，走到哪里都很受欢迎。他的药褡子里还装了些别的药，有时碰到一般的小病也给开个方、下点药或做个小手术。他的这点医道，除受房鲁泉的影响和指点，还有孙景绪也懂点医学，王森跟他在一起时，记了些药方子，没想到这时有了大用。陕坝西沙梁有一家姓武的，女人害眼病，几个孩子都生疮，王森去给用了两次药，很快全家都好了。这家人到处宣传郭医官医道高明，药好。这个"郭医官"一下子出了名了，以后竟有人拉上毛驴或赶上二饼子牛车请他看病。

他在种牛痘和看病过程中，有意和穷人接触，向他们做宣传，先是宣传合作社要穷人啦，入社费可以记账缓交，以后放垦，穷人也可以抱团儿买地，后来逐渐地选择对象，和他们交朋友，向他们宣传革命道理。

他在乡下跑几天，就又回合作社住下，过几天再下乡，就这样循环往复地跑。

这期间，朱侠夫回了北平，再没回来。原来临河特支的五个人，只有王森一人留在了河套，坚持地下斗争。这意味着原来的中共临河特支的工作已经结束，王森又肩负着党赋予的任务，踏上了新的奋斗征程。

在合作社，王森首先和杨子华交了朋友。不几天，杨子华提出要和他结拜为弟兄，他也不好推辞，就和杨子华、白英还有另外三个人，一起喝了酒，磕了头，白英老大，王森老三，杨子华老四，从此杨子华称王森为三哥。杨子华宽厚而开明,又受了一些革命影响,思想很进步。王森和他谈着,谈着,认为条件成熟了,就向他公开了身份,并和白英一起介绍他入了党。接着又介绍菅子芳和常来救世医院的蛮会的医生陈静波入了党。

从打实行记账入社后,往合作社跑的穷人越来越多了。临河北杨六十五圪旦有个穷教书先生侯进国,由丹达木头的任老五领着来入社。王森了解到侯进国出身很贫苦,在河套孤身一人,又有点文化,就主动和他接近。他回去后,王森就背上药褡子到丹达木头和杨六十五圪旦一带去种花,夜晚就住在侯进国的学校里。经过一段时间的培养和考察,发展侯进国入了党。陈静波有个哥哥叫陈高锁,是个四十多岁的光棍汉,抽大烟,爱赌博,面孔黑黄黑黄的,豪侠仗义,平时怀里揣把刀子,爱干些打抱不平、扶弱济贫的事。陈高锁来陕坝也住救世医院,而且和王森睡一条炕。王森认识了他,到蛮会种花时也和他住一起。王森向陈高锁宣传革命,陈高锁听着听着,忽然目光灼灼地来了精神,直催:“你再说,再说,这共产党究竟是咋回事?”王森说:“共产党是穷人的党,领导穷人和地主老财做斗争,为穷苦大众谋利益。”陈高锁两眼瞪大说:“兄弟,哪有这样的党,咱也去入!”王森故意激他:“人家这样的党,还要赌博汉、大烟鬼?”

“嘿!”陈高锁一只拳头在炕沿上砰的一捶,发狠地说:“老哥要是能入这样的党,甚毛病也能改!”

王森说:“你真要能改,我领你去入。”

“真的?”

“不哄你。”王森正色地说,“兄弟多会儿哄过你?你要能改掉毛病,我保证叫你入共产党。”

陈高锁看着王森眨巴眨巴眼皮,像是品出了什么滋味:“好兄弟,你等着!”说完抽身跑掉了。王森一愣怔,起身追出去,陈高锁早没了影儿。

以后一连几天不见他,王森又纳闷又着急。陈高锁去哪了,是不是急着找党去了?这种人干得出的。王森在附近挨家挨户打听,也找不到。后来在一间原来没人住的空房子里发现了陈高锁。王森见陈高锁躺在土炕上,鼻涕一把泪一把,像是病了,急忙上去扶他。陈高锁狠劲推王森一把,生硬地说:“你去!不要管我!”

王森一愣,问:“你咋啦?在这干甚?”

陈高锁说:“我在这忌大烟呢!”

王森恍然大悟，一时心里又感动又难受，埋怨地说："你看你，要忌大烟说一声，我写信从天津给你弄点忌烟药来，慢慢忌，何必这么折磨自己！"

陈高锁咬牙瞪眼地说："我甚药也不要，就这样忌！你赶快走开！过几天再来！"

过些天陈高锁真的忌了，像换了一个人，也不赌博了。这样的人还不能入党吗？王森回陕坝和白英、杨子华两同志研究，白英亦庄亦谐地说："你这种花先生，怎么连陈高锁的大烟瘾和赌博症也治好了？"

王森说："靠灵丹妙药嘛！"

白英问："甚灵丹妙药？"

王森说："就是咱们每天装在心里、见人就讲的革命呗！"

"对，对！"白英点头笑了。

杨子华拽文儿说："咱这种花先生不光给孩子种花，还种革命的花。"

王森说："那好啊，有花就有果嘛！"

三个人一致通过，吸收陈高锁入了党。后来他们又从农民中吸收了何务口圪旦的张鱼子、杨六十五圪旦的张五、王亮滩的李四等入党，革命的力量一天天壮大着……

正当中共地下组织积极慎重地发展党员，组织和壮大革命力量时，天气一天天和暖，进入农历五月，农田快该浇水了。

河套地方引黄灌溉，黄河水含泥沙量大，渠道淤积严重，每年春末夏初，各渠都得清淤，统称挖渠。

一天，王森背着药褡子沿三大股渠背往北走，见有些渠工在挖渠，就走下渠壕和他们叨拉，问："你们给谁挖渠？"

渠工们说："给财主。"

那时河套的渠有专人管理，每年按受益地主们的土地数目，分摊工段，由各家地主雇人去挖。挖渠是河套最苦最重的农活，又是春荒时节，工钱十分低廉。王森问："挖一天挣多少钱？"

渠工们说："财主们不给现钱，挖了记账，等秋后再给。可秋后也不给钱，给点布啦盐的，就顶啦。"

王森听了立即明白了。当时一些地主同时经营商业，拣一些农民生活必需品，低价进，高价出，到秋后用一些货物给雇工顶工资，从中又剥削一层。王森想了想，说："你们不能让他给现钱吗？"

渠工们说："人家不给，咋办？"

王森说："不给不会和他斗一斗吗？"

渠工们说："人家是财主，咱能斗得过吗？"

王森说："只要大家心齐，合起伙来，就能斗得过，不信试试看。"

渠工们惊奇地看着王森："那你给咱说说，该咋个斗法。"

王森说："就说眼下吧，财主着急等水浇地，渠挖不通水就来不了，你们齐心放下锹和他讲条件，他给现钱就挖，不给现钱就不挖，看谁呛不住？"

他们听着，一双双眼睛亮起来。王森就接着给渠工们讲"一根筷子容易折，一把筷子折不断""人心齐，泰山移"的道理，渠工们听了连连点头，都说："行，这是个法儿。"

王森说："不信你们明天试试看。我就在这一带种花，后天来听你们的好消息。不行咱再想法儿。"他问了几个渠工的住处，叨拉了一气就走了。

当天晚上，王森又找了几个渠工鼓动了一番。第二天，三大股渠上八个渠工罢了工，财主果然慌了，答应当下给工钱，渠工们当晚就领到了粮食和粗布。第三天王森又来了，渠工们一个个有了笑脸，高兴地对王森说："你这个办法灵验啦，以后就给咱当参谋吧！"

王森说："只要大家相信我，行呀！"

三大股渠工斗争胜利的消息，就像一股火苗儿，在平原上闪着光亮，把别处的渠工吸引了。别的渠也要学三大股，搞罢工。王森四处跑着，叫几个农民党员也及时深入各渠上去发动。紧接着，在党员们去过的澄泥圪卜、韩巴图圪旦、蛮会等地也出现了渠上罢工并取得胜利。

在罢工中，中共临河地下组织提出了一个口号，叫作"穷人抱团体"。党员每天和穷人们一块儿议论抱团体的事。抱个什么团体，怎么抱呢？有一次王森和三大股渠的渠工们议论，他们都认为穷人既要抱团体，就得有个组织。王森说："你们说，该闹个甚组织好呢？"他们讨论了半天，有人说："反正咱们尽是穷人，就叫个穷人会吧！"

"穷人会！"王森猛觉心里一亮，这名字既明白，又有号召力，不错呀！王森当时没有表态，后来和党员同志商量，大家也都认为这个名字好，于是就分头深入各条渠上去组织"穷人会"。这样，河套历史上第一个穷人自己的组织，也是我党在河套发动革命斗争的可靠外围，在渠上的罢工斗争中诞生了。当时中共临河地下组织把合作社和穷人会有机地联系起来，凡是参加合作社的穷人差不多都参加了穷人会，凡是入穷人会的人也都动员他们参加合作社。党员都加入了穷人会，作为其中骨干。中共临河地下组织以半公开的合作社做掩护，来领导秘密的穷人会。有了穷人会这一组织，群众的斗争热情更高涨了。在发动渠上罢工、组织穷人会过程中，又发现和培养了一批骨干分子，如丹达木头的宋广生、杨六十五圪旦的杨柱等，吸收入了党。在临河，房鲁泉还发展赵子丰（后叛变）等入了党。

特支研究决定，侯进国、张鱼子、李四专门负责穷人会工作。

这个时期，根据组织的发展状况和领导斗争的需要，通过党内讨论，又重新建立了中共临河特支，王森任书记，房鲁泉任组织委员，侯进国任宣传委员。

王森住在农业合作社时，经常以种牛痘、看病做掩护，到陕坝城边的村子里活动，认识了住在西沙壕的农民赵面换。赵面换原是萨拉齐县银匠营子人，1927 年逃荒来到后套，落脚西沙壕务农。王森在群众中宣传革命思想，鼓动贫苦农民参加穷人会时，赵面换很积极，很快在西沙壕组织起二十多人参加了穷人会，他被推举为负责人。1932 年 7 月，通过王森介绍，赵面换加入中国共产党。以后赵面换不辞劳苦，腿脚不停地奔走在王亮滩、红柳地、三道桥、韩巴图等远近农村，发动和组织群众，同反动的封建势力做斗争，还常常为王森提供情况，传递信息，做联络工作。

二十世纪三十年代，河套地区种植大烟（鸦片），政府虽然颁布禁令，但为了征收烟亩税，却并不真的禁止。1932 年，大烟收成不好，县政府非但不减税，反而在丈量烟地过程中营私舞弊，把本该地主承担的税费转嫁到贫苦农民头上，因此激起了贫苦农民的强烈不满。抓住这个机会，中共临河地下党组织发动和领导穷人会展开了抗烟税斗争。三区以陕坝为中心的农民群众，以“摊派不公”为由到区公所请愿，要求减轻或缓交烟税。区公所不仅拒绝了农民群众的合理要求，还以“聚众闹事”为罪名，抓走了穷人会会员陈二旦。赵面换率领三百多人包围了区公所，进行针锋相对的斗争，迫使区公所释放了陈二旦，并答应农民可以缓交烟税。这次斗争的胜利影响很大，也由此引起了官府和大地主们对赵面换的极端仇恨。斗争过程中，赵面换介绍刘罗小、张根不动等加入了中国共产党。1932 年 8 月，成立了以赵面换为书记的西沙壕党支部。此后，陕坝及周边农村,成了临河县范围内中共党员人数最多、工作最为活跃的区域。

这时后套地区的中共地下党,除了王森领导的临河特支和刘进仁领导的临河支部,还有一些零散地从陕北府谷等地过来的中共党员。这是个特殊现象。二十世纪三十年代初,陕北神木、府谷两县合称为神府苏区,发展了许多中共党员,多数是农民。那时后套地广人稀,又邻近陕北,许多农民为了生计,有的往来于陕北和后套之间,有的在后套定居。他们给地主揽长工、打短工或租种、伴种地主的土地,也有的买了土地,成了自耕农,还有的从事其他职业。这其中有的是中共党员。到 1932 年,光府谷县来后套的中共党员就三十多人,而且多在临河。按照中共府谷县委的规定,这些党员到后套,不与当地组织建立关系,也不单另建支部,只是靠指定的交通员和府谷县委联系。县委每年还要派出巡视人员,来后套了解、考察这些党员的表现。1931 年秋收时节,韩是今被中共府谷县委派来后套做党员巡视工作,他为了掩护,先打入王英的"抗日义勇军"中待了两个月时间,后到陕坝西边的澄泥圪卜当了小学教员。不到一年的时间里,他跑了临河县境内二十几个地方,除了了解党员的表现,还秘密地给党员们上党课,讲国际国内形势,宣传党的方针政策,启发教育党员提高阶级觉悟;同时从群众中选择对象,发展组织。在巡视考察中,他发现有些府谷籍党员确实表现不错,如住在马场地的韩毛匠(韩拴齐)、补隆淖的苏龙、山东移民村的李连生,还有住在山淖尔的几个党员。此过程中,他发展了马场地的郭三小,塔儿湾的王秃子入了党。

1932 年 5 月,韩是今到了设在陕坝的农业合作社,经府谷老乡杨子华介绍,认识了王森。很快,两个人就都向对方说明了自己的政治身份。中共临河特支重新建立后,韩是今请示中共府谷县委后找到王森,把他掌握的府谷来的共产党员的名单交给了王森,并表示愿在临河特支统一领导下,在临河参加党的活动。王森知道临河还有这么多地下党员,很是兴奋,他让韩是今和他所联系的这些党员,都投入工作,发动更多的穷人参加穷人会。

1932 年夏天,经王森写信向组织汇报了情况。中共顺直省委认为河套工作已经打开了新的局面,又派李德明、李明亭二同志来河套。李德明是黄埔军校毕业,北伐打汀泗桥时负过伤,走路腿有些拐,年纪也较大。经王森和房鲁泉商议,在陕坝办了个派报社,叫李德明住在那派报,也好赚点钱供大家维持生活。李明亭则通过刘进仁的关系到一校当了教员。中共河套地下党力量更强了。穷人会也在不断发展和扩大范围,除发展农民参加,还在临河南靠黄河的马场地发展牧民扎木苏一家加入了穷人会。只是农业合作社的前途越来越令人担忧了。这是因为合作社虽然得到了省党部的大印,却始终未得到省政府批准。一些人想通过合作社买地的希望越来越感到渺茫,对合作社的态度开始冷淡了。还有长期住在归绥活动的苏子翰,拿了上千元的入社费在归绥吃喝嫖赌,结交狐朋狗友。王森曾提醒过杨子华,再不要给他寄钱。杨子华却宽厚得带点书生气,总用一片好心看人,他相信苏子翰会有办法,能活动得让省政府放垦。

到了那年八月,忽然从上面传来消息,说是省政府九月放垦。这时合作社又红火了,有的来打探消息,有没交入社费的来交入社费,生怕误了买地。消息一传开,大地主们先眼红了,他们就怕荒地被合作社的穷人买了去,几个有权势的大地主就串通起来去找县长,说:“合作社闹了些穷鬼,整天混在那吵吵嚷嚷成甚体统,地都叫他们买上,我们咋办?还不把他们赶跑?”县长说:“那是省党部批准的。”地主们说:“省政府没批,省党部批准顶个屁用!你收拾了他们,有天大的事我们担着。”地主们串通了县长,又买通了警察局,策划着对合作社下毒手。

割大烟季节,乡村里开烟市,像赶庙会一样红火。那天合作社的白英、杨子华、菅子芳等人都去逛烟市了,临河警察局来人,以“诱惑乡民,扰乱治安”为罪名,查封了合作社,并等在那里抓人。中午时分,王森刚从乡下回来,还和往常一样,照直朝合作社走去,因为事先没一点提防,所以一进院门就被警察抓住了。王森说:“我是个种花先生,你们抓我干甚?”

警察瞪着眼说:“别装蒜啦!我们早知道你是合作社的人!走!”

他们把王森带到西沙梁地主王富宽家里,在那吃午饭,说是后晌要押送临河。

这天晌午很是燥热,警察们吃过饭都回到屋子里,说是“歇歇晌再走”,各自找地方睡午觉,给王森指了个地方,叫王森也睡。王森在警察身边躺下,一只手捂住眼睛,假装睡觉。一阵儿听到身边的警察发出鼾声,王森睁眼从指缝一看,警察们有的在炕上,有的躺在柜上,都睡着了。王森慢慢爬起身,声音不高不低地说:“我要喝水。”

警察们没有反应。王森又说一声:“我要喝水。”

警察们打着呼噜,仍没人应声。不料这时王富宽的老婆走进来说:“你喝水我给你倒。”

王森急忙向她使眼色,摆手势,叫她赶快走开。这女人平时也认得王森,惶惑地看了看王森,悄悄走开了。王森说声“我自己去倒吧”,就从窗子上爬出去,转身钻进了他家马棚,又翻墙出去,一气跑到了李德明住的派报社。李德明知道王森被警察抓走了,正在着急。王森对他说:“你赶快想办法通知白英、杨子华他们,叫他们不要回城,我也马上到乡下去。”说完就转身出门,又一连翻墙过了几个院子,跑到了城外的黄士拉亥河跟前,见四下没人,便把衣服脱下来缠在头上,凭着自己从小在黄河边练出的好水性,“扑通”跳进河里,顺水路游出好几里,跑到“穷人会”会员郭马家住下。

合作社被查封,人们想通过合作社买地的希望破灭了。而拿上钱在归绥活动的苏子翰,投靠了国民党特务机关,以后再没回来。这时,杨子华认清了苏子翰的面目,悔恨地对王森说:“三哥,当初真不该……”王森说:“咱们记取教训吧。”

中共临河地下组织插手办起的这个农业合作社,虽没有达到帮助穷苦农民买地的目的,但它在一个时期内,作为我党地下组织的活动阵地,对发动和组织群众同反动势力做斗争,对发展壮大党的组织,都起到了一定的作用。

农业合作社被查封后,中共临河地下组织把工作的重点转向穷人会,又开始策动军运。组织在发展,斗争在持续。

中共临河县委的诞生

合作社被查封后，那些天，王森在陕坝住不成了，就在乡下四处跑着找党员，住在一起，商议下一步怎么办，给他们鼓励。他说："合作社垮了，还有我们的穷人会呢，那才是穷人的组织，留得青山在，不怕没柴烧，大家不要泄气，要在巩固和发展穷人会上下功夫。同时发展我们的党组织。"那天王森到了杨六十五圪旦，正和老侯在一起，接到房鲁泉捎来的信，说他药房里进了批新药，叫他迅速去取。他明白老房那里又有了重要事情。

王森知道，房鲁泉这个同志入党后总是牢记着党的奋斗目标，一心一意地为党工作。

王英匪部逃散后，后套又来了阎锡山的屯垦军。国民党兵匪一家，一点不假。临河城住了屯垦军的四一〇团团部和两个连，常有官兵到城附近的菜园子里刁瓜抢菜，白吃白拿，还要打人骂人，闹得农民们叫苦不迭。房鲁泉得知这个情况后，就以串乡看病为名，到城附近的菜园子里去，和菜农们"闲谈"，一提起官兵抢菜的事，菜农们长吁短叹地说："唉，这年头菜也没法种了！"

房鲁泉说："和他们讲理嘛！"

菜农们说："这年月有钱就有理，人家门上有岗、手中有枪，咱连门也进不去，到哪讲理？"

房鲁泉说："单丝不成线，独木不成林，咱把城边上的菜农都联络起来，抓他个人证物证，一块儿去找他们讲理，我看他也咋不了咱们！"

菜农们点着头说："也是。"

房鲁泉连着跑了城附近的南台子等七八个村子，联络了几十个菜农，秘密组织了个菜园子公会。有一次，南台子抓住一个抢菜的屯垦军上士，菜农便集合起来，强迫这屯垦兵身带赃物，一连游了几个村子，总共集合了三十多个菜农，一起带上这人去团部讲理。到底是人多势大，又有人证赃证，闹得当官的狼狈不堪，最后不得不恼火地把那偷菜的屯垦兵当众骂了一顿，并答应赔钱。这时，菜农们就拿出账单，上面写着某月某日当兵的抢走和白吃瓜菜多少，还有某某人某日赊欠的多少，念了一遍，当官的无法，只好答应“一律追查，如数给钱”。此后屯垦军再也不敢轻易到瓜菜地里刁抢和白吃了。

除组织菜园子公会外，房鲁泉还在临河组织山东移民进行了一次示威游行。当时临河县城设了个山东移民事务所，负责管理全县范围内三四百户的移民事务。移民事务所的人都是国民政府委派的，不为穷苦移民办事，而是利用移民经费吃喝嫖赌，并把应当分给移民的土地私下出租，收利肥私。移民受着当地恶霸地主的欺压，又受移民事务所的克扣，在乡下无法生存，好多人就跑到县城来流浪谋生。房鲁泉常和这样的移民接触，就暗地里给他们出主意，并以菜农们的斗争胜利来启发他们，叫他们组织斗争。在他的暗地鼓动下，1933 年冬天，临河地区有上百名山东移民集合起来，把移民事务所的郝幼康等人拉到县政府，当着县长揭发他们的种种罪行，并厉声质问：“移民经费到哪里去啦?”郝幼康等人被质问得面色如土，无言以对，只好答应把他们私自出租的土地分给移民耕种。移民们说：“光说不行，要分马上就去量地!”县长见移民们众怒难犯，怕事情闹大了不好收场，就叫郝幼康当众向移民们承认错误，并当即领着移民们去量地分地。这件事震动了整个临河，移民们取得了斗争的胜利，但是谁也不知道这次斗争是共产党暗中策动的。

在这两次大的斗争中，房鲁泉在他所接触的农民中发现了几个可靠的积极分子，经请示王森，发展为党员。1932 年秋天，在山东移民中成立了中共党支部，郭金山任支部书记。

这次他说“药房里进了批新药”，肯定是他又有了什么新想法，要策划什么新的行动，王森很快回到了临河。

房鲁泉见了王森，又亲近又兴奋地说：“有个新情况告诉你。”他向王森谈了兵运的事。

当时，临河县城驻着阎锡山屯垦军田树梅旅四一〇团团部和两个连，其余连队住在乡下，轮流着常有一个连来守城。以前王森曾和房鲁泉谈论过：“咱搞王英搞不成了，能不能再在屯垦军上打主意？”房鲁泉是个有心人。1932 年下半年，他自己攒下点资本，为了活动方便，就和原来合开药房的人分了伙，另外找了两间房，单独开了个“光化药房”。他这药房的外屋不仅摆了药，还摆了两个报架子，每天换上新的《大公报》《益世报》《申报》等，给来往人们看。当时驻临河守城的四一〇团十一连有个三排长叫徐政权，到药房买药时和房鲁泉认了老乡，以后常来看报纸，有时还和房鲁泉发些议论。房鲁泉注意到他看报纸，总注意报上红军和国民党军打仗的消息。

当时国民党为了欺骗和愚弄人民，常在报上登些所谓“击溃红军”的假消息，而且常常是漏洞百出，自相矛盾。一天徐政权看完报纸，眉头皱了个大疙瘩，见左右没人，和房鲁泉说：“这是怎么搞的，国民党报纸上五月就说和红军打了胜仗，‘击毙’了朱、毛，今天又是个‘击毙’朱、毛，怎么击毙了一次又一次呢？”

房鲁泉试探着问：“它说‘击毙’朱、毛，你信不信呢？”

徐政权摇摇头说：“不信。”

房鲁泉说：“你对国民党的报纸，就得反着看，它说打了胜仗，肯定是败了；它说‘击毙’了朱、毛，一准朱、毛还活着。”

“哼！”徐政权愤愤地说，“这国民党就靠吹牛和骗人过日子！”

房鲁泉一听这个话音，就向徐政权宣传红军，说红军是穷人的军队，是为老百姓打天下的，有铁的纪律……徐政权听得十分入神，听着听着，忽然打断房鲁泉的话问道：“这地方有没有红军？”

房鲁泉不动声色地说：“只听说南方有，这地方有没有不知道。你问这干啥？”

徐政权两眼喷着火，拳头往桌子上一擂说，“要有我就去参加，再不受国民党这窝囊气！”

房鲁泉心里一震，他想不到事情来得这么突然，想了想又问：“你是国民党的排长，算军官啦，为啥有这个想法？”

徐政权愤慨地说：“日本进攻中国，蒋介石不抵抗，再靠国民党不是要当亡国奴吗？”

房鲁泉说：“人家红军是官兵一致，你要为升官发财，可千万别去。”

“龟孙子才做他那丧良心官，发他那丧良心财！”徐政权骂着，就数说起国民党军队里的黑暗和军官们的罪恶来。房鲁泉在旁听着，什么也没再表示。

过后他为这事动了许多脑筋，心里又激动又担心，自己拿不准主意，就急着叫王森回来商量。王森听后思考了一下,对房鲁泉说:“这个情况很重要,你再和他谈谈,闹准他是真心要参加革命,还是接受了任务来试探我们。”

房鲁泉说:“我看不像是试探,不过和他再谈谈也好。”

第二天,王森有事到别处去了。几天后回来,房鲁泉对他说:“我看差不多了,你和他见见面吧。我和他讲了。”

王森问:“你怎么和他讲的?”

房鲁泉说:“我对他说,你要找红军这可非同小事,我有个走江湖的朋友,串乡行医,他知道好多红军的事,等他来了,我引你见见他,你们好好谈谈。他听了很高兴,很想见见你。”

王森说:“那就见吧。”

那天按照房鲁泉约定的时间,中午时分,王森在房鲁泉的住室里和徐政权见了面。徐政权二十来岁,面孔端庄,英武精干。谈话间王森问徐政权:“听说你要找红军?”

徐政权露出一副很恳切的样子说:“郭先生,你要知道哪有红军,给我引引路,我在国民党这待够啦！郭先生,你要不相信我,我把心掏给你!”说着就撕扯着解开了胸前的扣子。王森上去抓住徐政权的手说:“你别着急,咱们慢慢谈。”

“郭先生,你不相信我吧?”徐政权那样诚恳地看着王森,向王森讲自己的身世。徐政权是山东即墨人,十四五岁时,为生活所迫,扯住根缆绳偷爬上船,到东北下了煤窑,后来被奉军抓了兵。张作霖和阎锡山作战时他被晋军俘虏,成了阎锡山的兵。一次作战中有个营长负伤,他从阵地上背起那营长跑了十几里,救了营长的命。以后那营长升了团长,为了报恩,提升他为三排长。他为人正直,看不惯国民党军队那一套,平常又总受气,所以一心想脱离国民党军队,另找出路。自打听了房鲁泉的宣传,便决心参加红军。

王森听后认定他的革命愿望是真诚的,便对他说明了自己的身份,并说:“红军是中国共产党领导的,你先入了党,在部队中秘密地发展组织,多争取一些人,红军来了咱就参加红军;红军不来,咱有人有枪,找机会往出一拉,就是一支红军。”

徐政权听了两眼立时明亮起来,一挥拳头说:“对,咱自己建红军!”

王森说:“你回去考虑考虑,咱过两天再谈。”

几天过后,王森和房鲁泉一起和徐政权谈了话,向他讲了党的严密的组织和纪律,接收他入了党,并叫他在军人中物色对象,发展组织。

从此徐政权像一颗革命火种,撒进了屯垦军的军营中。他是步兵十一连三排长,一连下面有十个中士(班长)、十个下士(副班长),一百多士兵;他为人又豪侠正直,在连里很有威信。他回去不久,就选准了中士王奇山、下士谢映堂,领着他们和王森、房鲁泉见了面,发展入了党,在十一连建立了党支部,由徐政权任支部书记。以后他又发展了机枪连的李教官、迫击炮连的刘玉银等。此时,中共地下党党员张悦民打入了屯垦军四〇九团,也正在积极发展党的组织。

张悦民是原在府谷入党的中共党员,本来是要到归绥上学,因误了考期就来到了后套。在农业合作社经杨子华等介绍认识了王森,就算在临河接上了组织关系。他按照组织安排,通过在陕坝垦务局任分局局长的府谷老乡李鞠如的关系,进入屯垦军四〇九团一营一连当了兵。因为有文化,不久当了上士文书。四〇九团原驻临河南门里,后调防五原南牛犋,又调到新公中。为时不长,张悦民就在屯垦军四〇九团一营一连先后发展了吴金山、许树勋二人入党,成立了党支部。

中共在河套的军运工作又有了新的开始。

1932 年一年里,党所领导的河套地区的革命斗争,虽也出现过一些挫折和失败,但总的看,形势发展之快是令人鼓舞的。接近年底时,党员发展到近六十人,建立了六个地方党支部,外围组织穷人会发展到上千人,并在屯垦军中建立了党组织。此外还有房鲁泉组织的菜园子公会。革命力量不断壮大,农民运动正在兴起。为了及时向上级汇报情况,取得联系,年底时王森去了一趟北平。

到北平后,王森首先向省委递了书面材料,并将事先绘制的一张简略地图交上去,以说明河套地理位置的重要,同时说明这里群众基础如何好,又有阎锡山的屯垦军可供搞兵运,要求省委多派一些同志特别是懂军事的同志来河套。递交材料后王森等了些日子。又是春节刚过时,顺直省委派了两个人,在北平宣武门外一座破庙里和王森谈话,同时在那等着谈话的还有从绥远去接头的杜如薪。省委的同志又当面向王森问了些情况,对他说:“河套问题省委研究过了,决定派人去视察。你先回去,继续开展工作,一些具体问题待视察后再研究。”接着和他讲了派人来河套的大体时间,定了接头地点和联络暗语等,谈话就结束了。

过了几天，王森就离开北平回了河套。组织上根据王森的要求，又派来了魏思文和阎定础。魏思文原是北平的大学生，来河套化名高五，又叫老高，换上农民服装，以卖烟叶子做掩护，很快深入到农村和屯垦军中。阎定础是山西人，曾和王森一起坐过狱，来河套化名叶三，也叫老叶，深入到农村去发动农运。随后又来了刘岱峰，他是在北平大学读书时入党的，毕业后在党领导的中国工农通讯社工作，1933 年初该社被反动当局查封，省委就派他来了河套。王森和刘进仁商量后，在临河城里帮刘岱峰开了个小杂货铺做掩护。这个小杂货铺可作为党的秘密联络点，还能为组织赚点活动经费。

魏思文、阎定础、刘岱峰这三个人都是山西人，因河套城乡都有很多“走西口”来的山西人，说话的口音和生活习惯都相同，他们在群众中易于隐蔽，也有利于开展工作。

1933 年 4 月中旬，省委派人来视察了。特派员杨一帆，化名老吴，正是那天在宣武门外破庙里和王森谈话的其中一个。接头之后，王森就领着他在后大套到处转，总共四十多天，边转边谈。老吴看了河套的自然风貌，了解了风土人情，又同很多的党员和穷人会会员谈了话……视察中他很激动，用他那江西口音很风趣地说：“这个后大套就是好啊！我要不是另有任务，也得被套住啦！”谈到工作，他不住地说：“形势很好，很好！”又说，“你们有这么多党员，这么多支部，又有这么大的外围组织，光一个特支怎么行呢？应当尽快地建立县委，加强领导。”

经和老吴商议，1933 年 5 月 23 日，王森让各支部派代表，到临河北约三十里的杨六十五圪旦老侯的学校里开会，讨论建立县委。

杨六十五圪旦靠近兰锁河，稀稀拉拉住着十几户人家，算是一个小村子。而老侯的学校离最近的人家也有一里多地，四面是大片的枳芨滩和红柳林，除了附近七八个来念书的学生和老侯的朋友，平时很少有人来。地下党组织在这样一个僻静处开会，是十分理想的。老吴参加会议。经过讨论确定立即成立中共临河县委，由王森任县委书记，阎定础任组织委员，侯进国任宣传委员，李四和张鱼子两个农民党员任农运委员，分管穷人会工作。同时成立了县委领导下的兵运小组，由魏思文任组长。

这次会议，是河套建党初期的一次重要会议。1933 年 5 月 23 日，中共首届临河县委诞生了。临河县委成立后，河套地区的党组织和党员又开始了新的斗争，面临着新的局面和考验。

祥泰裕起义

中共临河县委建立后，由于成立了兵运小组，特别加强了兵运工作。

通过深入调查了解到，驻后套屯垦军二〇五旅辖四〇九和四一〇两个步兵团，均非阎锡山直系部队，而是1930年阎蒋大战中，阎锡山收编的何绍南旅，大部分士兵都是河北、山东、河南等省人，对阎锡山调他们来后套开荒种地很不满。实际上他们成了阎锡山的农奴。

屯垦军的军官想方设法克扣士兵的军饷，对士兵进行压迫和剥削，致使内部的官兵矛盾十分尖锐，这对中共地下党开展兵运是十分有利的。那年夏季，临河仍是十一连守城，在县城街口搭了席棚，士兵们轮流着昼夜值勤。徐政权对王森说，每晚九点值勤官查岗后，席棚里就再不来当官的了。于是王森每晚九点后便背上药褡子跑去，由负责守门的中士王奇山领着，钻到席棚里和士兵们聊天。王森说他是个走江湖的医生，问士兵们有什么病要看，接着就天南地北地扯起来。扯着扯着，王森就装作很随便地向他们讲起南方红军的事，讲中央苏区反“围剿”，建立苏维埃政权，苏区斗地主分田地……士兵们听得非常起劲儿。

正在这个时候，徐政权向王森讲了一件事。十一连有个二排长，是旅长田树梅的小舅子，这家伙靠着裙带关系当了二排长，横行霸道，仗势欺人，为非作歹。有一天，他和士兵们到黄河边马场地打靶，乘士兵们在靶场打枪时，他一个人背着枪在野滩里游逛，看见蒙民扎木苏的妹妹宝音其其格在放牧，便起了歹意，强行把宝音其其格拉进渠壕里。宝音其其格奋力反抗，两人正搏斗扭打时，恰好来了负责靶场巡逻的值勤中士李占海。李占海不到三十岁，性情刚直鲁莽，一副火暴性子。他见二排长在光天化日下调戏妇女，心里立时来了火，跳下渠壕揪住二排长就打。李占海救出了宝音其其格，自己也出了气，又把二排长教训了一气，才住了手。二排长挨了打，回去就向连长告状，说李占海对他搞报复，叫连长替他做主，不然他就去找他姐夫。连长怕得罪旅长，立即下令把李占海捆起来，拉到院子里交给二排长去打。二排长拿了根柳棍子，一气把李占海打成个血葫芦……

徐政权对王森说了这个情况，问王森怎么办。王森问他："兵营里对这件事有啥反应?"

徐政权含着愤慨说："士兵们都快气炸啦！这几天人们暗地里净议论这件事，都为李占海鸣不平，连里就像个炸药包，见点儿火就得炸。"

王森说："先别点火，现在还不到点火的时候，还得忍住气做工作。你回去好好关照李占海，乘机把他争取到我们这边来。"

徐政权回去后利用三排长的职权，在李占海躺在炕上养伤期间，安排党员谢映堂去照护他，并布置谢映堂给他做工作。谢映堂和李占海的关系本来就不错，就趁没人时给他讲共产党，讲红军……李占海一听到"红军"二字时，顾不得身上疼痛，忽地从炕上坐起来，两眼盯着谢映堂问："有门路没有？有门路我去投红军!"

谢映堂说："等我帮你打听打听。"过后他把李占海的这一表示说给了徐政权。徐政权找王森汇报了情况。通过研究，由徐政权和谢映堂做介绍人，发展李占海入了党。

李占海一入党就问徐政权："三排长，咱多会儿搞暴动?"这些同志包括徐政权在内，由于心中憋着股对国民党的怒火，有一种难以忍耐的急躁情绪，恨不能立时把军队拉出去，把革命搞成功。县委研究了同志们这种情绪后，由王森出面对徐政权说："现在把军队拉出去又怎么办呢？我们处在国民党的包围中，光拉出一连人能站住脚吗?"徐政权沉思着不说话。王森又说："革命得一步一步地搞，现在军运刚开始，正处在发动和组织力量阶段，搞暴动条件还不成熟。你和同志们讲一讲，咱还是先秘密地发展组织，扩大力量，等各方面条件成熟时再暴动。"

徐政权经过思考，同意了王森的意见。

这时他们所在的十一连已不在临河守城，回祥太裕附近的罗缸房圪旦种地去了，县委和他们的联系不像以前那样方便、那样频繁了。8月中旬，徐政权向部队请了假，要回老家结婚，县委决定临时叫王奇山代理支部书记，谢映堂管组织，李占海管宣传。谁料就在这期间，一天夜晚，在屯垦军十一连驻地罗缸房圪旦，暴动的枪声就像一声惊雷，在平原上炸响了。事情的起因和大体经过是这样的：

1933年夏天，冯玉祥的抗日同盟军对日寇作战，收复了多伦，打到围场。消息传到了阎锡山屯垦军兵营里。李占海刚当了党支部宣传委员，那天领着几个人在地里干活儿，就又激动又气愤地向士兵们宣传开了："人家冯玉祥抗日同盟军打了胜仗，我们也是当兵的，阎老西儿却不叫我们打日本，叫我们给他当长工种地。"他越说越气，嗓门越高，"人家抗日同盟军中有共产党，国民党中尽是些卖国贼！"他的这些话被钻在地边红柳林里的二排长听见了，当即回连里告了他，并说："我早就看出李占海这小子是共产党。"那天连长不在，指定一排长代理连长职务。听了报告的一排长很紧张，立即派勤务兵马成俊监视李占海，对听了李占海宣传的几个士兵也另外派人监视，说是等连长回来处理，并当着二排长和马成俊宣布："谁要走漏了消息就枪毙谁！"

马成俊是个十八九岁的小伙子，父亲是被国民党杀害的，平时和徐政权最要好，徐政权为了在连长身边安个耳目，早做通了他的工作，秘密发展他入了党。他接受了一排长的命令去监视李占海，一面偷偷把情况告诉了王奇山，王奇山急忙找到谢映堂……那天黑夜，在马成俊的"监视"下，王奇山、谢映堂和李占海三人碰了头。李占海一听是二排长告了他，火气又上来了，眼一瞪牙一咬说："一不做二不休，先下手为强，咱先暴动宰了他们！"

王奇山忧虑地说："老徐不在，县委也不知道，暴动后怎么办？"

李占海反问："那你说怎么办？"

王奇山说："不如你赶快开小差，我们掩护你。"

李占海说："我跑了别人怎么办？连长回来绝不会认为通共的就我一个人。不如要死要活，大家一起拼！"他转向谢映堂，"你说呢？"

谢映堂说："要干事不宜迟，今黑夜就动手！"

李占海两眼冒火地说："对，动手！"

王奇山也没再提异议，三人当下决定，马上暴动，暴动后向西北方向，把队伍拉进山里打游击，并做了分工：由李占海、马成俊带两班人到祥太裕营部抓营长；谢映堂留连里注意动向，并组织法庭准备审判；王奇山立即出发去找县委报告消息，找到县委后速向蛮会北的大发公一带追队伍。说罢，三人立即分头行动。

李占海和马成俊立即回去叫醒了两班人，说有紧急任务，命令任何人不准做出响动，神不知鬼不觉地离开了罗缸房圪旦。走到半路，李占海才向大家说明了起义的事。士兵们更来了精神，一气跑到距离五六里路的祥太裕，找到一个马弁带路，在营长的姘头家把营长抓住，带回了罗缸房圪旦。又抓了正在睡梦中的一排长，一起押进谢映堂布置好的“法庭”里。这“法庭”挂着红旗，桌子上蒙着红布，点着蜡烛，看去倒也庄严、威风。审判开始，李占海由两个士兵陪着往正中一坐，抬手一拍桌子，威风凛凛地向跪在地下的营长和大排长喝问：“说，你们犯了什么罪？”

营长早吓得没了魂，浑身打着哆嗦说：“我，我，对不起弟兄们，平时为国民党卖命，为阎锡山效劳，克扣弟兄们的军饷，欺压弟兄们，欺压老百姓……”

李占海严厉地说：“你们这些国民党反动军官，阎锡山的龟孙子，平日依仗权势欺压百姓，犯下了滔天大罪！告诉你们，我们暴动啦！从现在起我们是共产党的红军，我代表红军审判你们！拉出去，枪毙！”

他话音一落，士兵们立即将营长和一排长拉出去。“啪！啪！”两声枪响，整个兵营震动了，沸腾了。“我们暴动啦！起义啦！”“我们要去当红军！”“集合！”“准备出发！”随着一片呼喊声，霎时有占全连三分之二的七八十名士兵聚集在李占海和谢映堂高擎的红旗下，胳膊扎上红布条，成立了红军塞北支队，离开罗缸房圪旦，向着西北方向出发了。

屯垦军十一连暴动那天夜晚，中共临河县委正在陕坝开会，会上决定魏思文第二天就去罗缸房了解十一连的军运情况。会后王森没有离开陕坝。第二天上午，房鲁泉气喘吁吁地从临河跑来报信，见面就说：“不好啦同春，十一连暴动啦！”王森听了心里一震，急问：“你听谁说的？”房鲁泉说天没亮王奇山就跑去给他报信，让他迅速转告县委。正说着，阎定础急匆匆跑回来，见面也是那句话：“十一连暴动啦！”王森问他听谁说的。阎定础说他在下乡的路上碰到了王奇山。王森问：“王奇山哪去啦？”

他说：“把情况对我讲了，就去追队伍啦！”

王森问：“队伍去哪啦？”

阎定础说:“王奇山说暴动之后,把队伍拉向西北方向的山里。叫王奇山找到县委后,向蛮会北大发公一带追他们。”

房鲁泉说:“他对我也是这么说的。”

王森问:“他讲了起因和详细情况吗?”

他俩都说:“讲啦。”接着他们向王森讲了王奇山所说的暴动起因和经过。

王森听了这个情况,心里非常焦急,立即派陈高锁去大发公一带找队伍,叫陈高锁得到消息后立即到临河找他。为了弄清情况,王森和房鲁泉、阎定础也立即离开陕坝,分头往临河去。

那天天黑后,王森和房鲁泉一起走进了临河城。因摸不清城里的情况,他俩没有走城门,而是凭着对地形的熟悉,经城西南的菜地进了城,进城后也没奔药房,而是先去了另一人家。当时临河正在白色恐怖中。据说暴动的消息传到临河后,四一〇团团长许士豪吓坏了,立即下令全城戒严,并意识到军心不稳,下令对城里所有士兵缴了械,派排以上军官和他的亲信负责守城。临河国民党主委赵仁甫换上老百姓衣服,随时准备逃命。屯垦军团部已发觉房鲁泉的光化药房和士兵暴动有关系,对药房进行了搜查,大骂光化药房成了赤化药房,下令捉拿房鲁泉。得到这个情况,王森立即送房鲁泉从南墙出了城,让他先到南台子躲起来。而王森要在临河等陈高锁,当下又不能离开,又恐陈高锁第二天来了进不了城,就连夜出城,钻进城西北路口旁的一片红柳林里去等他。天亮后王森看附近没人,不时站到高处瞭望。太阳一竿子高时,果然在路上迎住了走了一夜的陈高锁和魏思文。魏思文头一天去罗缸房的路上,得到了十一连暴动向西北开走的消息,也立即去追赶,他俩在乌加河岸碰上了。

王森急问:“情况怎样?”

魏思文和陈高锁的表情都很难看,沉痛地向王森讲了他们了解到的和亲眼看到的一些情况。

天亮时,起义部队到离乌加河不远的大发公停下来,一面在天主教堂里做早饭吃,等着王奇山,一面在教堂前开大会,向群众做宣传:“我们是红军,是为老百姓打天下的!谁想参加就跟我们走!”李占海让人把一块红布扯成条,谁参加就给谁在胳膊上扎一条。早饭后又把村里的老财抓来,同时开了老财的红漆柜,取出衣服、银圆,抱来大烟坛子给穷人分……

就在这夹空儿,村里有个杨侉子悄悄溜出村,弄了匹马骑上,一气跑到乌加河北。这杨侉子是河北人，在乡公所管税收，平时专好巴结有钱有势的土豪劣绅，欺压穷人。他跑到乌加河北的邢寡妇圪旦，找到住在那的民团团长李三毛旦，报告了红军打到大发公的消息。李三毛旦吓傻了。杨侉子给他出主意说："团长不用怕，把这个差事交给我。红军正在大发公招兵，我装作穷人去投他们，把他们引到乌加河的泥塘子里，你带人在对岸的芦苇林里埋伏着，还愁收拾不了他们？"

两人定下毒计，杨侉子便装成穷人跑回来，要了个红布条扎在胳膊上，混入了起义部队。他向部队要枪，部队没有多余的枪发给他，他说："打仗没枪怎么行？我当了红军就和红军一条心，领着大家去闹点枪。"

李占海问："到哪闹？"

他说："河那面邢寡妇圪旦住着民团，二十多个人，都有枪。黑夜我领着去包围，把他们捂在被窝儿里，保证那枪都是咱们的。"

李占海听了他的话。晌午时分，部队由杨侉子领着，向北出发了。

杨侉子为了取得信任，也为了磨时间，领着部队走了王木匠圪旦、李昌发圪旦、刘巨海圪旦等，到哪就带头宣传红军是来打老财、救穷人的，带着人到老财家闹腾一顿，一直拖到天黑，领着部队到了乌加河岸的马二圪卜，把部队引进了一片泥沼里。当人们在泥沼里越陷越深时，忽然对面打过枪来，这才发现上了当，再看杨侉子早溜得没了踪影……就这样，一支七八十人的起义队伍，有的血染黄沙，被民团打死了，有的活活陷死在涝泥里。据说只有马成俊等十几人挣扎着从涝泥里爬出来，不知向哪里逃走了。

河套地区的一次武装暴动，即载入河套历史和常常为人们传说的祥太裕起义，就这样失败了。当陈高锁和魏思文第二天黄昏追寻到现场时，看到的景象十分凄惨……一些经过和情景，是他们从遇到的两个逃散的士兵口中听说的。

王森听了这些情况，心里非常沉痛，也很自责。从某种程度上讲，这次暴动的失败是由李占海等的盲动造成的。但王森认为自己作为县委书记，是有责任的。一方面对已经发觉的李占海等的急躁情绪没有引起足够的重视，只是一般地说了一说，特别是在徐政权离开期间，没有及时抓紧对十一连几名党员的教育和指导；另一方面，平时向大家宣传时，只一味宣传南方的红军如何上山打游击，而没有根据河套的地理位置和自然条件，分析一下武装斗争该怎么搞，一旦暴动了该怎么办。

起义失败后，临河多少天一直被白色恐怖笼罩着。为保存革命力量，在县委的统一安排下，魏思文、阎定础、李德明三同志先后回了北平，白英回了萨拉齐县。被敌人下令通缉的房鲁泉在农村待了些日子，去了三盛公，以后改名赵子明，去了宁夏。那些天王森在乡下，这里三天那里两日地躲着、跑着，和杨子华、侯进国、李四、张鱼子五人组成了新县委，继续发动和领导穷人会。在临河的白色恐怖中，我们的党员郭金山和一个叫谢凤和的山东移民，被敌人抓去送到包头旅部。郭金山被敌人用火柱烫，对党的组织和活动没吐露一个字。而谢凤和根本不是党员，也根本不知道起义的事。敌人把他们关了一段时间，都释放了。

这次士兵起义失败了，牺牲了一些革命同志，给革命造成了损失。这次失败，让中共河套地下组织的同志们从中吸取了沉痛的教训。这次起义虽然失败了，但它也给了反动势力沉重的打击，让他们在恐惧中惶惶不可终日。这次起义也向世人说明，当时的河套地方同全国一样，从城镇到乡村再到兵营，到处布满了革命的“干柴”，随时都可能点燃起来，形成燎原之势。

1982 年 10 月某日，王森（中）来到陕坝，寻觅当年的足迹。右一为本书撰稿人。

1982年9月，王森重访河套，在临河县科级以上干部大会上做报告，讲述当年所经历的中共河套地下斗争。

1982年10月，王森(左)寻访陕坝，见到了赵面换的儿子赵登贵。

斗争正未有穷期

1933年秋末冬初,国民党孙殿英四十一军西下时路经河套,在河套停留近两个月。该军有个教导队是中共地下党领导的,队长老慕是教导队中党的负责人,到陕坝后就派党员魏斗寅和王森联系,传达上级指示。他说国民党右派分子张慕陶的同伙吴一民等,随四十一军到了河套,这伙人领着日特机关的津贴,到处起破坏作用,让地方组织注意,随时警惕他们在河套搞阴谋活动。

在河套革命处于低潮、县委工作处于困难的情况下,王森见到了党的同志,接受了指示,心里非常激动。王森当即找到老慕,向他汇报了河套党的组织和穷人会的活动,以及祥太裕起义失败以后革命处于低潮的情况。为了重振士气,经和老慕商量,又同县委的同志研究,决定在四十一军教导队的掩护和支持下,以开农民代表会的名义,召开一次穷人会代表大会。这是祥太裕起义失败后中共地下组织策划领导的第一个大的活动。县委决定每五个穷人会员来一个代表。最终到会的计有一百三十多人,集中在陕坝西沙梁冯老虎的院子里,由四十一军教导队供应粮食、经费,会议开得很热闹。有四十一军教导队做掩护,不管穷人们怎么在一块儿吵吵嚷嚷,地方政府和屯垦军团部都不敢来干涉。会上,大家总结了祥太裕起义失败的经验和教训,也对县委的工作提出了批评。有的穷人会会员说:“搞暴动应当早和我们穷人会打招呼,我们要是一接应,也不能叫几十人陷在涝泥里。”王森听了这话心里热乎乎的,又惭愧又高兴。这次会议振奋了穷人会会员们的革命精神,使党员也受到教育和鼓舞,为以后的工作又加了一把劲儿。

大会期间,国民党右派分子吴一民也假惺惺地到会上讲了话,说得冠冕堂皇，头头是道，会下却从教导队供给大会的粮食中偷卖面粉，把钱寄回北京肥私囊，当场被穷人会会员抓住，在大庭广众下揭露了他的丑恶面目。

这次大会开过后，驻在临河的屯垦军四一〇团发觉共产党还在活动，特别是知道王森还没走，就设法捉拿王森。有一天王森在陕坝街上走着，忽见徐政权原在迫击炮连发展的党员刘玉银迎面走来。见了王森，刘玉银又热情又带些责备地说："哎呀，可找到你啦！同志们正着急接不上头呢！你怎么不去临河了呢？十一连失败啦，还有别的连的同志嘛！把大家的劲儿鼓起来再干嘛！"

王森看出他神态不太对劲儿，这么长时间没接触，也摸不清他思想有啥变化，为尽快甩脱他，就顺着他的话说："好呀，我正要去呢，团部里也有咱们的人，我去了就找你，把关系沟通一下。"刘玉银听后龇牙笑了，和王森约定了第二天在临河接头的时间和地点，就分手了。

第二天，王森越想越觉得不能去，第三天也没去。果然这刘玉银叛变了。第四天前晌，他领着五六个士兵到陕坝派报社去抓人。李德明走后，设在陕坝的派报社由陈高锁负责。那天可巧王森不在那里，陈高锁也出去了。韩是今和吴乃贤从三道桥的澄泥圪卜来陕坝，正在派报社等王森，被他们抓住了。韩是今假装糊涂地说："我是个乡下的小学教员，来这买两张报纸，你们抓我做甚？"那些人哪听他这些，用绳子捆了他和吴乃贤的双臂，交一个人看管，又在屋里和院子里搜查。那天韩是今穿了件驼羔小皮袄，他见看守人对他盯得不太紧，便挣脱开皮袄和绳子，猛一耸身，踩着个柴堆翻墙逃跑了。他越过墙，才听有人高喊："跑啦！跑啦！"韩是今一气跑到四十一军教导队，在那里见到了王森。吴乃贤被带到临河屯垦军团部，审问中知道他是国民党一军官的侄儿子，关了几个月就放了。

1934 年春，河套的饥荒严重了，穷人们一连几十天不见粮食，王森也和他们一起到滩里扫草籽吃，只有到三道桥杨子华家，才能吃上粮食。

这时，王森在河套的活动，已引起敌人的注意，临河和陕坝街上他都很少去了，大部分时间在乡下转，到一个地方住一两天，就赶快转移。在最艰难的日子里，陈高锁每天怀里揣一把刀子，和王森形影不离。夜间他们睡在乡村的土炕上，只要外面稍有动静，陈高锁就爬起来听听或到外面看一看。

3 月间，中共绥远特委书记刘仁（当时叫王崇义）从包头来河套视察，王森向他汇报了情况，领着他转了几个地方。一天夜里，他们住一个王森熟悉的穷人家里，夜里谈到很晚才睡。第二天，那家老太太问王森："你领的个甚人，和你有那些话要说，一宿不睡？"

王森说："那是我们药房的少掌柜，来盘查我的生意。"

刘仁临走时说，特委需要一个合适的人做交通员，叫王森从河套的党员中给物色一个。王森考虑再三，认为陈高锁最合适，就说给刘仁了。刘仁很满意。王森和陈高锁谈时，陈高锁紧紧地握住王森的手，两眼涌出泪水，深情地说："我走了，那你……"

王森说："你不要惦记我，特委工作更重要，你去了一定要干好。咱河套有这么多同志，我不会出问题。"

那天他含泪和王森告别，走上了新的工作岗位。王森目送着他那熟悉而亲切的背影，回想着他为入党而忌烟的感人情景，回想着他们一起斗争、一起生活的日日夜夜，心中波涛起伏，久久不能平静。

刘仁回包头后，考虑到王森在河套随时有被捕的危险，经特委研究，决定把他调回去，遂派霍士奎同志来接替他。王森和霍士奎见了面，领着他在乡下转了十几天，一边介绍着情况，熟悉了党内一些同志，就算把工作交代了。

1934 年 6 月初，正当河套的麦苗和草木一派葱绿时，王森怀着依依深情，向他生活和战斗了两年多的河套平原，向同他并肩战斗的同志和平原上朴实淳厚的乡亲们告别。

霍世奎是民主革命时期第二任中共河套临河县委书记。他原名霍世杰，1902 年生于陕西省绥德县义合乡楼沟村，在榆林中学读书时开始参加进步活动，1924 年加入中国共产主义青年团，1925 年加入中国共产党，同年受组织派遣到广州农民运动讲习所学习。此期间他积极参加了广东农民协会的工作。1926 年冬天，他回到陕西，在中共豫陕区党委农民运动委员会工作，先后在关中和豫、陕交界各县走村串户，发动群众，并打入红枪会、白枪会、黄枪会、大刀会等组织中宣传革命道理，多次发动和组织会员进行反贪官、反土豪劣绅的斗争。后在豫、陕各县组织农民协会，发动农民运动，被当地百姓誉为"农运大王"。1927 年，蒋介石发动反革命政变后，在极端困难的环境中，他组织渭水两岸农民与军阀、官僚、地主、恶霸进行顽强斗争。1928 年，他与刘志丹、唐澍等发动了渭华暴动。1930 年，奉中共陕西省委指示，打入国民党陕西清乡督办公署，往返于汉中、关中、陕北各县，传达党的指示。1933 年，他被派到察哈尔抗日同盟军前敌委员会任委员，兼任十八师少将军需长。同年冬天，中共北方局派他到绥西开展党的地下工作。1934 年 4 月，中共绥远特委派他来河套，任中共临河县委书记。党派这样一位“农运大王”来河套，可见对河套地区农民运动的重视。

与霍世奎同时被派来河套工作的还有王逸伦。

王逸伦，内蒙古赤峰人，中学毕业后先后在赤峰接官厅小学、林东小学任教。1932 年春赴北平。同年 7 月在北平加入中国共产党。后赴上海，在中共中央举办的训练班学习。1933 年回家乡赤峰开展党的地下工作。1934 年 4 月，他与霍世奎同时受中共绥远特委派遣，来到河套。组织交给他们的工作任务是一面联系、恢复旧有组织，一面发展新的组织，发动群众开展斗争。

王逸伦离开包头时，组织给了他几十元钱的活动经费，经与霍世奎商议，他用这几十元钱买了些针头线脑的零货，又做了个木箱，把货装上，还买了个拨浪鼓，装扮成一个串乡叫卖的货郎。在霍世奎由王森领着奔走乡村熟悉情况时，王逸伦背着货箱，摇着拨浪鼓，跟侯进国同志一起来到临河城北二十多里远的杨六十五圪旦。

在杨六十五圪旦，侯进国安排王逸伦住在了张五家里。张五是王森在这里活动时发展的党员。他家住一间小土房，家徒四壁，炕上连张炕席也没有，光放着个小石磨。到了春末夏初青黄不接时节，他家里没有一粒粮食，每天挖些苦菜，再弄些灯香草籽在土炕上磨成面，搅在一起熬糊糊或烙饼子吃。夫妻二人都穿得十分破烂，孩子都光着身子。在那里遇到下雨，老侯去了他的学校，王逸伦一个人住在张五家。开始他真有些不习惯，吃那苦菜草籽糊糊，真是难以下咽。但一想到群众的疾苦，想到组织交给的工作，就一再告诫自己：“一定要坚持下去！”

王逸伦住在张五家，也常常背着货箱，摇着拨浪鼓，到村里的别人家走串。这村人家不多，但由于我们党的同志常来活动，算临河的一个“老区”，群众基础较好。一天王逸伦与群众“闲谈”说：“后套这么多这么好的土地，农民又整天辛辛苦苦地劳动，为什么还没饭吃、没衣穿呢？而那些地主老财，整天不劳动，为什么吃好的、穿好的，作威作福呢？”

王逸伦话音刚落，有个年轻妇女就说：“王先生你别拐弯抹角了，你这么一说话，我们就知道你是干甚的人了。那年种花的郭先生来了，也这么说。我们庄户人大字不识一个，你们给出主意吧，说咋干咱就咋干，不信斗不过地主老财！”

王逸伦知道年轻妇女说的“种花的郭先生”是指王森同志。

群众的这种觉悟、群众的革命要求和他们之中蕴藏的革命热情，更让王逸伦增加了领导斗争的力量和决心。

离开杨六十五圪旦，王逸伦又背着货箱，摇着拨浪鼓，接连走了临河城附近的靳家台子、行唐台子，靠近黄河的马场地，还走了陕坝及大顺城、蛮会、三道桥等地方，一边卖着零货，一边向群众宣传革命，恢复和发展党的组织。天气一天比一天炎热，他跑得上了火，牙疼了起来，就用一只手按着牙跑路，也没有停止活动。有时肚子饿了，就用零货换点粮食，找个人家去搭伙做饭吃。这样在一两个月的时间内他就把所有的零货都卖光了，乡村里许多人也都知道了这个“王货郎”。

在乡下他当货郎，回到临河县城，他就成了“新闻记者”，穿上长衫，戴上礼帽，四处“采访”，回来就写稿子，还真的用王敏苇这个名字给北京的《晨报》《世界日报》和天津的《大公报》寄过几篇稿子。在临河县城，他最先“采访”的人物是刘进仁。刘进仁任过县督学和小学校长，俨然“上层人物”，共产党的地下工作者谁来了都少不了和他接触。王逸伦当过小学教员和学监，有过类似的经历，两人见面自然更谈得来。王逸伦还“采访”了开磨坊的郭金山。郭金山是山东人，1932 年由王森和房鲁泉介绍入党。接上关系后，王逸伦每到临河县城，就在郭金山的磨坊住宿。

此外王逸伦去的最多的地方，就是邮局。开头由于王逸伦去邮局寄稿、寄信，认识了邮局跑信的赵维汉。赵维汉原是东北人，九一八事变后家乡被日本鬼子占领，他不甘心当亡国奴，就跑来后套，在邮局谋了个差事。他虽不是党员，但以前就和我地下党员王森、房鲁泉等有过密切的联系。王逸伦和他很快交成了朋友。也因为在邮局有了这样可靠的关系，王逸伦就给在北京的关系去信，让寄书报给他，寄到临河县邮局。王逸伦在邮局里还认识了一个小青年，是房鲁泉的儿子。

这小青年认识王逸伦后，对这个“新闻记者”十分崇拜；王逸伦对小青年也十分关心，两人也成了朋友。小青年为王逸伦保存邮件、传递消息，跑来跑去，给他帮了不少的忙。

1934 年夏季，霍世奎住在陕坝西沙梁，先住在一姓高的人家，后搬到地下党员赵面换家住下。他以陕坝及周边地区为重点，发展党的组织，同时四处奔走，先后与临河的刘进仁、郭金山，蛮会的张鱼子，三道桥的杨子华，大顺城的杜三柱等进行联系，推动党的地下工作。挖渠时节，他多次跑到大渠上接触渠工，发动他们同封建势力做斗争。他在极端困难的环境中忘我工作，积劳成疾，于这年秋季病逝于赵面换同志家中，时年三十二岁。

霍世奎同志病逝后，时任县委宣传委员的王逸伦乘船去包头，向绥远特委书记刘仁和组织部长吉合汇报了霍世奎同志病逝及党在河套开展党的地下斗争的情况。中共绥远特委决定，王逸伦接任临河县委书记，侯进国任县委委员协助工作。

通过霍世奎、王逸伦等同志前段时间的艰苦工作，中共河套地下组织得到了巩固和发展，也进一步在劳苦大众中扩大了革命影响。王逸伦接任县委书记后，即考虑下一步该怎样组织群众同封建反动势力做斗争。也正在这个时候，机会来了。

这个机会是县长提供的。

当时临河县县长崔正春，曾是省里某要人的老师，原想来这丰腴之地做个父母官，名利双收，没想到这里的老百姓竟是一贫如洗，而且直接被村长和大地主、二地主们统治着。征收上来的粮食和屠宰税、水费等，除村长、地主们从中贪污，还有税务局、水利局把持，狼多肉少，况且他县官不如人家“现管”，“强龙压不倒地头蛇”，那些村长、地主和县里的实权派们都不怎么把他这个县长看在眼里，他也见不到什么油水。为此县长心里很不舒服，于是动了一番脑筋，想出了三条“改革”措施：一是丈量地主的土地，按实际亩数征收粮食和水费；二是改变对养猪、养羊的税收办法，宣布养而不杀者不纳税；三是组织人员和村长算账。

这三条“改革纲领”公布后，在群众中引起了很大的反响，有人说这是县长为疏通财路中饱私囊想出的办法；有人说是收买民心的妙计；也有人说县长是个好官，要干一番为民谋利的好事……有的地下党员也感到迷惑。王逸伦去三道桥时，杨子华就问：“崔县长是不是我们的同志？”

王逸伦说：“肯定不是我们的同志，他提的这三条不错，我们正好可以利用他这三条来发动群众，向封建势力展开斗争。起码‘和村长算账’这一条可以利用。”

杨子华问:“怎么个利用法呢?”

王逸伦便说出了自己的想法。

崔县长提出的三条,第一条受到了大地主们的强烈反对,不可能实施;第二条交税务局照办;唯有第三条和村长算账,县长要亲自部署过问。他计划在秋后开始,之前先办个小学教师训练班,企图把小学教师们利用起来和村长算账,也是为了在青年中培植势力。

王逸伦得到这一消息,心想这又是一个机会,就急着去找刘进仁商议。他笑着对刘进仁说:“我们也正想利用小学教师来参加这一斗争呢,这一点崔县长和我们想到一块儿了。可惜我们是地下斗争,不能公开办个小学教师训练班。人家崔县长能办,就叫他给咱办。咱正好利用这个机会来争取小学教师,让他们实心实意为群众办事,和反动势力做斗争。”

刘进仁完全同意王逸伦的意见,认为这么办是有条件的。因为刘进仁当过县督学,管过全县的小学教师,差不多对每个小学教师都熟悉。小学教师中还有我们的地下党员侯进国、杨子华等人,都可以打进崔县长办的训练班里去,通过他们就可争取更多的小学教师。

于是在崔县长为开办他的小学教师训练班兴师动众地做着准备时,我们的地下工作者们也在做着准备。王逸伦又重操旧业,用活动经费买了些笔墨纸张,装在他的货箱里,到乡下各学校去卖笔墨纸张。当时把这种职业称之为“串馆”,王逸伦就借“串馆”之名,去和小学教师们接触、交谈,从中物色参加斗争的人员……

这年冬季,一场“和村长算账”的斗争在临河农村展开了。这场斗争表面上是县长发动和领导的,其实却是地下党员们在暗中组织和起着决定性作用。这场斗争进行得很激烈。

那时乡村的村长也都是由有钱有势的大地主担当,这些人是乡村一切反动势力的代表,平时勒索民财,催粮逼税,欺男霸女,贪赃枉法,无恶不作。单是每年征收农民的割头税和水费两项,就有大把银钱被他们装入私囊。贫苦农民受他们的剥削最直接也最沉重,对他们的种种劣迹也看得最清,对他们恨之入骨。所以一听说和村长算账,贫苦农民的斗争情绪十分高涨。但是也有很大的阻力,主要来自作恶多端的村长以及与他们利益相关、沆瀣一气的乡长、区长等乡村恶势力。1934 年冬天,我党参与发动“和村长算账”的几个地方,都进行得比较顺利,取得了一定的斗争成果。县长也并没有发觉有共产党插手。

1935 年 1 月,斗争仍在持续。这时出现了一个小小的风波。

三道桥一带有个村长名叫兰三,在当地民愤很大,名气也不小。杨子华和另一小学教师傅观澜在那里组织斗争。其间他们派了个人到陕坝找到王逸伦,谈了斗争情况,请求王逸伦前去指导。王逸伦当时正在大顺城圪旦组织斗争,脱不开身,就让老侯到那里去。王逸伦给杨子华和傅观澜写了封信,让老侯带给他们。信中大意是说在斗争中一定要掌握群众的情绪,根据群众的切身要求提出口号。

老侯到三道桥后将这封信交给了傅观澜,傅观澜看后觉得这封信写得很好,竟舍不得毁掉,夹在一本书里保存起来了。谁料就在这天,傅观澜去村子里组织斗争,老侯正在替他给学生上课,突然区长带着人闯进了学校。这个区长是个贪官,平日和兰三狼狈为奸,侵吞了不少民财。清算兰三对他来说无疑是“城门失火,殃及池鱼”,或者说“打了骡子马也惊”。他对这场斗争既怕又恨,但碍于是县长提出来的,又不敢公开反对。他凭着反动的政治嗅觉,怀疑有共产党插了手,所以四处巡查,想找出点蛛丝马迹。他来到学校,见以往那个教员不在,换了个陌生人在给学生上课,就对老侯盘查起来,并一边动手乱翻傅观澜放在桌子上的书本。也巧,夹在书本中的那封信被翻见了,他展开来看了一会儿,即露出狐疑的表情,把信装进衣兜里带走了。

老侯着了慌,立即派人找回杨子华和傅观澜商议对策。杨子华和傅观澜一时也没了主意,都说:“这事得赶快通知老王,让他有个准备。”

老侯跑到大顺城找王逸伦说了情况,王逸伦听后并没有显出任何的惊慌和惧怕,他和老侯相跟着到了三道桥,和杨子华、傅观澜一起分析了情况。他说:“‘和村长算账’是县长提出来的,触犯了区长的利益,区长肯定反对。但这封信内容比较隐晦,并不能断定就是共产党写的。不过我们得先发制人,先找个关系,把这事和县长说说。”

正好傅观澜认识一位小学教师,是县长的亲戚,就决定让傅观澜去找这位小学教师,先去探探县长的口气。

傅观澜去找了这位小学教师说了情况,这位小学教师说:“这有什么呢?”就领着傅观澜去见县长。傅观澜见了县长说:“有位‘串馆’的王先生常来学校，对县长发起的‘和村长算账’很赞同，说县长是位为民做主的好官，是位开明、进步人士。”

县长听到这里，高兴地说：“这个人在哪里？领来我见见好吗？”

傅观澜说：“他跑着‘串馆’，这些天不知去哪里了。这人很有见解，我向他请教斗争方法，他给我写了封信，说斗争中一定要掌握群众的情绪，根据群众的切身要求提出口号。”

县长说：“说得对嘛！”

傅观澜说：“这封信让区长拿走了。”

县长立即现出不悦之色，问：“他拿走干什么？”

“不知道。”傅观澜说，“可能是要追查，要做什么文章吧！”

“这有什么文章可做呢？”县长说，“‘和村长算账’就得根据群众的要求嘛！这个口号是我提的，他要追查来找我好了，不要管他！”

这场风波果然无声无息地过去了。我地下组织和县长“合作”的这场斗争继续进行，取得了预期的胜利。

大顺城惨案

1935年2月，临河换了县长，原来的崔县长调到省里另任他职，从包头调来原屯垦军军法处长陈令德当了县长。这个人阴险毒辣，一到任，就和屯垦军四一〇团团长石焕然勾结起来，紧密配合，调动一切反动势力，派出众多便衣特务，到城镇、学校、农村侦察，寻找共产党的活动线索。由于有坏人告发，他们很快列出了五六个人的共产党员名单，其中有刘进仁、侯进国。1935年3月，他们首先逮捕了刘进仁，由陈令德和石焕然亲自审问："你是不是共产党？"刘进仁说："这纯属诬陷，谁说我是共产党，叫他拿出证据来。"他们也真的拿不出证据，又问："有个姓侯的教员，你认识不认识？"

刘进仁说："临河根本没有姓侯的教员，你们可以去查县政府教育股的案卷。"刘进仁知道，侯进国是杨六十五圪旦的私塾教员，县政府教育股案卷里没他的名字。陈令德也真在政府教育股案卷上查过了，确实没查到侯进国这个名字。又审问了一气，并没有审出他们想要得到的东西，就把刘进仁关进了监狱。

陈令德和石焕然又撒开人马，继续搜查。

陕坝西北方向不到十里有个村子叫大顺城，是中共地下组织的一个活动据点，那里有个大顺城支部，有二十多个"穷人会"会员。1935年农历三月初的一天，侯进国召集党员和"穷人会"十几个人，在党员杜三柱家开会，研究春荒时节怎样发动群众向地主借粮，解决穷人的口粮和籽种问题。事情被一个反动乡长发现了，派出一个狗腿子去查看。这狗腿子闯进杜三柱家，见聚了一屋人，问："你们在干甚？"众人说："我们耍钱，正要开耍。"狗腿子说："你们不像耍钱。"这狗腿子就是当地人，对邻近村子的人都认得，贼眉溜眼地把屋里每个人看了一遍，指着老侯说：“他是谁？”杜三柱女人宋二女说：“是我娘家哥哥，从东川来。”那狗腿子没再问什么，扭身走了。

过了两天，1935 年农历三月初七，乡长领着几个特务来把杜三柱抓走了。随后抓走了住在甾二圪旦的共产党员吕六。第二天，特务们又来到新乐乡王富宽圪旦，抓走了共产党员班三。接着又去抓那夜晚在杜三柱家开会的“穷人会”会员陈四。面对着敌人的追捕，陈四顺手抄起一把铁锹奋力搏斗。“你们谁敢上前一步，我就劈了谁！你们这些吃人饭、干狗事的狗特务，共产党总有一天要和你们算账！”他高声喊着，举着铁锹向敌人冲去。特务们向他连开数枪，陈四英勇牺牲，时年三十二岁。

杜三柱和吕六被捕后，被押送到设在陕坝的临河三区区公所，关进私设的牢房，由屯垦军驻军连长白贵元和区长王大陶执行审讯。面对着敌人的种种酷刑，杜三柱和吕六英勇不屈，坚不泄露党组织和“穷人会”的任何秘密。班三则被押送临河关押审讯。

1935 年 4 月 11 日（农历三月初九），陕坝南门外唱戏，陈令德和石焕然乘机从临河来到陕坝，宣布陕坝实行戒严，任何人不得出进。接着命刽子手们用绳子把杜三柱和吕六捆绑起来，押送戏场。当拉着杜三柱和吕六的马车通过陕坝街道时，杜三柱怀着强烈的仇恨，面对群众高声呼喊：“国民党总有一天要完蛋，共产党一定胜利！”到了戏场，他们被押上戏台，同时被押上台的还有赵面换的儿子赵锁仁。石焕然凶相毕露地宣布：“今天要杀几个共产党，让你们看看，当共产党就是这样的下场！还有共党头目王某、侯某，还有赵面换在逃，正在追捕。赵面换不出来自首，就杀他的儿子！”说完就命刽子手对杜三桩和吕六执行枪决。陕坝地亩局长阎某急上前献媚，说：“团长不要用枪，省两颗子弹，用刀砍吧，我这里有刀。”杜三柱和吕六便被刽子手砍了头。敌人将他们的头颅拿走，挂在陕坝南门外的电线杆上示众。

杜三柱，原籍萨拉齐县董木匠营子村。1895 年生，从小以务农和织地毯为业。1928 年逃荒来到陕坝，白天给财主家织地毯，黑夜常常睡在人家的猪圈里。后落脚大顺城老甾二圪旦，一家人给地主扛长工、打短工，过着极端贫困的日子。他是“农业合作社”活动的积极分子。1932 年 10 月，经刘进仁、侯进国介绍，加入了中国共产党。此后，他积极参与“穷人会”的发展工作，积极配合县委派来的同志，领导“穷人会”开展抗税、夺粮、抗烟款斗争。按当地乡规，每年秋收后，农民交一部分粮食，由乡政府指定专人保管，以备度荒之用，称“义仓积谷”。1934 年地方遭灾歉收，到了冬天，许多农民即显粮荒，要求乡政府开窖发放“义仓积谷”。可是大地主兼乡长李某，谎称所储粮食被过往军队吃光，拒不开窖。杜三柱在县委的领导下，发动、组织大顺城的“穷人会”会员，并联合韩巴图、王亮滩等地二百余人，行动当天，沿途又汇集了几百人，共八百多人，来到大地主兼乡长李某住地，迫使其开窖放粮。最后打开小麦、糜子各一窖，夺得“义仓积谷”两千多石，分给了急需口粮的贫苦农民。通过组织和带领群众开展这场斗争，人们都说杜三柱是好样的。这场斗争的胜利，极大地鼓舞了贫苦农民的斗争士气，也引起了反动势力的极端恐慌和仇恨。杜三柱牺牲，时年四十一岁。

吕六，陕西府谷人，1920 年随其兄走西口来后套，1934 年加入中国共产党，曾担任“穷人会”小组长，同样是一名优秀的共产党员。

这天，他们在敌人的屠刀下抛头颅，洒热血，他们精神永存。

敌人在陕坝南门外杀人时，王逸伦和老侯正在陕坝城内。得知情况后，王逸伦跑到同乡老友安子兴家拿了几块钱，交给老侯做路费，让他迅速向乡下转移。而王逸伦依旧留在城里，他还要做一些安排、布置。

那天下午，他在一个姓刘的朋友家里正同几个青年谈话，忽然院里走进个人，推开门问：“这屋有姓王的吗？”

“姓王的？”王逸伦灵机一动，想起北屋正好住着一个姓王的国民党区助理员，便挥手一指说，“姓王的在北屋。”

那人说：“不是那个姓王的。”

王逸伦说：“那便没有姓王的啦，这屋姓刘。”

那人鬼眉溜眼地朝屋里的每个人看了一遍，转身走了。

屋里有的是中共党员，有的是倾向革命的进步青年，大家分析刚才来的人肯定是国民党的特务侦探，目标是找“姓王的”。大家用焦虑的目光看着王逸伦，都为他担心。正好邮差赵维汉也在场，王逸伦判断了一下情况，问赵维汉：“你的信送完了没有？”

赵维汉说：“我刚从临河来，还没送呢。”

“走，我帮你送信去。”

王逸伦说完，和屋里的人们摆了摆手，就和赵维汉一起出了屋门。

他们牵着毛驴出了院子,见那特务果然还在院外盯着。王逸伦和赵维汉都做出一副对他不予理睬的样子,若无其事地牵着毛驴从他身边走过。那特务两眼对着他们转了转,大概是怕他们搞调虎离山,就没有尾随盯梢,而是把注意力又转向了那院子。王逸伦和赵维汉相跟着,就这样在特务的眼皮底下脱身了。

王逸伦又去了几个地方,布置了几个同志的隐蔽和转移,天就黑了。敌人清查户口正紧,因王逸伦是赤峰口音,当地称"东北侉子",这种情况下不宜在他人家留宿,黑夜出城又担心被敌人查住,怎么办呢?他考虑再三,便走进了一家大烟馆。开大烟馆的姓李,也是热河人,原在孙殿英四十一军当营长,后脱离军旅,流落在陕坝开起了大烟馆。以前王逸伦曾与这人接触过几次,这人怀疑王逸伦是国民党哪个派系的人物。这晚王逸伦提出要在他的烟馆里住一宿,开始他很痛快地答应了:"行,那还不行?"可是过了一会儿又担起心来,问王逸伦为什么不连夜出城,并一再说,"你黑夜走吧,没事!"王逸伦看出了他的逐客之意,便决定出城。这人怕王逸伦黑夜受冻,送了他一件破皮袄。王逸伦自己带着条棉毯,和破皮袄卷在一起夹在腋下,就与姓李的告辞,离开了大烟馆。

那时的陕坝不仅有城墙,还有城门。王逸伦走到离城门十几步远时,正有一些人从城外走来。陈县长和石团长这些灭绝人性的家伙,白天在那里杀了人,晚上又让在戏台上唱戏,庆祝他们"剿共"的"功绩",驱赶着城里的人们去看戏。刚散了戏,人们正往回走呢。王逸伦迎面问:"城门关了没有?"

"干什么的?过来!"王逸伦话音刚落,把守城门的国民党兵便朝他喊起来。

王逸伦估计躲是躲不开了,便镇定了一下,朝国民党兵走了过去,边说:"我是开饭铺的。"

"开饭铺的为什么黑夜出城?"五六个持枪的国民党兵围住他问。

王逸伦说:"铺子在城外戏台底下,我出城看铺子。"

"你为什么进城来?"

"黑夜天凉,我回家拿了点盖的。"王逸伦指指夹在腋下的破皮袄和棉毯说。

"搜查!搜查!"国民党兵吼叫着,就动手把王逸伦浑身搜了个遍,可是什么也没搜到。大概他们以为"共匪头目"都是带枪的,结果不仅没搜到枪,就是一点零钱也没搜到。因为当时王逸伦已是身无分文。"原来是个穷光蛋!"国民党兵凶狠地骂着，又说，“你回去吧。今夜任何人不许出城！”

王逸伦只好又折回来，想了想又回了那大烟馆，对姓李的说：“今夜人家查共产党，我出不了城门，在你这住一宿。你不要怕，没人知道我和你的关系，黑夜一旦有警察来，我从后窗户跳出去逃跑，不会连累你的。”姓李的碍于面子，只好留王逸伦住下，又说：“担惊受怕的，你快离开后套吧！”

“我明天一早就出城。”王逸伦对姓李的说，“我还有件事委托你。你认识赵维汉，就是那个送信的邮差，你明天一早一定转告他，让他给我借上十几元路费，给我送去，我在从陕坝到临河的路上走着等他。”

姓李的痛快地答应了，并拿出两块大洋给了王逸伦。

这一夜总算平安地过去了。第二天一早王逸伦就出了城，边走边等着赵维汉。他相信赵维汉一定会骑着毛驴追上来的。走出离陕坝十几里远的时候，听见身后传来“嗒嗒嗒”的声音，以为是赵维汉来了，扭头一看，是三个骑马的。不好，是国民党兵追上来了！他心里立时紧张起来，可是还要装出没事的样子，闷着头走路。奇怪，三个骑马的并没有停留，催着马从他身边过去了，对他并没怎么注意。在他抬眼一瞥之间，认出了其中屯垦军的石团长，他并没有见过石团长，但知道石团长外号叫石长牙，他看见了他那嘴里露出的长牙，再看那当官的架势，便断定他是石团长，心想：这些家伙一早跑出来干什么去？

王逸伦继续走他的路。大约上午十点钟光景，终于等来了赵维汉。他对王逸伦说：“姓李的一早就把你的话转告我了，为了凑这点钱，才来晚啦。”说完拿出十五块钱给了王逸伦。

王逸伦心里充满了对赵维汉的感激之情，一时不知说什么好。过了一会儿，就把刚才看见石团长等出城的情况告诉了他。赵维汉听后说：“反正这些家伙没安好心，咱们走吧，碰见问起来，就说咱俩一起送信的。”

赵维汉让王逸伦牵上毛驴，两人又走出十几里，果然又碰见了石团长一伙。当时陕坝到临河间的干召庙驻着他们一个连，估计是到那里看了看，又回来了。石团长一伙骑着马从他们身边过去了。王逸伦和赵维汉刚刚松了口气，忽听身后高声喊：“站住！”他们心想这下子坏了，肯定是要盘查，就都做好了思想准备，扭头一看，见有一人调转马头追过来了。“是邮差吗？”那人骑马来到跟前，朝王逸伦和赵维汉问。

王逸伦和赵维汉齐声说是。

“给石团长带封信!”那家伙马也不下,把手中的一封信递到赵维汉手里,傲慢地说,“给送到临河团部,知道吗?”

“知道!”

赵维汉接了信,那人就调转马头走了。又是一场虚惊。王逸伦和赵维汉分析,这封信肯定和抓共产党有关。中午回到临河赵维汉家里,把信拆开一看,是石团长写给他们团副的,大意是他和陈县长在陕坝抓了十几个共产党,已将要犯二人正法,首要分子王某、侯某在逃,他正在陕坝布置缉拿;又说四区(三道桥一带)亦有共产党活动,他将亲自到四区督查,告诉团副“在临河亦须加紧稽查”等等。

王逸伦和赵维汉看后不禁发笑,将信照原样封好,由赵维汉送到了国民党屯垦军团部。

当天下午,王逸伦就离开了临河,疾奔包头。

几天之后,中共党员班三在临河惨遭杀害。

班三,1907 年生。1932 年参加中共地下党领导的“穷人会”。1934 年初经王森介绍加入中国共产党,担任西沙壕支部一个党小组组长。他是侯进国召集的大顺城会议的参加者。被捕后被押送临河。坐牢的几天中,他多次遭受严刑拷打,敌人让他供出“同党”。他总是斩钉截铁地回答:“我就是共产党!我就是要为穷人翻身闹革命!”“你们可以杀我一个,但你们杀不完共产党!你们是兔子尾巴长不了啦!”面对敌人的凶恶残暴,他总是报之以蔑视和嘲笑;面对敌人要得到的中共党组织情况,他守口如瓶,只字不吐,表现了一个共产党员的坚贞气节和英勇不屈的精神。被关押期间,他的妻子去探望他,看守不让他们见面,他的妻子卖了一件衣服给看守买了香烟,才允许他们隔着墙在小窗口见了一面。趁看守走开时,班三对妻子说:“我是中国共产党党员。”他悄声告诉妻子,回家把墙圪塄小瓮底下埋藏的几张字纸烧掉,那是党的秘密,关系其他同志的生命。他要妻子坚强起来,带好孩子,照顾好老人,等共产党来了过好日子。赴刑场时,班三昂首挺胸,视死如归,他向妻子和群众招手示意后,又高喊:“狗杂种们,你们今天虽杀了我,可共产党是杀不完的,将来给我报仇的人可多啦!”英勇就义,时年二十八岁。

他壮烈牺牲后,许多目睹的群众为之呜咽不止,有人从家中拿来苇席,帮助他的妻子包卷住烈士的遗体。他的妻子扯着自己的衣裳,揩净烈士身上的鲜血，用头巾包住烈士的头颅。在众人帮助下，将烈士遗体移在城外渠壕里暂埋一夜。第二天，他的妻子又卖了一件衣裳，花三块钱雇了一头毛驴，将丈夫的遗体驮回大顺城。然后她以卖身之价，向一富户借了三十银圆，安葬了丈夫。

这次敌人对共产党人的野蛮屠杀，在中共河套地下斗争历史上称作“大顺城惨案”。这一惨案，充分暴露了国民党反动分子对革命的恐惧，表现了他们的凶恶残暴；这一事件，也让广大人民群众看到了共产党人的凛然正义和不可征服，知道了中国共产党是为劳苦大众利益而奋斗的革命党，是国家和民族的希望。

1983 年 11 月 2 日，王逸伦（左二）来到临河县杨六十五圪旦，与当年参加地下工作的党员张五的三个儿子亲切交谈。

结 语

从1932年春天中共临河特支建立，经过1933年春天临河县委建立，到1935年春天发生“大顺城惨案”，三年时间，斗争是艰苦、复杂的，成果是显著的，教训也是惨痛的。中国革命的伟大领袖毛泽东说：“要奋斗就会有牺牲。”是的，三年中，多少中共党员在河套这片土地上留下了足迹，许多同志为这片土地洒下了热血，献出了生命。白色恐怖中，革命出现了暂时的低潮，在敌强我弱的形势下，许多同志被迫转移，但他们革命的脚步并没有停止，还要为国家和人民的解放事业奋力求索，继续战斗。

这三年，中共河套地下组织的活动，为中共河套地下革命斗争历史的第二阶段，可概括为中共临河特支和临河县委阶段。此间活动的重要人物，牺牲的杜三柱、吕六、班三、陈四，均于1955年被追认为革命烈士，由中央人民政府颁发了光荣纪念证。转移的那些同志都去了哪里、以后的情形如何，这也许是读者想知道的。这里就所知简介如下。

曾任中共临河特支书记和县委书记的王森，离开河套回到北平，后受中共北方局委派，到宁夏、甘肃等地从事党的地下工作，后又在北平、天津从事党的地下工作。新中国成立后曾任贸易部外贸司亚欧处处长、中国进出口公司副经理、北京市检察院副检察长。1958—1960年在北京市文联工作。后出任中国驻丹麦大使。1979年任国务院参事室参事。2008年病逝，享年一百零一岁。

王逸伦离开后套去了包头，在包头城郊的沙尔沁村找到了绥远特委书记刘仁和组织部长吉合，在绥西党的地下组织遭受严重破坏的情况下，他们也和省委失掉了联系。经商议，他们去找共产国际。三个人到了归绥，由乌兰夫、奎璧帮助筹了路费，配了翻译、驼夫各一人，装扮成一个商队，经蒙古去了苏联。王逸伦入莫斯科东方大学学习，1938 年回到延安。后在冀南和赤峰从事党的地下工作。新中国成立后，曾任内蒙古自治区人民政府副主席、自治区党委书记处书记、自治区人大常委会副主任等职。

1934 年曾来河套视察的绥远特委书记刘仁，新中国成立后曾任北京市委第二书记。

1932 年秋天来过五原的绥远特委组织部长吉合，新中国成立后曾任中华人民共和国驻苏联大使馆武官、军事科学院外国军事研究部副部长、军事科学院顾问等职。

韩是今离开河套后到了鄂尔多斯的桃力民，七七事变后在那里开展抗日救亡运动，组建抗日自卫军，1940 年到延安中央党校学习。新中国成立后曾任内蒙古自治区交通厅厅长，自治区人民检察院检察长、党组书记等职。

那位曾以卖烟叶子做掩护在河套从事地下工作的魏思文同志，祥泰裕起义失败后回了北平。新中国成立后，曾任北京工学院党委书记兼院长。

那位化名老叶的阎定础同志，亦在祥泰裕起义失败后回了北平。新中国成立后曾任国家重工业部保卫局局长、浙江省检察院检察长、山西省政协副主席等职。

曾在临河街上开杂货铺做掩护的刘岱峰，后回北平又转到山西工作。新中国成立后曾任云南省副省长、国家经委副主任、国家建委副主任、国家计委顾问等职。

在陕坝以“派报社”做掩护为中共河套地下组织做联络和宣传工作的李德明，新中国成立后曾在兰州市政协工作。

在临河一校当过教师的李明亭，新中国成立后曾任四川省粮食厅厅长等职。

白英在“临河县农业合作社”被查封后，是反动当局重点追捕的对象，按组织指示，他潜回土默川开展党的地下工作，后组织群众参加抗日救国会。1943 年，他受土默川地下组织负责人刘启焕（新中国成立后曾任包头市文化局局长）委派，来后套工作，不久突发疾病去世，时年五十三岁。

杨子华在“农业合作社”被封后离开河套，转移到桃力民，后曾任鄂托克旗和杭锦旗二旗工委书记，绥西特委组织部长。1942 年赴延安中央党校学习。

1945年病逝于延安，时年三十八岁。

侯进国在“大顺城惨案”后转移到乡村隐蔽，1936年到包头、固阳、归绥等地寻找组织，终未能接上关系，在包头拉车谋生。新中国成立后在包头运输社工作。1962年病逝。

房鲁泉在祥泰裕起义失败后，改名赵子明，转移到宁夏从事党的地下工作。新中国成立后曾任兰州市劳动局局长、政协副主席。1987年病逝，享年九十三岁。

1982年10月某日，王森（左）在陕坝与时任中共杭锦后旗旗委书记郝效功（中）谈当年中共在陕坝开展的地下斗争。右为叶祖训。

第三章　光耀绥西

建在扒子补隆的垦区特支

1935年5月,河套西部临河一带在白色恐怖中革命形势处于低潮时,东部乌梁素海西岸扒子补隆地方出现了中共地下活动的新的生机。这也许是历史的巧合,也许是事物的发展规律使然,叫作西方不亮东方亮。

1931年9月18日,日本帝国主义开始了对中国东北地区的侵略。面对民族危亡,东北人民和部分爱国军队,组织起东北义勇军和抗日联军进行抵御,可是由于蒋介石政府采取不抵抗政策,日本侵略者在短短几个月内即占领了东北,迫使部分义勇军退到关内。其中有一支以爱国学生为骨干组织的东北青年抗日义勇军,退到河北省迁安县境内后,被国民党军队缴械,致使这些青年无处投身,后来流落到北平。这时,哈尔滨马家沟基督教会青年部干事任作田也率一批难民流亡到北平。1934年,在中共地下组织的策动和帮助下,以这两批东北流亡青年为主体,在北平成立了东北流亡民众抗日救国同乡会,推举任作田为会长,并准备派代表赴南京向蒋介石政府请愿。蒋介石为安抚这部分人,派国民党实业部大员朱霁清来北平调停。朱霁清亦东北人,且为大革命时期追随孙中山的老国民党员,对这些流亡青年怀有一定的同情心。他到北平后,通过与有关方面协商沟通,议定以安置难民的名义,从实业费中拨款六万元,建立一个垦区安置这部分东北流亡青年。又取得绥远省主席傅作义支持,通过绥远省垦务局五分局在河套购买到七万余亩土地,其中待垦荒地约五万亩。此地位于安北县乌梁素海西扒子补隆,原为大地商王同春经营的"和硕公中",所以命名为和硕公中垦区。

1935年春天,垦区建成,屯垦人员陆续到达。4月1日,由朱霁清、任作田等主持召开大会,宣布绥远省和硕公中垦区办事处成立,聘请朱霁清为垦区东北同乡会名誉会长,任作田为垦区办事处主任。屯垦人员以东北义勇军中的流亡青年为主,又从山东、河北等地招来部分农民,还有少数来自平津的青年学生,计约六百人。因以东北人为主,故后来该垦区被称"东北垦区",又称"东北新村";而和硕公中垦区只是一个官名,民间很少流传。

垦区总部建有平房一百七十多间,坐北朝南分为三排,分别作为办公室、宿舍、图书室、俱乐部、医疗室、合作社、学校等。为防止土匪侵袭,四面筑有炮楼,并通过傅作义要来了枪支和手榴弹,由垦区警卫股负责武装警卫。

对于垦民中的热血青年来说,来这里开荒种地并不是他们的目的,他们是在国破家亡的情况下被迫无奈才来到这里的,目的是在这里积蓄力量,等待时机,有一天"打回老家去"。

垦区建立之初,中共地下组织就注意到这个特殊群体有较好的基础。1935年夏天,中共北方局派曾在东北做义勇军工作的地下党员苏皖(后改名苏梅)和陈钟到垦区开展工作。任务是在垦区建立党组织,利用一切可利用的条件和机会,宣传中共的抗日主张,发动群众开展抗日救亡运动。陈钟先行到达,通过和任作田认识的关系,被安排在总务股,苏梅到达后则以小学教师身份做掩护。这年秋天,正式建立了中共和硕公中垦区特别党支部(简称"垦区特支"),苏梅任书记,陈钟和另一名公开身份为汽车驾驶员的党员祁子仁为委员。这个特别支部归中共北方局领导,北方局还经常给寄一些宣传材料,供向群众宣传。一次,苏梅等向北方局汇报工作,彭真同志问及河套地主剥削农民的情况,他们做了汇报。彭真同志说,那里条件很好,应当发动群众开展斗争。

北京的一二九学生运动爆发后,中共垦区特支派祁子仁代表垦区人民赴北京声援学生运动,以"东北垦区"的名义发了声援电。此后,北平、天津的青年学生响应中共中央通过共青团提出的"把反日救国运动扩大起来,到工人中去,到农民中去,到商民中去,到军队中去"的号召,一批接一批来到扒子补隆东北垦区。这其中有共产党员六七十名,中华民族解放先锋队(简称"民先")队员三百多名。蒙古族共产党员吴涛就是这时期来垦区的,他到后当了垦区子弟小学校长,还是民先队长。他积极发展"民先"组织,还和其他同志一起办起了一张油印小报《抗日先锋》,适时转载一些国际、国内时事新闻;还翻印了中国共产党1935年8月1日发表的《为抗日救亡告全体同胞书》。同时和北平、上海等地的爱国社团及“民先”建立联系，得到他们捐赠的大批进步书刊，包括一些半公开的“红色”书刊，在垦区建起图书馆，供进步青年阅读。

这期间，“东北垦区”还接待过一批特殊的客人，也是一支特殊的宣传队、即汪导之带领的新安旅行团。

汪导之为著名教育家陶行知的学生，是陶行知指派的浙江省新安小学校长。1935 年，新安小学响应中国共产党抗日救亡的号召，组织起了新安旅行团，由汪导之带领，开始了全国性旅行，以实践陶行知的生活教育学说，并唤起民众共赴国难。1935 年秋天，新安旅行团一行十五人来到东北垦区，除了汪导之，都是十几岁的学生，最小的只有十二岁。他们到了垦区后，一面学习文化，一面和垦民一样参加生产劳动，收割庄稼、割草、挖渠、打地堰子、锄地、引水浇田、放牛放羊……无论走到哪里，他们都要用各种形式宣传抗日救亡。他们在扒子补隆住了半年之久，直到 1936 年春天离开。这半年天气，河套大地上常常响起他们唱的《新安旅行团团歌》：

“同学们，别忘了，我们的口号：生活即教育，社会即学校。拼命地做工，拼命地欢跳，一边儿学唱，一边儿教。别笑我们年纪小，我们要把中国来创造。”

“同学们别忘了，我们的口号：生活即教育，社会即学校。我们的家破了，我们的国遇了盗。听啊，到处是敌人的飞机和大炮。同胞们，别睡觉，把一切民族的敌人都打倒……不怕它水深，不怕它山高，向民族报告，向民众喊叫。我们是民众的小向导。”

他们的歌声在河套大地上久久萦回。

后来，他们带着对“东北垦区”的难忘记忆，从这里踏上了奔赴延安的征程。

由于各种进步和革命力量的汇集，1935 年冬天，“东北垦区”的抗日救亡宣传活动十分活跃。由中共垦区特支策划，取得了任作田的支持，还创办了一所农民夜校。苏梅是垦区教育委员会委员，他白天给小学生上课，晚上给上夜校的农民（垦民）上课，借机进行抗日救亡宣传。还利用农民喜闻乐见的文艺形式，如组织扭秧歌、踩高跷，敲锣打鼓，走村串户，对农民（垦民）进行抗日救亡的宣传和发动工作。他们的工作受到了多数群众的拥护。

正如一位哲人所言，凡有人群，都分左、中、右。在那革命阵营和反革命阵营严重对垒的年代，哪里有革命的中坚，哪里就有反革命蛆虫。垦区办事处主任任作田是个无党派人士，当时属中间人物。而垦区成立之初，南京方面就派来一个副主任，名叫汪春亭，是个思想极为反动的国民党员。他还带来了两个打手，一个叫曹大文，另一个叫潘廷弼，他们凭着反革命的政治嗅觉，从垦区到处弥散的革命气氛中，已觉察到了垦区有共产党在活动，而且怀疑苏梅和陈钟是共产党。中共在垦区进行革命宣传，他们要搞反革命宣传，斗争针锋相对，而且越来越显得公开了。正当此时，苏梅和陈钟发动群众，揭发了曹大文、潘廷弼二人在垦区的贪污行为，更激起了这二人对苏梅和陈钟的仇恨。他们密谋策划，开始了对苏梅和陈钟的攻击行动。

一天夜晚，曹大文、潘廷弼带着几个帮凶，突然闯进苏梅和陈钟的宿舍，大声叫嚷："你们是共产党，必须离开垦区，否则我们要向宪兵队报告，逮捕你们！"幸亏有拥护苏梅和陈钟的群众赶来，把他们赶跑了。

事情过后，特支开会分析，认为垦区这股反革命势力是十分疯狂的，虽然当地的国民党区分部还处于有名无实的瘫痪状态，但垦区附近驻着坚持反共的阎锡山屯垦军，正虎视眈眈地注视着垦区，垦区的反动分子随时可和他们勾结，对革命者进行围捕。这种情况下，苏梅和陈钟决定，暂时离开垦区去一趟包头。垦区在包头设有办事处，任作田此时正住在那里。他们要去向任作田汇报情况，争取他的支持，也等待上级的指示。

不料，在苏梅和陈钟去包头的途中，遇到了从包头回来的一个人，给他们捎回了一封信。信是从北平寄到包头办事处的。写信人是中共东北特委的陈大凡，用隐晦的话语告诉他们，垦区的祁子仁在北平被宪兵司令部逮捕了，供出了垦区特支的活动情况，涉及苏梅和陈钟，叫他们设法隐避。

苏梅和陈钟看过这封信，赶紧去包头，找到任作田报告了他们在垦区遭受迫害的情况。任作田听后很气愤，他已听说了曹大文、潘廷弼两人的贪污问题，叫苏梅和陈钟赶快回垦区，他要回去查处曹大文和潘廷弼的问题。但苏梅和陈钟考虑，不仅垦区暂时不能回去，就是包头也不宜久留。他们托词说还有事要办，就离开了任作田，到萨拉齐住了几天，先后回了北平。

这次斗争，是"东北垦区"地下党组织同反动势力斗争的第一个回合。

之后不久，阎锡山的亲信王靖国派兵来扒子补隆垦区抓共产党，没抓到苏梅和陈钟，抓走了中共党员王遇鸿，押送北平国民党宪兵司令部，关了两个月，因没得到王遇鸿是共产党员的真凭实据，释放了他。王遇鸿又回到垦区。

战斗在“东北垦区”的共产党人

1936年春季，中共北方局再次部署“东北垦区”的工作，决定派李衡到绥西，负责垦区党的工作。

李衡，原名李之光，1908年生于河北省安新县老河头村。1933年加入中国共产党。1934年至1936年，先后在家乡安新、高阳一带及北平、天津、石家庄等地做党的地下工作，曾任中共石家庄特委书记。1936年到延安参加中共召开的白区工作会议，向中央汇报平、津、石党的地下工作，受到毛泽东主席的当面称赞。同年七月间，李衡以中共北方局特派员身份来绥工作。

北方局同时决定，陈钟重回垦区工作。原因是：第一，日寇欲进犯华北，大规模的抗日战争可能爆发，上级要在垦区积极发展组织，必要时开展武装斗争。陈钟对垦区情况较为熟悉，和任作田关系好，去了有利于开展工作。第二，任作田已把曹大文、潘廷弼赶出了垦区，垦区环境有了好转，任作田和许多群众都希望陈钟回垦区。

1936年6月，李衡和陈钟先后到达垦区。李衡初到时以普通垦民做掩护，在农垦股第六班参加劳动，陈钟仍在总务股工作。7月，陕甘宁边区党委派王一民来垦区，主持建立了中共绥远省工委，李衡任书记，陈钟、彭德、张文远任委员。

中共绥远省工委主要负责“东北垦区”党的工作，也兼顾绥西其他部分地区，机关设在包头。所以中共绥远省工委成立后，李衡多住在包头。

1936年秋天，白乙化按照中共北方局指示，带领十几名大学生来到“东北垦区”。

白乙化,满族,1912 年生于辽宁省辽阳县石场峪村,自幼聪颖好学,喜诗文,善书法,人称“白才子”。少年时便胸怀大志,十四岁因反对军阀张作霖被开除学籍,此后决心习武从戎,先后入东北军校教导队、东北讲武堂学习。又因反对军阀混战而遭受东北军缉捕,逃至北平。后考入中国大学,广交进步同学,开始接受马列主义,1930 年加入中国共产党。1931 年九一八事变后,受组织派遣,在热河及辽西陵原一带组织义勇军,开展抗日斗争。他首先与三名抗日志士一起袭击了日伪辽阳警察局,缴获了一批武器。由此揭竿而起,队伍日渐扩大,不及一年所部扩至三千余人,转战辽西及热河地区,抗击日伪,号“平东洋”,闻名东北。由于蒋介石推行“攘外必先安内”的反共反人民的政策,这支部队被国民党军阀骗到关内后解除了武装。1934 年,白乙化又回到北平中国大学,投身学生运动,曾参与组织领导“一二·九”、“一二·一六”等学生集会游行。他在北平商法学院发表演说,强烈要求国民党当局出兵抗日,收复东北,被国民党宪兵扣捕入狱。他在狱中英勇不屈,组织难友同反动派进行斗争,出狱后继续从事革命活动。

白乙化到垦区后,因任作田知道他的经历和才干,拟安排他担任垦区文书股负责人。汪春亭坚决反对。任作田为息事宁人没有坚持,让白乙化暂到垦区子弟小学当教师,兼任垦区理事。

这时垦区的中共党员已发展到近百人,是河套地区前所未有的中共党员人数最多、最集中、最活跃的地方。中共北方局为更直接地加强对垦区党的工作的领导,1936 年 10 月,派李葆华来垦区主持会议,成立了以白乙化为书记的中共垦区工委。李葆华代表中共北方局明确指出,垦区工委和绥远省工委同时存在,垦区工委的工作在垦区,绥远省工委移驻包头,除做垦区党的工作,其工作范围还包括绥西临河、五原、安北、乌拉特三公旗等地党的工作。

中共垦区工委成立后,通过秘密的或公开的工作,垦区的抗日救亡宣传更活跃了,形式也更多样了。除了办垦民夜校,办油印小报,办图书馆,还根据垦民多是知识青年的特点,建立起了哲学、政治经济学等学习班、组,吸引大家阅读进步书籍,接受革命思想。垦区的生活是艰苦的,但追求革命和进步的青年们情绪高涨,斗志昂扬,垦区内到处可以听到他们的歌声,这些歌有《义勇军进行曲》《救亡进行曲》等,还有白乙化创作的《垦民歌》,歌词是:

“乌拉山旁,黄河套里,开辟我们的新天地。吃饭就得做工,做工必须努力；不受剥削，不分阶级，镰刀锄头是战胜一切的武器。我们今天流汗，明天流血，结成铁的队伍，打回老家去！”

垦区中还流传着一个口号：“汗洒在西北，血流在东北。”以此激励青年们的爱国热情和抗敌决心。

“东北垦区”日益明显、日益高涨的革命声势，引起了反动势力的极端仇视，他们对垦区的革命活动，千方百计地进行阻挠和破坏。汪春亭等强迫任作田以“总理纪念活动日”的名义，每周一集会，为他们进行反革命宣传提供机会。在第一次集会上，汪春亭公开为蒋介石“攘外必先安内”的卖国政策辩解，说：“国府不是不抗日，而是不到时候，现在的主要问题是必须安内，一旦根除了内患，到那时再抗日也为时不晚。”此论调激起了垦民的极大愤慨，特别是原东北义勇军的人听了，更是义愤填膺。白乙化代表垦民讲话，愤怒地回击反动分子的挑战，他说：“我们这里叫‘东北垦区’，实际上是东北义勇军垦区。东北义勇军是抗日救国的武装，我们是为抗日而来的。否则，我们来这荒凉的大西北干什么？人说亡国奴不如丧家犬，难道有谁愿意当亡国奴吗？我们就是为了不当亡国奴，才坚决要抗日！有人要‘先安内’，就是要‘安’住抗日的力量，等着帝国主义占领我们的领土。这个政策的结果就是丢掉了东北，就是华北告急，我们不能再听信那些陈词滥调了。目前我们东北人民只有一条出路，就是坚决抗日。只有打败日本帝国主义，我们才能回到东北老家去！”

他话音一落，便激起了一片口号声：“打倒日本帝国主义！”“不当亡国奴！”“打回东北老家去！”群情激愤，又一起高唱《工农兵学商一齐来救亡》等歌曲。

反动分子的气焰被压了下去。

但汪春亭等并不甘心失败，他们给南京政府写信告状，说“垦区赤化了”，“共匪活动猖狂”。南京政府派朱霁清前来查看。正赶上垦区举行纪念“九一八”五周年文艺大会，垦区工委组织了丰富多彩的文艺节目，有活报剧《放下你的鞭子》《我们坚决打回老家去》，还有一些抗日救亡的歌曲。“高粱叶子青又青，九一八来了日本兵，先烧火药库，后占北大营……”台上的演员演到这里，场内群情激奋，齐声高呼：“打倒日本帝国主义！”“坚决抗日，反对投降！”“汗洒在西北，血流在东北！”“坚决打回老家去！”顿时，台上台下哭成一片。朱霁清深深地为东北青年的爱国热情所感染，也流出泪水。他对家乡人们的这种感情深表同情，他反问：“难道这就是‘赤化’吗？”他不再理睬汪春亭等反动分子的谗言。

1936年冬天,傅作义将军在绥东抗战,继红格尔图战役胜利后,又取得了百灵庙大捷。中共中央发表了关于支持绥远抗战的通电后,中共绥远省工委书记李衡和垦区工委书记白乙化通过陈钟向任作田建议,“东北垦区”应派出慰问团前去慰问。任作田同意了这个建议,遂组成陈钟率领的“东北垦区赴绥东抗日前线慰问团”,带上猪肉、羊肉等慰问品,到绥东丰镇慰问了抗战官兵。

之后,中共绥远省工委和垦区工委决定,趁此时机扩大宣传,组织一次声势浩大的支援绥东抗战的示威游行。以垦区为中心,发动了扒子补隆及附近老头圪旦、九号地等村农民计约五六百人,手执自制的小旗,高呼“打倒日本帝国主义”“坚决支持绥东抗战”“坚持抗战就是胜利”“坚决打回老家去”等口号,示威游行。还贴了不少标语,散发了不少传单,并发出通电,要求蒋介石派飞机支援绥东抗战。

接着,“西安事变”消息传来,“东北垦区”召开了全体垦民大会,周围农村部分农民也来参加,坚决支持张学良、杨虎城两位将军的爱国行动,再次掀起群众性的抗日宣传热潮。在“东北垦区”的影响下,临河、五原、大佘太等地,也召开了群众声援抗日的大会。

两次大型群众集会后,有反动分子向上面报告,说“东北垦区”有共产党活动,响应西安事变。国民党绥远省当局派来几名便衣侦探,住在扒子补隆进行侦察。还有以前被赶出垦区的两个反动分子曹大文、潘廷弼,并没有远离,而是住在扒子补隆做生意。这时向便衣侦探举报了陈钟,说“他就是共产党”。在陈钟面临着危险时,李衡让他暂时避一避。陈钟到五原住了些日子,以后回北平,被组织安排到中共北方局特科工作。

一支抗日武装的诞生

张学良将军因发动“西安事变”被蒋介石扣押后，1937 年春天，在西安参加过“捉蒋”行动的东北军学兵队被国民党解散，多数人流落在北平。中共北方局得到这一消息，认为把这些人安置在“东北垦区”比较合适，即通知垦区工委到北平接人。工委书记白乙化征得任作田同意，于 1937 年 7 月亲赴北平，通过可利用的各种关系，联络这批人员。

流落到北平的这批东北学兵队成员，有的是共产党员，有的是“民先”队员，他们听说要去绥西垦区搞抗日宣传，都踊跃参加。很快，白乙化召集起了七八十人，多数是原东北学兵队成员，其中包括共产党员王志成、刘映阳（刘景平）、姚伦，“民先”队员杨明远等，还有部分北平的知识青年。1937 年 7 月 13 日，由白乙化带领他们从西直门乘火车，一路高唱着革命歌曲，经张家口、大同、归绥，到达包头，在包头改乘汽车，行至乌拉山下公庙子时，汽车发生了故障。一些人心急，就步行几十里到了垦区。有的人等汽车修好后，坐上车抵达垦区。

中共垦区工委负责同志明白，让这么多人集中在垦区屯垦和开展抗日救亡宣传，最终的目的是积蓄革命力量，组织抗日武装，开赴前线杀敌。这批人到来，无疑又为组织抗日武装增加了力量。

1937 年七七事变之后不久，侵华日军在入侵热河和察哈尔之后，即开始进犯绥远，10 月中旬，相继入侵归绥和包头，又向固阳、中滩和大佘太进攻，河套地区危在旦夕。面临国家和民族的危亡，东北垦区的共产党员、“民先”队员和爱国青年们，纷纷要求奔赴前线抗日。在垦区组织一支抗日武装势在必行，条件也已经成熟。

就在这个时候,国民党嫡系将领门炳岳率新组建的骑七师开赴河套防守,在五原成立了门炳岳亲兼司令的绥西警备司令部,其下属一个团进驻东北垦区。他们通过和垦区的接触,从垦区张贴和流传的标语、口号中,从人们阅读的书报和唱的歌曲、演的戏中,从爱国青年们的情绪中,都嗅到了共产党的气味,他们便开始对垦区的严密监视,并准备随时采取行动;垦区内的反动分子们也想趁此时机,说服和要挟任作田投靠门炳岳部,把垦区的人和枪交给国民党。

垦区内的斗争形势日显急迫、严峻。这时垦区党组织的主要负责人李衡、白乙化等为在垦区组织革命武装去太原找中共北方局汇报和请示,垦区党内工作由垦区工委委员王志成临时负责。王志成暗中找党内同志谈话,让大家共同做好爱国青年们的思想工作,稳定情绪,等李衡、白乙化等回来,再付诸行动,搞革命武装。可是"东北垦区"内革命力量与反动分子的斗争日显紧张,颇有箭在弦上,一触即发之势。一些"民先"队员和爱国青年们怕敌人"先下手为强"抢夺了垦区的武器,怕正在犹豫动摇的任作田把垦区的人和武器交给国民党,急着要求搞暴动。还有一些来自原东北义勇军的进步青年们开始秘密串联,要去包头参加马占山的东北挺进军,有的人不听说服劝阻,真的就走了。

面对这种形势,王志成主持召开了党的会议,决定采取行动,以突然袭击的方式夺取武器,组织革命武装队伍,并决定王志成担任这次行动的总指挥。

王志成同志,四川人,在西安曾参加东北学兵队的"捉蒋"行动。来垦区之后,很快在革命阵营和众多垦民中树立了较高的威信。他对这次行动进行了周密的部署。

1937 年 10 月 19 日傍晚,乘垦区警务股人员吃晚饭之机,王志成带领王亢、姚伦等共产党员和"民先"队员十几人冲进垦区警卫室,迅速控制住垦区警卫股的人,夺取了存在那里的全部枪支子弹和手榴弹。此时,杨明远等人在外面监视动向,以防有人来捣乱。吴梦久则正在任作田宿舍,给任作田通报并做工作。任作田听说他们要夺取武器,一时慌乱得不知所措,但听了吴梦九讲了这次行动的目的,他不那么紧张了,连说:"我同意抗日,我愿意抗日。"

中共垦区工委策动的这次夺取武器的行动成功了。当晚在垦区食堂召开垦民大会,王志成讲话,向群众阐明这次夺枪的目的及意义,说明了共产党的抗日主张,呼吁大家团结起来,武装起来,共同抗日。来到垦区后加入中国共产党的杨明远也讲了话,重点宣传了中共抗日民族统一战线的主张。这次大会开得很成功,鼓舞了群众的士气,打消了一部分人的顾虑,稳定了局势,也孤立了一小部分反动分子。

垦区夺取武器成功时,绥远省工委书记李衡和垦区工委书记白乙化,还有中共北方局派来任绥远省工委组织部长的王德,都已从太原回到了绥远,但都尚未到达垦区。李衡和王德正在从包头前往垦区的路上,白乙化则独自提前离开包头,去了五原。

包头失守后,马占山的东北挺进军退到了河套,驻五原境内。白乙化考虑到该部是东北过来的,其秘书长李又闻和军械处长邹大鹏都是中共党员,他想找他们联系,把垦区坚持抗日的人带出来,组织革命武装,暂时编入挺进军,以对付门炳岳对垦区革命力量的敌视和可能采取的行动。

李衡和王德于夺取武器成功那天深夜到达了垦区。

第二天清晨五时,王志成等率领二百余人的队伍离开垦区,向五原开拔。李衡、王德等也随队伍出发,路上遭遇了日本侦察机的轰炸,拉着粮食、衣物、药品的载重汽车遭到了门炳岳队伍的抢劫。为避开敌人袭击,垦区队伍离开了公路,绕道前行,路上正好遇见了奔波途中的白乙化,一起于第二天黎明时分到达五原县城。

队伍在五原集合后,立即召开大会,白乙化讲了中共的抗日主张和八路军的平型关大捷,充分肯定了这次夺取武器的行动,阐明了垦区建立抗日武装的必要性和重大意义。他的讲话极大地鼓舞了全体人员的士气,更加坚定了大家抗战必胜的信心。

接着,白乙化通过李又闻和邹大鹏的关系,与蒋介石委任的东北挺进军司令马占山进行交涉,提出在东北挺进军的旗号下给垦区武装队伍一个游击队番号。马占山不同意,认为一叫游击队就容易让人想到共产党和八路军,他的东北挺进军是国民党的军队。马占山要给挂一个“别动队”称号,白乙化却不接受,他说要么就按我们原来的名字叫民族解放先锋队,前面加上“挺进军”,叫挺进军先锋队。马占山同意了这个名字。

在随即召开的党内会议上,绥远工委书记李衡同志肯定了垦区同志们这次夺取武器、建立抗日武装的行动,传达了中共北方局关于垦区工作的指示。研究决定,这支挺进军先锋队还必须返回垦区,这样才有办法解决人员的吃饭、住宿等问题,要抗日也需要回去。如日寇占领包头后西进,这支队伍就在敌后打游击；如日寇不西进，队伍就在垦区进行整训。

这次会议称“五原会议”。会议还研究决定，李衡、王志成等七位同志到退驻陕坝的国民兵中开展工作。

几天之后，这支队伍斗志昂扬地回到了“东北垦区”，正式成立了挺进军先锋队，白乙化任队长，吴梦九任副队长，王德任参谋长（实际为政委），下设三个中队。接着这支挺进军先锋队便一面从事生产，一面进行军事训练。

期间，党组织决定由中共党员王遇鸿（后改名王方）负责，将包括任作田一家的垦区部分家属送往绥德，再经过审查，一部分送往延安。任作田一家在绥德住了几年，大约在1943年到了延安。任作田后来成为延安有名的针灸医生，他的子女都参加了革命。

1937年底，马占山的东北挺进军奉命向陕北榆林转移，白乙化率先锋队随之出发，行军途中仍与挺进军保持一定的距离。部队到了山西河曲县境内，挺进军司令部驻黄河西边河曲县十里长滩区公所一带，先锋队驻黄河东的楼子营，仍与挺进军保持联系，还常常送情报给司令部。其间派先锋队党总支委员吴涛与住在哈拉寨的乌兰夫取得联系，又通过乌兰夫争取到一二〇师派驻河曲任战时战地动员委员会主任的徐文烈的支持，将河曲县部分区自卫队划归先锋队指挥，队伍迅速扩大到近五百人。这时又成立了一个骑兵中队，由张保中（张化东）任队长。

1938年春季反“扫荡”开始后，先锋队脱离了马占山的挺进军，归属了八路军一二〇师，转战抗日前线，为巩固晋西北、开展太北区及创立雁北根据地做出了贡献。

建立在陕坝的绥西工委

1937年七七事变后不久，中共北方局设在了太原。这年9月，中共绥西工委书记李衡和垦区工委书记白乙化一起到太原，向北方局汇报并请示工作。他们在汇报时说，绥远省工委原来的几位委员都离开了，只留下了李衡一人，领导力量太薄弱，希望北方局能调些干部到那里工作。北方局经过研究，决定派王德、郑林和刚在牺盟会举办的军政干部训练班学习结业的王建功去“东北垦区”工作。李衡为绥远省工委书记，王德任组织部长，郑林为宣传部长。

中共北方局为绥远省工委确定的工作方针是发动群众，组织抗日武装，阻止日寇西进，垦区一旦被敌人占领，则拉出队伍打游击，建立根据地，坚持武装斗争。

李衡、王德等一行七人返绥途中，正赶上日本飞机轰炸山西，主要交通干线和一些城市已经沦陷，一路走得非常艰难。在偏关休息时，中共山西省委驻雁北特派员赵仲池，提出要把郑林留下，郑林也愿意留雁北工作，就留下了。其他人继续前行，绕道河曲过黄河，经准格尔旗到包头，又走了十几天。在包头旅馆里，王建功遇到了傅作义的同乡幕僚郭灵墅。郭灵墅认识王建功，是在王建功1931年被捕后，郭灵墅作为国民党军方代表参加过对他的“四方会审”。此人性格开朗、豁达，见了王建功打着哈哈说：“这才叫打着灯笼难寻，在这就碰上了。”他请王建功回屋里谈话。

令王建功没有想到的是，郭灵墅和他谈话，是告诉他，他正为李大超的国民兵筹建政训处，欲邀请王建功和他的朋友到国民兵政训处工作。王建功感到郭灵墅的态度是诚恳的。这时李衡也在屋里，王建功与他对视了一下，然后对郭灵墅说:“谢谢您的好意！这事等我们商量一下再答复您好吗?”郭灵墅说:“好啊,我等着你们。”

七七事变前,傅作义在绥远地区组建了个地方预备部队,起名“国民兵”,抽征大批壮丁,进行集中训练,规定三个月一期,以备战时急用。后套许多农民都曾受过傅作义的抓壮丁之苦,老百姓都知道“国民兵”这个名称。最后一期国民兵训练赶上抗战开始,成了长期的国民兵,司令由绥远省民政厅长袁庆增兼任,副司令李大超。战争吃紧时,傅作义率部在前线作战,失利后退守大同。阎锡山决定放弃绥远,命傅作义退至太原,同时命袁庆增率国民兵赴山西以补充傅部兵员。袁庆增是山西人,傅作义嫡系,自然听从调遣;而副司令李大超是东北人,一向刚愎自用,早想独树一帜,另立山头,就借口地方武装应守土抗战,拒绝执行命令。由此出现了“袁李分家”,袁庆增带一队人马去了山西,李大超则留住部分人马,重新组建了国民兵司令部,自任司令。不几日,日寇进攻绥远,李大超率国民兵,并联合他的把兄弟马占山率领的挺进军在绥远南门外阻击日军,给日军以重创,之后率部撤到包头。这时正欲撤军后套。

这个李大超,日本士官学校毕业,比较看重精神的作用。他对八路军的政治工作十分赞赏,想效仿八路军在部队中设政训机构,以训导的方法,安定军心,训练和治理部队。他叫郭灵墅负责物色人才,为国民兵组建政训处。郭灵墅偶然遇到王建功等人,便发出了邀请。

郭灵墅走后,王建功和李衡商议,都认为这是件好事,比较符合当时国共合作共同抗日的形势,既有利于支援友军,又便于开展中共的工作。但是,他们考虑到国民兵最初曾叫“防共自卫团”,心里还不托底。这时中共北方局派到傅作义部队做统战工作的潘纪文、杨植霖也正在包头,王建功、李衡去和他们商议,潘纪文、杨植霖二人比较详细地向他们介绍了国民兵情况,并说:“他们原来叫‘防共自卫团’,现在不反共,要与我们合作抗日,我们就可以和他们合作。”

这样,李衡同志做出决定,到国民兵中去开展工作。

国民兵到陕坝后进行了整编,编制三个旅六个团。第一旅和第二旅是步兵旅,第三旅是骑兵旅,也叫“骑三旅”。三个旅共有近三千的兵员,分驻绥西各地。

这个部队派系斗争尖锐,有东北派和山西派;部队成分也复杂,有原留下的国民兵，也有傅作义培训的“乡导员”。所谓“乡导员”，是抗战初期，傅作义为了加强县、乡两级的工作，搞了个“县乡工作训练所”，在归绥一带招收了一些具有初中以上文化程度的青年，大约有一百多人，原打算经过培训后将他们派到乡村当指导员。绥远沦陷后，这些青年人也和国民兵一起撤到河套地区。另外，还有从县里撤出时各乡导员带的自卫队也都编入部队里，乌七杂八的什么人都有，比较混乱。加之绥、包失守，敌情严重，部队供给困难，军心不稳，精神涣散，纪律松懈，逃亡现象严重，搞得国民兵司令李大超十分头痛。

1937 年 10 月下旬，李衡、王志成、王建功等到了陕坝。这时随国民兵政工队撤退的共产党员郭敬等也到了陕坝。郭灵墅和他们见面时说：“我当政训处处长，上校军衔，给你们留个副处长的位置。其实我这个处长也只是挂个名，事情全靠你们做。政训处现在还是个空架子，人员也可以由你们配备。只要给我们搞好训练，你们有什么问题和困难由我向李司令反映给解决。”

李衡等同志正式接受了郭灵墅的“邀请”，对今后如何开展工作，党内经过讨论，做上如下决定：

一、鉴于绥远省工委已经名存实亡，决定将绥远省工委改成绥西工委，李衡任书记，郭敬任组织委员，王志成任宣传委员。

二、对工作进行了分工，李衡侧重于军事工作，郭敬负责党的地方工作。

三、利用和掌握政训处，大力开展军队的政治工作。为此，在新成立的绥西工委中增设了军事委员，由王建功和王志成担任。

这个决定，很显然是将这一段的工作重点放在了李大超的国民兵政训处这头。

关于这个绥西工委，可视为原来绥西工委的延续，但又是新成立的，也叫临时绥西工委，因为是在特殊情况下成立的，还有人称其为绥西特委，但更多的记载中只称其为绥西工委。

1937 年 11 月，国民兵司令部政训处在陕坝成立，郭灵墅任处长，李衡化名李仲权，任政训处中校主任。

李衡、王志成、王建功等进入政训处后，首先在完善机构、配备人员方面做了大量的工作，这是占领这个阵地所必须做的。

国民兵司令部政训处下辖三个科：组织科、宣传科、总务科。组织科科长由绥西工委的组织委员郭敬担任。总务科科长是共产党员王仁安。政训处的科员大部分是共产党员，也有一些“民先”队员和进步青年，像狄敏达、孔祥芸都是共产党员，章叶频是“民先”队员，他负责宣传工作。只有宣传科的科长姬某，自称是平民教育促进会的成员，他是个投机分子，后来在环境恶化时表现动摇。

两个步兵旅的旅部未设政训处，但旅下属的团部则都设了政训处。一团驻五原，政训处主任王建功，少校军衔。两个政训员，一个是上尉高万章，一个是中尉武践实，都是共产党员。二团驻陕坝，政训处主任王志成。政训员庄彝樽也是来自扒子补隆的共产党员。三团驻百川堡，政训处主任王兆震，北平燕京大学新闻系学生，他既是共产党员又是“民先”队员。四团驻蛮会，政训处主任吕自拔，民先队员，政训员有刘景平和罗云路，他们都是共产党员。骑三旅的旅部设有政训处，主任由进步青年马映光担任，马映光后来去了延安，在抗日军政大学加入了共产党。杜如薪、李佩衡同志是政训员，他俩都是共产党员。骑三旅下属的两个团没有设政训处。但各连队都派有政治副连长，又称连副，也基本上由共产党员或者进步青年担任，申培信就是一团一个连队的政治连副。这些进步青年，后来有不少人到了延安，入了党。

可以这样说，游击军的各级政训部门，基本上被共产党员所掌握。这样，在这支部队里建立起以共产党员和进步青年为骨干力量的政治工作体系，为日后中共在国民兵中进行政治工作、争取官兵抗日、搞好统战工作奠定了很好的组织基础。

随后，政训处在这支部队中积极开展政治工作。当时，一周安排政训人员给战士们上两三次文化课，所以无论司令部还是旅、团的政训工作人员，经常下到连队给战士们讲课。上课的时候，主要是根据党的“抗日救国十大纲领”和“坚持抗战，反对投降；坚持团结，反对分裂；坚持进步，反对倒退”的方针，进行抗日救国的教育和宣传中共的抗日民族统一战线的政策，启发士兵们的阶级觉悟和爱国热情，提高官兵对形势的认识。说是文化课，其实就是政治课。这些情况李大超也清楚。

政训人员向士兵们沉痛地讲述日寇野蛮、残忍的侵略行径，祖国危在旦夕的形势。向士兵们指出，日寇已经占领了我们的家乡绥远，东北同胞那种妻离子散、家破人亡的悲惨命运已经成为我们的现实。国民兵的战士来自老百姓，有责任保卫自己的家乡，保护自己的父老乡亲、兄弟姊妹。大敌当前，民族生死存亡的紧急关头，作为一个真正的军人，应该枪口对外，目标对准中国人民共同的敌人——日本帝国主义,如果硬要干那些“攘外必先安内”的傻事儿,将使中国人痛心,日本侵略者高兴。谁这样干,谁就是中国人的败类!

同时,政训员们针对部队的纪律松懈、有欺压老百姓的恶习进行工作。

他们问士兵:“日本帝国主义者侵略我们,压迫我们,使我们民族不能翻身,不能抬头,应该不应该打倒?”

士兵回答:“应该打倒!”

他们又问:“那么谁去打呢?”

有士兵答道:“那还不是要靠我们军队打呗。”

政训员继续和他们说:“军队的士兵没有饭吃,没有衣服穿,没有马匹骑,还可以打仗吗?”

这时,士兵们七嘴八舌地说开了,都喊:“不行哇!”

于是,政训员说:“仅靠军队,是无法进行抗日救国的,必须要有老百姓的大力支持和帮助才行。老百姓是我们的衣食父母,所以我们都要善待老百姓,绝不能做对不起他们的事情。你们说是不是啊?”

这时,士兵们已经理解了政训员的意思,齐声回答:“是!”

政训员们还讲消灭日军板垣师团千余日寇的平型关大捷,歼灭日寇精锐部队的台儿庄战役,炸毁敌人的飞机二十多架、歼灭了大部分守卫日军的夜袭阳明堡机场等等国军队抗敌的战绩,以激发士气。

同时,政训员经常深入到士兵中,教战士们唱抗日救亡歌曲,有《工农兵学商一齐来救亡》《义勇军进行曲》《救国军歌》《中华民族不会亡》《牺牲已到最后关头》等十多首歌曲。这些歌曲都是由爱国的著名词、曲作家创作的,歌曲慷慨激昂,很能鼓舞士气。一次联欢会上,一位东北籍的战士用低沉浑厚的嗓音唱起《在松花江上》这首歌,当唱到“哪年,哪月,才能够回到我那可爱的家乡”的时候,他声音颤抖,热泪夺眶而出。这时候,全场一片沉寂,很多士兵的眼睛里都满含着泪水。政训员们还编了不少顺口溜和小笑话,戳穿日本帝国主义者吹嘘的所谓“皇军不可战胜”的神话。

1937 年 12 月 12 日,政训处还组织举行了一次纪念“西安事变”一周年大会,是在陕坝一个露天剧场举行的,参加的除了政训处人员,还有国民兵司令部及其他各处的官兵。会上,曾在“西安事变”中参加过捉拿蒋介石行动的王志成讲了“西安事变”的经过。他的四川口音,绘声绘色地讲了当时“捉蒋”的情形，不时引起听众的掌声和笑声。通过听他的演讲，让人们对“西安事变”有了进一步地了解，知道了“西安事变”的起因及和平解决的重要意义。

经过这样一段工作，大多数战士逐渐认清了日本帝国主义的罪恶行径，扫除掉了压在他们心头上的“中国武器、弹药不如人家，一打非亡国不可”的担心，极大地鼓舞了士兵们的抗战信心，爱国热情日渐增长，精神面貌为之一新。

在此期间，政训处还为李大超的一个军官团办了一期政治训练班。军官团的成员绝大部分是随李大超的国民兵撤到河套地区的傅作义的“乡导员”，李大超将这些人集中在一起，成立了军官团，委托政训处训练这批人。政训处了解到，这批人年纪比较小，有的仅十几岁，又有文化（那时有个初中文化程度，就不简单了，算是“文化人”了），感觉这些人经过训练能够出些人才。于是，政训处对这些青年人进行了测试、面谈，确定了四五十个政治上比较单纯、文化程度较高的青年人，办了一个多月的训练班。李衡、郭敬和王建功都在这个训练班讲过课。训练班结束后，其中有三十多人被派到各连当了政治连副。傅作义投靠蒋介石后，他们中有不少人先后参加了革命队伍，加入了中国共产党。

过去，李大超的部队完全是旧军人那一套，军官们对上阿谀奉承、阳奉阴违，对下打骂士兵，欺压百姓，能捞就捞，又嫖又赌，军民关系、官兵关系非常恶劣。中共党员们进入部队后，这些同志不讲待遇，每月只领少量的津贴，克勤克俭，吃苦耐劳，廉洁奉公，埋头工作。不论职务高低都平易近人，和战士们谈心、交朋友，尽力帮助他们解决个人的困难和问题。特别是李衡，那时三十多岁，是一位已有十几年党龄的同志。他经常去骑三旅的所在地检查工作。三旅的官兵对李衡很熟识，让他骑马他不要，坚持步行，凭一双铁脚板，在流沙地上每日行程百里。每到居民点，不顾疲劳，立即访问群众，进行抗日救国的宣传。住在群众家里，自己担水、扫地、烧火做饭，是老百姓从未见过的好官。有一次，李衡带领着政工队，行军到了一个叫典石沟的地方。这里居民很少，当时只发现一座蒙古包。蒙民看见来了队伍，不明情况，扔下羊群向沙漠中跑去。李衡知道，队伍走得又困又乏，又饿又渴，这时候，也往往是容易违犯群众纪律的时候，因此，他宣布，不准宰杀羊，并派人看护羊群。当政工队继续前进之后，他自己留了下来，坐在沙丘上等候大部队。他不许任何人进蒙古包，让大家就地围坐，给他们讲“三大纪律”和“八项注意”的内容，并通过讲解红军的故事，说明为什么要“尊重蒙民的风俗习惯”。他还通过遵守纪律受到群众欢迎的事实，说明军民一家的道理。就是这样,部队对群众秋毫未犯。有的士兵说:“李主任的话,能治饿病。”天黑下来,李衡让士兵燃起篝火,他带头唱起了河北梆子,大伙儿你说我唱,一直热闹到拂晓。李衡同志这种平易近人的朴素作风和吃苦精神,和李大超部队中的军官有天壤之别,很叫友军佩服。

在政训人员的影响下,打骂士兵的情况减少了,官兵关系有了改善。各部队成立了“伙食委员会”,由士兵推举代表轮流进行管理,伙食质量有了明显的提高,士兵们为之叫好。后来连队里还普遍组织了“奋斗室”,战士们可以去那里浏览报纸、书刊,交换对形势的看法,什么话都可以说,除了不公开喊“共产党万岁”,言论很自由。

这时,国民兵内部的军容和军风纪得到很大改变。这支部队在当地群众中有了好印象,驻地居民主动用酒肉款待官兵,夜间自动给部队喂马放哨,大大鼓舞了士气。对此李大超很满意,他曾在不同的场合多次表示:“部队整理好了,看来还是这一套管用。”

这个时期,绥西工委主要的工作是军队的政治工作。绥西工委与河套的地下党组织没有什么组织关系,但是在抗日宣传活动上是互相配合的。

政训处人员除在国民兵官兵中开展政治工作,还时常走出去,对老百姓进行抗日救亡的宣传。陕坝有个叫“大转盘”的十字街口,是摊贩和群众聚集的地方。政训员们就选这里作为宣传场所,几乎每天上午都到那里做街头宣传,讲中共的《抗日救国十大纲领》以及中国抗日战争的一些情况。1938 年元旦到春节期间,政训处人员宋黎夫、章叶频、马俊英等还排练了反映抗日救亡的活报剧《放下你的鞭子》,先后在露天剧场和陕坝街头演出。

那阵子,陕坝被人们称作“小延安”,群众的抗日热情很高。街头上,经常有歌咏队、活报剧队、宣传队搞宣传演出,也时常有游行示威的活动。人们高举小旗,走村过镇,高喊“打倒日本帝国主义”“打倒汉奸走狗”“支援前线抗战到底”的口号,张贴抗日标语,散发传单,进行讲演。群众被发动起来了,有钱的出钱,有力的出力,甚至有些上了年纪的老太太也拿起了针线,为前线的士兵们做鞋子、鞋垫。很多青年人加入了各种演出队,宣传抗日救国。一时间群情高涨,热气腾腾。

政训处还办了一个十二开本的油印刊物,寓意抗日民族统一战线,刊名《一条线》,由在归绥当过报刊编辑的章叶频负责编稿,宋黎夫负责版面设计和刻印。李衡、郭敬都曾为这个刊物撰稿。这个《一条线》是河套历史上第一本刊物。

那个时候，负责党的地方工作的工委组织委员郭敬，经常穿一件蓝布大褂，骑一辆自行车，来去匆匆，到乡下转，北到狼山口，南至临河马场地，东到百川堡，西到三盛公，去寻找和恢复自1935年“大顺城惨案”后隐蔽起来的中共党员和党组织。通过他的工作，很多地方的党组织又开始了活动，有的地方还成立了农民救亡会。

工委书记李衡更是走到哪里就把工作做到哪里，后来任中共五原县委书记的骆时，就是他在百川堡最先接触，经过考察批准加入中国共产党的。他还专程到临河拜访刘进仁，建立了党的联系，通过刘进仁了解临河县党的组织及开展斗争情况，争取到他对政训处抗日救亡工作的支持。之后，刘进仁推荐临河青年李贵、贺瑞林参加了国民兵政训处举办的培训班，其间李衡通过李贵把一份《抗日救国十大纲领》捎给刘进仁，以此推动临河的抗日救亡宣传活动。

在政治动荡的年代，形势的变化往往非始料所及。

1938年3月间，国民兵接到命令，要部队从陕坝移驻五原。不久，蒋介石电令军政部将李大超免职，将国民兵改编为游击军，另任绥远省宪兵司令马秉仁为游击军司令。据说李大超被免职的原因，一是有国民党特务向蒋介石打小报告，说游击军用了一帮共产党，被赤化了；二是当初他不听从调遣去山西，而是把队伍拉到绥西另立山头，这令阎锡山、傅作义都对他不满，让蒋介石对他也不放心。李大超为了不给马秉仁留下把柄，在离职前解散了政训处，给每人发三个月薪饷，让各奔前程。

1938年4月，李衡去延安汇报新的情况，工委工作由郭敬和王志成负责。

这时，共产党员和民先队员们开始从游击军中撤离，有的去了延安，有的留在当地继续做地下工作。

中共绥西工委存在了半年多时间，但做了不少工作。第一，在绥西广大地区的军队和地方都发展了党的组织及民先队组织，在个别农村还建立了农会。第二，从军队到地方，从党内到党外，广泛地开展了抗日救国的宣传教育，扩大了党的影响。第三，在军队和地方交了不少朋友，培育了一些青年骨干。这些青年，有的留当地工作，有的被选送到延安学习。

结 语

可以说自共产党人夺取武器成功、组织起抗日武装之日起，“东北垦区”即完成了其历史使命。从1935年4月“东北垦区”成立，到共产党人组织起抗日武装，挺进军先锋队离开垦区，共两年零七个月时间。这两年零七个月时间里，“东北垦区”这片土地，不仅经受了岁月的磨难，还创造了历史的辉煌。两年零七个月时间，这片土地不仅是生产基地、抗日救亡宣传的阵地、共产党人与反动势力的斗争之地，还是一支光荣的革命武装的策源地和诞生地。同时也是在河套较早传播进步文化的一片园地。那时，这片土地上书声琅琅，歌声飞扬，名流纷至，新生事物接连涌现，那么多热血青年在这里放飞青春。这片土地，是多少革命青年经受锻炼的熔炉，是他们在岁月磨砺中成长的圣地。当年从“东北垦区”走出的热血青年，近一半在后来的抗日战争和解放战争中为国捐躯。据不完全统计，战争年代牺牲的同志有白乙化、吴梦九、柴山、王波、方成、乔宇、秦岭、胡伊等。幸存者大多在新中国成立后成为国家栋梁，如王德曾任中共广东省委书记，郑林曾任山西省副省长，吴涛曾任北京军区副政委兼内蒙古军区政委，王建功曾任内蒙古自治区民政厅党组书记、自治区政协副主席，陈钟曾任国家公安部六局局长、中共长春市委书记、吉林省人大常委会副主任，苏梅曾任铁道部地方铁路总局局长。此外王亢、王方、张化东、阎一举、陈一夫、杨明远、舒里、丁岩(女)等同志均为国家党、政、军高级干部。这里重点追述和补充几位同志的有关情况。

白乙化，1939年春，他率领的挺进军先锋队被改编为华北人民抗日联军，李运昌任司令员，白乙化任副司令，转战于昌平宛平及永定河北。同年10月部队改编，白乙化任晋察冀军区一纵队三旅十团团长，率部参加平西反扫荡战斗。后转战平北，屡歼敌虏，以惊人的毅力创建了丰（宁）滦（平）密（云）抗日根据地。1942 年 2 月 4 日，白乙化率部在马营降蓬山与敌激战中英勇牺牲，时年二十九岁。“革命是我们的权利，牺牲是我们的义务。”这是他任中共垦区工委书记时常说的一句话，用以激励革命同志，也是他自己的誓言。他用一生践行着自己的誓言，为国家和民族尽了自己的义务。

李衡，面对国民党国民兵突变的情况，李衡于 1938 年 4 月到延安汇报工作。中央考虑他在河套已暴露身份，便于 5 月间另派他到伊克昭盟桃力民任中共绥蒙工委组织部长。1939 年调中共晋察冀北方分局党校任党委书记。后中共北方分局任命他为冀中公安分局局长。由于多年来以忘我精神坚持工作，辛苦奔波，终积劳成疾，1939 年 10 月病逝于武强县北代村。后来，中共冀中区党委将清苑县内保定至安国公路以东地区及高阳县、安新县部分村庄（包括李衡出生地老河头村）划为一个县，命名之光县（李衡原名李之光）以纪念李衡。

王志成，游击军政训处解散后，他到了延安，入抗日军政大学学习，后在日军飞机轰炸延安时牺牲。

吕自拔，天津人，南开大学学生。1937 年夏天来归绥，参加燕大教授、通俗读物编刊社社长顾颉刚组织的西北考察团赴甘肃、宁夏考察，返回经绥远时，天津沦陷，吕自拔和同团到绥的王兆震，决定不回天津当亡国奴，留在绥远，参加从北平迁到归绥的通俗读物编刊社工作，不久加入抗日民族解放先锋队。1937 年 9 月，这个编刊社迁往山西，吕自拔接受了党组织意见，与郭敬、王兆震等一起留绥远坚持抗战。1937 年 10 月中旬，又一起随李大超国民兵政治工作队到陕坝。吕自拔任国民兵步兵旅四团政训处主任，除做部队的政治工作，还在郭敬的直接领导下，做地方的群众工作。一次，他在乌加河畔的帖勒盖图一带活动，与驻当地的阎锡山屯垦军某连人员发生冲突，遭暗杀，成为长眠于河套土地上的革命烈士。

与吕自拔同留绥西又同来河套工作的王兆震，后去延安，新中国成立后曾任上海科技大学党委副书记等职。

这里还要说说郭敬和丁岩。

郭敬，和吕自拔一样，他们都没在“东北垦区”当过“垦民”，但都曾在扒子补隆地区活动，做抗日救亡的宣传和发动工作。郭敬是早年入党的中共党员，是个耍笔杆的知识分子。1937 年随通俗读物编刊社到归绥，从事党的地下工作，1938 年 10 月随李大超国民兵政治工作队到陕坝。中共绥西工委成立后，他任组织委员，负责党的地方工作。国民兵政训处解散后，他又在一段时间内，留河套做地方工作，建立和联系党的秘密活动点。他对河套这片土地有着极深的感情。新中国成立后，他曾任中国社会科学院马列主义毛泽东思想研究所所长、中国社会科学院出版社党委书记。1982 年夏天，郭敬曾重返故地，先后到呼和浩特、乌拉特前旗、五原、临河、陕坝多地走访。

丁岩，是当年“东北垦区”一位热情澎湃的女青年，垦区组建的抗日队伍向前线开拔时，她按照组织安排留了下来，继续在扒子补隆做群众工作。后回到东北。新中国成立后，曾任辽宁省工业厅厅长、中国科学院沈阳分院党委书记。二十一世纪之初，八十多岁的丁岩接受记者采访，称当年的“东北垦区”为“中国最早的知青点”。

还要说一说本章中多次提到的郭灵墅先生。他是山西荣河人，傅作义的同乡，据说还是表兄弟。国民党统治时期曾任绥远省公安局秘书，抗战时一度任傅部驻兰州办事处主任。他颇具爱国思想，赞成国共合作，团结抗日。他那时对共产党怀有好感，在任国民党第七集团军政训处主任和国民兵政训处处长时，大胆任用共产党人。后来傅作义任华北“剿匪”总司令时，他却没有积极配合，没有得到傅作义重用。北平和平解放时，他在一所中学任历史教员。绥远和平解放后，时任绥远省政府主席杨植霖邀请他来绥，任绥远省文史馆副馆长。

从 1935 年 5 月到 1938 年 5 月，三年时间，从垦区特支到垦区工委，从绥远省工委到绥西工委，为中共河套地下革命斗争历史的第三个活动阶段，概称垦区特支到绥西工委阶段。这三年中，建在扒子补隆的“东北垦区”和河套西部的小镇陕坝，都在中国抗日战争历史上留下了多彩的一页，同时为中共河套地下斗争历史和文化发展史写下了浓墨重彩的一笔。

1982 年夏天,当年中共绥西工委组织委员郭敬(右二)重访河套,与《内蒙古革命回忆录》编辑室人员合影。左一为本书撰稿人。

1981 年 12 月,内蒙古党史资料征集工作会议在呼和浩特召开。后排右五为本书撰稿人。

第四章　风云激荡

中共河套特委

1938 年 3 月，李衡到了延安，向中央北方局书记刘少奇和组织部长李富春汇报了绥西地区党的工作情况及国民党国民兵内部突现的变动。中央对绥西地区的工作极为重视。经研究，决定成立绥蒙工委领导下的河套特委。考虑到李衡已暴露政治身份，不宜再回河套工作，另调刘瑞森任中共河套特委书记。特委的工作任务和方针是在河套地区发展党的地下组织，发动群众开展党的抗日救亡运动，一旦日寇占领河套，就组织游击队，开展抗日游击战争，建立抗日根据地。

1938 年 5 月，中共绥蒙工委在延安成立，白如冰任书记，李衡任组织部部长。随后成立河套特委，刘瑞森任书记，刘光明任组织部部长，钟春林、马建华分别任军事部正、副部长，王国华任宣传部副部长，刘进仁任统战部部长，刘一山任委员。

刘瑞森这年二十六岁，有着非同一般的革命经历。他于 1912 年出生于辽宁省昌图县金家屯，原名李蔚昌，1929 年在沈阳汇文中学读书时，参加了中国共产党的外围组织互济会。1931 年加入共青团，同年考入北平燕京大学经济系。1931 年 10 月加入中国共产党。1932 年 5 月担任中共北平燕京大学党支部书记兼北平西郊区委员会书记。1932 年 8 月开始，先后任中共北平市委宣传部部长、组织部部长。1931 年 1 月，任中共河北省委秘书处交通科长。1933 年 4 月，组织上决定让他化名刘少亭，任中共天津市委组织部部长，后改任天津市委宣传部部长兼军委书记。

1933 年 7 月 30 日，因叛徒出卖，他在天津英租界一人家中被捕。8 月 16

日被押送南京。同年11月下旬,被国民党南京警备司令部判处无期徒刑,送南京监狱关押。1937年8月下旬,被转移到安徽省和县姥下镇关押。

第二次国共合作开始后,经国共协商,八路军驻南京办事处派员到安徽和县将九十多名"政治犯"集体保释出狱,后经西安到达延安。刘少亭得以获释。为纪念牺牲的中共河北省委书记赵森和在伪宪兵司令部看守所住同一"号子"的难友曾宪瑞,他改名刘瑞森。1937年12月入中央党校学习,二十天后分配到陕北公学工作,先后在陕北公学八队、十一队任主任,兼任中共陕北公学党总支宣传委员。他是从陕北公学调来任河套特委书记的。

中共河套特委成立之后,刘瑞森即带领刘光明、钟春林、马建华、王国华、刘一山一行六人从延安出发,先到定边,由定边进入宁夏的盐池县。这时,他们仔细地研究了如何通过宁夏到河套的行走路线。当时,统治宁夏的马鸿奎部队对共产党极为仇视,抓住共产党员不是活埋就是装进麻袋里扔入黄河。这一行人从延边出来时,拿的是八路军留守处的护照,用这个护照过宁夏,等于自投虎口。怎么办?经过商议,他们决定装扮成傅作义三十五军的人员,可是又没有军装,就去盐池县政府开了个证明,说他们是三十五军的工作人员,过柠条梁时被土匪抢了衣物和证件,望沿途友系在食宿和通行上给予照顾。

这张证明还真管用。那天傍晚,他们在银川南门外一车马店住宿,遇一警察局长查问,他们就拿出这张证明做解释。刘一山是河北人,听警察局长说话是河北口音,就拉老乡关系。警察局长一下变得温和了,临走还说:"人是家乡的亲,你们有什么难处尽管说,咱能办到的尽力而为。"

第二天,六人从银川乘坐羊皮红筒筏子,顺黄河而下到石嘴山,然后改乘木船,于5月18日到了临河。

按照李衡说给的联系方式,一行人先到临河城南的南台子村落脚。这里住的多是河北省行唐县人,又称行唐台子,是中共地下党员的活动点,有"小苏区"之称。又有刘一山这个河北人做掩护,就说是老乡领着朋友来找事做的,不易被怀疑。

他们先联系到行唐台子的中共党员赵子丰,然后凭着李衡写的信,与临河地下党负责人刘进仁接上了关系。

在刘进仁家里,由刘瑞森主持召开了中共河套特委第一次会议。刘瑞森向刘进仁传达了中央建立河套特委和由他任统战部部长的决定。

1935 年 3 月，刘进仁被指为“共党分子”被捕入狱，由于刘进仁矢口否认，敌人查不到证据，又有一位身份特殊的地方绅士说话，于同年 9 月保释出狱。“大顺城惨案”之后，临河党组织再次与上级失掉联系。1936 年 6 月，刘进仁与韩是今、侯进国三人一起东走，先后到固阳、包头、归绥等地找组织，均无结果。后刘进仁通过在归绥上层的关系，谋到一个五原县禁烟委员的差事，去干了几个月，1937 年 6 月回到临河，被临河县县长白佩华委任为临河女校校长。

1937 年七七事变后，归绥的学校都停课了，临河在归绥上学的学生陆续回来。李贵、侯福荣（后改名侯野烽）等是 9 月间回来的。刘进仁便考虑把这些青年学生组织起来，以他们为骨干，争取更多的知识分子，投入抗日救亡活动。正在这时，韩是今从陶力民回到河套，到陕坝与绥西工委书记李衡接了头，向李衡介绍了刘进仁。之后李衡来临河见了刘进仁，对在临河发展地方党组织提出了意见，给了刘进仁极大的鼓舞。刘进仁考虑，为了适应抗日救亡的形势，应尽快恢复临河党的组织，并建立党的外围组织。于是，他联系了临河城里的党员郭金山、吕德贤等，重新成立了中共临河县城党支部，他任书记。随后联系了南台子的赵子丰、杨六十五圪旦的张五、上蛮会的张鱼子等，恢复了农村党组织。然后就开始策划建立抗日后援会。

李贵、侯福荣等回临河后，刘进仁去找县长白佩华介绍了他们的情况，让侯福荣当了民众教育馆馆长，让李贵到一校当了教员。临河一校教员中还有另外几名进步青年。这样，中共地下组织又开始了争权一校的斗争。而民教馆已基本被革命力量所占领，成了中共地下组织的一个活动场所。抗日后援会的筹备会议就是在那里召开的。

1937 年 10 月底，由刘进仁主持，在临河一校召开了临河抗日后援会的成立大会，参加的有来自农村的中共党员、社会各界人士和进步青年，县长、警察局长及一些地方官吏也参加了成立大会。会议选举刘进仁为临河抗日后援会主任委员，侯福荣为副主任委员。

此后，临河的抗日救亡活动就公开合法地开展起来了。

这年冬天，李衡在陕坝办了一个政治训练班，刘进仁派李贵和贺瑞林去参加了。李贵从李衡那里带回了一本《抗日救国十大纲领》，拿到临河民教馆，刻印若干份，以抗日后援会的名义散发各官方单位、各学校、店铺，起到了很好的宣传效果。

1938 年 1 月，经刘进仁介绍，李贵和侯福荣加入了中国共产党，输送贺瑞林、訾秉节到延安学习。

同在 1938 年 1 月，春节前夕，以临河抗日后援会的名义，号召社会捐款捐物，组成以刘进仁和侯福荣带队的慰劳团，到西山嘴慰劳抗日官兵。这次慰劳活动，对群众是一次宣传活动，对前线士兵是一次鼓舞，对那些投降派也是一次打击。

1938 年春季，在北大读书的进步青年刘时平回到临河，经与刘进仁、侯福荣商议，争取到地方绅士阶层的支持，由刘时平牵头，组织起了临河旅外校友会，又增添了一支抗日救亡宣传的力量。

正当临河地区抗日救亡宣传日趋活跃的时候，驻陕坝国民兵移驻五原，政训处解散，中共绥西工委领导的党员同志们大多转移，这让刘进仁再次产生了担心和忧虑：革命形势会不会由此受到影响呢？正在他急于与上级组织接上关系的期待中，组织上建立了河套特委，而且任自己为统战部部长，这让刘进仁激动又欣慰，也更坚定了他为党工作的信心。

他热情地接待了特委的同志们，让他们住在自己家里，他相信自己能够千方百计地保障同志们的安全。

这次见面会上，特委听取了刘进仁关于河套社会情况和党的工作的汇报，分析了当时河套的抗日形势和斗争形势。

此前 1938 年 4 月 25 日，日寇已侵入了河套东部的大佘太，随时可能向套内窜犯。

国内的反共势力，主要在国民党驻军中。1938 年，后套地区除了分驻各县的阎锡山屯垦军，还有驻防五原、安北一带的国民党中央骑兵第六军第七师，即门炳岳部，以马秉仁任司令的国民党游击军，活动在五原北部沿山一带的宁夏马鸿宾八十一军三十五师。这些部队中都有一些强硬的反共分子，还有国民党特务分子，他们会随时与地方的反动势力勾结，对共产党采取敌对行动。

与军队中的反共势力相比较，国民党地方反共势力相对薄弱。这是因为后套是国民党发展较晚的地区。到 1925 年，临河国民党员为数尚少，还没有形成组织。1928 年，国民党绥远省党部派来党务筹备员，进行党员登记。1932 年，临河、五原、安北三县分别成立了直属区分部整理委员会。1933 年，三县正式成立国民党绥远省党部直属区分部。但因派系角斗，直属区分部组织涣散，一直处于有名无实的瘫痪状态。

根据这种形势，中共河套特委按照中央的指示精神，研究部署了工作。

当下主要是迅速深入城乡各界群众和驻军之中，发展党的组织，向广大群众进行抗日救亡的宣传，组织发动群众，随时准备投入抗击日寇的战斗。

特委决定，刘一山到五原开展工作，考虑适当的时候向东扩展，开辟安北方面的工作。钟春林和马建华分别到阎锡山屯垦军和游击军中开展军运。

临河是河套最早建立中共党组织的地方，党员人数较多，工作基础较好，为加强对临河党的工作的领导，特委决定重组临河县委，刘进仁兼县委书记，农民党员赵子丰、李过计、韩拴其（韩毛匠）为委员。县城里成立了知识分子党支部，刘景平任支部书记，党员有刘进仁、李贵、侯福荣等七八个人。

中共五原县委建立前后

刘一山到了五原,也是凭着李衡写的信,和骆时接上了关系。

骆时是河北霸县人,原名王悦,1905 年生。1923 年从师范学校毕业。1924 年到北京农业大学任图书馆馆员,后任该校教务处办事员。后因参加革命活动被解雇。为寻求出路,1933 年 10 月,他化名王晓庄来到五原,经阎锡山屯垦军办事处农作科科长李士俊介绍,到垦区办事处工作。1936 年升任百川堡垦殖办事处主任。

1937 年 10 月,李衡由五原去陕坝,路经百川堡住宿,认识了骆时(当时叫王晓庄),两人认了老乡。谈话中李衡向骆时讲起了抗日形势和共产党的抗日主张,骆时听了深受感动,在更深入的交谈中,他向李衡表述了加入中国共产党的愿望。李衡到陕坝后,又委托到百川堡工作的中共党员找骆时谈话。1937 年 10 月,由李衡、郭敬介绍,骆时加入了中国共产党。

两个月之后,阎锡山屯垦办事处对骆时的言论和行动产生了怀疑,要调他回五原接受审查。骆时毅然脱离了屯垦办事处到了陕坝,经李衡安排,在国民兵政训处当了总务科长。

1938 年春天,国民兵调驻五原,撤销了政训处。因骆时没有暴露中共党员身份,组织决定让他留五原,和姬子平、章叶频、王黎生等七八个人一起,利用帮助筹建绥远省第三行政督察专员公署的机会,谋求合法身份,开展党的工作。后来骆时任该行政督察专员公署第三科科长。

刘一山见了骆时,又是同志,又是河北老乡,自然格外亲切。为有个掩护身份,骆时安排刘一山到一家河北人开的自行车修理铺去做活儿。这修理铺掌柜姓胡，说起来，他老家和刘一山家住的村子只隔五华里，还认识刘一山的父亲。他安排刘一山住在新城桥东一车马店里。

刘一山在自行车修理铺干活儿之余，就到周围了解情况，很快又认识了一个河北老乡。可见当时住在五原的河北人真不少。这人名叫康笔耕，原在保定二师上学，因参加学生运动而被通缉，逃到了五原，在桥西小学当教员。刘一山和他交谈开来，很有些共同语言。由他介绍，刘一山到这所学校给学生教了十几首抗日救亡歌曲。

1938 年 6 月 4 日，以自行车修理铺为联络点，建立了中共五原党支部，骆时为支部书记，刘一山为组织委员，来五原开展军运的马建华为宣传委员。

这时，骆时又通过关系，介绍刘一山到城防司令部去住，这里条件好些，还不查户口，最主要的是可以和部队的人员接触。果然住了不久，刘一山就在部队里发展了两名党员，一位是中尉书记官康松岭，另一位是上士文书杨士元，三人组成了一个党支部。之后就培养河北人康连长入党。

刘一山还常常往乡下跑，在乡下认识了郭北宸，了解到他当过傅作义的乡村工作指导员和国民兵政训处的政训员，是政训处撤销后留在五原的。以后他们又几次联系。1938 年 6 月间，刘一山介绍郭北宸加入了中国共产党，让他寻找机会开展安北方面的工作。

五原城防司令由屯垦军骑兵团郭团长兼任，刘一山一个外来人住在城防司令部，每天这跑那跑，还在他的官兵中活动，引起了郭团长的怀疑。郭团长怕他惹麻烦，便对他下了“逐客令”。

正在这时，国民党骑兵第四师招考政训人员，刘一山去报考。考的是歌唱、朗诵等科目，正是刘一山的长项，他被录用了，到该师政训处工作。没过几天，骑兵四师要开往山西河曲。这怎么办？经请示特委书记刘瑞森，回答是不能走，要在五原开展工作。刘一山假托有肠胃病，留下了。以后他又回到自行车铺干活儿，又给桥西小学的学生们教歌。

1938 年 7 月县里举行七七事变一周年纪念活动，各小学比赛唱歌，桥西小学唱得最好，行政督察专员公署专员陈应道问：“这歌是谁教的？”骆时说：“是我的一个老乡。”借此机会向专员推荐刘一山。陈应道说：“叫他来公署干吧。”这样刘一山就到专员公署当了政治教官，后来又当督导员。以此身份做掩护，继续做党的地下工作。

由于刘一山和骆时等同志的努力，五原县地方党组织发展较快，仅两个月时间，不仅在县城先后发展了康笔耕、杨月林、李林德、康松岭、杨士元等十几个党员，分别建立了党支部，还在北乡、东乡等乡村也建立了党组织。

其间，中共河套特委书记刘瑞森两次去扒子补隆一带活动，都路经五原，了解五原工作的开展情况。

1938年7月21日，根据特委指示，建立了中共五原县委，骆时任书记，刘一山任组织部部长，马建华任宣传部部长。确定县委的工作任务是发展党的地方组织，抓地方武装和抗日民族统一战线工作。决定刘一山同志重点搞地方工作。

不久，刘一山改任县委书记，骆时任组织部部长。中共五原县委成立后，党组织发展更快了。以后一年时间，隆兴长、梅令庙、邬家地、蔡家地、东乡、北乡及乌镇都建立了党支部；同心泉、同义隆、二楞圪旦、中盛乡等地都发展了党员，建立了党小组，全县党员达一百多人。

在县委领导下，建立了四个区委。一区区委驻隆兴长，书记白杨，后由王清、程昆山（后叛变）、乔培新接任，辖蔡家地支部和同心泉、城东、城南党小组；二区区委驻邬家地，书记刘子秀，辖邬家地支部和屯垦军两个支部；三区区委驻二楞圪旦，书记王致中，后由王福田接任，辖二楞圪旦、同义隆两个支部，良忱乡、宝格岱庙、老刘圪旦、水桐树四个党小组；四区临时区委驻乌镇，书记刘一山兼任，辖乌镇、梅令庙支部和城北党小组。

1938年秋季，刘一山还发展了在阎锡山屯垦军中任中校副团长的梁泮池入党。这年10月，经屯垦军中任机炮连少校副连长的地下党员李模介绍，刘瑞森与之谈话后，发展该机炮连少校连长戚克俭入党。梁泮池和戚克俭这两个人身份特别，被称为“特别党员”。

从1938年7月县委成立，到1939年9月一年多时间，中共五原县委先后输送王进、康丽生、涂茨梅、杨世元、康笔耕、李新生、康松岭、肖文、韩忠、胡庆云等二十多人到延安学习。

1938年下半年，中共河套特委积极推动组织发展，取得了很大成绩，但也出现了发展过快的问题，影响了党员的质量。五原县存在着这样的问题，临河县同样存在着这样的问题。为提高部分农民党员的思想水平和文化水平，河套特委征得伊盟工委领导同意，分批选送新党员到伊盟桃力民参加培训，每批二十至三十人,每期一个月。这样的培训,对提高党员的思想和文化水平,确有一定的作用;但这样做,违背了党的地下工作的保密原则,使一些党员暴露了身份,为以后组织遭受破坏埋下了隐患。

中共安北县委建立前后

1938年6月，正是刘一山到五原开展工作的时候，有十几个进步青年在五原组织起了一支抗日救亡宣传队。刘一山通过郭北宸，了解了这支宣传队的情况。

宣传队的成员有郭北宸、李石英、马子诚（后改名彭达）等十几人，原来都是国民兵政训处的政训员。国民兵从陕坝撤到五原改为游击军后，他们被编入了游击军的一个政工队，说是要东进支援傅作义绥东抗战，可是由于战争形势发生了变化，他们刚刚从西山嘴马七渡口过了黄河，又接到通知，说不让他们东进了，就又返回五原。游击军司令部让他们回部队集训，他们不同意。几个人一商量，就成立起了一支宣传队。可是该到哪里去，打什么旗号进行抗日宣传呢？正在这时，有人和驻在中滩的“游击第二支队”司令部的秘书王少舟联系上了，说是可以到他们那里去。

当时日军占领了包头和大佘太，河套五原一带驻着阎锡山的屯垦军和傅作义的游击军。中滩位于河套东南乌拉山前，居中间地带，驻扎着多家杂牌军，“游击第二支队”为其一。他们打着“游击”的旗号，却游而不击，只是把安北县地面作为获取给养的地盘，发展势力，俟机独占一方，称王称霸。他们也想效仿国民兵，有个宣传队，通过政治宣传，以获取好名声。大家分析，这是个可以利用的机会。这支部队虽属杂牌军，但其兵员多是贫苦农民出身，去了可以打着这支部队的旗号在安北地区宣传抗日，还可以争取和鼓动这支部队投入抗日。“游击第二支队”司令部的秘书王少舟是倾向革命的，经他从中周旋，很快得到该部队司令的答复：“同意接收”。

自 1938 年 4 月 25 日日寇入侵大佘太，占领了安北东部半个县，安北县便成了后套抗日的前沿阵地。大家要到前沿阵地去进行抗日宣传，都很兴奋，特别是郭北宸，他入党那天，刘一山即代表组织，指示他到安北开展工作，这正是个机会。

1938 年 6 月下旬，这支宣传队离开五原，向安北出发。中间有几个人怕苦，半路掉队，又返回了五原，最后留下七八个人。他们打着“游击第二支队宣传队”的牌子，在安北县二区史柜、土默淖一带进行抗日救亡宣传。

刘一山将这一情况汇报给了特委书记刘瑞森。刘瑞森很重视，他到五原约上刘一山，两人一起追踪着这支宣传队的足迹，来到安北，几次听他们宣传演讲，看他们表演节目，给他们以鼓励。

在此期间，还有另外一个共产党员在安北县开展党的地下工作，他叫赵子超（后改名赵化南），河北省人，曾就读于河北省冀县师范学校，1933 年加入中国共产党。1936 年到北平，曾担任“中华民族抗日先锋队”沙滩支队队长。1936 年 10 月，被派往张学良的东北军中从事兵运工作。“西安事变”和平解决后，他随由原东北军骑六师改编组成的挺进军到五原。后又脱离挺进军到陕坝，参加李大超的国民兵做政治工作。这时与中共绥西工委接上关系，参加国民兵内党的组织活动。国民兵政训处撤销后，他因患急性风湿病一时不能走路留在了河套。经两月时间，一位河套医生给他治好了病。之后经刘进仁介绍，他与河套特委书记刘瑞森接上关系。1938 年 8 月，刘瑞森找他谈话，并让他与郭北宸见面，遂派他到安北县扒子补隆垦区开展工作。通过在国民党五原专员公署任民政科长的刘一山介绍，他在扒子补隆垦区取得了小学教员的公开身份。

1938 年 9 月，这支宣传队驻在扒子补隆北面的介默淖时，刘一山来到距此不远的史柜村，秘密通知赵子超和宣传队中的郭北宸、李石英、马子诚三人到史柜村。刘一山宣布，组织已批准李石英、马子诚二人加入中国共产党。同时宣布，成立中共安北区委，赵子超任书记，郭北宸任组织委员，李石英任宣传委员。当前对区委的工作要求是通过抗日救亡宣传，推动农民运动发展的同时，积极争取城乡知识分子向抗日民族统一战线靠拢，在小学教员中建立抗日团体，以促进安北县各界民众的抗日救国活动。

根据区委的工作要求，赵子超在扒子补隆垦区利用其小学教员的身份，联络了一些有爱国心和正义感的教育界人士,很快组织起了一个"抗日救援会"。这个组织一建立,把县长和教育局长也吸引进来了。大家通过合法地出墙报、组织演讲会等形式,开展抗日宣传活动。

郭北宸是一个既富有革命热情又有活动能力的人,他以"游击第二支队宣传队"队员的身份,在乡村奔走联络,广交朋友,住在二区介默淖时,他认识了满腔热血的乡村小学教员陈万华,并带着李石英、马子诚和来自大佘太的热血青年潘子铭见了面。几个人经过商议,由郭北宸和陈万华负责,组织起了"安北小学教员联合会",并成立了歌咏队,建立了流动图书馆。以小学教员为主体的群众抗日救亡队伍形成了,宣传活动开展起来了。

1938 年 12 月,赵子超受中共河套特委委派,来到介默淖,宣布成立中共安北县委,赵子超任书记,郭北宸任组织部部长,李石英任宣传部部长。

县委决定,以扒子补隆垦区的"抗日救援会"和二区的"小教联"成员为骨干,吸收全县各界民众,组织成立"安北县各界民众抗日救国后援会",带领各抗日团体统一行动,宣传发动群众,掀起抗日高潮;同时敦促驻军整肃军纪,安定民心;反对种植鸦片,增产粮食支援前线。推举陈万华为"后援会"会长,赵子超为副会长。

这年冬天,郭北宸经常深入农村活动,结识了一些农民朋友,有十几个农民成了他开展工作的得力助手。在张芝贵等农民朋友的支持下,郭北宸利用东湾子小学校舍办起了农民夜校,他自编教材,亲自任教。这个夜校原来只有十几个农民来参加学习,后来发展到近百人。郭北宸给大家讲抗日战争的形势,号召大家组织起来支援抗日救国。同时以浅显易懂的道理启发农民的阶级觉悟,启发和引导他们团结起来,同一切反动势力做斗争,并联系当地实际,从当下农民最关心的问题入手,展开同封建势力的斗争。

当时,农民们对一些大地主把持水权,只收水租,不管修渠很有意见。赵子超、郭北宸等就抓住这件事,让农民们讨论,应该通过什么办法,解决这个不合理的问题,引导他们首先采取合法的形式,和大地主打官司。这个主张一提出来,农民们说:"不行,天下衙门朝南开,有理没钱别进来,当官的都认钱不认理,穷人没钱有理也输不起,闹不好打不住狐子惹一身臊。"针对农民们的顾虑,赵子超、郭北宸等就给他们讲组织起来齐心协力就能取胜的道理,赵子超还亲自为他们写呈子,找路子。当时,中共地下党员骆时正在绥西专员公署任民政科长，写好呈子后送到设在五原的绥西专员公署，然后由民政科传讯农民代表和大地主代表出庭审理。农民本来占理，据理力争，官司打赢了，专员公署判决：农民交水租，修渠的费用由收取水租的大地主负责；农民出工挖渠，由收取水租的大地主付工钱。

通过这次斗争，让农民既得到了利益，又提高了觉悟，受到了锻炼。县委又在农民中发展了一批党员，组织力量更壮大了。

这年冬季，安北县的抗日救亡宣传活动十分活跃，农民运动也出现了新局面。

抗战时期的临河民教馆和临河一校

刘瑞森自听取了刘进仁关于临河工作情况的汇报后,即对临河民教馆和临河一校这两个地方十分关注,认为这是特委应该利用和占领的两个重要阵地。他对这两个地方进行了深入的了解。

临河民教馆,全称叫临河县民众教育馆,成立于1935年冬季,属国民党临河县政府下属的一个文化机构。侯福荣当了馆长后,它的性质变了。刘瑞森去看时,见民教馆的门前挂着四个牌子,一块是在门头上横挂的蓝底白字的“民众教育馆”的牌子;另三块牌子分挂在大门两侧,一块是“临河县各界抗日后援会”,一块是“临河日报”,一块是“临河旅外校友会”。有关这三个牌子的来历,刘进仁在汇报工作时都讲了。

“临河县各界抗日后援会”,是临河县挂出的第一块宣称抗日的牌子。

《临河日报》原叫《临河公报》,是国民党临河县政府办的一张不定期出版的报纸,用作发布政令和统计数字等。侯福荣当了民政馆馆长后,通过刘进仁等在上层的活动,说服了县长白佩华,将《临河公报》改成了《临河日报》,从县政府搬来民教馆编辑、出版、发行。县政府任命侯福荣兼社长,刘时平任主编。初改版时每周一期,四开两版,单面印刷,油光纸,红、黄、绿三色。内容有国内外新闻、时事短评、地方新闻、专栏连载、文艺副刊等。创刊号由侯福荣写了社论,旗帜鲜明地宣传抗日,受到了临河各界进步人士的欢迎。

到中共河套特委在临河开展工作时,临河旅外校友会已发展到几十人,除了临河、陕坝的旅外学生,还有包头的一位在辅仁大学上学的学生也来参加了。当时,河套在北平、归绥、包头等地上学的学生,家长多是在地方上有势力有影响的人，校友们联合起来了，也争取到了他们家长的支持，实际上形成了一个广泛的抗日民族统一战线。

刘瑞森看了这三块牌子，这样的局面，内心十分振奋，不久他搬到了民教馆来住，把这里当成了特委的办公地点和联络点。

随着人手和稿件的增多，也是宣传的需要，《临河日报》很快由一周刊改为周三刊，进而改为日报。刘瑞森、王国华、刘景平等都参与了编辑工作。一版登新闻稿，主要依靠驻在临河的马鸿宾八十一军参谋处和临河邮电局的电台，收抄中央电台的新闻，由侯福荣、刘景平、李寿绵、应行方值夜班收听记录，尔后由刘瑞森、王国华、侯福荣、刘时平、刘景平等执笔，改写成时评或短评，经过讨论审定后发表。

1938 年秋天，在五原行政督察专员公署任视察员的中共党员乔培新受专员公署委派，来临河调查杨家河土地案。这是一场农民与大地主杨家打了十年之久的土地官司。乔培新经过调查，写了七千字的《杨家河土地案调查报告》，揭露了大地主与官府勾结欺压农民的罪行。《临河日报》用了近一个月时间，在“专栏”版面连载了这篇报告，引起了很大反响。另外，王国华执笔写的《六六救亡团巡回演出纪实》，记录了临河一校高年级学生下乡宣传抗日救亡的活动情况，在“专栏”连载后，在青少年中也有很大影响。

《临河日报》在青年知识分子和广大群众中的威望日益提高，报纸的发行量从几百份增长到上千份，陕坝与各区都有派报员，专搞发行。

1939 年初，刘时平去由北京大学和清华大学等大学联合组成的西南联大复学，刘瑞森接替当了《临河日报》主编。他通过陕北方面的关系和党内的交通，把报纸传递到上海、西安、重庆、延安等地，换回《解放日报》《新华日报》及邹韬奋编的《全民抗战》等报刊，《临河日报》可以转载上面刊登的有关各地抗日救亡的新闻以及共产党的抗日主张和方针政策。民教馆还开办了一间书报阅览室，除了报刊，还购进了一批宣战抗战的图书，吸引了众多读者。

民教馆其实也是临河县各界抗日后援会和临河旅外校友会的办公地点和联络点。

抗日后援会的会议都是在这里召开，作为会员的各界人士也时常光顾，来商讨有关抗日救亡的事情，来读书看报，探询各地的抗日情况。

临河旅外校友会的成员更是常来常往，有些家住陕坝或乡下较远地方的校友会成员，干脆背来铺盖住在这里，大家在民教馆办起食堂，从家里背上粮食来搭伙，义务参加抗日宣传。

这时的临河民教馆，其实已成了临河县的政治和文化中心，成了临河地区革命者和进步人士的集聚地和一切抗日活动的策源地。

民教馆的革命和进步活动引起了当地一些反动分子的仇视，他们在社会上散布流言蜚语，向县长进谗言，说民教馆这批旅外学生行动可疑，说刘进仁、侯福荣等人“图谋不轨”等等。

民教馆的活动经费和《临河日报》的办报费用，主要通过刘进仁和县长白佩华疏通关系，争取政府拨款。在国共合作共同抗日的形势下，县长即使心里不太情愿，也不好拒绝。报纸发行和利用版面中缝登广告，也有些收入，总的来说经费可供维持。

临河一校是当时临河县开展抗日宣传活动的另一个阵地。这是共产党员刘进仁和李春秀等创办的一所学校，自 1927 年建校之日起，就是党组织秘密活动的一个据点，也是中共地下党同反动势力进行斗争的前沿阵地。后一度被反动势力把持。1937 年秋季，中共临河支部重建后，刘进仁即开始考虑夺回一校领导权问题。经与县长白佩华周旋，1938 年春天，把中共党员李贵调入一校当教员。等到这年暑假时，刘进仁又找白县长进言：“咱们现在是全民抗战，什么工作只能前进，不能后退。”白县长问：“你这话是什么意思？”刘进仁说：“我搞了半辈子教育，现在还搞教育，那天到一校看了看，真叫人痛心，教员质量太差了，这样下去会误人子弟。”白县长叹一口气：“有什么办法？”刘进仁说：“现在临河有这么多从外地流亡回来的知识分子，可以通过考试招收合格的教员，把那些不合格的换掉。”

白县长同意了刘进仁的建议并请他监考。通过这次考试，中共河套特委宣传部部长王国华和共产党员罗云路进一校当了教员。

王国华是个大学生，多才多艺，又有组织能力。他到一校后，一面教六年级语文，一面和李贵、罗云路等一起，组织起了“六六救亡团”，除下乡巡回进行抗日救亡宣传，还在县城通过出墙报、散发传单、组织歌舞晚会等形式，开展抗日宣传活动。王国华和李贵一起，把东北流传的剧目《三江好》改为《三山好》，通过歌唱狼山、乌拉山和大青山，表现河套人民抗击日寇、保卫祖国大好河山的决心，由李贵扮演主角。演出后深受群众称赞，有人夸他们是“祖国的未来，时代的精华”。王国华等还带领学生到街上高唱《义勇军进行曲》:“起来,不愿做奴隶的人们,把我们的血肉筑成我们新的长城,中华民族到了最危险的时候,我们万众一心……”歌声在天地间飞扬,在人们的心中回荡,许多人被感动得涌出了热泪。他们还举办了平型关大捷纪念活动和“一二·九”学生运动纪念活动。

在临河一校的影响带领下,临河女校也行动起来了,一时间内,临河出现了抗日救亡的宣传热潮。

在开展抗日救亡活动与斗争中,中共河套特委发现和培养了一批积极分子,发展他们加入了中国共产党,也选送了一批青年到延安学习。

中共党员在临河一校发起的抗日宣传活动,引起了反动校长的仇视,千方百计地进行刁难、压制。刘进仁考虑,下一步要设法把反动校长赶走,夺回党对一校的领导权。正在此时,中共党员乔培新以绥远省第三行政督察专员公署视察员的身份来到临河,刘进仁向乔培新谈了自己的想法。乔培新配合刘进仁共同活动,争取到了县长王一然的支持,先后把两任反动校长赶下台,中共党员罗云路当了临河一校校长,这就等于中共地下组织重新占领了这块阵地。

河套,1939 年的风云变幻

1939 年,是河套历史风云变幻的一年,是河套抗战从宣传动员到开始军民实战的一年。这一年 3 月开始,国共两党在河套合作抗日,一度出现过令人振奋的新局面。可是仅仅五个月之后,国民党又单方面转了风向。

1939 年 2 月,蒋介石任命傅作义将军为第八战区副司令长官,令其进驻绥远河套。傅作义将军遂率部从山西河曲出发,经准格尔旗过鄂尔多斯高原,部队陆续在绥西五原、临河一带结集。3 月间,在五原正式成立了第八战区副长官部。随后恢复了绥远省政府和国民党绥远省党部,省主席和省党部主任委员均由傅作义担任。这样傅作义将军就成了当时绥远省党、政、军三位一体的统领。

就在这时,中共中央派南汉宸、曾三等同志专程从延安来到河套,就国共合作抗日救国问题与傅将军会谈。共产党人发动群众、民主讨论、集思广益制定抗日政策的经验,给了傅作义将军极大的启发,他经过深思熟虑,认为军队整编后的头等大事,应从组训入手,大力整顿军政,对部队官兵和地方干部普遍进行抗战建国的政治和思想动员,把大家的思想统一到团结抗战的目标上来,让每个人树立起"抗战必胜、建国必成"的信心。

为此,1939 年 3 月中旬,傅作义将军在五原新公中召集军政主要干部会议,参加的有国民党人袁庆增、张遐民、赵仲容、曾厚载、于纯斋等二十余人,共产党人潘纪文、鲁志浩、武践实、黄剑拓等十余人。

这正是国共合作时期,傅作义将军采取了一系列可行方式,主动而热情地和共产党人接触,向共产党学习。1937 年,傅部退守河曲后,傅作义及其部属常和八路军来往。1938 年初，中共毛泽东主席曾派程子华、曾三同志前往柳林镇会见傅作义将军，商谈抗日问题。同年秋天，傅作义将军派周北峰到延安谒见毛主席，请共产党派干部和进步青年到傅部帮助建立政治工作机构。不久，潘纪文等同志即以特派员身份从延安到河曲，在傅部任师政治部主任或团政治部主任等职。潘纪文任三十五军政治部组织科长。

这次会议是一次在河套地区国共合作、共同抗日的会议。会上傅作义将军做了《抗日高于一切，一切服从抗日》的形势报告，提出了“军政民一体，团结一切力量，坚持抗战，争取胜利”的要求。

就在这次会议期间，傅作义将军产生了一个想法，即让管区之内更多的军政干部和知识分子参加这样的讨论会，以发扬民主，集思广益，统一思想，提高认识，达到组训目的。经过深入细致的商讨，决定创办一个类似组训型的机构，命名为抗战建国讨论会(后简称“抗建会”)，并草拟了《组训章程》。

这个《章程》首先阐明了创办抗建会的宗旨：“为了精诚团结，一致对外，奠定抗战必胜、建国必成的决心和信念，特创办抗战建国讨论会，以期军政各界，高举爱国旗帜，共同努力完成抗战建国的大业。”

《章程》确定了抗建会的组织机构，傅作义为主任委员。

会后即着手筹备。因当时在五原县境内没有适当的会址，后在临河百川堡(现新华镇)找到一个较为合适的地方。这地方原为阎锡山绥西屯垦督办办事处，有一个较大的院子，四五十间房子，还有个可容纳千人的大广场。抗建会后勤组负责在那广场上搭起了一座可容纳四百多人的大席棚作为会场，棚顶上盖了一层薄草帘子，以防夏季漏雨。

筹备期间，有关方面还制定了《大会公约》《会场守则》《作息时间表》《注意事项》等等。

1939 年 7 月 1 日早 6 时 30 分，抗战建国讨论会举行隆重的开幕式。

这样的抗战建国讨论会举办了三期，后来还举办了一次补课会，加上在五原新公中召开的那次干部会议，也有人说共举办了五期。这五期中，共产党员潘纪文、鲁志浩、武践实、黄剑拓、李萍等先后作为主要干部或工作人员参加了会议；另有共产党员刘进仁、高大羽、王国华、刘光明、乔培新、白阳、刘一山、赵子超、李石英、马子诚、杜学甫等则以地方知名人士或知识分子身份先后参加了会议。

抗战建国讨论会本着共产党民主集中制的原则,让与会者充分发表意见,展开讨论。讨论中以张遐民为代表的国民党人,大讲实行“三民主义”,一切政治力量服从国民党领导,在国民党领导下共同抗日云云;以潘纪文为代表的共产党人,则据理论述共产党的抗战主张,阐明《抗日救国十大纲领》和建立广泛的抗日民族统一战线的宗旨,大讲只有坚持全民抗战、反对妥协投降,才能取得抗日战争的最后胜利。会议始终贯穿着激烈的斗争和热烈的讨论。

在整顿军政、组织抗战建国讨论会的同时,傅作义将军仿照八路军在晋西北组织的战地动员委员会,着手在后套组建绥远省动员委员会(简称“动委会”)。

1939 年春天,正是充满希望的季节,设在五原的绥远省政府贴出布告,通知流散在后套的知识分子到绥远省政府秘书处登记。通过审查,录取了具有初中毕业及相当文化程度者五百余人。为解决建立动委会的干部问题,将这五百余人连同当时在职的行政人员及地方游击军政训处和三十五军政治部的部分人员,共七八百人,集中培训。这其中有不少共产党员和“民先”队员。培训分政治和军事两大项。军事是简单的训练动作,政治以贯彻傅作义的讲话精神为主,另由于纯斋讲国民精神总动员,张遐民讲《三民主义概要》,时任三十五军政治部组织科科长的共产党员潘纪文讲毛泽东的《论持久战》。傅作义本人不但经常做政治报告,每次讨论会也都参加,并且聚精会神地听,借以观察每个人的真实思想,以便从中了解和选拔干部。

经过一个月时间培训干部后,1939 年 5 月,绥远省动员委员会正式成立。傅作义将军亲自兼任主任委员,省民政厅长袁庆增为副主任委员,于纯斋任书记长。从参加培训的人员中挑选出三百多人,组建了各县、区、乡动委会。规定动委会的任务是清查户口,编组保甲,组织通信网,建立盘查哨,配合军事供应,组织担架队,设立救护站,发放救灾款,以及动员有关人力、物力、财力参加抗战。

后来有人称动委员是“二政府”。根据动委会的性质和任务,确立省动委会组织机构及主管事宜。

组训组:共产党员潘纪文任组训组组长,主管干部分配、安排、调整、训练、考核及政治思想指导。其工作人员武践实、葛红等,都是延安来的共产党员。

宣传组:崔载之任宣传组组长,主管宣传有关抗日战争及动员工作的政策法令,编印《动员报》,刊登抗战形势、重要新闻、法令、指示以及动员的动态。另外还组织歌咏队,教唱抗战歌曲。一些穿草绿布军衣扎小皮带的年轻人,走到哪里就唱到哪里。这时的后套,不论在城镇或乡间,不论在田野或渠边,也不论在课堂或操场,都会听到《大刀进行曲》《青年进行曲》《流亡三部曲》《义勇军进行曲》和《黄河大合唱》等著名的抗战歌曲。动委会还成立了流动宣传队,共产党员刘育斋任队长,经常下乡巡回演出,先后演出过《放下你的鞭子》《我们是热血青年》《流亡三部曲》等戏剧和说唱作品。

此外,在各县城和区、乡动委会所在地,随处都能经常看到宣传抗日的壁报、标语。

民众组训组:王一然担任民众组训组组长,主管壮丁训练,组织通讯网、盘查哨、救护队、担架队,动员新兵等。

妇女组:李特担任妇女工作组组长,她是从西安来的中共党员,负责动员、组织妇女参加抗日方面的工作。

妇女工作在当时的后套,仅是个试尝,但做得很好。在每次日寇飞机轰炸后的调查、慰问和发放救济粮,都由她们来做。她们深入住户访问调查,了解情况,颇得社会好评。

总务组:李郁之担任总务组组长,主管会计、总务、伙食、招待、勤杂人员的管理训练等。

各县动委会由县长兼任主任委员,县级党、政、军、团的负责人及驻军的首长兼任委员。下设书记一人,主持会务。并分设与省动委会相应的机构,分别主管各项业务。各区动委会主任兼任区长。区动委会下设书记一人,主持会务,亦有相应机构,分管各项业务。临河动委会书记刘进仁,五原动委会书记的乔培新、赵子超,安北动委会书记安建国,都是共产党员。临河二区动委会主任王国华,三区区长黄剑拓,四区动委会主任李萍;五原一区动委会主任白阳,四区动委会主任刘一山;安北二区动委会主任马子诚等都是共产党员。此外,县、区动委会书记和主任中,还有几位同情中共的人士。

傅作义的动委会建立之后,临河、五原、安北三县的中共县委也发生了变动。

1938 年 8 月,中共中央组织部派林光辉来河套任临河县委书记,1939 年春天,因暴露身份回了延安。之后,马建华兼任临河县委书记。县委下设六个区委,马场地为一区,红鞋店为二区,韩巴图为三区,张五圪旦为四区,澄泥圪卜为五区,魏羊地为六区。各区委都领导着多个党支部。

1939 年,临河的地下党员发展到四五百人。

1939 年 5 月,赵子超从安北调五原动委会工作,中共河套特委同时对五原县委和安北县委进行了改组。赵子超任中共五原县委书记,骆时任组织部部长,乔培新任宣传部部长,国民党驻军中的中共地下党员李模(后改名李凡)任军事部部长。

赵子超调走后,安北县委改为区委,由郭北宸任书记,李石英任组织委员,马子诚任宣传委员。

1939 年 9 月,安北区委又改为县委,郭北宸任书记,李石英任组织部部长,马子诚任统战部部长,安建国任宣传部部长。

在中共安北县委领导下,先后建立了两个区委,一区区委书记董有,组织委员赵挨应,宣传委员张芝贵;二区区委书记张子信,组织委员黄汉卿,宣传委员王文魁。建立了六个党支部,东湾子党支部书记张芝贵,王广和圪旦党支部书记赵挨应,菅二凯圪旦党支部书记张喜厚,大礼乡党支部书记董有,塔布木图党支部书记张子信,白大柜党支部书记白玉明。

中共河套地下党组织日渐发展壮大,特别是在动委会中发挥和显现着重要作用,推动河套地区的抗日救亡活动出现了新的局面,这令广大抗日军民感到振奋,也引起了国民党反动分子的恐慌。

从 1939 年 2 月开始,国民党绥远省党部着手恢复处于瘫痪状态的河套党务工作,建立河套党的组织,派出人员担任了临河、五原、安北三县的国民党县党部书记。并明确以“限制异党活动”作为党务工作重点。很显然,这时光靠国民党县党部来“限制异党活动”,肯定是限制不住了,便有人散布流言并给上级打报告,说动委会成了“粉红色”,河套被“赤化”了。

1939 年 6 月以后,国民党中央觉察到了中共对傅作义政权的渗透和影响,先是派中央委员姚大海来河套,胁迫排除在傅部工作的共产党员,接着任命特务头子张彝鼎任第八战区政治部主任,在傅部实施国民党的反共政策。之后便有国民党中统、军统两大特务组织的人员接踵而至,对中共在河套的地下活动进行调查和侦探。

一时,山雨欲来风满楼。

面对来自重庆方面的警示和压力，傅作义转变了对中共的态度，为避开"赤化"嫌疑，他要把在动委会中工作的中共党员送走。最先被送走的是潘纪文等人。1937年7月底，潘纪文等中共特派员离开傅部，从五原出发，转道西安，回了延安。接着傅作义又向武践实等下了逐客令。这时，动委会书记长于纯斋对傅作义进言说："这些青年是我以您的名义向延安抗大罗瑞卿教育长要来的，来后套做了不少工作。现在既然不需要他们，应当给他们足够的路费，保证安全地回到延安，绝不能让他们在中途发生什么危险。"傅作义接受了于纯斋的意见，并说》："我们绝不能做出对不起人的事。"这样，1939年冬天，武践实、白阳、葛红、孙蔚祥等十几名共产党员离开了河套，安全地回到了延安。原从西安招收来的女共产党员李特也一同回到延安。

在这时局转折的紧要关头，1939年8月，由于刘瑞森与刘进仁在如何对待和争取利用国民党上层人物问题上存在着意见分歧，在一次由刘瑞森主持的没有刘进仁参加的中共河套特委会议上，刘瑞森出于个人成见，做出了一个极其错误的决定，将刘进仁同志秘密开除了党籍。

李井泉率部进入大青山开辟抗日根据地之后，为加强绥远省党和军队统一领导，中共中央决定成立中共绥远省委员会。绥远省委于1939年3月成立，白如冰任书记兼蒙民部长。中央根据新成立的绥远省委的建议，决定河套特委和伊盟工委建制上归属绥远省委，一切工作由陕甘宁边区党委负责。实际上自绥远省委成立后，河套特委和伊盟工委由绥远省委和陕甘宁边区党委双重领导。

1939年秋天，绥远省委书记白如冰派交通员李达光，从大青山经固阳来到河套，给中共河套特委书记刘瑞森送来一封信，讲了大青山抗日根据地的发展概况，要刘瑞森将河套的工作情况报告给他。刘瑞森给省委写了一份报告，交给李达光带去。李达光在回去途中要路过安北，刘瑞森又给安北县委书记赵子超写了一封信，提出为准备日寇一旦占领河套，开展抗日游击战争，要设法打些大刀，将来发给游击队员使用。这封信也托李达光带给赵子超。李达光回去路过五原，在饭馆吃饭时，因言行不慎，被警察扣留，从他身上搜出刘瑞森给赵子超的信，好在给省委的报告被他毁掉，未被搜走。这封信以后送到傅作义那里。傅作义看后说："共产党真厉害，还没有掌握政权，就有打大刀、准备开展抗日游击战争的气魄。"虽然在信里刘瑞森签的是假名，但他们慢慢从字迹中，猜想是刘瑞森写的。国民党省党部将赵子超调到陕坝，软禁了一个多月。信上未写他的真名，赵子超坚决不承认是给他的信，省党部没有办法，只好放他回去。

同年12月，傅作义来临河，住在临河街路北龙记酱园后院。当天，他要临河县长王一然通知刘瑞森与侯福荣、刘景平、罗云路、李寿绵到他那里去，说晚上要接见。事先他们几个人商量，知道傅作义怀疑他们几个人是共产党，要摸他们的底。如果不去，反而会暴露他们的政治面目，丢掉民教馆等阵地，决定还是去。晚上几个人去到那个地方，王县长把他们一一做了介绍。几句寒暄之后，傅作义就提出有关形势的问题问他们：一是对当前抗日形势有什么看法，二是对抗日胜利的发展前途有什么看法。他们回答了这两个问题。傅作义特别问刘瑞森有什么看法。刘瑞森答复是战争不能希望速战速决，抗战胜利后会出现一个民主主义的社会制度。接着，傅作义直截了当地问他们是否是共产党员，他们都说不是。接见结束，他们就离开了。

过了两天，王一然让他的秘书张元秀（延安抗大学生）把刘瑞森找到县政府。王一然对刘瑞森讲："傅作义明天派汽车来临河，接你去陕坝，就是要逮捕你，看来你在河套不能继续工作下去了。"他希望刘瑞森迅速离开河套。刘瑞森从县政府回来，当晚就找刘景平、王国华召开特委会议。刘瑞森讲了上述情况后，特委一致同意刘瑞森立即离开河套去伊盟工委，特委由刘景平临时负责。刘瑞森将一本用汉字拉丁化字母写的临河县农民党员名单交给了刘景平。刘瑞森到伊盟后，工委发电报给中央，报告上述情况。过了几天，接中央西北工委复电，要刘瑞森返回延安报告工作。12月下旬，刘瑞森回到延安。

河套1940——笼罩白色恐怖的一年

刘瑞森离开河套回延安后，1940年1月，陕甘宁边区党委任命刘宏生为河套特委书记。2月25日，正值傅作义将军在河套指挥绥西会战时，刘宏生到了临河。

1940年1月，日寇兵分三路大举进犯绥西。敌兵入侵安北、五原之后，又兵分两路，进犯临河、陕坝。好在由于之前有国共两党合作进行的抗日宣传动员，配之以空室清野工作，后套南北两条公路边渺无人烟，牲畜、粮食、财物都隐蔽、埋藏了起来，甚至连水井也进行了填埋。敌兵长驱直入，自以为得胜。殊不知傅作义将军早已布好反击的兵力，一声令下，新三十二师和新三十一师向敌军发起猛攻，打得敌军狼狈向东逃窜，傅部收复了临河、陕坝。

但是，烧杀抢掠成性的日寇和伪军，见一路无人可杀，无财物可抢，便四处放火。临河城内作为中共地下活动据点的民教馆被烧了，临河一校也被糟蹋得不成样子。刘宏生看到这情景，立即去了马场地，联系上刘景平，召开特委会议，分析形势和布置工作。此间在临河县县长王一然的支持下，由刘景平、马建华负责，以县政府的名义在临河马场地组建了一支战地服务队，很快吸收了来自马场地、丹达木头、黄羊木头、狼山、陕坝等地的中共党员和进步青年，还有部分农民，开始时有七八十人，后来发展到上百人。刘景平任政训员，马建华任队长，下设三个中队。枪支、弹药和给养由临河县政府供给，特委也有搞到武器的秘密渠道。实际上这是一支由中共河套特委指挥的武装部队，准备在适当的时候发展为中共领导的抗日游击队。这支队伍在配合五原、安北军民抗击日军的战斗中发挥了重要作用。

随后，中共河套特委又在临河县县长王一然的配合、支持下，着手恢复临河民教馆，安排陈万华任馆长，郭北宸等任馆员。郭北宸到临河后，党内任特委组织部部长。他和陈万华共同商议民教馆的工作，决定仍以宣传抗日救国为主旨。由于《临河日报》的房屋、机器已被日寇烧毁，他们因陋就简，创造条件出版了油印小报《小广播》，办了街头阅览室，陈列了一些进步书籍和报刊，供人们阅读；设立了问事处，为群众解答一些疑难问题；还时常组织街头讲演，搞图片展览，办业余剧团，紧紧围绕抗日救亡的宣传，民教馆的工作照样很活跃。党的地下工作仍在隐蔽进行。

这段时间，中共河套特委按照上级组织的指示和部署，多次向延安转移和输送干部。

1940 年 6 月，经刘宏生介绍，临河县县长王一然加入了中国共产党。

王一然，山西运城人，燕京大学语文专科毕业，1939 年 12 月随傅作义部队来河套，同年 5 月被任命为临河县县长。他任临河县县长期间，大力支持临河民教馆和《临河日报》的抗日救亡宣传活动，利用自己的身份保护中共地下组织和共产党员，又积极协助中共地下党组建战地服务队。在傅作义即将随蒋反共、国民党掀起反共高潮的形势下，他作为傅作义的同乡和部下，毅然在思想立场上脱离傅作义，加入中国共产党，可见他对共产党的信任、敬佩和他要跟共产党同心同德、革命到底的决心。

1939 年冬到 1940 年春，国民党向陕甘宁边区和山西抗日民主根据地发动进攻，制造了抗日战争期间的第一次反共高潮。蒋介石为了从政治上拉拢和利用傅作义反共，于 1940 年初特命中统局派特务头子张庆恩为第八战区副司令长官部辖区总代表，公开身份是国民党绥远省党部书记长兼国民党执行委员会绥远调查统计室（简称调统室）主任。张庆恩于 1940 年 7 月到达陕坝，正式成立了特务组织绥远调查统计室，由蒋介石的忠实信徒张忠一为其助手，配备了电台和译电员，即着手招录和培训特工人员。同时指使西北通讯社社长曾厚载等国民党反动势力，动用报刊、广播、集会等宣传形式，大肆宣扬国民党的“一个领袖、一个政府、一个党”的所谓“三一”原则，为实行国民党一党专政、限制异党活动制造舆论，也为他们实施反共行动发出了信号。

进入 1940 年以后，傅作义也由原来执行的“容共限共”转向随蒋反共，他指派曾厚载、张彝鼎等，配合张庆恩组成“肃反领导小组”，重组和加强了稽查处，紧锣密鼓地开始了反共活动。张庆恩委派张忠一指挥一批特务人员和稽查处人员，以视察党务为名，遍赴临河、五原、安北各地，对涉有共产党嫌疑的人员，进行侦察和登记，对认为有确凿证据者，便实施逮捕。

白色恐怖中，曾任五原县动委会书记的中共党员程昆山叛变投敌，供出了几十名共产党员、民先队员和进步青年，很快有十几人被捕。

革命形势迅速恶化，中共河套特委和党员们面临着严峻的考验。在这紧要关头，刘宏生病倒了。1940 年 8 月，他病逝于临河南台子。

刘宏生同志又名刘健，1911 年 11 月生于河北省行唐县坟台北洋村，1929 年加入中国共产党。1930 年到天津，在彭真、左智等领导下从事党的秘密工作。1931 年他按照组织安排回到家乡，在行唐县北龙岗中学以教书做掩护，继续为党工作。1937 年“七七”事变后，他怀着抗日救国的满腔热血奔赴延安，入抗大学习。在党的工作需要的时候，他临危受命来到河套，在险恶、艰苦的环境中恪尽职守，日夜辛苦，一直坚持到生命的最后一息。他把党的秘密文件交给郭北宸，与世长辞了。

刘宏生去世后，郭北宸接任中共河套特委书记。

郭北宸面对着骤变的斗争形势，临危不惧，机智灵活地领导着尚能隐蔽的同志，继续坚守阵地，开展工作，并随时准备应对可能出现的险情。

不久，党内接连出现叛徒。

这年秋天，从伊克昭盟桃力民来临河为部队购粮的马汝才被捕后叛变，供出了临河马场地的地下党员李三女。李三女到桃力民受过训，与马汝才相识。特务扮作马汝才的同伴，一起去马场地找到李三女，谎说有重要事情要向县委汇报。李三女信以为真，就热心地将县委书记赵子丰的住址告诉了敌人。特务们去逮捕了赵子丰。几天后，李三女也被捕了。

与此同时，从陶力民派来五原工作的共产党员王笃被捕后叛变。他原是陶力民的供销社主任，认识一些从河套到陶力民参加过培训的农民党员，一下供出了十几人。

赵子丰是 1940 年 3 月接替马建华担任中共临河县委书记的。他被捕后，因为他中共县委书记的特殊身份，被押送到了设在陕坝博爱巷五号的“调统室”，住在一间专门为他安排的房间里，由张忠一和张庆恩轮番审讯。开始时他还算硬气，拒不承认自己是共产党。可是挺了一阵子，他经不住审讯者的软硬兼施和金钱引诱，又有李三女做人证，终于这年 11 月间向敌人屈膝乞怜，投降叛变，供出了他藏在一只毛袜筒里的包括郭北宸在内的临河地下党六十多人的名单。

张庆恩和张忠一两个特务头子得到赵子丰和王笃供出的两份名单，如获至宝。由他们指挥的更为疯狂地对共产党的大搜捕开始了。

他们从对被捕者的审讯中，得知中共河套特委书记郭北宸要去陶力民汇报工作，并护送三名党员向陶力民转移，正住在黄河南岸巴拉亥国民党新三师招兵处。

“立即行动，逮捕郭北宸！”

张庆恩得到这一情况，当即给张忠一下达了命令。

1940 年 12 月 23 日，中共河套特委书记郭北宸被捕了。

从 1940 年下半年到 1941 年初，在敌人展开的对共产党的大搜捕中，临河、五原、安北三县有共产党员二百余人被捕，其中百余人是原县、乡两级的动委会人员。他们有的被关进牢房，有的被送进了名为“绥远省战时青年训练团”的集中营。

后来被追认为革命烈士的高大羽，就是 1941 年春天第二次被捕入狱的。

高大羽，又名高玉祥，河北省行唐县人。1936 年来到临河，以压挂面、打零工为生。1938 年冬天，经刘进仁、赵子丰介绍加入中国共产党。因他有些文化也有思想，1939 年 7 月，刘进仁带领他出席了傅作义在临河百川堡召开的抗战建国讨论会。他在会上的发言受到了傅作义的表扬。会后，临河县县长王一然安排他为临河一区干事，后又调到永昌乡担任动委会主任干事。这段时间，他充满了抗日热情，积极深入群众宣传中共的抗日主张。他的言行引起了反动分子们的强烈不满，说他是共产党，并报告了省动委会，要求对他查办。

1939 年冬天，省动委会书记长特意来临河调查高大羽的言行，不久即把他带到陕坝秘密关押，交特务机关审讯，要他承认是共产党。高大羽拒不承认，特务们又拿不到证据，关了些日子，于纯斋下令对其释放，仍回原处工作，但暗中安排人员对他进行监视。

高大羽第二次被捕，审讯他的特务们如法炮制，用枪口抵住他的太阳穴，问：“你说你不是共产党，你怎么知道共产党的抗日路线？”高大羽说：“抗日路线是傅长官在大会上讲的，你们不是讲国共合作抗日吗，我照住宣传，怎么错了?”特务们无言以对,只有吼喊着发威,给高大羽用刑。这次关押审问了三个月,终未得到高大羽是共产党的证据,只好又释放,但解除了他乡动委会主任干事的职务。高大羽回到临河,到临河东门外代兴堂小学,以教书做掩护,设法寻找组织。

惊心动魄的转移

自1939年下半年傅作义转向反共，河套地区形势骤变，白色恐怖日趋严重。这种情况下，原在这里从事地下工作的中共党员，在组织安排下相继转移。最先是中共河套特委书记刘瑞森于1939年12月离开河套，回到延安。

1940年3月，中共五原县委书记赵子超因在三区组织革命武装暴露了身份，急去临河向特委汇报。临河县长王一然听说他来了，立即让人转告他，说国民党特务正在找他，让他赶快隐蔽。赵子超急速离开县城到了马场地，找到正在那里的特委负责人刘景平，汇报了情况。刘景平让他立即转移，给他配备了一匹小毛驴，让他骑上走。

赵子超装扮成一个农民，骑驴到了黄河边，又乘船过了黄河，日夜兼程，经桃力民到了延安。赵子超转移后，由李模（李凡）接任中共五原县委书记。这年夏天，刘景平和马建华也被迫转移。

1940年春天，刘景平和马建华在临河马场地组建了一支战地服务队，后来，其中一部分编为临河县保安队。五原战役之后，傅作义下令解散临河县保安队，理由是这些人原来都是农民，现在日本人被赶走了，应该叫他们回去种地。中共河套特委书记刘宏生召开特委紧急会议，研究对策。最后决定就地解散临河县保安队，保存力量，等待时机。对保安队的人员，一部分输送给安北县游击队，一部分安排到了驻在伊克昭盟的新三师，一部分准备送到伊克昭盟乌素加汗受训，也有的回了家。正当刘景平和马建华分配这些人员时，傅作义下令，让刘景平和马建华速回绥远省政府报到，另行分配工作。针对这一情况，特委又召开会议分析形势，大家一致认为这是傅作义的诱捕之计，去了凶多吉少，决定刘景平和马建华带着去乌素加汗受训的十几名同志，迅速向黄河南转移。

途中，他们一行人到了黄河南岸的巴拉亥住宿时，夜间遇到了国民党的“清乡队”，其中有个人是从延安叛变过来的，他查看了刘景平和马建华的“护照”，恶狠狠地说：“上级命令，缉拿的就是你们二人！”

刘景平和马建华被捕了，被“清乡队”押着过了黄河，交给了四个宪兵，要押送陕坝。

那天晚上在一个村子里吃饭时，刘景平和马建华用筷子比画和用眼神示意，约定夜间分头逃跑，之后在王六十二家碰头。天黑之后，一个宪兵挎着长枪押着刘景平到屋外方便之时，刘景平突然大喊一声，“呔，背后有人！”宪兵扭头之间，刘景平飞快地钻进了枳芨林里。“站住！”宪兵边喊边向枳芨林里呼呼地放枪。子弹从刘景平身边嗖嗖飞过，刘景平钻到一棵大哈冒儿（白茨）底下躲藏起来。盛夏时节，夜幕茫茫，荒草莽莽。待宪兵的枪声和喊叫之声平息后，刘景平顺着一条渠朝西跑，一口气跑了约二十里路，终于逃出了虎口。

天快亮时，刘景平把身上的军装翻过来穿上，扮成种庄稼的农民，饿了在麦地里揉一把麦粒充饥，喝渠里的水解喝，忍受着蚊虫的叮咬，又在野滩里藏了一个夜晚和两个白天。第三天夜幕降临时，他到了马场地南面的王六十二家。

王六十二是刘景平发展的党员，这里就住着他一户人家。王六十二已知道敌人来马场地搜查过，要抓刘景平和马建华，他让刘景平藏进山药窖里。

这天半夜时分，马建华也来了。那个夜晚，趁着四个宪兵慌乱地追捕刘景平时，他也逃跑了。同样是靠着遍布后套荒野的枳芨滩和红柳林做掩护，躲过了敌人的追捕。

刘景平、马建华和王六十二商讨如何再次渡过黄河。王六十二说让邬大帮助想办法。

刘景平和邬大很熟。他以前在马场地活动时，多次到邬大家吃饭，邬大的母亲非常热心，经常给他做好饭吃。邬大兄弟六人，三人是共产党员，邬三还是延安的八路军战士。

又一个夜晚，刘景平、马建华、王六十二三人一起到了邬大家，与邬大商议渡河之事。邬大说他四弟与一位蒙古族船工是结拜兄弟，立即打发他儿子叫来了邬四。邬四听说刘景平和马建华要过黄河去延安，爽快地说：“这事交给我办就行了！”

刘景平和马建华连夜回到王六十二家，钻进山药窖里藏起来。

第二天夜晚，邬大、邬四领着刘景平、马建华来到黄河边时，那位蒙古族船工正蹲在木船上等候。四个人一起上了船，由邬大、邬四护送，刘景平和马建华安全地再次渡过了黄河，到了八路军驻地乌素加汗。

马子诚和李石英的转移过程，同样惊心动魄。

郭北宸离开安北后，李石英接任中共安北县委书记。马子诚当时的公平身份是安北县二区区长兼动委会主任，是受到傅作义器重和赏识的人。

1941 年 1 月到 2 月间，省动委会接连几次给县政府打电话催促，让马子诚速到陕坝“面商冬防事宜”。马子诚经与县委书记李石英商议，决定前去，以探虚实。他做了充分的思想准备，随身带了一支驳壳枪，领了一名可靠的区警作护卫，骑着马去了。

马子诚到了陕坝，先去见省动委会书记长于纯斋。于纯斋对他说：“傅长官要见你。”

马子诚去见了傅作义，傅作义劈头就问：“马子诚，你是不是共产党？”

马子诚佯作满不在乎的样子，露出笑容说：“傅长官，我是不是共产党，你还不清楚？我这个鲁莽之人，说话直来直去，人家共产党要上我还怕坏事呢！”

傅作义沉默良久，不再言语。

过了几天，傅作义又叫去他，问：“你认不认识郭北宸这个人？”

马子诚说：“认识，他原来是安北二区太富乡小学教师，后来不知去哪儿了。”

傅作义说：“郭北宸是共产党人，人们都说他和你来往频繁。”

马子诚不慌不忙地说：“傅长官，他是不是共产党我不知道，来往倒是有几次，我是区长，他是下面的小学教师，都是有事找我。”

傅作义又问：“你认不认识李三女？”

马子诚心里紧张了一下，故作镇定地说：“哪儿的李三女，我没听说过这个名字。”

傅作义震怒了，他竖起双眉怒视着马子超：“你别嘴硬，李三女说她认识你，敢不敢叫她来和你当面对质？”

马子诚保持着镇定：“叫她来吧。我不认识她，我怕啥？”

又沉默一会儿，傅作义口气缓和了下来，对马子诚说：“马子诚，你应该对我讲实话,你是共产党,和我讲了也没关系,只要你以后改邪归正,还是前途无量嘛! 回去好好想一想,想通了,去找于书记谈。"

通过和傅作义这次谈话,马子超知道事情的缘由了。李三女是马场地一个十六七岁的姑娘,经刘瑞森批准入党的。之后刘瑞森让马子诚当红娘,把李三女介绍给安建国。安建国当时是安北二区动委会干事。为此,马子诚领着安建国见过一次李三女,她也能猜出马子诚和安建国地下党员的身份。马子诚判断,是李三女被捕叛变后供出了他和安建国,意识到他和安建国的共产党员的身份已经暴露了。他想到的是,得赶快回安北,向县委汇报情况,尽快地安排隐蔽或转移。

他估计自己已受到监视,还是装作无事的样子,去了于纯斋那里。

他正和于纯斋谈着话,电话铃响了。于纯斋拿起了听话筒。马子诚听出,来电话的正是傅作义,也正要说马子诚的事。于纯斋说:"他正在我这里。"傅作义问:"他想通了没有?"于纯斋说:"他不承认是共产党。"那边傅作义说:"那就叫他去找张庆恩吧!"于纯斋放下电话,对马子诚说:"傅长官让你去找张庆恩谈。"

马子诚明白,去了张庆恩那里,就是自投罗网。

马子诚告别了于纯斋,从他的办公室走出来。这时,正遇到省动委会中他的一个熟人骑着自行车从外面回来,他灵机一动,对他说:"借你车子上街办点事,一会儿就回来。"说完骑上那人的自行车出了省动委会院子,急忙回到他住的小旅馆,告诉随来的区警赶快骑马回安北。他拿上了那支驳壳枪,骑着自行车出了城,沿着陕五公路跑到五原,找个熟人换了身衣服,天黑后掩埋了自行车,连夜步行往安北走。天蒙蒙亮时,他到了安北二区的小东淖村的党员王爱家。

正好县委成员李敬思也住在小东淖村。马子诚让李敬思马上动身,去通知李石英和安建国来小东淖村。

下午,李石英来了,同来的还有原河套特委交通员孙石甫。傍晚李敬思也回来了,说陕坝打来电话让安北县追捕马子诚和安建国,安建国逃到大礼乡董有那里躲藏了起来。马子诚又派人去大礼乡找安建国,通知他来小东淖村一起向延安转移。可是连叫三次,安建国硬是不来,说黄河南岸的大沙漠无法通过,与其饿死冻死在荒无人烟的沙漠中,还不如去大青山找八路军打游击。

大家决定不再等安建国了。临行之前，县委对今后的工作进行了研究和安排，决定董有接替李石英任县委书记，张子信、黄汉卿任委员。李石英给董有写了封信，附上安北县党员名单，派了个可靠的人去送给董有，并让他转告董有，一定设法把安建国送到大青山游击区。

那天夜晚，马子诚、李石英、李思敬、孙石甫四人要走了，小东淖的几名农民党员依依不舍，含着眼泪为他们备了些干粮，凑了些路费。王爱让他侄子连夜把四人送到离黄河不远的太裕乡特布木独村张子信的住处。

直到这时，他们还让张子信设法联系可能暴露的同志一起走，也希望安建国能追上来找他们。可结果一个人也再没联系到，更没有等来安建国。后来他们听说，他们走后不久，安建国被捕后叛变了，出卖了中共安北县地下组织，后来他当上了国民党五原县书记长。

1941 年 2 月 4 日（农历正月初九），马子诚、李石英、李思敬、孙石甫四人，由一名农民党员护送到了黄河边上。走到黄河岸边的大柳林时，碰到了国民党门炳岳骑兵七师设的暗卡。好在李石英早有准备，身上带着一些空白路条，临行前在一张路条上填好了几个人的名字，说他们是专员公署聘请去东胜任教的小学教员。暗卡的人看了路条，给他们放行了。

四个人穿过一片红柳林，在黑魆魆的夜幕笼罩下，小心翼翼地在黄河冰面上移步，摸索前行，生怕踏进那没有冻实的“亮子”里去。

过了黄河，就进入了茫茫沙海。自从河套地下组织遭受破坏后，傅作义为防止共产党人过黄河去桃力民八路军办事处，沿河一带及道路两边设了许多哨卡、暗探。他们不能走大路，只能在沙滩里寻找着骆驼粪做路标，艰难前行。费了许多周折，找到了一位名叫拉瓜的蒙古人做向导，领着他们穿越了沙漠，到了中共伊盟盟委开辟的根据地木哈尔哨，见到了已在伊盟盟委工作的刘景平、李模（李凡）等同志。

他们在木哈尔哨休息了几天，然后从那里起程，经桃力民乌素加汗奔延安。

1941 年 3 月 7 日，他们经过一个多月时间的长途跋涉，历经千难万险，终于回到了母亲的怀抱——党中央所在地延安。

第二天，延安军民集会庆祝三八国际劳动妇女节，他们参加了，见到了毛主席和多位中央首长。

还有的同志在转移过程中牺牲了，成了几十年的无名烈士。

孙玉龙是一名普通党员。他原在阎锡山屯垦军驻临河四一〇团机枪连当上士班长,1934 年脱离部队,在临河东门外开磨坊,兼做些贩卖土特产品的买卖。他结识了共产党员刘进仁,受其影响,产生了加入共产党的想法。1935 年,刘进仁被国民党特务扣捕了,出狱后又去包头、归绥等地找组织。直到 1937 年夏天他才又在临河见到刘进仁。这时候,城里的买卖不好做,刘进仁介绍他到了马场地,在那里收购羊皮、中草药材、粮食等,向外倒卖。按照刘进仁的指示,由韩拴其、郭召荣做介绍人,孙玉龙加入了中国共产党。组织给他的任务是以买卖人身份做掩护,为党收购军需物资,转送伊克昭盟桃力民。他多次为驻桃力民的八路军运送粮食,同时承担党的地下交通员工作。

1940 年秋天,马场地的共产党员李三女和中共临河县委书记赵子丰被捕叛变后,国民党特务侦缉队带着名单,来马场地抓捕共产党,危急之中,马场地的地下党员们欲向黄河南转移,可是敌人在黄河各渡口都设了哨卡,盘查甚严。一些人只好跑到大城圪旦等处躲藏隐蔽。

1942 年农历十月下旬,敌人对黄河渡口的防守有所放松,孙玉龙等人弄到了一只船,欲乘船过黄河。

这天黑夜,孙玉龙等十一人上了船。船离岸不远,便被敌人哨兵发现,"砰砰啪啪"地朝小船射击。天黑,风大,黄河水急浪高,船到河心,舵手慌乱中失去控制,顷刻船翻,船上的十一人全部遇难。

从此,孙玉龙从河套土地上消失了。

直到四十六年后的 1988 年,当地党委和政府查清了这段鲜为人知的历史事实,由中华人民共和国民政部追认孙玉龙为革命烈士,颁发了烈士证,其妻子儿女按烈属待遇。

革命烈士郭北宸

郭北宸，又名郭俊卿，山西省左云县人。1912 年，他出生于一个贫苦农民家庭。十九岁高小肄业后，到太原兵工厂当学徒。1933 年，他“走西口”到绥远省凉城县谋生，任小学教员。1935 年春天，参加绥远省乡村建设委员会举办的乡村工作指导员培训班。之后在兴和、归绥一带任乡村工作指导员。

1937 年七七事变后，在归绥、包头沦陷之前，他怀着一腔爱国热忱，毅然告别了妻子和不满周岁的女儿，随西撤的国民兵奔赴河套。

临行前，他的妻子问他对她们母女做何安置，他抛开儿女情长，决然地对妻子说：“如今国难当头，就要为救国奔走，暂时实在顾不了你们了，希望你能挺起腰来，好好抚养孩子，让她长大继承我志。”

这年冬天，他到了陕坝，开始了他在河套的革命生涯。

中共绥西工委为国民兵组建起政训处，他成了其中的一员。

进步的知识青年们成立哲学研究会，他是主要的参与者和活动分子之一。

他被国民兵政训处派到连队，担任了政训员。

国民兵撤到五原，政训处解散，他在五原另辟蹊径，组织起游击军第二支队宣传队，奔走在田间村野，开展抗日救亡宣传活动。

1938 年 6 月，他在五原加入了中国共产党，之后接受组织派遣，到安北县开展党的工作。

他历任安北县委组织部部长、县委书记。1939 年 3 月又到临河，以民教馆馆员身份做掩护，任中共河套特委组织部部长。

在安北，他积极奔走筹措，在东湾子办起了一所学校，他亲任校长，李石英任教师，学生多是他们动员来的贫苦农家子弟。这是中共地下党在河套地区办起的第一所新型学校。学校只开语文、算术两门功课，其余时间讲抗日救国。课本内容由郭北宸编写，讲九一八事变和七七事变的经过；讲国民党反动派的腐败无能，致使东北、华北沦陷；讲平型关大捷和八路军抗战的英雄壮举；讲只有全国军民团结抗战才能打败日本侵略者，不当亡国奴。

他办的这所学校，把不少农民的孩子引上了革命道路。

郭北宸十分注重在当地农民中交朋友，从中发现和培养积极分子，发展党的组织，为开展武装斗争做准备。

他在中共安北县委工作期间，把中共在安北县的隐蔽斗争开展得扎扎实实，既有发动群众、打击敌对势力、推动抗日救亡的实效，又让党的工作在群众中深深地扎下了根。

郭北宸是一个严于律己、作风正派的人。1939 年 5 月到 1940 年初，我们的一些中共党员、民先队员和进步青年进入了动委会，和国民党的一些大大小小的官员一起工作，经常接触。这时，他时时警示自己保持良好的作风，而不要从国民党官员那里沾染上任何坏的风气，而损害了中共的威信。他也要求同志们都能这样。一次，在安北县大礼乡召开的一次党内会议上，他说："我们在动委会工作，一定要保持正派的作风。其身正，不令而从；其身不正，虽令不从。不能正其身，何以能正其人？"他的话让同志们深得教益。

1940 年，河套地区处在白色恐怖之中，一些同志被捕了，好些同志被迫转移，河套地下党组织进入了又一个困难时期。

在这关键时刻，河套特委书记刘宏生病倒了。在刘宏生重病期间，郭北宸曾亲自给他买药、熬药，照顾他的生活。

刘宏生同志病逝后，组织决定由郭北宸接任中共河套特委书记。之后，他一面以临河民教馆馆员的身份做掩护，继续开展党的工作，一面奔走在临河、五原、安北三县的乡村田野，紧急布置同志们的隐蔽和转移。

1940 年 12 月，他在转移途中住在黄河南岸巴拉亥国民党新三师招兵处驻地，一天清晨正要离开时，被张忠一带领的特务包围了。

郭北宸被捕后，特务们将他押回陕坝。特务头子张庆恩还想利用对付赵子丰的办法，对其先行软化。傅作义亲自指示手下的人，安排在陕坝的一家名饭店里为郭北宸"接风"。但是遭到了郭北宸的严词拒绝。

特务头子看软的不行,就改用硬的。

一天夜晚,特务头子张忠一和他的助手殷劲戈,专门布置了一间既显威严而又阴森的审讯室,对郭北宸进行首次审讯。

"郭北宸带到!"门外,特务骤然一声尖叫,室内室外的特务们闻声立刻紧张起来,紧握枪杆,如临大敌。

郭北宸从容地迈着平静的步子走进审讯室。他冷冷地环视了一下室内,怀着对敌人的轻藐,坐在指定的凳子上。

"你知道我是干什么的?"坐在正面的张忠一装腔作势地开了口。

"不知道。"郭北宸扫了他一眼,淡淡地回答。

"我是中央党部派来的。"张忠一有意向前探了探身子,指着自己胸前那个蓝底白字、镌着"中央党部"四个字的圆证章拿腔作调地说,"中央派我来是专为处理你的问题的。"

"我不知道我有什么问题需要你处理。"

"没有问题,我们就不会请你来。你的全部材料都掌握在我们手里,人证物证俱在,就看你谈不谈了。俗话说:'浪子回头金不换。'只要你肯自首,我们就可以给你安置很好的工作。"

"我不是浪子,也用不着回头。"

"老实点,姓郭的。现在是审问你!"张忠一突然暴跳起来,用劲把桌子一拍,发出刺耳的嗥叫。

郭北宸不屑地看了他一眼:"虚张声势能吓住人吗?"

"对,对,咱们还是和气些谈。"张忠一故作平和地说,"我们早知道郭先生是识时务者,是聪明人,现在就请你谈谈你的组织关系吧。"

"我没有什么组织关系。"

"没有?还是老实点吧。你瞧,这一叠都是你的材料。"张忠一奸笑几声,指着桌子上的一叠纸说。

"你知道就请说出来吧,我倒想听听我究竟犯了什么罪。"

"现在是争取你,给你个悔过自新的机会,如果你一定不说,我们会有办法的。"

"我没什么可说的。"郭北宸镇静地回答。

张忠一一面奸笑,一面端详着郭北宸的胡子说:"嘿嘿,你这把美髯长得不错啊！年轻轻的，留这么长的胡子，我看这里边就有文章吧！”匪徒从叛徒的嘴里已知道了郭北宸的实际年龄。

“留胡子是个人爱好，想不到这也引起你的兴趣。如果你要说这里面有什么文章的话，那就是我发誓坚决抗日。”

“抗日是另一码事，我们问的是你的秘密活动。”

“除了抗日，我不知道什么是秘密活动。”

“老实告诉你，你的全部秘密我们早已掌握了，我们不仅知道你是共产党，还知道你是这里共产党的负责人。”

“你有什么证据？”

“证据当然有，你一定要看，那就请看。”张忠一一面说，一面用手指着里间房门。房门开处，露出了叛徒赵子丰的可耻身影，他耷拉着脑袋，畏缩在墙角，不敢抬头。郭北宸一看，就知道赵子丰已叛变了革命，出卖了组织。他抑制着心头的怒火，怒视着叛徒，一言未发。面对此情此景，郭北宸决定以共产党人的身份，跟敌人进行面对面的斗争。

“这位是谁？你该认识了吧！”张忠一得意忘形地奸笑着。

“一个叛徒！”郭北宸手指赵子丰，大声斥责。

张忠一得意地晃了晃脑袋：“请问，你现在承认不承认你是共产党员？”

“我是共产党员！”郭北宸巍然屹立，斩钉截铁地问，“请问，共产党犯了什么罪？”

“破坏团结、破坏抗日就是你们的罪状！”

“真是厚颜无耻！破坏团结，破坏抗日，出卖民族利益的，不是别人，正是你们祸国殃民的国民党反动派！”

“你这完全是信口开河！”

“共产党向来重视事实，绝不说半句没根据的话。九一八事变后，蒋介石采取不抵抗政策，把东北大好河山拱手让给日寇。后来你们又引狼入室，配合日伪，大搞华北特殊化，疯狂镇压抗日运动。抗日战争开始后，你们到处袭击中共的抗日部队。你们反对共产党，迫害爱国人士。这都是妇孺皆知、有目共睹的事实。”

“住口！不许你胡说下去！”张忠一气得面皮发紫，狠命地拍了一下桌子。

“抗日救亡，乃中华民族生死存亡的大事。谁要是破坏抗战，谁就是民族的罪人,谁就要受到人民的唾弃。你们说我有罪,就是因为我要坚决抗日,要抗战到底!”

“不许你胡说八道! 给他换个地方说话!”张忠一歇斯底里地吼着,向殷劲戈一摆手。

“带他走!” 殷劲戈一声吼喊,几个特务一齐向郭北宸围拢上来。

“别动,我自己会走!”郭北宸昂首挺胸,随着刽子的们来到后院,被推进了一间刑讯室。

殷劲戈指着满屋的刑具对郭北宸说:“这些家具你都看见了,咱们还是先礼后兵,你究竟说不说?”

郭北宸问:“你要我说什么?”

殷劲戈说:“说出你们的组织情况!”

郭北宸斩钉截铁地说:“瞎了你的眼睛!”他已做好了充分的精神准备——以一个共产党员的钢铁意志,击败敌人的图谋。

吊打,压杠子,坐老虎凳,灌辣椒水……连续数日,刽子手们用尽了种种酷刑,把郭北宸折磨得遍体鳞伤,多次昏死过去。他始终坚贞不屈。

郭北宸每当受刑完毕,难友搀扶他溜达的时候,他总叮嘱难友:“我死后,请头迎南埋我,我的心永远向着延安。”

因为刑讯逼供的手段没有捞得丝毫成果,傅作义和当时绥远省调统特务头子张庆恩都认为张忠一、殷劲戈操之过急。于是,为了从郭北宸身上获取材料,他们责令特务们急速扭转对郭北宸的审讯方式,并且为了遮人耳目,匪徒们随即把郭北宸秘密押在陕坝东郊的地主张维世的深宅大院里,严密封锁起来。他们对郭北宸突然献起了殷勤,不但派医生来给打针吃药,清洗肠胃,而且有些“大人物”也常来探视,以示“体贴”和“关怀”。

绥远调统的总头子张庆恩,这个老谋深算的家伙也几次假惺惺地前来“探望”,临走,总要给他留点零用钱花。

张庆恩的用心,郭北宸一清二楚。起先,张庆恩留钱时,总被郭北宸一脚踹掉,后来他要留钱,郭北宸毫不客气,如数照收。他义正词严地说:“这是人民的钱,不是你的钱,我可以留下!”后来他把留下的钱给同被关押的同志们用。

敌人不死心,他们又将一个叫陈元甫的叛徒和郭北宸押在一起,妄图诱使郭北宸供出我党的秘密。但是待了几天,郭北宸对陈元甫说:“你大概是一条丧失了心肝的狗吧？”敌人这一招又失败了。

皖南事变的消息传到陕坝后，张庆恩欣喜若狂。他带着一大包礼物和一张《奋斗日报》窜进牢房。

“郭先生，”张庆恩假惺惺地显出亲和的样子，进门就打招呼，“病好了些吗？”

仰面躺在炕上正闭目沉思的郭北宸，强抑怒火，双目紧闭，理也没有理他。

“郭先生，兄弟是代表傅先生来看望你的。”张庆恩尴尬地停了停又接着说，“傅先生听说你受了点委屈，深感遗憾，这完全是手下人的错误。傅先生今天特派我前来探望，并表示歉意。”见郭北宸不动声色，又接着说，“先生，你是有为青年，我们很佩服你，希望今后我们能很好合作……”

郭北宸实在忍受不住了，突然翻身坐起，怒视着这个恶魔，厉声说：“别黄鼠狼给鸡拜年了，你们的好心我早已领教过了，有话痛快点说吧，你究竟打算干什么？”

“别误会，别误会，今天我想以私人关系跟你谈谈……”

“我跟你们没什么私人关系！”

“我可是有诚意的。现在，想告诉你一个好消息。”张庆恩故作矜持，有点得意忘形地说，“新四军叛变了，这恐怕是你想不到的事情吧？”

“颠倒黑白，造谣生事，向来是你们的本事，我怎么能想不到！”

“管他黑也罢，白也罢，你看看这份‘号外’就清楚了。”说着，他把《奋斗日报》的“号外”放到了郭北宸面前。

“报纸是你们办的，你们想怎说就怎说去好了，我没那个精神看。”说着，一把将那张“号外”撕得粉碎，掷在了张庆恩的脚下。

张庆恩面如死灰，强作平静地说：“凡事应三思而后行，你应该考虑一下你这样做的后果。”

“我早就考虑好了，摆在我们面前的路，只有两条：一条，是你们不抗日也不许我们抗日的话，那就送我回延安；另一条，你们认为抗日有罪的话，那就马上公开枪毙我。”

“我希望你能再考虑第三条路。”

“第三条路？那是狗走的，休想在我身上打主意！”

“你现在不愿回头不要紧，我们可以等待。但是有一件事你可以放心，我们决不会杀你。”

郭北宸说：“你不要拿杀头来吓唬我，共产党员不怕杀头，要杀就请便。不过，希望你公开宣布我的罪状，当着陕坝的民众枪毙我。”

张庆恩连连说：“不会，我们不会枪毙你。”

郭北宸一针见血地指出：“你们不是不会，是你们做贼心虚而不敢。你们怕枪声惊动了民众，怕民众知道了你们祸国殃民的罪行。”

“顽固不化，顽固不化！”张庆恩说着，摇着头走出了牢房……

一切诡计均告无效之后，敌人又用了“以缓待降”的办法，把他迁至陕坝城西的刘七柜圪旦，后又移至国民党特务机关在绥西对共产党员和进步青年进行管训的集中营——“绥远战时青年训练团”所在地马如龙圪旦，关进一间小屋里，终日与镣铐为伴。在这期间，敌人又派来一个与他熟识的人前来劝说他。郭北宸得知了此人的来意，便对他说：“你是国民党员，我是共产党员，咱们共同抗日有多好！可惜，我竟犯了爱国罪，抗日也无自由了。”来人见此情况，已知无法挽回，只好悻悻告退。

国民党陕坝调统室主任陈国兴也来劝降，说：“你的妻女尚在沦陷区，你与我们合作，我们会把她们接到陕坝与你团聚，享受天伦之乐。”郭北宸说：“个人事小，民族事大，在沦陷区受苦受难的人成千上万，只有全民奋起抗日，把日本侵略者驱逐出去，才能从根本上解决问题，否则，不会有个人的出路。”

郭北宸被囚禁于马如龙圪旦期间，对国民党排级以上军官从不理睬，而对士兵却有说有笑，得空儿就给他们讲故事，讲《三国演义》。他那大义凛然的革命气节，坚贞不屈的革命精神，视死如归的风骨，深得那些士兵的同情和钦佩，因此在他每次受刑后，便有人为他暗自垂泪；来往信件，亦有人为之悄然传递。他虽然受尽敌人的酷刑，但始终充满着革命的乐观主义精神。他在囚室的墙壁上，大书“奋斗”二字，以为自勉。

1942年初夏的一天，傅作义得知对郭北宸软、硬、拖均无所获，便亲自出马，带领二十来个随从，骑着自行车，来到囚禁郭北宸的地方，对郭北宸进行规劝。

郭北宸严正地向他提出三条：一、共同组织抗日统一战线；二、不能共同组织抗日，就把我送回延安；三、既不同意组织统一战线，又不送回延安，那就将我公开枪毙。

傅作义一看仍无转机，便留了点钱，走了。

至此，敌人是彻底地绝望了，也是完全地失败了。

1942 年 8 月的一天，由特务头子张庆恩、陈国兴谋划布置，责令特务分子贠涛秋、胡存信、马澄俊秘密执行，杀害郭北宸。

这天夜晚，三个特务带着一辆白骡子木车来到关押郭北宸的马如龙圪旦，以送郭北宸到西安受训为名，给郭北宸戴上脚镣手铐，让他上了白骡子木车。

三个特务押着白骡子木车出了村子，在野外绕来绕去，车走得很慢，绕过农田，又绕过渠道……深夜里绕到离马如龙圪旦十几里远的一个沙窝里，贠涛秋让停了车，把郭北宸从车上拉了下来。胡存信在他身上捆了绳子。

郭北宸知道敌人要下毒手了，他态度从容，毫无惧色。

贠涛秋指挥同伙们挖好了沙坑，把郭北宸拉过来，凶狠地对他说："要活埋你！"

郭北宸依然镇定，对敌人说："我早知道了。你们这些魔鬼，太卑鄙了！我是一个共产党员，为抗日而死，我感到自豪！可你们为什么不敢在光天化日下公开枪毙我，而跑到这荒无人烟的沙窝里偷偷杀害我。"

贠涛秋说："叫你怎么死是我们的自由。"

"你们做贼心虚！"郭北宸怒视着敌人，又高声喊，"中国共产党万岁！中国共产党一定能胜利！"

贠涛秋惊慌地向郭北宸连打了三枪，马澄俊也打了一枪，胡存信挥着手杖刀向郭北宸连刺数刀。

然后，郭北宸被推下了沙坑。特务们铲着沙土埋住了他的身躯，却没有埋住他发出的正义的声音。

郭北宸壮烈牺牲了。

很多河套百姓得知后，为他的牺牲而痛恨，而惋惜，而痛哭流涕。有的农民按当地习俗，偷偷地为他点香烧纸，进行祭奠。有一位目睹了郭北宸被杀害情景的老羊倌，以后连年到烈士英勇就义的地方去祭奠，一次一次掩埋好被大风吹露出来的烈士的忠骨。

他牺牲的消息传到延安，那些经他送到延安学习的青年，痛哭失声，纷纷表示要为郭北宸烈士报仇雪恨。

郭北宸牺牲后，连那些看守过他、经他教育过的宪兵也暗自惋惜。甚至连下令杀害郭北宸的傅作义也不免慨叹:“看人家共产党!”

新中国成立后,叛徒赵子丰和特务分子贠涛秋等,都得到了应有的惩处。郭北宸烈士的事迹、遗像和遗物,被陈列、展示在内蒙古博物馆内蒙古革命斗争史的展厅里,以他光辉的事迹影响和教育了河套及内蒙古几代人。

郭北宸烈士精神长存!

结 语

从1938年5月中共河套特委成立，到1940年12月最后一任特委书记被捕入狱，再到1941年3月临河、五原、安北三个县的县委先后遭受破坏，停止工作，总共一年零十个月时间。这一年零十个月，是中共河套地下斗争历史上组织发展较快、党员人数显著增多的时间，是共产党在河套人才集聚、工作开展活跃、成效可圈可点的时间；这一年零十个月时间，也是革命形势云谲波诡，敌我斗争最为复杂、激烈的时间；这一年零十个月时间，有数以万计的共产党员、民先队员、革命青年和各族各界进步人士，在极端艰险的环境中奋力求索，辛苦奔波，为推动中国的抗日救亡运动进行了艰苦卓绝的斗争，做出了重大贡献。在猛然袭来的恶风浊浪中，在国民党反动派一手制造的白色恐怖笼罩下，多数中共党员转移了，有二百多名共产党员、民先队员和进步青年被捕入狱或被送进了名为“绥远省战时青年训练团”的集中营，有的同志在后来的日子里为革命献出了生命。这里先补充说说高大羽第三次被捕和他的牺牲。

1942年冬天，高大羽听说五原、安北仍有共产党活动，便去那里找组织。当时傅作义在河套实行“新县制”，划出五原部分地区成立了宴江县。为了落脚，高大羽通过关系，在新成立的宴江县政府谋到了一个科员职务。但时过不久，宴江县长便向陕坝特务机关报告，说高大羽有“共党活动”，他第三次被捕入狱。这次特务们铁了心让高大羽承认是共产党。高大羽面对着特务们实施的种种酷刑，志坚如钢，始终没有吐露党的机密。经过了四十多天的折磨，1943年2月7日（农历正月初三），他被刽子手们打死在刑讯室中。

高大羽的遗骨埋葬在临河城西马道桥附近。1954年5月3日，中华人民共和国中央人民政府给高大羽家属颁发了《革命牺牲工作人员光荣纪念证》。临河县民政局在他的墓地立了纪念碑。从1954年到60年代初,每年清明节都有学生、职工、干部成群结队来为他扫墓,举行纪念活动。

这一时期中共河套地下斗争,为整个河套地下斗争历史的第四阶段,这里定名为中共河套特委阶段。这一阶段时间较短,但活动人物众多,活动内容和形式亦多。

对这一阶段斗争中的杰出人物,如革命烈士郭北宸、高大羽的英雄事迹以及刘宏生烈士的事迹都做了或详或简的记载,对刘瑞森、刘景平、赵子超(赵化南)、李石英、马子诚(彭达)等同志转移过程也已记述。下面对一些同志转移后的工作情况做一个简述。

中共五原县第一任县委书记骆时,1939年11月间经中共河套特委同意,随绥远省行政督察专员公署到了东胜,1941年8月回到延安。新中国成立后曾任黑龙江省商业厅副厅长、省委财贸部副部长、省监察委书会副书记等职,中国人民政治协商会议第五届全国委员会委员。

中共五原县委第二任书记刘一山,1939年9月离开五原,按特委指示仍在傅作义部潜伏,随绥远省行政督察专员公署到了东胜,后又到榆林。1940年8月从榆林经伊克昭盟乌素吉汗回到延安,曾任陕甘宁边区政府财政厅秘书。新中国成立后曾任国家财政部税务总局某处处长、中国驻越南顾问团财政顾问、国务院财贸办公室财经组副组长等职。

1940年从河套转移的刘景平、马建华、李石英、马子诚等,后都回到了延安。新中国成立后,刘景平曾任内蒙古自治区人民委员会副主席、内蒙古党委书记处书记等职。马建华曾任内蒙古自治区公路局党委副书记、交通厅副厅长等职。李石英曾任绥远省人民法院秘书室主任,国家经委二局计划处长,中国历史博物馆保管部主任、考古部主任等职。马子诚后改名彭达,曾任国家司法部某司司长、国家某机械工业部党组书记等职。

曾任临河县长的王一然,1940年6月加入中国共产党,之后引起傅作义的怀疑,要送他到重庆学习。他提出回家乡探望老人,傅作义派人"护送",途中他巧妙地甩掉了"尾巴",奔赴延安。新中国成立后,曾任中共陕西省委党校校长、中共西北局党校副校长等职。

抗日战争初期,以临河民教馆和临河一校为阵地,组织旅外校友会,参与办

《临河日报》,进行抗日救亡宣传的那些青年学生,先后加入了中国共产党,贺瑞林、訾秉节、李贵、侯福荣先后奔赴延安。贺瑞林,新中国成立后曾任中国人民解放军总参二部副部长、中国人民解放军南京外国语学院副院长等职。訾秉节,1942 年在冀中反“扫荡”的战斗中壮烈牺牲,新中国成立后经中华人民共和国民政部批准为革命烈士。李贵,新中国成立后曾任中共呼和浩特市委书记、包头市委书记、巴彦淖尔盟盟委书记、中共中央统战部副部长等职。侯福荣后改名侯野烽,新中国成立后曾在江西省工作,后调中华人民共和国外交部,先后出任驻突尼斯、伊拉克大使。

曾任中共临河县城知识分子支部书记、后到五原动委会工作的乔培新,1941 年到延安。新中国成立后曾任中国农业银行行长、中国人民银行副行长、中国金融学会会长等职。

临河旅外校友会的发起者、曾任《临河日报》主编的刘时平,新中国成立后曾任上海《解放日报》总编室主任、《人民日报》地方记者组副组长、中国社科院新闻研究所研究生部新闻系副主任等职。

曾任临河一校校长的中共党员柯云路,新中国成立后曾任河北省科委副主任。

曾任临河三区动委会主任的共产党员黄剑拓,1940 年回延安。新中国成立后曾任国家统计局农业统计处处长、中共中央西北局经济计划委员会统计局局长等职。

这里还要说到中共河套特委时期安北县最后一任县委书记董有。

董有是由中共地下党员李石英、马子诚和安建国引向革命道路的。1939 年春天,他参加了傅作义举办的抗战建国讨论会训练班,之后被派到安北县大礼乡任动委会主任干事。1939 年 4 月,经李石英介绍加入了中国共产党。同年秋天,任安北二区区委书记。1941 年 1 月,李石英转移前,县委决定董有任中共安北县委书记,李石英写信要他依靠群众,保存力量,坚持斗争。李石英、马子诚等同志走后不久,安建国被捕叛变。1941 年 3 月间,安建国带着国民党特务来安北逮捕了董有,押至陕坝城北的“战青团”关押。他承认自己是共产党员,但没有出卖组织。六个月后被释放,仍回安北县二区动委会工作。1942 年初,傅作义在河套撤销动委会,实行新县制,调董有到米仓县新理乡任乡长。自此,他披上了国民党乡长的外衣,但仍没忘自己是个共产党员。不久因征粮不力被撤职。以后他定居头道桥，在当地沙沟畔以烧瓦盆为职业，继续坚持党的地下工作。1943 年间，他从一个屯垦军连长那里，弄到了两支步枪、三支手枪，三百六十发子弹，埋藏起来，准备交给组织发展革命武装。其间他数次去安北找组织，均无结果。绥远和平解放后，1950 年他向米仓县公安局声称自己是共产党员，并交出他保存的枪支子弹。以后他几经奔波，未能恢复组织关系。几十年顶着“伪乡长”的恶名在乡村务农，直到 1985 方落实政策，恢复党籍。

最后说刘瑞森。他曾是一位革命立场坚定的同志，也是中共河套地下斗争历史上的一个重要人物。他有着多年党的地下工作的经历，而且经受过铁窗牢房和枪林弹雨的考验。任河套特委书记期间，他带领一班人积极开拓、努力工作，取得了很大成绩。但他在工作中，从几个方面表现出了“左”的倾向。

离开河套后，他回到延安，曾在中央西北局和延安中央医院工作。抗日战争胜利后，他受党的派遣到了东北，曾任辽西二地委副书记、铁岭地委书记、辽吉一地委书记等职。

1949 年 5 月，他带领干部大队南下江西，后曾任中共江西省委秘书长、省委书记处书记、省革委会常委等职。由于思想中长期存在的“左”的顽疾，他在“文化大革命”中犯了极为严重的错误。1984 年 3 月，中共江西省委常委会决定开除刘瑞森党籍，后经中央书记处第 245 次会议讨论批准。

第五章　中滩风雨

于占彪三下中滩

为了更好地发动蒙汉人民团结抗日，中共中央决定，将1938年4月间成立的蒙古工作委员会改为绥蒙工作委员会。1938年5月，中共绥蒙工作委员会在延安成立，白如冰任书记兼宣传部部长，李衡任组织部部长，赵通儒任蒙民部部长，于占彪任军事部部长，高增培任秘书长。确定绥蒙工委的工作范围，主要在伊克昭盟、河套一带。

当时，伊克昭盟、河套一带是傅作义的地盘，宁夏马鸿奎、马鸿宾的队伍也驻在这里，东北马占山的挺进军也常来常往，还有一些地方杂牌军不时出没。中央考虑在这一带开展党的工作，没有武装力量做后盾是不行的。基于这种情况，党中央和陕甘宁边区党委决定，将陕北红军三四百人的老骑兵团划归绥蒙工委，一起进驻伊克昭盟，成立八路军绥蒙游击军司令部，绥蒙工委书记白如冰兼任政治委员。

1938年5月，绥蒙工委机关与部队一起从陕北靖边县的张家畔出发，经定边、盐池、五湖洞，鄂托克王府、察罕淖尔等地，历时六天，于5月31日到达桃力民。工委和军区司令部设在康布尔庙。中共绥蒙工委对外称绥蒙游击司令部政治部。

1938年6月间，中共绥蒙工委派军事部长于占彪和骑兵团某连副连长边万富，到河套东部中滩一带以购买粮食做掩护，了解那里的情况。他们带了任信等三个战士，从大科泊尔出发，到南伙房过黄河，到了中滩的马二圪堵。那时候，驻在当地的杂牌军和土匪一样，走到哪里不是刁就是抢，老百姓见了他们都很害怕。可是这几个当兵的和杂牌军不一样，他们骑着马，穿着灰军装，肩挎大杆枪，左臂上戴着有“八路”二字的臂章。他们见了老百姓，下了马，一个像是当官的走向老百姓，和气地问：“这地方叫什么？村子里有谁管事？”

人们告诉他：“这地方叫马二圪堵，村里有个闾长窦二仓管事。”

他们问清了窦二仓的住处，就向那里走去。

于占彪一行到了窦二仓家，窦二仓及家人也显出了惊慌和害怕的神色。于占彪和颜悦色地对窦二仓说：“你帮我们找个住处就行了，不用害怕。”窦二仓想，村里人都怕当兵的，谁家也不会愿意让当兵的住，干脆就住自己家里吧。

于占彪一行住在了窦二仓家，几天以后这家人放心了，知道了八路军和那些杂牌军不一样，不祸害老百姓，还和老百姓一条心。窦二仓老家是陕北榆林，当年走西口来到这里，常受当地封建势力的欺压。于占彪是陕西旬邑县人，说起来都是老乡，感到格外亲切。窦二仓向于占彪等提供了不少当地的情况。

正当于占彪等准备深入地发动群众开展工作时，不料 1938 年 7 月间，突然接到司令部传来的命令，说马占山骑兵的两个连叛变后向西逃窜，让于占彪带人去追赶。这样他们匆匆地离开了中滩，去执行军事任务。

1938 年 9 月，白如冰调走，去配合开辟大青山抗日根据地。赵通儒接任绥蒙工委书记，决定让于占彪、边万富再下中滩。工委认为，中滩是日军西侵后套进而窜犯大西北的必经之地，属咽喉地带。为了阻止日军西进，把延安、桃力民、大青山连接起来，建立一条通往蒙古和苏联的国际交通线，有着非常重要的战略意义。因此，工委对中滩的工作十分重视，要求于占彪等通过努力工作，在那里建立一个根据地。

于占彪和边万富接受了任务，带着任信、苏振华、朱起亮等六七个战士，于当年秋季又到中滩，仍住在马二圪堵窦二仓家。

因对窦二仓有了了解，是熟人了，这次于占彪就直截了当地向他说明：“我们此行的目的，是要在中滩争取友军，组织抗日武装，建立根据地。”窦二仓听了连声说好，并表示全力配合。果然，在他的带动下，他叔父窦二银、堂弟窦海水，还有个侄儿，都参加了八路军队伍。接着就研究策划如何争取友军。之后，于占彪、边万富等便分头到驻在中滩的杂牌军和临近的抗日武装中去开展工作。

那时候，中滩驻着四个团的杂牌军，实际上都是杨侯小的残余土匪、独立队。马二圪堵东北四五里处驻着王万富的一个团；最东南的黑柳子一带驻着刘永在(也叫刘福成)的一个团;升恒号至陈河圪驻着田海海的一个团;河西中和西的南伙房驻着冯二瞎眼一个团,共约二千余人。这些部队,既没归顺日本人,又不属于傅作义,他们各霸一方,称王称霸,奸淫掳掠,无所不为,害得老百姓无吃无穿,啼饥号寒,无法生存,纷纷向后套和河西的梁外地区逃难,许多村庄空寂无人,使这几帮杂牌军的头目也成了举目无靠的孤家寡人。他们见八路军的人去了,都感到稀罕,纷纷前来打听全国的抗战形势和八路军的抗战情况。去的人便乘机向他们宣传中共的抗日主张和八路军一年来的累累战绩,希望他们在国难当头之际,大家团结起来,训练本领,抗击日军,保护群众,特别是不要坑害老百姓,对他们说:“现在,老百姓都逃难跑了,大好的土地无人耕种,粮食打不下,我们吃什么?这样下去,不要说打日本人,自己的生存都成了问题……”

他们听得津津有味,连连称是,都说八路军的主张就是对,他们也拥护,可惜八路军在千里之外,什么时候才能到这里来。去的人说:“大家不要着急,只要大家想抗日,就会有共同抗战的机会。”

于占彪还带了一名战士化装成农民,到距中滩不远的乌拉特西公旗王府,会见了坚持抗日的女王爷奇俊峰。他带了一张印有蒙古、汉两种文字的传单,上写“蒙、汉等各民族团结起来,共同抗日”。奇俊峰一见这传单,便知道来的是共产党的人,视为上宾,热情接待。按照蒙古族传统礼节,当晚为于占彪等摆了烤全羊。在短短半天的接触中,于占彪向奇俊峰讲了共产党的抗日主张及方针政策,介绍了全国抗日战争的情况,奇俊峰于此加深了对共产党的认识,表示愿意和共产党密切配合,共同抗日。分别时,他们互赠了礼品,于占彪送给奇俊峰一支手枪,奇俊峰回赠了带全副鞍具的骏马一匹。之后,奇俊峰派自己的贴身卫兵护送于占彪等回到中滩。

这一次,于占彪、边万富等在中滩活动了一月有余。转眼进入冬季了,他们离开中滩,回伊克昭盟绥蒙工委汇报了情况。工委讨论后认为,在中滩建立抗日武装的条件已经成熟,决定让于占彪、边万富等再下中滩,建立抗日游击队。

正逢黄河流凌季节,于占彪、边万富一行来到黄河畔,在丁河湾一户姓丁的人家住了十几天。等黄河封冻了,他们于 1938 年 12 月 22 日(农历十一月初一)数九头一天,踏冰过了黄河,来到马二圪堵。

这已是他们三下中滩。

建立和活动在中滩的"窦支队"

于占彪、边万富等第三次来到中滩，依然住在窦二仓家。他们立即开展工作，分头深入到各个村子召开安民会议，反复宣传中共抗日民族统一战线的主张。同时，让大家给出走的人捎话写信，讲明情况，请他们重回家园，安心生产，在抗日民族统一战线的旗帜下团结起来，共同抗日。由于八路军人员纪律严明，一心爱护群众，经过一段宣传动员之后，广大群众了解了八路军的主张和性质，都奔走相告，互相报信，不久，许多外逃的群众都相继归来了。这时，八路军人员就号召大家在困难当头，发扬互助互爱精神，帮助那些没有办法的人安家落户。这样一来，许多人对八路军心怀感激，有口皆碑。不少人前来向他们打听："你们什么时候组织队伍去打日本？我们也去呀！"

这时，于占彪、边万富等就向群众宣布："我们马上就要组建游击队，希望大家有人出人，有枪出枪，有钱出钱，有粮出粮……"

消息一经传开，群众都争先恐后地涌来报名，有的背着枪，有的骑着马，有的拉着骡子，有的吆着牛、带着粮。其中有五六十岁白发苍苍的老人，有十几岁的娃娃，不到三天，就发展到一百五十多人，报名的群众还不断往这走。因为枪支、马匹有限，招兵的人只好向大家说明情况，八路军一时招不了这么多人，请大家互相转告，待将来有了枪支、马匹时再招。不少人因为没被招上而住下不走，招兵的人只好耐心地向他们做解释工作，动员他们先回去等待。

1938 年冬天某日，在窦二仓家正房里，挤了满满一屋子人。于占彪发表了讲话，他从共产党领导人民闹革命，讲到红军长征北上抗日，抗日战争中红军改为八路军。他说，八路军是劳苦大众的队伍，以打击日本侵略者、解放中华民族为己任。号召蒙古、汉、满、回、藏等各民族团结起来，结成抗日民族统一战线，坚持抗战到底，打败日本侵略者，救中华民族于水火之中。他说："我们要成立的游击队是八路军的组成部分，当前的任务是建立中滩根据地，随时准备开赴抗日前线，打击入侵的敌人。"

第二天，一百余人的游击队就成立起来了，名称叫八路军大青山联络支队中滩中队，窦二仓任队长，边万富任副队长，袁黎任文书。部队归属中共绥蒙工委领导。

窦二仓官名叫窦文林，平时村里的人都叫他二仓，如今当了游击队队长，就改用官名窦文林。当地老百姓称这支游击队为"窦支队"。

"窦支队"下面按队员的居住范围编成了三个分队。

就在游击队成立时，于占彪和同在中滩组建游击队的薛鸿亮找窦文林和另一个叫王祥的谈话，讲了共产党员的入党条件、奋斗目标及党的纪律，后向他们郑重宣布："从今天起，你们就是共产党员了。"

窦文林十分激动，表示一定永远对党忠诚，努力完成党交给的一切任务。

接着于占彪、边万富等又到中滩西面蓿亥滩的丁二成圪旦宣传抗日。丁二成，还有一个叫胡林的农民听说来了八路军，争着叫到他们家去住。于占彪、边万富等住在了胡林家，胡林的儿子首先参了军，丁二成也让儿子报了名。附近几个村的年轻人得到消息，都骑马挎枪，蜂拥而至。有个叫丁志成的小伙子，拿来了步枪子弹三百多发；还有个王正小，背来手榴弹四颗。

中滩、蓿亥滩一带为杂牌军和各路部队往来出没之地，民间散落着不少枪支弹药，这时都派上了用场。

于占彪、边万富等经过研究，在蓿亥滩挑选了二十几名小伙子，成立了"窦支队"的四分队，又称青年队。公推丁世光为队长，邓拴子为副队长。

游击队组织起来了，而且不断扩大。枪支马匹简单调配了一下，衣服各穿各的，五颜六色，什么样的都有，这些都能凑合。唯有粮食和薪饷，上级发不来，除了参军人自带一部分，游击队领导就请来富家大户进行捐献或向他们借用。这些大户们也都很好，一听说给抗日军队，都纷纷报名捐、借。福生西村有个叫黄明清的大户，就捐了不少粮食；丁二成圪旦附近的几家大户，如刘和仁、高同春等也捐了很多粮食。丁二成一家就给了两匹骡子三匹马。在他的带动下，许多没参上军的人也把自己仅有的骡马送给了八路军游击队。从这里可以看到，群众包括绝大多数的富家大户都是爱国的，坚决拥护抗日，汉奸卖国贼是极少数。

这年腊月，于占彪被绥蒙工委调走，上大青山参加开辟抗日根据地去了，任八路军一二〇师大青山骑兵支队三团团长。工委派高增培来中滩，建立了中共包固工委，目的是以中滩为根据地，向包头和固阳一带发展。

窦支队驻地马二圪堵，这地方虽叫“圪堵”，地势却不高，又紧靠黄河，春天黄河涨水村子就被水围住了，部队活动很不方便。为此，部队搬到一个叫王银奎的村子。

1939 年 4 月，“窦支队”由步兵改为骑兵，番号为陕甘宁边区八路军后防留守兵团第三营第三连，窦文林任连长，边万富任副连长，钟春林任指导员。

钟春林原为中共河套特委军事部长，1938 年 5 月到河套后，受组织委派，到驻五原的阎锡山屯垦军一个营部中活动。那个营的官兵多是山西人和绥远人，而钟春林是湖南人，说话操湖南口音，其来路引起了敌对分子的怀疑，不便在那里工作。中共河套特委便把他调了出来，后由绥蒙工委另行安排，来到了中滩。

原来的游击队虽然改了名称，但当地老百姓仍称这支队伍为“窦支队”。

这时，连队里建立了党支部，党员有高增培、边万富、钟春林、窦文林、苏振华、任信、周明生、王德胜、贺连生、李文焕等，边万富任支部书记。

王银奎村附近，原来活动着两个“自卫团”都是土匪部队，经常窜入村子里抢掠，为非作歹，老百姓对他们又恨又怕。自打八路军骑兵三连驻在这里，他们再不敢来了。周围的老百姓对八路军十分欢迎，也十分信任，有的人家把粮食、牲畜、车辆寄存在部队驻地，甚至临近村里的姑娘媳妇们也投亲靠友来这村里住，以躲避土匪。一段时间内，八路军在中滩、蓿亥滩以至整个河套好名远播。

傅作义率部进驻河套后，原活动在中滩的国民党杂牌军四个团两千余人被收编，纪律稍有好转。在国共合作的旗帜下，八路军游击队的人员也时常到驻在周围的国民党杂牌军中宣传，对他们进行抗日统一战线、爱国一家、遵守军纪、保护老百姓的教育：“群众是我们的靠山，离开老百姓，我们无法生存，要千方百计地保护他们，让他们重返家园，安居乐业，搞好生产，支援抗日；而不能祸害他们，让他们无法过安宁日子。”这样的宣传起到了一定的作用。

八路军游击队迅速发展壮大，活动范围和影响也随着扩展。以马二圪堵、王银奎一带为中心，西起蓿亥滩，东至黑柳子，北到三湖河以北的山湾，南至河西的南伙房、中和西、丁河湾一带都成了八路军的游击地区。八路军纪律严明，一心抗战，一心为民，无论走到哪里，群众都热烈欢迎，他们都把抗日战争的胜利、翻身的希望寄托在八路军身上。

1939 年春天，八路军部队和当地老百姓都遇到了吃粮的困难。

一个小小的中滩，住着这么多部队，光人吃马喂，老百姓就负担不起。加之头几年兵匪抢掠祸害，农民外逃，许多土地荒置，打的粮食就更少。眼看该下种了，一些农民连籽种都没有。军队吃粮更成了问题。当时，傅作义的部队进驻河套，正动员军民团结抗日，气氛也传到了中滩。为了减轻人民的负担，解决部队和老百姓眼前的困难，骑兵连副连长边万富叫文书袁黎以他的名义给傅作义写了封信，表达了部队的抗日决心，汇报了情况，请求傅将军给拨军粮。傅作义接信后，为抗日大计，很快从临河放下四大船粮食。在春荒之际，这四船粮食为部队和当地百姓解决了很大问题，除部队自用外，还给当地困难户救济了一部分，解决了他们种地的部分籽种和吃饭问题。这样，当地老百姓对八路军越来越亲近了，到处传说八路军真是老百姓的军队，和老百姓心连心。要求参军的人越来越多了。

1939 年冬天，国民党反动派掀起反共高潮。从那时起，驻在中滩的国民党部队便和八路军游击队搞起了摩擦。驻在南伙房的一个团，团长叫冯二瞎眼，是个非常反动的家伙，他不仅处处和八路军作对，还给傅作义打小报告，说八路军抢占了他们的地盘，扩大了编制，给当地老百姓增加了负担等等。

傅作义也正想限制八路军在绥西的活动，便和马鸿奎联合，给驻在中滩的国民党部队王万富团长下达命令，让解除八路军游击队的武装，哪来哪去。八路军游击队得到这一情况，一方面向大青山支队汇报，一面由边万富出面，去找王万富团长，大讲国共合作抗日的纲领和八路军游击队在中滩的群众基础，据理力争。王万富团长将八路军游击队在中滩的活动情况如实向傅作义做了报告，八路军领导机关也就此事向傅作义发了通电。傅作义怕引起大的麻烦，也就未再给王万富下达什么命令。八路军游击队没费一枪一弹，取得了这次反摩擦的胜利。

1940 年元月，日寇集中兵力进犯绥西，这支八路军游击队配合国民党门炳岳部队抗敌作战后，从公庙子西面过了黄河，撤到了八路军骑三营驻地乌素加汗。驻防整训后，这支部队被编入八路军骑兵二团。

窦文林重返中滩及其后

由窦支队改建的八路军骑兵三连撤到伊克昭盟乌素加汗后，1940 年 4 月，中共伊盟工委决定，派遣窦文林以请假探家为名，返回中滩，而后“离队不归”，在中滩地区开展党的地下工作。部队为他配备了两支长枪、一支短枪。

窦文林回到中滩后，制造出了一种“离队不归”的假象，连国民党驻军团长王万富也以为他“开了小差”，考虑到他的军事组织能力和在地方上的影响，也是出于对他的同情，显示自己的大度，把窦文林接收下了。此后，窦文林的家也从马二圪堵搬到蓿亥滩的石留忽图村。

1940 年 8 月，中共伊盟工委派李陶（当时化名白占魁，后改名李怀勤）来中滩与窦文林秘密接头。窦文林通过地方上的关系，先后为李陶安排了小学校长、乡政府文书等职业做掩护，共同开展党的地下工作。

1941 年农历腊月，王万富要率部投日，连长韩万林用枪口对着窦文林问：“我们去投日，现在就出发，你走不走？”情况十分危机，窦文林想，走也是个办法，去了正好可以为党获取情报。于是，他随王万富部被编入日伪“绥西联军第二司令部”赵六诚团，任排长。

1945 年，赵六诚东逃，窦文林利用这一机会，率领二十多人编入达拉特旗保安二团王福林连，仍任排长。

这时，窦文林和李陶取得了联系。

1946 年间，窦文林和李陶商定，设法联系党的组织做一次汇报。后由李陶连跑四趟伊盟，几经周折，终于见到了中共党的负责人高增培。高增培代表组织，让他们继续在中滩潜伏，开展党的地下工作。

李陶回到中滩后，和窦文林密切配合，在乌兰壕赖和黑柳子一带发展党员，建立党支部。

同年，窦文林在王万富团策动一些士兵，举行了起义，再次组建了“窦支队”，在中滩和达拉特旗境内的乌兰、中和西一带活动，打击反动势力。

回顾窦文林这段历史，确实够复杂的，本来是八路军的连长，受组织安排派遣，“请假”后“离队不归”，去当了国民党兵的排长，后又成了伪军排长。1940年至1946年，六年时间他身在敌营、心在党内，利用一切可利用的机会为党工作。

新中国成立后，他身在达拉特旗。达拉特旗党委和政府就地安排他任四区武装部长、区长、区委书记等职。

1956年，达拉特旗审干，有人对他的历史提出质疑，进而做出了错误的结论。不知有什么依据，把他的入党时间定为1949年3月。

以后的窦文林连遭厄运。

他被降职使用，调任三干渠胜利段段长。

“文化大革命”中，他被戴上“叛徒”“历史反革命”，还有这个那个“余党”等帽子，身心倍受摧残。后被开除公职，劳动改造。

窦文林于1975年4月病逝。之前他请人代笔，写下了数千字的《抹杀历史，我死不瞑目》的申诉书。

1985年11月，中共达拉特旗旗委对他的历史做出了公正的结论，他的党龄从1938年算起。

中滩地区中共地下组织活动始末

中滩地区原属包头县管辖,1937 年七七事变后,7 月间,中共派李秉清同志从延安经伊克昭盟来中滩,开展党的地下活动,在丁河湾附近村子里秘密建立了几个地下党小组。

1938 年冬天,中共绥蒙特委派于占彪、边万富来中滩组建游击队,发展窦文林、王祥入党。之后不久,绥蒙工委派高增培来中滩,建立了中共包(头)固(阳)工委,在中滩地区领导和发展党的组织。

1939 年 4 月,在八路军游击队骑兵三连(原"窦支队")中建立了党支部,边万富任支部书记,党员有高增培、钟春林、窦文林、苏振华、任信、周明生、王德胜、贺连生、李文焕等。

大青山革命根据地建立后,为加强绥远省党和军队统一领导,中共中央决定建立中共绥远省委。1939 年 3 月中共绥远省委成立,白如冰任书记兼蒙民部长。经省委请示中央后决定,河套特委和伊盟工委在建制上归属绥远省委,一切工作由陕甘宁党委负责。此后,中滩地区党的工作由中共绥远省委和陕甘宁边区党委通过伊盟工委与河套特委领导。

1940 年 4 月,八路军游击队骑兵三连撤退到伊克昭盟后,中共伊盟工委派窦文林、丁世新重返中滩,打入国民党在中滩的驻军中,开展党的地下工作。

同年 8 月,伊盟工委派李陶来中滩与窦文林秘密接头。窦文林通过关系,先后为李陶安排了小学校长、新民乡政府文书等职业,以公开的身份做掩护,开展党的地下工作。此时,建立了敌后中滩党支部,李陶任书记,窦文林、丁世新任委员。

李陶、窦文林、丁世新在中滩地区秘密发展党的组织，到1946年8月，在兰虎圪堵发展蔺志祥、贾力、贾十小等入党，建立了党支部，蔺志祥任支部书记，贾力任组织委员，贾十小任宣传委员。后来在恒升号等地先后发展韩四银贵、刘三、王明中等十几人入党。

当时党的工作任务：一、隐蔽好，不能暴露身份；二、宣传党的政策；三、扩大党组织；四、随时了解和掌握所在范围内发生的情况，及时向组织汇报。

地下党员们在党支部的领导下，发动群众开展反对国民党打内战、抓壮丁的斗争，以及反对地方贪官污吏和抗捐抗征的斗争，都取得了一定的成果。

1948年秋天，李陶三次去伊克昭盟找组织，均未取得联系。

1949年3月，李陶再次去伊克昭盟找组织，见到了中共伊克昭盟盟委书记高增培。经高增培向中共中央西北局发电报请示，中共中央西北局审查后认为，中滩地区的地下党组织，自1941年3月与上级党组织失掉联系后，仍能坚持隐蔽，积极工作，发挥了党组织的战斗堡垒作用，批准恢复中滩地下党的组织关系。

1949年9月，由中共中滩地下党组织联系的两个排的兵力，归入中国人民解放军伊克昭盟第七支队建制。

1949年，绥远和平解放后，中滩地区的中共地下党员公开了身份，积极投入当地开展的减租反霸、民主建政和土地改革的斗争之中，发挥了共产党员的先锋模范作用。

结 语

中共绥蒙工委在中滩地区发动和领导的革命斗争，从1938年起，与中共河套特委在河套领导开展的抗日救亡运动同步进行，相互交叉和影响。但党在中滩地区领导的斗争，一直延续到解放战争时期，直至1949年9月绥远和平解放，是一个时间较长的阶段。这里把这一较长阶段，单独划为中共河套地下革命斗争历史的第五阶段。因为这里革命斗争的前一阶段由中共绥蒙工委领导，后一阶段由中共绥远省委和陕甘宁边区党委通过伊盟盟委领导，所以定名为中共绥蒙工委与绥远省委阶段。

这一阶段，在中滩地区的主要活动人物是于占彪、边万富、窦文林。

于占彪，1914年生于陕西省咸阳市旬邑县农村，1931年加入中国共产党，曾是中国工农红军陕甘游击队战士，工农红军二十六军刘志丹参谋长警卫员，延安抗日军政大学学员。后任中共绥蒙工委军事部长兼绥蒙游击队副司令员，大青山骑兵支队三团团长。在开辟绥西中滩地区的工作及大青山抗日根据地的创建和坚持中，做出了重大贡献。解放战争时期，先后任中国人民解放军西北军区大荔军分区副司令员、陕西军区渭南军分区司令员，参与指挥了著名的智取华山战役。新中国成立后转业地方，先后任国家煤炭工业部西安管理局局长、党委书记，青海省体育运动委员会主任、党组书记。

与于占彪一起三下中滩的边万富，曾任骑兵大队参谋长，后因伤回乡，曾任乌审旗民政局局长。

第六章　特别记述

河套抗战时的“特别党员”

国共合作抗日时期，是国共两党既合作又斗争的一个特殊历史时期。特殊时期往往有一些特殊事物，出现一些特殊名称。这里要说的是几位被称为“特别党员”的中共党员。

一位是梁泮池。他于1902年生于河北省邢台县将军墓镇。1919年五四运动爆发时，他在邢台县参加了反帝反封建的爱国运动，从此接受了新文化、新思想。1924年，他在师范学校读书时，与该校的地下党员申超然有了接触，开始接受党的教育，对中国共产党有了初步了解。

1925年，上海发生“五卅惨案”后，梁泮池与另一名同学被推选为师范学校抵制日货运动负责人。后因受到敌人的搜捕，被迫离开家乡，到山西太原阎锡山的学兵团当了学兵。那时他产生了要加入中国共产党的想法，开始暗中寻找党的组织。

1932年春天，他被分配到阎锡山在绥远省包头驻军中担任下级军官。不久，又被派到驻在绥西五原县的屯垦队当了队长。

1937年10月至1938年春天，住在陕坝的中共绥西工委书记李衡和宣传部长王志成，多次以国民兵政训处的名义，到其所在的屯垦部队检查工作。他们在与梁泮池的交谈中，强调抗日民族统一战线的重要性，阐述中国共产党坚决抗日的主张，梁泮池十分赞同。

1938年中共河套特委成立后，特委的刘瑞森、刘一山、钟春林等也多次到屯垦军中了解情况，做秘密的军运工作。他们通过与梁泮池的接触，认为他已具备入党条件。1938年秋季，由刘一山介绍，经上级批准，梁泮池加入了中国共产党。当时梁泮池已调到由阎锡山屯垦军改编的五临警备旅任中校副团长。由于他当时的特殊身份，在组织内被称为“特别党员”。

梁泮池入党后，以国民党部队副团长这一身份做掩护，忠心耿耿地为党工作，曾多次在极其复杂、艰难的情况下，单独冒着危险，机智勇敢地完成组织交给的任务。

考虑到中共军事斗争的需要，他弄到一张绥蒙地区五万分之一的地图，交特委转送到了延安。

由于他的保护，在他管辖范围内的后套通往伊克昭盟和三边地区的黄河渡口，成了中共方面党、政、军人员秘密往来的通道。

他多次设法营救被国民党军队抓捕的中共人员，多次保护从延安派往河套地区的工作人员。

一次特委接到通知，让在河套为毛主席选一匹好马。梁泮池得到这一消息，毫不犹豫地拉来自己的坐骑，说：“就把我这匹马送毛主席吧！这匹马走起来很稳，不颠簸，跑起来快如风，让毛主席骑上它指挥我们抗战吧！”

1940 年 3 月，梁泮池率领一个团的兵力，参加了收复五原的战役。之后，根据中共中央“关于在敌占区实行隐蔽精干政策”的精神，中共河套特委决定他“在傅作义部队中长期隐蔽”。他继续为党掌握和提供情报，从事秘密活动。

他为人正派，治军严谨。在他率部驻扎的邬家地、黄脑楼等地，给群众留下了良好的印象，有着很好的声誉。有一个他率部驻扎的村庄，后改称梁团长圪旦。

1945 年日本投降后，梁泮池随傅部东调。1949 年，梁泮池已升为一〇一师师长，率部驻防北平。在北平和平解放过程中，为中共传递情报，做出了重要贡献。

北平和平解放后，傅部改编，他被任命为中国人民解放军独立八十七师师长。这时，他公开了自己共产党员的身份。

1952 年，他从部队转业，任中华人民共和国卫生部中医司专员。以后，他坚决贯彻执行党的各项方针政策，积极努力地为党工作。

1966 年 8 月 26 日，他在“文化大革命”中突遭厄运，不幸去世，终年六十四岁。

1979 年，中共卫生部党组为其平反昭雪，举行了追悼大会，以慰英灵。

另一位“特别党员”戚克俭,1910 年生于河北省河间县郭村乡民台头村。中学毕业后,曾在本村学木匠手艺。1930 年到太原,适逢阎锡山十九军招兵,报名入伍,先后在十九军、二十三军中当兵。后到南京,在国民政府侍卫队当兵。

中国工农红军北上抗日到达延安后,南京有不少青年学生奔赴延安,他也产生了到延安寻求光明、参加抗日的想法。

1937 年农历正月,他脱离了南京国民政府侍卫队,逃到山西省离石县柳林镇,打算从军渡口过黄河,奔赴延安。可是黄河军渡口由阎锡山的晋军把守,不准通过。在无计可施的情况下,他想绕道绥远,再从绥远去延安。

1937 年 3 月,他到了五原,因无路费被困住了。这时他遇到了在百川堡屯垦办事处任主任的河北老乡骆时(当时叫王晓庄),经他介绍,到一所小学里当了教师。这年 8 月,又经骆时介绍,戚克俭到归绥投考国民党招录的专业军官。被录取后,由绥远省国民兵司令部分配到国民兵一团四连任上尉连长。1937 年 9 月,日军入侵丰镇,其所在部队同日军作战两昼夜,后撤到包头整训。1937 年 11 月,戚克俭被调到绥远游击军一旅二团机炮连任少校连长,随部队到五原整训。

他任连长的机炮连副连长叫李模,经常和戚克俭谈论抗战时局,还常常拿些进步书刊给戚克俭看。戚克俭觉得李模这个人和一般的国民党军官不一样。

这时戚克俭也又和骆时取得了联系。通过戚克俭,李模也认识了骆时。不久,戚克俭知道了李模和骆时都是共产党,他向骆时提出了入党的要求,骆时向他说了八个字:“好好学习,好好工作。”

1937 年 11 月底,戚克俭调任绥远游击军一旅二团任少校大队长。12 月间,奉命率部去海流图伏击伪军骑六师,在乌不浪沟北口与敌军遭遇,战斗两小时,击毙伪军二十多人,缴获武器二十余件。回到五原,戚克俭秘密将步枪三支、子弹三百发交给了骆时。

5 月,戚克俭又率部在西山嘴卧羊台和伪军打了一仗。之后从战利品中留下步枪五支、子弹五百发,秘密交给了骆时。

1938 年 10 月,经李模介绍,中共河套特委书记刘瑞森和戚克俭谈话后,发展他加入了中国共产党。

戚克俭入党后,中共五原县委书记骆时交给他一包文件,让他隐蔽妥当。

征得骆时同意，戚克俭将这包文件藏在县城内一家河北人开的百顺堂药店。

1939 年秋天，戚克俭率所部到安北县新村驻防。1940 年 2 月初，中共安北县委派李石英来和他联系，说为了河套一些党员安全转移，需要手枪一支，可靠的武装战士一名。戚克俭将一支手枪交给李石英，并选了一名可靠的战士跟李石英去护送中共党员转移。

在 1940 年 2 月至 3 月傅作义将军指挥的绥西会战和收复五原战役中，戚克俭率部在五原县城西南约八十里的张柜村北沙丘地带伏击敌人，激战一小时，打得敌人仓皇逃窜。战斗结束后，戚克俭又隐蔽步枪九支、子弹一千发，秘密通知刘景平派人取走，为他组织的战地服务队补充了武器。

五原战役全线胜利后，戚克俭率部打扫战场，在管区内得到大批敌军留下的粮食和枪支弹药，他和李模商议后，又隐蔽下一部分，由李模负责转移到合适的地方，准备交给中共党组织。

1940 年秋季，戚克俭接到中共河套特委如下指示："戚克俭同志长期隐蔽，潜留傅军，以不暴露为主要任务，多交朋友，争取担任有实权的职务，不得与任何党组织主动联系，必要时党组织与你联系。"并规定了联系代号。

此后不久，中共河套地下组织遭受了严重破坏，包括李模在内的大部分同志转移了，特委书记郭北宸被捕了。之后再没有任何人和戚克俭联系，他失掉了组织关系。

以后数年，他按照组织指示在傅作义部队潜伏，曾调任十七师三团任团副，三十五军新兵总队长兼三营营长。1945 年 8 月日本投降后，他于当年 12 月调任补训十七师二团团副，驻归绥白塔车站。1947 年冬，他调察哈尔省保安第十九大队任大队长兼军警联合稽查处副处长，驻化德。其间他不忍自己被绑在傅作义的战车上，曾想弃职离开，去找组织，可是想到组织给自己的"长期隐蔽"的任务，又不能轻举妄动；还曾与同在傅部潜伏的中共党员吕兰商议，联合率部起义，也因没有联络好外应，没能实现。但这数年，他的心始终向着共产党，利用一切可利用的机会，做对党和人民有益的事。

1948 年 12 月，他所在部队驻张家口。中国人民解放军解放了张家口，他才被"解放"出来。他向解放军军代表声明自己是中共河套特委发展的党员，申请恢复组织生活，可是当时没有任何人和任何文字能证明他的那段历史。

1950 年，他到绥远省找党的组织，见到了时任绥远省人民法院秘书室主任的李石英。李石英也没能帮他接上组织关系，但介绍他到河套中滩农场参加了工作。以后他不断地申请恢复党籍，由于种种原因终不得结果。

1957 年，他得到了一个本不该得到的结果。

这年 1 月，中共乌拉特前旗旗委五人小组审查他的历史，结论是："按历史反革命，不给刑事处分。"据此，乌拉特前旗检察院以〔57〕前检侦字 11 号文件决定："戚克俭为历史反革命分子，免于起诉。"内蒙古中滩农场以此为由，开除了戚克俭的公职，送原籍劳动改造。

此后，这位当年的"特别党员"，顶着"历史反革命"的恶名，在老家农村度过了三十年的蒙冤岁月。直到 1988 年，管辖中滩农场的内蒙古自治区劳改局党委对戚克俭的申诉进行了认真的查证，为他做出了实事求是的结论，1988 年 1 月 8 日以内劳党发〔88〕三号文件，做出"关于恢复戚克俭同志党籍的决定"，党龄从 1938 年 10 月入党之日计算。1988 年 10 月 15 日，内蒙古自治区司法厅以〔88〕内司人字第 69 号文件决定："根据中组〔82〕13 号文件精神，戚克俭同志离休后享受处级待遇，并按国发〔82〕62 号文件规定，按每月标准工资每年增发一个半月工资作为生活补贴。"这样，七十八岁的戚克俭享受到了一个为党的事业做过贡献的共产党员应有的政治待遇和经济待遇。

前面提到的戚克俭的入党介绍人李模，当时也是潜伏在傅作义部队的中共"特别党员"，曾任中共五原县委组织部部长、县委书记。比起戚克俭来，他后来的经历要幸运得多。李模后改名李凡，在河套党的地下斗争形势恶化时，他脱离了傅部，过黄河到了陶力民，找到了中共伊克昭盟工委，以后去了延安。新中国成立后，他曾任中共四川省委组织部副部长。

李健生也该算是一名"特别党员"。

李健生与其妻子王玉亭原为延安陕北公学学员，1937 年 10 月被派到驻守山西临县的傅作义部三十五军政治部做政治工作。当时他们还不是中共党员。

1938 年冬，李健生因患肺病，不能再坚持随部队奔波，就和妻子一起在移驻河曲的三十五军中办了一个书店，名叫三民主义书报社，主要经销重庆的《新华日报》和生活书店出版的书籍，同时也代销延安光华书店和新华书店出版的书刊。

1939 年春天，书报社随傅作义部队来到五原，改名西北书店，后又迁到陕坝。

这时李健生夫妇脱离了三十五军政治部,西北书店成了他们自主经营的书店。因为比起重庆和桂林来,延安离陕坝较近,交通也较方便,一时,延安出版的报纸杂志和毛主席的《论持久战》等著作,西北书店里应有尽有,吸引了许多进步青年和各界进步人士,由此引起了国民党特务机关的监视。

1939年夏天,国民党反动派在陕坝"肃反"时,李健生第一次被捕。特务们施展各种伎俩,逼迫李健生承认是共产党并交出组织关系,李健生义正词严地和特务进行了针锋相对的斗争。后李健生肺病复发,吐血不止,经社会人士营救,以"取保就医"名义,回家养病。

1940年初,在河套地区白色恐怖最为严重的时候,本不是共产党员的李健生提出了入党申请。经郭北宸介绍,他加入了中国共产党。

以后,李健生又两次被捕。1941年第二次被捕后,他与郭北宸被关进了同一牢房。郭北宸和李健生相互勉励,相互支持,唱《国际歌》。他俩在敌人的监牢里还织组和领导了一次"政治犯"绝食斗争,迫使敌人不得不改善"政治犯"的生活条件。李健生还利用一切机会团结同志,分化瓦解敌人,曾把监视他们的一个宪兵班长争取过来,使他后来也走上了革命道路。

这一次,特务们同样没有拿到李健生是共产党的任何证据,对他再次释放,进行秘密监视。

由于郭北宸被捕,李健生失掉了组织关系。1942年,他决定回延安找组织,走到东胜,被国民党警备司令部扣捕,押回陕坝。他在狱中坚贞不屈,使敌人一无所获,于1943年获释。

1945年抗日战争胜利后,李健生将西北书店更名为新生书店,迁到了归绥。解放战争时期,李健生夫妇把书店作为中国共产党的宣传阵地,给人民以精神鼓舞,同时利用书店掩护革命同志,为革命提供活动经费。他这个"特别党员",在特殊的环境中,为中国革命胜利做出了特殊贡献。

一个女共产党员的曲折经历

抗日战争时期,河套地区还有一名“特别党员”,是一位女性。她于1927年加入中国共产党,1938年冬天来到河套,却没有与中共河套地下组织建立关系,没有参加过河套地区党的活动,也没有人赋予她“特别党员”的称号,但她确实是一位“特别党员”。她时刻记着自己共产党员的称号,怀着一个共产党员的党心,存在着,工作着,奋斗着。她叫刘桂清,有着十分曲折、复杂的经历。

刘桂清,1927年初在哈尔滨加入中国共产党,曾任平民女子工厂支部书记。1932年随丈夫贺昌炽一起调到上海。贺昌炽曾任中共临时中央局组织部部长。1935年7月,组织决定派贺昌炽和刘桂清夫妇一起到苏联学习。正准备动身时,刘桂清被捕,押送到南京监狱关押,至第二次国共合作时才获释。

这时,她丈夫贺昌炽已去了苏联。她回到上海,想找到寄养在一社会关系家中的女儿,可是那个社会关系搬了家,女儿也未找到。1937年初,她辗转到了北平,找到所熟悉的中共地下党负责人王世英接上了组织关系。9月,由中共华北局派往延安,入党校学习。她回到了党的怀抱,就像回到久别的亲人身边,一时热泪盈眶。

可是让她没有想到的是,三个月后,她被从党校调出来,又让她上了一辆大卡车,到了西安。她以为是组织让她去执行什么特殊的任务。其实不是,而是让她到西安“自谋生路”。

她迷茫了,但很快就冷静下来,抱定了一个信念:我是中国共产党党员,在党旗下宣过誓,任何时候都不能离开党的组织。

她到了设在西安的八路军办事处,谈了自己的经历,表明了心态。她得到办事处负责同志的同情,介绍她进入了国共合作办的军事训练处——战干四团。受训三个月后,分配在驻绥西河套的国民党暂三军骑兵第七师。

她来到了河套,骑兵第七师驻临河县农村,她被分配在师部政治处做民运工作。

1939 年夏季,部队让全体官兵集体参加国民党,她严词拒绝,说:“我是来抗日的,不是来参加国民党的。”此后,部队里传说她是“八路”,她心里暗想:“我就是八路! 我是共产党!”

她承受着政治压力,作为单身女性,还常受到军官的不轨纠缠。她一心想着自己的组织,想回到组织的怀抱,谎说自己的丈夫在西安,几次提出请假回西安探亲。1940 年初春,国民党骑兵第七师退到宁夏平罗驻防,这时她请假获准。她在黄河边一位老大爷的指点下,用一根长木棍敲打着即将解冻的冰面,冒险过了黄河,再踏过杳无人迹的大漠,经历千难万险,于 1940 年 4 月间到了西安。

她到八路军办事处,见到了办事处主任武云甫,含泪诉说了自己的经历及在国民党军队中的处境,恳请组织为自己澄清问题,让她回到革命队伍中。

武云甫同志表示出对她的同情,让她找个地方住下,在办事处吃饭。

第二天,武云甫派一位操徐州口音的同志和她联系,讲了对她的安排意见。他说:“现在全国已进入全面抗战,在抗日民族统一战线中,我党必须肩负起领导全民一致抗战的重任,目前大批共产党员被派进了国民党部队,一面领导和促进抗日,一面做宣传工作,瓦解反动势力,动员一切爱国力量进行抗日。鉴于这种情况,我们希望你还回原部队去。”见刘桂清现出为难的表情,他又说,“你回去之后,争取打入国民党军队的上层机构,以备在必要时为党提供情报。另外,作为一个共产党员,在条件允许的情况下,无论走到哪里,都要尽量做些与人民有益的事。”又说,“你在国民党部队的艰难处境可以想象,但我们相信你作为一个共产党员,是能够战胜一切困难为党工作的。”

“共产党员”,刘桂清觉得,有了对她这一称号的认可,就足够了。她把这些话当作来自组织的声音,表示愿意服从组织的决定。她说:“只要党的工作需要,我回去!”

那位同志告诉了他的姓名:蒋孝灵,并告诉了通信地址:西安莲湖公园莲湖小吃店。他叫她注意隐蔽,以后和他直接通信联系。

她回到部队后,被分配到后方野战医院当护理指导员。不久部队又回到河套,驻五原。

在医院,她除了尽职尽责地做自己的工作,还常常对住院的伤病员进行抗日救亡的宣传,教他们唱抗战歌曲。她发现院长老吴经常看《解放日报》等进步报刊,就开始有意识地和他接近。不久,老吴就向他流露出对国民党的不满情绪和他想脱离国民党军队的想法。这时她想,如果能把老吴这样一个医术很高的人拉到延安,对革命会有用的。

她给西安的蒋孝灵写了封信,谈了自己的想法。一个月后,蒋孝灵来信,让她原地坚守,又说,"可利用一切机会,多做有益于人民的事。"

当时对她来说,蒋孝灵的来信就是党的指示,"多做对人民有益的事",是党对她的要求。

不久,她又给蒋孝灵写信,谈了她新的想法,她要拉着老吴一起脱离国民党部队,在地方上开办医院,一则不受国民党部队的干预,为老百姓治病;二则等于为党建立了一个交通站,有了经济收入,还可给党做活动经费。

蒋孝灵回信,对她的想法表示赞成。这样。1940 年冬天,她和老吴便脱离了国民党部队,在五原办了一所医院,起名叫绥西医院。同时她和老吴组成了家庭,开始一起生活了。

医院办起不久,五原县政府物色妇女干事。她想到组织的指示,认为这是个打入地方上层社会的机会,通过一番活动,她被任用了。之后她利用这个身份,经常召集妇女们开会,动员妇女行动起来参加抗日救亡。还组织一些城镇妇女办了一个由纺织、做酱、打蜡等手工业作坊组成的副业合作社。

四年之后,他们的医院有了一些积蓄,她给蒋孝灵写信,让他派人来取,作为党的活动经费。蒋孝灵回信,说有了资金是可喜的事,目前还是用于在当地办些有益于人民的事业,并说组织将派人和她联系。

以后一直等到抗战胜利,她也没能等到组织上来人,几次给蒋孝灵写信,也没有回信。她和老吴商量,按照组织给的"多做对人民有益的事"的指示,利用办医院所得积蓄,再向地方上筹集一些资金,办一所学校,让当地的穷孩子们免费上学。县政府知道了这事,说他们是"挂羊头卖狗肉,是为了给共产党做宣传"。他们没顾这些流言蜚语,争取社会进步人士,组成了董事会,把学校办起来了。刘桂清出任校长。

绥远和平解放后，1950 年，中共五原县委书记何升岫代表组织，向刘桂清宣布了中共中央组织部对她的结论，纠正了以前对她的错误处理。她从此接上了组织关系。后来她知道，蒋孝灵原名蒋自明，他所以没再给他回信，是因为 1945 年他在西安被特务暗杀了。而她原来的丈夫贺昌炽 1935 年到苏联不久，即与王明、康生等发生了分歧，在苏联肃反扩大化中受到迫害，在流放西伯利亚途中被冻死了。1939 年，她被送出延安，也源于康生的作用。

新中国成立后，刘桂清任五原某小学校长，曾参加绥远省第一届妇代会和绥远省各届人民代表大会，当选为主席团成员和妇女执行委员会委员。1980 年后，曾任五原县人大常委会副主任、内蒙古自治区政协常委。

再说共产党员刘进仁

刘进仁是河套地区入党最早的中共党员，是中共河套地下组织的创始人。从1927年中共临河党支部建立，到1941年中共河套特委领导下的河套地下组织因遭受破坏而停止工作，十四年时间，哪一阶段的斗争也没有离开过刘进仁。中共临河县委第一任书记王森初到临河时，“三顾茅庐”和刘进仁取得了联系，建立了关系。接着第二任县委书记霍世奎、第三任县委书记王逸伦，来河套后也都要和刘进仁联系，请他介绍情况并取得帮助。中共绥西工委书记李衡到陕坝后，也同样到临河会见刘进仁，建立了党的关系，在工作上互相支持。接着中共河套特委书记刘瑞森一行到临河后，也是先和刘进仁联系，而且一段时间住在刘进仁家里，把刘进仁家当作特委的办公地和秘密联络点。

综上所述，可见刘进仁在中共河套地下组织中的重要地位和作用。更重要的是，他对中国共产党领导的革命斗争怀有坚定的信念，充满必胜的信心。1937年七七事变之后，一些在外地上学的学生回到临河，刘进仁语重情长地对他们说：“只有跟着共产党，才会有出路。”一些进步的青年学生都把刘进仁看作自己的导师，革命的引路人。从临河走出的李贵、侯野峰、贺瑞林等人，几十年后谈起刘进仁，总是流露出一种特殊的感恩情愫和崇敬之意。1986年，李贵曾说：“刘进仁在河套党的活动史上是个举足轻重的人物，临河党史和河套党史都离不开刘进仁，这一点必须肯定。”1981年夏季，笔者曾去位于北京南长街的侯野烽居所访问，当谈到刘进仁时，六十三岁的侯野烽眼睛里涌出了泪水。

李贵的话语，侯野烽的泪水，不仅包含着他们对刘进仁的敬重和思念，还表达了他们对刘进仁后来境遇的同情。

1927年，刘进仁在临河建立河套地区第一个中共党支部时，作为支部书记，他为支部也是为自己制定了工作方法和准则：以统一战线方式发展和壮大革命力量，以公开合法的身份隐蔽秘密工作，利用上层掩护下层。

当时，刘进仁是归绥中学肄业生，国民党归绥区分部委员，这个身份足以让地方上层人士敬畏。他也凭着这个身份，和上层交往，为自己和同志们取得在当地的合法身份和地位，也使自己逐渐向上层靠拢，最后以地方绅士的面貌进入社会上层的圈子。然后凭着自己在上层的周旋，为青年们安排工作，取得合法身份；为民教馆和《临河日报》争取经费，用于开展抗日救亡宣传活动；在争夺教育阵地的斗争中争取县长的支持。也是凭着他与上层人物的热络关系，在革命需要的时候，能以支援抗战的名义，得到临河县长同意多次为驻守黄河南岸的八路军购买和运送粮食。还有，凭着他与上层人物的关系，能够几次躲过敌人的抓捕，三次被捕入狱，均能得到上层人物的担保营救。不管是在军阀割据的政治环境中，还是国共合作共同抗战的特殊历史时期，他制定的统一战线方式和利用上层掩护下层的方法都起到了重要作用，他的“上层”身份得到了充分有效的发挥。

可是后来，就是因为如何处理统一战线问题以及如何对待和争取利用国民党上层人物问题上，刘进仁和特委书记刘瑞森发生了意见分歧，1939年9月被中共河套特委秘密开除党籍。

也许有人认为刘进仁和国民党一些人物走得太近了，和他们那样“打得火热”是丧失党性的表现，因而把他开除了党籍。

此后，刘进仁莫名其妙地被冷落了。1940年，他两次去桃力民向伊盟工委请示工作，均遭冷遇。以后他成了身在河套的没有党籍的共产党员。但他始终保持着对党的忠诚。1941年2月，被开除了党籍的刘进仁再次因“共产党罪”被捕入狱。面对着敌人的种种高压和精神折磨，他始终保持着一个共产党员的崇高气节，没有向敌人透露半点党内机密。四十五年后的1986年，李贵怀着敬仰和痛惜的心情说起刘进仁这段历史，他说：“在我的印象里，刘进仁对党是忠实的，他曾三次入狱，忍受过很大折磨，但他始终没有承认他是共产党，更没有向国民党出卖任何同志。可是，1939年9月间，有人片面地把刘进仁开除出党。从当时的形势看，那是不应该的；用现在的观点看，那是极‘左’的表现。刘进仁同志遭到那样的打击，都以党的大局为重，不计较个人恩怨，被开除之后，仍始终站在共产党员的立场上，坚持为党工作，这种精神确是难能可贵的。这真正体现了一个共产党员忠于党的坚强党性。”贺瑞林回忆当年的斗争时也说：“当时的斗争，刘进仁出力最大，斗争策略把握得很好，所以才出现了那样的好形势。他对党忠心耿耿，是个好同志。”

1949 年绥远和平解放后，刘进仁怀着喜悦的心情去伊盟寻找上级组织，希望恢复组织关系。但事过境迁，谈何容易。

1950 年 2 月，根据中共中央和华北局指示，以沈新发为团长的绥西生产建政工作团来到河套。中共陕坝地委书记兼工作团团长沈新发了解到刘进仁的情况后，让他以地方进步人士身份参加了工作，出任陕坝专署文教科长兼陕坝师范学校校长。1951 年 11 月，中共陕坝地委和专署成立蒙汉联合土改委员会，刘进仁为委员。1953 年调任五原一中校长。曾当选为内蒙古自治区第二、第三届人民代表大会代表。1955 年 7 月，当选为河套行政区人民委员会委员。

1959 年，刘进仁调内蒙古自治区教育厅，负责筹建内蒙古工农师范学院。在国家进入经济困难时期的 1960 年，该校改为内蒙古工农干部培训学校，一年后“下马”。1961 年，刘进仁被任命为内蒙古自治区教育厅办公室副主任。1962 年，刘进仁重新入党。其过程中，吉雅泰、王逸伦、刘景平、韩是今等老同志，都为其历史问题出具了实事求是的相关证明。

1984 年 2 月，刘进仁病逝。同年 9 月，中共中央组织部以〔84〕组建字 957 号文件宣布恢复刘进仁自 1926 年 8 月起的中国共产党党籍。

刘进仁以其坚持终生的中国共产党党员的党性，以其五十七年的党龄，为自己的人生画上了句号。

结　　语

以上“特别记述”,说了几位“特别党员”的复杂经历和两位不是“特别党员”的中共党员的特殊经历。我们从他们身上,看到的是信念、气节和品格,他们在极其险恶的环境中,为执行和完成党交给的任务而殚精竭虑,不惧艰辛;在敌人的威逼利诱下坚贞不屈,沉着应对;在遭受误解而受到组织的不公平待遇时,初心不改,忍辱负重,仍时时想着做些于人民有益的事,而不做任何有损党的利益的事;他们个人有了积蓄,想到的是交给组织做活动经费。他们的信念坚如磐石,他们的品格高洁如松,他们的气节和行动惊天地,泣鬼神。他们无愧于中国共产党党员的光荣称号。

他们,特别是刘进仁同志,为党的事业奋斗一生,坚定不移,无怨无悔,其崇高的精神品格,应该是每个中国共产党党员学习的楷模。

历史的回顾与反思

回顾中共河套地下斗争历史，从 1927 年 7 月中共临河支部成立，到 1949 年 9 月绥远和平解放，党员公开了身份，共二十二年零两个月时间。这二十二年多的时间里，中共河套地下组织经历了国民党反动派镇压共产党人的三个白色恐怖时期。第一次是自 1927 年 4 月蒋介石在上海发动反革命政变，绥远省随后开展“清党”，搜捕共产党人和革命群众，持续多年，中共地下组织连遭破坏。中共临河支部能够在这一时期，在河套这一具有特殊政治环境的地域成立并开展地下斗争，具有特殊意义，是值得在党的地下斗争历史上写下一笔的。第二次白色恐怖是 1933 年至 1935 年，国民党反动派在南方围剿和追击中国工农红军，以阎锡山屯垦军为代表的反动势力在河套制造了地方性的白色恐怖，先是 1933 年“祥泰裕起义”后的白色恐怖，后来 1935 年制造了“大顺城惨案”，先后杀害共产党员、起义士兵和“穷人会”会员六七十人。第三次白色恐怖发生在蒋介石集团掀起反共高潮的 1940 年到 1942 年间，傅作义随蒋反共，利用特务组织，在河套逮捕、杀害共产党党员和革命群众，使中共河套地下组织遭受了严重破坏。

在二十多年的时间里，经历了三次白色恐怖的中共河套地下组织，坚持艰苦卓绝的斗争，做出了重大牺牲，气壮山河，可歌可泣。通过党的地下斗争，有力地打击了反动势力，形成和不断加强了中国共产党在人民群众中的影响，培养、锻炼和考验了一批革命志士。

二十多年时间里，中共河套地下组织遵循党的奋斗目标，贯彻党的方针政策，运用正确的工作方法，先后取得了争夺教育权、发动学潮、组织农民运动、建立“穷人会”、和村长计账、在垦区建立革命武装等一系列胜利和重大工作成果。特别是抗日战争时期，中共河套地下组织遵照党的抗日主张和政策，在群众中进行广泛的宣传，利用各种方式发动和组织民众参加抗战，发挥了重要作用。

二十多年时间里，在中共河套地下的影响和引导下，众多青年在这里投身革命，后被输送到延安学习、工作，有的参加了人民军队，成为革命队伍的有生力量。

二十多年时间里，中共河套地下组织的工作成绩、斗争成果和历史作用是多方面的。

优秀的共产党员们具有坚定的革命信念，毫不动摇地贯彻执行党的方针政策，是中共河套地下组织得以生存、发展和不断取得斗争成果的根本保障。在河套这一较为特殊的政治环境中和特殊的历史时期，贯彻执行党的统一战线政策尤为重要。如抗日战争时期，在傅作义转向反共、形势急骤变化的情况下，中央派到傅部工作的共产党员潘纪文等能够受到保护，被“礼送”回到延安，这都源于中共中央统一战线工作的力量。

再以临河中共地下组织活动为例，中共临河支部成立之初，刘进仁同志提出三条工作方法，即“以统一战线政策壮大革命力量，以公开合法的工作隐蔽秘密活动，利用上层掩护下层”。这三条方法都是以统一战线政策为基础的。斗争初期，刘进仁运用统战手段，争取到了临河设治局局长和教育局局长的支持，使与教会争夺教育权的斗争取得了胜利。抗日战争时期，刘进仁同样运用统战工作手段，利用县长白佩华的关系，先后将共产党员和进步青年侯福荣（侯野烽）、刘时平、刘瑞森等安排到临河民教馆和《临河日报》工作，把共产党员王国华、罗云路安排在临河一校任教，让这两个地方成了地下组织的活动阵地。

中共五原县委第一任书记骆时，公开身份是绥远省第三行政专员公署第三科科长，第二任县委书记刘一山后来通过骆时介绍，到该专员公署当了督导员，还有共产党员乔培新曾任五原县第一区区长兼动委会书记。对此三人，绥远省第三行政专员公署专员陈应道知道他们的共产党背景，却没有报告国民党特务机关来抓捕他们。相反，当傅作义怀疑刘一山是共产党员要对他采取行动时，是陈应道为刘一山通了风，之后刘一山离开已迁往榆林的专员公署，经伊克昭盟乌素加汗回到延安，骆时、乔培新也安全转移，这也是党的统一战线政策的收效。

坚持党的群众路线，依靠广大人民群众，代表广大人民群众利益，以自己的实际行动赢得人民群众的支持和掩护，是中共河套地下组织得以生存、发展和不断取得斗争成果的一条重要经验。国民党反动派走到哪里，都宣传共产党“共产共妻”“无恶不作”，可是群众眼见为实，他们接触了共产党人和共产党所领导的八路军，就改变了看法，知道了共产党是为人民解放事业而斗争的。二十多年来，河套的中共党员在群众的掩护和支持下开展工作。在敌人制造白色恐怖的日子里，共产党员是靠群众的掩护和帮助进行转移的。抗战时期活动在中滩的革命武装“窦支队”，是在人民群众的支持下建立起来的，也是在人民群众的支持下开展对敌斗争的。

对党的统战政策和群众路线的威力，当年在河套开展党的地下斗争的亲历者们深有体会。他们对工作中的失误之处和教训亦有反思。比如先后在五原和临河工作的乔培新，曾任中共河套特委书记的刘瑞森，曾任中共五原县委书记的刘一山，曾任临河县委书记的王森等同志，后来著文或接受访问回忆当年斗争中，对这方面的问题都有所分析和揭示。综合起来，主要有以下方面的问题。

一、当年我们的一些同志，对国民党反动派的反动本质认识不深，因而对敌情估计不足，比如抗战时期，随着傅作义部队进驻河套，国民党特务机关就派来特务加紧活动，有些特务同样以隐蔽的身份，对傅部和地方上的共产党人及进步人士进行侦察和监视。在傅作义主持召开的“抗战建国讨论会”上，就有特务以新闻记者的身份出现，侦察一些参会者的政治倾向，确定共产党嫌疑对象。因此，我们的一些党员，一直处于特务的监视之中。在与傅作义部队合作抗战的日子里，我们有的同志只注意到一时国共合作的好的形势，而对以蒋介石为首领的国民党反动派的反动本质缺乏认识。他们代表着地主资产阶级利益，与共产党合作抗日，是从他们所代表的阶级利益出发，他们出于一时需要与共产党合作，但当看到他们掌握的政权受到威胁时，宁肯对外投敌，也要对内反共，这是他们的阶级本性决定的。有些同志没有深刻地认识到这一点，所以当傅作义转向反共，国民党特务疯狂地对共产党人实施搜捕镇压时，缺乏必要的思想准备和迎对策略。

二、由于对敌情和斗争的复杂性识识不足，加上有些同志缺乏隐蔽斗争经验，对地下工作的隐蔽性认识不够，对斗争策略有时掌握得不够好，比如在傅作义主持召开的“抗战建国讨论会”上，有的人发言情绪激烈，锋芒毕露，虽然理论上和政治上都占了上风，一时打击了敌人的威风，但也暴露了自己，不利于后来的隐蔽斗争。还有的同志疏忽大意，不注意保密和隐蔽自己，如王国华在五原以开烧饼铺做掩护开展工作时，将自己的北大毕业文凭放在桌子的抽屉里，被店里的伙计发现了，事情传了出去，引起人们对他的怀疑。还有对发展的新党员保密教育不够，如五原的康松岭入党后，对其朋友说自己和刘一山都是共产党，一下暴露了两个共产党员的身份。

三、抗日战争时期，河套地区党员发展较快，尤其是农民党员发展较快，临河南台子一带发展了几十名党员，被称为“小苏区”。这本来是好事，但一些农民党员文化水平低，对党的基本知识教育接受能力较差，为提高这些农民党员的文化水平和思想水平，河套特委将临河的部分农民党员几十人，分批送到伊克昭盟桃力民接受培训，确实起到了提高的作用。但在培训过程中，这些党员相互认识，在一定范围的社会上暴露了身份，留下隐患。如从桃力民来临河买粮的马汝才被捕叛变后，供出了在桃力民参加过培训的李三女，李三女又“引见”了赵子丰，最后引起多米诺骨牌效应，使河套党的地下组织遭受到严重破坏。

四、有的地下党员纪律性差。党的纪律规定，地下组织的党员只能按组织系统单线联系，而不准发生横的关系。而我们有的同志不能严守党的纪律，互相间任意发生横的关系，因而给党的工作造成损失，有不少这样的事例。另一方面，有的党员外出执行任务时，单独行动，在无人监督的情况下，便放松了纪律，甚至放纵自己的行为。比如交通员李达光，本来身上带着河套特委书记刘瑞森给省委和给安北县委书记的两封密信，路过五原却在饭馆里喝多了酒，又和前来查问的国民党警察发生争吵，被扣捕，好在他后来逃跑了。但一封给安北县委书记赵子超的信落在了敌人手里，惹来了不小的麻烦。还有马汝才，从桃力民来临河买粮，本来完成买粮后应该迅速返回，可是他没有，却要在临河“放松”一下，这里出，那里进，到处逛，引起了敌人的怀疑而对其跟踪，几日后被捕叛变。王笃也一样，从桃力民来河套执行任务时不注意隐蔽，却要摆出一副派头，引起特务们的怀疑，被捕后叛变。此类叛徒的出现，是中共河套地下组织遭受破坏的主要原因。

五、中共河套地下组织初期发动兵运，如在屯垦军中爆发的“祥泰裕起义”，带有盲动性质，在未经县委批准、未做周密的计划、未有明确目标的情况下，仓促起义，导致失败，使革命力量遭到重大损失。

回顾中共河套地下组织二十二年的历史，其道路是曲折的，斗争是极其严酷的，成绩是巨大的，教训也是深刻的。二十二年里，在艰苦卓绝的斗争历程中，多少革命先驱在这片土地上留下了求索和奋斗的足迹，多少革命烈士为了这片土地的新生抛头颅洒热血，献出了年轻的生命，李春秀、杜三柱、班三、郭北宸、高大羽……一位位革命烈士名垂千古；霍士奎、刘宏生等同志则将一身忠骨留在了河套这片热土上。许多同志在这片土地上经受了血与火的洗礼，从这片土地上走了出去，有的在后来的战争中为国捐躯，有的成长为国家栋梁。一些资料表明，有过河套地下斗争经历的同志，有几十人在新中国成立之后，成为党和国家各条战线的高级干部，他们对在河套的斗争和成长经历终生难忘。

二十二年里，众多革命先烈和志士仁人，以他们可歌可泣的奋斗事迹，在河套土地上谱写出了雄浑激越的英雄乐曲和光辉的历史篇章。这英雄的乐曲回荡在河套大地，光辉的篇章照耀着历史和未来，已成为河套人民巨大的精神财富，激励着河套人民在创造新生活的征途中探索前进。

王逸伦(左三)离休后多次重访故地,回忆当年所经历的党的地下斗争情景,撰写革命回忆录。右一为本书撰稿人。

1982年秋,王森重访河套,正值巴彦淖尔盟文联举办戏剧创作笔会,请王森讲当年河套中共党的地下斗争,之后王森与部分剧作家合影。后排左五为王森,左四为冯苓植,左三为李志学,左二为贾成荫,右三为石传明,右二为北京电影制片厂老梁,右一为李廷舫;前排左一为叶祖训,右二为黄积录,右一为于志翔。

第七章　五原誓师

冯玉祥将军

冯玉祥，安徽巢县人，1882年生。其父冯有茂原为乡村泥瓦匠，在给一家财主做佣工时，陪着财主家的少爷练武，后来他也参加考试，竟然考入了官办武学，毕业后到淮军将领刘铭传的“铭军”中当差，后升任哨长。由此冯家与行伍结缘。其父随部队征战和调防，从安徽到陕、甘、新疆，又到山东济宁。冯有茂在济宁与当地一游姓女子成婚。李鸿章任直隶总督时，淮军调保定练兵，冯有茂带家眷迁居保定。冯玉祥儿时在保定度过，一生说话操保定口音。

1896年，冯玉祥十四岁，入淮军当兵。1902年，改投袁世凯的武卫右军，历任哨长、队官、管带等职。1911年，任由武卫右军改编的新编陆军第二十镇第八标第三营管带。1914年7月，任陆军第七师第十四旅旅长。同年9月，任陆军第十六混成旅旅长。

1915年，奉中华民国大总统袁世凯之命，率部入川与蔡锷的护国军作战，暗中与蔡锷联络，次年三月议和停战。1919年，冯玉祥被免去十六旅旅长职务。7月，率旧部讨伐张勋“辫子军”有功，复任十六混成旅旅长。

1918年2月，奉命率部南下，攻打护法军，在湖北武穴通电主和，被免职留任。6月，率部攻占湖南常德后，撤销免职处分。11月，任湘西镇守使。

1921年8月，任陆军第十一师师长，旋署陕西督军。

1922年夏天，第二次直奉战争中，率部出陕援直。5月，调任河南督军。因受直系军阀吴佩孚排挤，10月，被派为陆军检阅使，率所部驻防北平南苑，抓紧练兵。

1923年，曹锟、吴佩孚控制北洋政府后，冯玉祥在孙中山推动下，与陕军暂编第一师师长胡景翼及第十四混成旅旅长孙岳结成同盟，决心推倒曹、吴军阀统治。

1924 年，第二次直奉战争中，冯玉祥任直军第三军总司令，趁直奉两军在石门寨、山海关等地激战之机，回师发动北京政变，推翻直系军阀曹锟的贿选政府，驱逐清朝末代皇帝溥仪出宫，改所部为中华民国国民军，任总司令兼第一军军长。遂电邀孙中山赴京共商国是。但迫于形势，又同反直系的军阀张作霖、段祺瑞妥协，组成以段祺瑞临时执政的北洋政府。

1925 年春，迫于直、皖两系军阀的压力，冯玉祥赴察哈尔张家口就任西北边防督办，所部改称西北边防军，简称西北军。所部驻扎包头，一面垦殖，一面整训，并委派旅长石友三，率部修筑了东起包头、西至银川的包银公路。这年 8 月，任甘肃军务督办兼西北边防督办。此间与共产党和苏联方面多有接触，在中共和苏联人员的帮助下，成立了各种军事学校，培训军事人才。

冯玉祥反对内战、倾向革命的行动，引起了吴佩孚、张作霖、孙传芳等各派军阀的反对。从 1926 年初开始，北洋军阀各派以“讨赤”为名，联合向国民军发动进攻。冯玉祥目睹连年战祸之惨烈，民不聊生之痛苦，为止息内战，毅然决定将西北边防督办之职交予张之江和李鸣钟署理，自己赴苏联学习考察，以寻求革命真理，拯救中华民族，实现富国强军之抱负。

1926 年 3 月 20 日，冯玉祥偕随员从平地泉动身，乘汽车去蒙古的库伦(乌兰巴托)，再由此赴苏联。临行前，所属将领们含泪送别。冯玉祥安慰大家说：“目前这个战事是无边无沿的。我一走之后，也许可以釜底抽薪，让他们少点兴头。从我自身着想，我也必得到国外去看看，增长些见识学问，回来之后，再与大家一块儿好好地奋斗。”

冯玉祥在库伦停留了多日，对蒙古的政治、军事、宗教和风俗进行了考察。在此期间，国民党要员徐谦、顾孟余和广州革命政府的苏联顾问鲍罗廷一行，途经库伦到广州去，与冯玉祥不期而遇。冯玉祥与徐谦是老相识，他乡遇故人，情深意切，便一连数日讨论在中国开展革命伟业之大计。徐谦力劝冯玉祥加入国民党。鲍罗廷也对冯玉祥说：“你拥有中国最强的军队，二十年来志存救国，但不知道你为实现自己的宗旨制定了什么方针政策，具体计划如何？你的救国大策如果比国民党的主张好，我们当离开国民党来援助你；如果你还没有通盘打算，那就请你加入国民党，接受其主义和政策，联合一致，共同致力革命，这是我们对你的期望。”

冯玉祥被鲍罗廷的话所动，回答说：“我是个军人，不懂政治，更没有具体的方针政策。耿耿此心只知向往革命以及仰慕孙中山先生的主张。”

冯玉祥考虑再三，最后下决心加入国民党。后被广州国民党政府任命为国民政府委员、军事委员会委员。

1926 年 5 月 7 日，冯玉祥到达了莫斯科。

在苏联考察学习时间，冯玉祥耳闻目睹，了解了十月革命后苏联的政治、经济情况，受到启发，对孙中山所主张的“联俄、联共、扶助农工”三大政策有了进一步的认识和理解。

冯玉祥出国之后，国内各派军阀吴佩孚、张作霖、张宗昌、李景林等组成反革命联军，对国民军实施了大规模围击，迫使国民军退出了北平和天津，最后在南口溃败，部分官兵撤到绥西。正在这时，南方的国民革命军大举北伐，攻下了湘、赣，国内革命风起云涌。冯玉祥的部将石友三，电促冯将军迅速回国以谋大计。

冯玉祥将军接受了石友三的意见，于 1926 年 8 月 7 日，偕同苏联顾问乌斯马诺夫和中共党员刘伯坚，部属李兴中、任右民、何其巩、赵亦云、李连海及翻译、随行人员等，从莫斯科动身，一路跋山涉水，取道库伦回国。途中遇到了国民党中央执行委员于右任，两人联袂一道，向绥西五原行进。

得知冯将军回国，部将宋哲元、张允荣到途中迎接。驻军五原的鹿钟麟得到消息，也偕同邓哲熙、过之翰出迎于狼山乌不浪口。

冯玉祥将军一行于 1926 年 9 月 15 日晚 8 时许抵达五原。五原驻军方振武部阮玄武旅立即整队，列队欢迎冯总司令归来。

“冯总司令回来了！”

消息传遍五原军营，传到包头，驻守两地的官兵个个兴奋不已，悲喜交集中，许多人激动得眼里涌出热泪。

身在宁夏的部将张之江，听说冯将军回到了五原，也即刻赶回来迎接，并向冯玉祥将军汇报了国民军在南口溃败的前后经过。

9 月 17 日上午，在苏联顾问团和共产党人刘伯坚帮助下，召集国民军主要将领二十余人在县政府举行会议，成立国民联军，公推冯玉祥将军为国民联军总司令。

冯玉祥五原誓师

1926年9月17日，是冯玉祥将军及所部重振军威的一天，也是五原历史上光荣的一天。这天，五原县城城里城外、大街小巷打扫得干干净净，商号铺面早早地开了市，学生儿童都换上了新衣裳，中华民国的国旗在空中迎风飘扬，到处一片节日的气氛和景象。

中午12时许，冯玉祥将军率国民联军官兵举行隆重的誓师和授旗大会。会场设在县政府西侧的广场上，誓师台是士兵们头一天临时筑起的一个土台，台底两丈见方，台顶一丈见方，高六尺许，坐北面南，台北侧有登台通道。参加誓师的官兵数千人，分别列队在誓师台东西南三面。在五原的国民党将领全部参加大会，坐在台下前面。冯玉祥将军和国民党中央执委于右任、中共党员刘伯坚、苏联顾问乌斯马诺夫、绥远省民政厅厅长邓鉴山等，坐在誓师台上；五原县县长刘必达、临河设治局局长肖振瀛、地方人士王英等坐在台上左右侧。

这一天风和日丽，阳光灿烂。参加誓师的官兵虽然衣着破旧且五颜六色，但列队整齐，军容肃穆，个个喜气洋洋，精神振奋。

誓师大会开始了，冯玉祥将军穿着一身普通的士兵服装，精神饱满地健步走上台前，以高亢、洪亮的声音，慷慨激昂地发表了演讲。他列举大量事实，深入浅出地揭露和痛斥卖国求荣的封建军阀与帝国主义列强勾结，统治压榨中国人民的累累罪行，指出帝国主义列强利用中国军队压迫中国人民，是造成中国贫困落后的根源，号召全体官兵响应北伐，进行国民革命，反对帝国主义，打倒封建军阀。他宣布国民联军将奉行三民主义，实行孙中山先生的“联俄、联共、扶助农工”三大政策。他的演讲言辞恳切，忧国忧民之情溢于言表，义形于色，扣人心弦，极大地鼓舞和激发了官兵的士气和斗志。官兵们个个义愤填膺，摩拳擦掌，决心投入北伐，以求中华民族之解放。冯将军演讲结束后，他们同声高呼："打倒列强！""打倒帝国主义！""努力国民革命！""铲除军阀统治！"

接着，于右任以国民党中央执行委员会委员的身份，代表国民党中央和国民政府，向冯玉祥将军授旗。当冯将军将国民联军的旗帜高高举起时，场上如山呼海啸般响起了《北伐军歌》的歌声："打倒列强！除军阀！除军阀！努力国民革命！努力国民革命！齐奋斗！齐奋斗！"

随即，大会发出《五原誓师通电宣言》，晓喻中外。通电附有这样一段誓词：国民军之目的，以国民党的主义唤起民众，铲锄卖国军阀，打倒帝国主义，以求中国之自由平等独立，并联合世界上以平等待我之民族，共同奋斗，生死与共，不达目的不止。

誓师大会后，组成国民联军总司令部，冯玉祥将军任总司令。任命鹿钟麟为参谋长，何其巩为秘书长，李兴中为参谋处长，张吉墉为军法处长，陈连富为副官处长，徐廷瑶为军务处长，张允荣为内务处长，过之翰为军需处长，薛笃弼为财政委员会委员长，石敬亭为政治部部长，中共党员刘伯坚为政治部副部长。聘请苏联顾问乌斯马诺夫为政治法律顾问。决定选拔政治工作人员分赴各部队，成立政治处，在全军开展政训工作。由此促使国民联军成为一支有主义、有信仰、守纪律的军队，成为北伐战争中的一支劲旅。冯玉祥委任中共党员刘伯坚为此项工作负责人。众人在总司令冯玉祥的引领下，宣誓就职，其誓词如下：

"国民军之目的，以国民党之主义，唤起民众铲除军阀，打倒帝国主义。求中国之自由独立，并联合全世界以平等待我之民族，共同奋斗。特宣誓，生死与共，不达目的不止。此誓。"

即日通电全国。这就是中国历史上著名的冯玉祥五原誓师。誓师大会开过后，五原各届民众举行了隆重的庆祝大会。会场搭起了戏台，由部队官兵唱革命歌，演文明戏，让五原人民看了耳目一新，从而也激发了民众反帝反军阀的热情，增强了胜利信心。为纪念这次具有历史意义的五原誓师，县长刘必达遵从五原人民的意愿，在誓师台前立了纪念碑，以垂后世。

五原誓师通电宣言

玉祥本是一个武人，半生戎马，未尝学问。唯不自量，力图救国，无奈才短识浅，对于革命的方法不得要领。所以飘然下野，去国远游。及至走到苏联，看见革命起了万丈高潮。中国是世界的一部分，受国外帝国主义与国内军阀双重压迫，革命运动早已勃兴；又受世界的影响，民族解放的要求愈加迫切。孙中山先生的三民主义与领导的国民革命，即由此而生。于是我明白了救国的要诀，已经由他开辟了道路。中山先生说的好，行易知难。我既是知道了，自然是刻不容缓地干起来。又因，最近中国的国民从国民军退后，受压迫比以前更厉害，我热血沸腾起来，情不获已，遂赶紧回国，与诸同志上革命前线，共同奋斗。我这是没有办法而去，有了办法而来。走的时候，不是洁然鸣高；来的时候，不是什么东山再起。现在当归国之始，有些必要的话，掬诚以告国人。

我是生在工人的家庭中，父为瓦工，贫无立锥，完全是无产阶级的人。自幼失学，及长入伍当兵，逢着庚子年八国联军攻打中国，结下辛丑条约。我受了极强烈的刺激，愤政府失败，改革的思想于是萌芽。后来受了革命的影响，也形成推倒满清的志愿。辛亥武昌起义，我与张之江、李鸣钟、张树声、韩复榘诸同人，同王金铭、施从云、白亚雨诸烈士，举兵响应，而有滦州之役。不幸为王怀庆所欺，功败垂成。王、施、白及诸烈士即时成仁就义。我和张、韩、张、李均被递解回籍，仅以身免。民国以后，我又出来治兵，苦力经营，以成陆军第十六混成旅。袁世凯叛国称帝，我在四川与蔡松坡联络，并助成四川独立。民国六年张勋复辟，我正去职，养病西山，疾到廊房，先马厂誓师而起兵，攻进北京，击溃辫兵。民七南北军战于长岳，第十六混成旅停兵武穴以牵制南下之军。民国十三年曹锟贿选窃位，吴佩孚骄纵横暴，用武力统一政策以乱川扰粤。而直、鲁、豫、鄂受其直辖，为祸更烈。并逞其凶残，惨杀工人、学生，尤为国人所共弃。后来又动全国之兵，攻打奉天，穷兵黩武，涂炭生灵。我与胡景翼、孙岳均痛心疾首，不能不取断然行动，遂率师回京，举行首都革命，倒曹败吴，并驱逐帝制余孽溥仪，以完辛亥革命未竟之功。这一次的意义，一是讨伐贿选，为中国争人格；二是反对武力统一，以免兵祸；三是铲除帝制祸根，免得再闹复辟的乱子；四是开远东民族解放的局面。当时段祺瑞以革命政府相标榜，我们看着他遭过失败，养晦多年，当有觉悟，所以请他出来临时执政。不料他出来以后，仍是引用私人，败行失政，解决金佛郎案，使国家受莫大的损失。国人至今，尤痛恨他的革命政府完全是假的。对于民众，不但不解放，而且严重地压迫，弄到后来，演成“三一八”的毒杀案子，枪击学生，出了极暴烈的惨剧。政府成了杀人政府，岂有再拥护他的余地，所以又有倒段之举。以上这些事实，都是从革命的路线上而做的。他人不知，乃斥之为几次倒戈，责之为惯于逼宫。这是由于不明白革命，所以我特写述出来，好使国人对我有明确的认识。有人骂孙中山先生，说孙中山真有点革命癖，无论走到什么地方，就是要革命；若是他的儿子孙科做了大总统，他也要革命的。在他人以为这是骂孙先生，其实孙先生的伟大，正是在此。

一个革命者，只要看见统治者作得不对，就得要革命。无论他是亲戚也好，长官也好。站在民族的意义上，这些个人私情，一概都顾不得。吴佩孚张嘴闭嘴所提的纲常名教，尽可由学究们放在故纸堆里保存，不能拿到二十世纪的民主国里害人。但是有一层，我虽然作过几天革命事业，我却没有鲜明的主张。革命的主义，革命的方法，在以前我都没有考察。所以只有一点两点改革式的革命，而没有彻底的作法。我也赤裸裸地说出来，好使同人知道我所做的忽而是革命，忽而又不像革命，其缘故到底是什么一回事。就革命的观点上说，过去若说是一个中国革命者，是一个中山主义者，我都不配。至于马克思主义、列宁主义与世界革命的话，更是说不上了。不意当时有人说我是赤化了。现在看起来，真是惭愧，当时的冯玉祥哪里够得上赤化！不但骂我的，不知赤化是什么，就是我自己，也不知道什么是赤化。骂我的人也说不出根据来，只说不该与苏联亲善。

我想世界各帝国主义者，用不平等条约压迫中国，致中国的死命，只有苏联自动地取消不平等条约，以平等待我们民族，自是引起我们的好感，使我们彼此亲善。若对于以平等待我的人而不与之亲善,反去巴结以奴隶待我的国家,这是何等亡国的心理?这是要请国人明白的。至于吴佩孚乱造谣言,说我与苏联结了什么密约,尤其是荒唐之语。我向来是痛恨卖国贼与外国人结密约,岂有躬身自蹈之理?苏联把种种不平等条约自动地取消了,哪里有再结不利于中国的条约之理?况且我个人的性格所在,绝不屑做这种鬼祟的事。如果有什么密约,也不能久瞒于人,什么密约,什么条件,何以绝无所闻?若说苏联帮助中国革命,有所怀疑,要知道苏联是以解放世界上被压迫者并扶助弱小民族为己任;主义在此,什么不利于人的事都做不出来。吴佩孚肚子里比谁都明白,他明白冯玉祥不是个结密约的人,无论如何做不出这种事来。他又明白离赤化离得很远,够不上戴这帽子。而他偏要说什么密约,又是什么讨赤,完全是骗人来共同反对国民军,以泄他的私愤。大家不知道,随声附和,实在是上了他的大当。吴佩孚先是号召的所谓讨贼战争,尔后忽一变而为反国民军的战争。国民军退天津,退北京,一再让步,谁知你越让他越攻。军阀何以如此呢?军阀本身实在无此力量,乃是帝国主义在背后支持。因此我们知道要想战胜军阀,必须要先打倒帝国主义。

帝国主义在中国压迫之甚,几使中国不能生存。工人、农民及一切受苦受难的人,为什么这样穷,这样苦?就是帝国主义所给的。帝国主义的各国强迫中国订下了许多不平等条约,于是在中国有租界,有租界地,有海陆军驻扎权,有航行权,有领事裁判权,修铁路,开矿石,把持中国的海关,强制中国行协定关税。压迫剥削,不一而足。例如抽关税,只能值百抽二五,使中国国库少收入,整理财政无从着手。而最大的害处是在阻碍工商业之发展,致中国经济之死命,使他们的货物尽量输入,使中国的原料贱价输出。于是中国每年进口货超出出口货,其数量在三万万两银子之谱。赔款及外债,本息偿还,单是在关、盐两税项下拨付的每年就是九千八百万元。至于他们在中国经营的矿山、轮船、多种工厂,各地银行纸币所吸去的大批现金,更是无算。又因关税不自主,不能保护国货发展,致使洋货遍中国,吸去的银钱又不可胜计。如此,中国只得穷困,而且穷到死的地步。

帝国主义的经济侵略,把中国弄穷了,又用政治的侵略,陷中国于危境。东交民巷的使团,是何等的强横。稍微明白中国的政局,没有不知道的。他们对于中国的内政,动辄加以干涉。如上年大沽事件,干涉国民军即是一例。其最厉害的是利用中国军阀压迫民众;又唆使军阀互相战争不已,以巩固其在华之权利。遂使民国成立十五年,年年都有战祸。已经被他们弄穷了的中国,又加上十几年的战争,于是农民、工人、商人、学生、机关职员、新闻记者,士兵及一切民众,穷得穷死,其原因都在于此。痛苦的来源已经求出来,我们要解除这深切的痛苦,唯有推翻帝国主义的压迫。因此我就投袂而起,与革命同志们共同担负这个使命。

现在我所努力的,是遵奉中山先生的遗嘱,进行国民革命,实行三民主义。所有国民党一、二次全国代表大会宣言与决议案全部接受,并促其实现。今后将国民军建在民众的意义上,完全为民众的武力,与民众要结合。军队所在地方,工人组织、农民组织均当帮助。并联合其它民众团体,共负革命之责任。同时对于学生、教员、商人、机关职员、新闻记者各阶级之利益,均极为顾全。意义是解放被压迫之中国民族,以与世界各民族平等,解除军阀之压迫,使工人不受剥削,农民不受穷苦,商人不破产,学生有书读,教员及机关职员都有薪水发,新闻记者不发生生命的危险,以及其它人民的痛苦,均为解除。至于政治主张,我是一个国民党员,是国民政府委员之一,一切由国民党决定,国民政府主持。我唯有与诸同志集合全体力量履行就是了。谨此宣言。

民国十五年九月十六日

国民联军在五原

国民联军五原誓师时，在官兵的生活条件和武器装备方面，正处于极度困难时期。冯玉祥将军在他后来的著作《我的生活》中，这样描述他在五原所见的官兵的情形："到会官兵穿的服装五颜六色，有的破鞋破袜，有的穿着破袜而没有鞋子，衣服破烂不堪，领章肩章全都没有了，帽子有的为奉军的皮帽，有的为直军的皮帽。器械皆不全，枪上有的没有背带，有的没有刺刀，亦有无子弹袋者，真是七零八落，找不着一个整齐的人。"

誓师之后，冯玉祥将军即深入连队慰问官兵，察看详情，整顿军纪。他恳切地对官兵们说："我们的队伍不管走到哪里，不论遇到多么困难的处境，都必须遵守军纪。"对于冯将军的训导，官兵们一致响应。

冯玉祥将军严谨治军，为官清廉，官兵们耳闻目睹，都打心眼里佩服，所以对将军都是由衷拥戴，绝对服从。冯将军的严谨和清廉，也受到了五原民众的称颂。就说誓师大会后那顿聚餐，也仅仅是一菜一饭，喝白开水，官兵们称之为"革命饭"。后来，包头县长唐务给冯将军送来一桌酒席，冯将军当即把酒席退还，并责问他："你这是哪来的钱？是不是人民的钱？"五原县长刘必达看到冯将军生活实在清苦，给送来两只鸭子。冯将军退了鸭子，让人回敬刘必达说："你只看到我每天吃咸菜，就没见士兵吃不饱肚子。"

冯玉祥殚精竭虑，设法解决官兵的吃饭和穿衣问题。河套虽说是出粮之地，毕竟地方不大，人口不多，一下拥来这么多军队，吃饭就成了问题。时令已入深秋，塞外天气日渐寒凉，许多士兵还穿着破烂的单衣。奉军张作霖为置国民联军于死地，封锁了交通，布匹之类的物品运不到包头，更到不了五原。国民联军把包头和五原市面上的布匹、棉花购买一空，给官兵做棉衣。所购皆土布，且颜色不一，做成色调斑驳的衣服给官兵穿上，以遮体御寒。

在这样艰苦的条件下，军队照样纪律严明，坚持练兵。这让当地各界人士和民众十分感动，他们也在想方设法帮助军队渡过难关。五原部分商人联合起来，给国民联军筹措了一些木料，官兵们自己动手，修建了两处营房；又赠送了一些粮食。一些地方士绅联合当地蒙汉群众，给军队捐赠了三万只羊，羊肉用以改善官兵的伙食，羊皮用来做御寒军装，接济了当时的军需，保证了军队整顿和训练的有序进行。

冯玉祥将军在共产党人和苏联顾问的帮助下，在国民联军中实施军事整训和政治工作同时推进。

1926 年 9 月 27 日，誓师十天之后，国民联军在五原召开了全军代表大会，由共产党人刘伯坚做政治报告并讲述大会的意义。冯玉祥报告国内外形势及国民联军的组成及任务。讨论了提案，选举了国民联军最高特别党部委员。选出方振武、刘伯坚等十一人为执行委员，冯玉祥、徐谦等五人为监察委员，卢召亭、张树声等七人为候补委员，刘适森、刘仁辅、李钟鸣三人为候补监委。大会于 19 日闭幕。30 日举行阅兵典礼和授旗仪式。冯玉祥受旗后致辞："我以中国国民党国民联军最高特别党部发给之党旗，此后誓本中山先生之主义，联合世界上以平等待我之民族，促进国民革命之完成。"

1926 年 10 月，西北军将派赴各军见习的西北干部学校毕业生百余人调回，成立政治学院，由刘伯坚负责，作短期训练后，以备派赴各军协助成立政治部和办理党务工作。每师设宣传员二十人，宣传的主要内容为国民党政纲、三民主义、打倒帝国主义和军阀的意义，以及军队政治化、民众化。总部指定专人编写各种教材和宣传品，将原国民军歌中的陈腐内容进行删改，利用旧谱新编了《三民主义歌》。

同时厉行新政，实行"新生命"，口号为："烟酒必戒，嫖赌必戒；除去骄惰，除去奢侈；打败官僚习气，拔除虚假恶根。"

颁行"革命问答"：凡长官与军队见面，先问"同志们辛苦了！"军队则齐声答："为革命服务！"

举行朝会，先问："你们的父母是什么人？"

答："老百姓。"

问:“你我的兄弟姐妹是什么人?”

答:“老百姓。”

问:“你我的亲戚朋友是什么人?”

答:“老百姓。”

问:“你未入队伍前是什么人?”

答:“老百姓。”

问:“我们退伍以后回到家乡是什么人?”

答:“老百姓。”

问:“我们当兵的应该保护的是什么人?”

答:“老百姓。”

这期间,西北军军歌到处传唱。如每天吃饭时要唱:“这些饮食,人民供给,我们应当为民努力。帝国主义,国民之敌。救国救民,我辈天职。”称为“吃饭歌”。

从这里可以看出,无论是“革命问答”,还是“吃饭歌”,构思创作者都用心良苦,反复运用“老百姓”和“人民”两个词,意在教育官兵时时刻刻把老百姓、人民牢记在心,把为老百姓作战、救国救民当作天职。这正是冯玉祥将军的治军理念。

依照这样的理念,国民联军中提出了三个口号:一是军队政治化,二是打破官僚习气,三是拔除阳奉阴违的恶根。

冯玉祥将军还去包头检阅驻在那里的国民联军部队,进入连队,召集官兵讲话,灌输革命思想,鼓舞革命士气,要求部队成为一支有主义、有信仰、守纪律的革命军队,为实行孙中山先生倡导的三民主义、完成国民革命的历史使命而战斗。

但任何事物都很难达到十全十美,总会有一些不尽如人意的现象,存在于本欲追求完美的整体上,损害着这个整体的形象和声誉。尽管冯将军治军严谨,军纪严明,但其国民联军构成复杂,也有的部队军队松弛,一些军人不顾军法军纪,在生存困难的情况下,到老百姓家索要抢拿所需物品,加上军队人吃马喂确实加重了老百姓的负担,被老百姓称为“刮民军”。

本着军队为老百姓、为人民的宗旨,也是为回报当地民众对国民联军的支持,冯玉祥将军十分注重与民众的联系,关心地方工作和民众利益。他协助五原县建立了农会和商会，还办了一所民众教育讲习所，动员民众接受革命的宣传教育。在冯玉祥将军的倡导下，五原县政府增设了教育局，为县立第一高等小学加聘了教师，增加了班级，让更多的孩子能够上学。对县里广开财源、增加收入、举办公益事业等方面，他都提出了很好的建议并给予支持。一些利民举措，深受民众欢迎。

冯玉祥将军在绥西整训部队时，广东的国民革命军北伐已攻克武汉，正继续向前推进。冯将军权衡当时的形势，国民联军究竟东进直取北京，还是西进甘陕，举棋不定。这时，中共创始人之一李大钊从北平给冯玉祥来了密信，建议冯将军向广东的北伐军靠拢，进宁夏、入甘陕，解西安之围，取潼关，会师中原。冯玉祥采纳了李大钊的建议，制定了“固甘、援陕、联晋、图豫”的八字作战方针。

这期间，苏联援助的军事装备，取道蒙古，以汽车送到了五原。冯将军用苏联援助的装备及枪支弹药武装并扩充了部队。1926 年 11 月 24 日，冯玉祥将军率部离开了五原，浩浩荡荡向西挺进。五原各界群众夹道欢送。县立第一高等小学校长王兴和部分年龄较大的学生，受到革命思潮的影响，毅然参加了国民联军，随军而去。

结 语

1926 年 11 月，冯玉祥将军按照“固甘、援陕、联晋、图豫”的方针，率部离开五原，出师甘陕，解西安之围。

1927 年，所部被武汉国民政府改编为国民革命军第二集团军，冯玉祥任总司令，率部东出潼关，鏖战中原，与北伐军唐生智部会师郑州。此后，曾一度附和蒋介石、汪精卫“清党”反共。

1928 年，冯玉祥率部参加第二期北伐，10 月任国民政府行政院副院长兼军政部长。因军队编遣等问题与蒋介石发生冲突，1929 年和 1930 年先后爆发蒋冯战争和冯阎（锡山）战争，失败后下野，所部被蒋介石收编。

1931 年九一八事变后，冯玉祥积极主张抗日，反对蒋介石的不抵抗政策。

1935 年 4 月，冯玉祥被授为陆军一级上将。

1935 年 5 月，在中国共产党的帮助和推动下，冯玉祥将军与方振武、吉鸿昌等在张家口组织察哈尔民众抗日同盟军，被推举为总司令，指挥所部将日寇驱逐出察哈尔。8 月，在蒋介石重兵威逼下辞职，后隐居泰山。

同年 12 月，以蒋介石答应抗日为条件，在南京出任国民政府军事委员会副委员长。

1937 年卢沟桥事变爆发后，冯玉祥相继任第三、第六战区司令长官。不久受蒋介石排挤被迫离职，仍奔走于鄂、豫、湘、黔、川等省，积极从事抗日救亡活动。抗战胜利后，为形势所迫，1946 年，以水利考察专使名义出访美国，同时被强令退役。

从 1947 年起，冯玉祥在美国公开抨击蒋介石的内战和独裁政策，积极支持国内人民的爱国民主运动，并以二十年的亲身经历，撰写《我所认识的蒋介石》一书，对蒋介石的专制独裁统治做了深刻的揭露。

1948 年 1 月，中国国民党革命委员会在香港成立，冯玉祥当选为常务委员和政治委员会主席，随即发起组织民革驻美总分会筹备会。

冯玉祥从士兵到将军，五十年军旅生涯，当兵时勤学苦练，当官时以治军严、善练兵称著，注重对官兵的爱国爱民精神教育，强调纪律是军队的命脉，致力整饬军纪，并身体力行，关心爱护士兵，要求官兵共甘苦，由此受到了所部的拥护爱戴。他一生生活简朴，也为人称道。在国家和民族危亡时，他坚持抗日，赢得了爱国将军的美誉。同时他还有着“倒戈将军”的称号。1927 年，他附和蒋介石、汪精卫“清党”反共，把在其所部做政治工作的共产党员刘伯坚“礼送”武汉，就是他的一次倒戈行动。

好在后来他又倒戈反蒋，回到人民的立场上。1948 年 7 月，冯玉祥应中共中央邀请参加中国人民政治协商会议筹备工作，在苏联驻美大使的帮助下，自美国乘“胜利”轮回国。轮船途径黑海，在向敖德萨港行进中船上失火，于 1948 年 9 月 1 日与小女儿冯晓达一同遇难。新中国成立后，他夫人李德全曾任国家卫生部部长、中国人民政治协商会议全国委员会副主席。

文中提到的共产党员刘伯坚，1927 年被冯玉祥“礼送”武汉后，中共中央派他再度赴苏，入伏龙芝军事学院学习。1930 年回到上海，翌年进入江西中央苏区，先后任军委秘书长、红军党校政治部主任。1934 年 10 月，红军开始北上，刘伯坚留下任赣南军区政治部主任。1935 年 3 月初，他在战斗中左腿中弹被俘。他面对敌人的威逼坚贞不屈，1935 年 3 月 21 日在江西大余县金莲山上被敌人杀害，壮烈牺牲，时年四十岁。

第八章　绥西抗战

傅作义将军驻兵河套

正是1931年九一八事变那一年，傅作义将军出任绥远省主席。在抗日问题上，他旗帜鲜明，主政绥远后，即向所属部队进行抗日动员，并研究制定对日作战战术，开展大练兵。1933年，日本侵略者进攻山海关，占领热河省，并向长城各口分路进攻。傅作义将军率部参加了长城抗战，亲自指挥官兵浴血奋战，取得了怀柔之战阻击敌寇的胜利，赢得了全国舆论的高度赞誉。1936年，他坚持和指挥绥远抗日，接连取得了红格尔图战役和收复百灵庙的重大胜利，极大地鼓舞了全国人民的抗日热情和抗战必胜的决心。

1938年，傅作义将军任国民党第二战区北路军总司令，驻守山西。此时正值国共合作，他曾在山西省离石县柳林镇与中共派来的曾三、程子华会谈合作抗日事宜，之后派周北峰去延安晋见毛泽东主席和中共中央其他领导人。参照八路军政治工作的做法，在所部建立了政治工作委员会和相应的政治工作机构，并诚邀延安派人帮其部队开展政治工作。为此，中共中央数次从抗日军政大学、陕北公学等单位选取学员，以潘纪文为特派员，到傅部协助建立政工制度。傅部规定政工人员的五项任务：一、激励抗战士气；二、严明部队纪律；三、增强国民合作；四、实行经济公开；五、瓦解日伪军。

1938年4月，为策应徐州会战，傅作义将军指挥发动绥南战役，先后收复清水河、和林县城，在和林县境察圪洞全歼日军岩田骑兵联队，缴获战马三百余匹。是年6月，北路军总部移至晋西北河曲。

1939年2月，傅作义将军率部由晋西北河曲、偏关转移到绥西河套。到达后，即在五原县城设立了第八战区副司令长官部，随后对嫡系三十五军进行了改编，并加紧军事训练，以增强战斗力。

1939 年 4 月，中共中央先后派南汉宸、萧克、曾三、续范亭等至五原，与傅作义将军密谈抗日事宜，潘纪文以中共特派员身份出任三十五军政治部组织科长。

1935 年 5 月开始，在共产党人的参与和帮助下，傅作义将军亲自主持，在临河百川堡创办了以组训为目的的抗战建国讨论会（简称“抗建会”），先后举办五期，历时三个月。通过对各级军政干部的轮训，统一了思想认识，坚定了抗日必胜信念，确立了党政军一体的领导体制，实行了全民总动员，对以后的抗战工作的开展起到了重要作用。

傅将军在抗建会与轮训人员同吃、同住、同学习，每次大会讨论和军事演习，都亲自参加指导，细心听取各方面不同意见，直至最后亲自做出结论。小组讨论或大会发言，都是在团结抗日的大前提下畅所欲言，极大地发扬了民主。参加的人员，有国民党员，有共产党员，也有无党派人士。尽管生活艰苦困难，但上下一致，精神振奋，抗战斗志昂扬。

就在抗建会召开的过程中，傅作义将军仿照八路军在晋西北组织的战地动员委员会的形式，着手组建绥远省动员委员会（简称“动委会”）。从参加抗建会训练的七八百人中，挑选比较优秀的三百多人，组成了省、县、区、乡各级动委会，傅作义亲自兼任省动委会主任。动委会是为适应抗战需要而建立的行政机构，是当地军民联系的桥梁，有人称动委会为“二政府”。它的成立为抗战胜利提供了有力的组织和行政保障。

抗建会的举办和动委会的建立，为以后发起的奔袭包头、会战绥西、收复五原三战役打下了坚实的基础。

奔袭包头

1939年冬,重庆国民政府为了适应当时国内和国际形势的变化,打算发起北起绥远,南至靠近越南、老挝边界的一场大规模的对日冬季攻势,命令傅作义将军所部配合全国战场作战,采取行动'牵制华北日军'不使南调。傅将军主动请求加重本部任务:为有效地配合此项攻势,袭击日军重要据点——包头。

当时傅作义将军指挥的部队计有第三十五军的一〇一师、新三十一师、新三十二师,直属国民党中央的骑七师,宁夏马鸿宾的三十师和马彦的一个骑兵旅,五临警备旅的两个步兵团(抗战前阎锡山的屯垦部队),绥远游击军(原绥远国民兵)的两个步兵旅、一个炮兵团,骑三师、新骑四师、新五旅、新六旅、新编第三师白海凤部。以上单位总计约有三万人,实际能参战的不到两万人,分驻五原、临河、陕坝、乌不浪口、西山嘴、蓿亥滩、马七渡口等地区。

日军当时在伪蒙疆地区驻有冈部直三郎司令官指挥的一个军团,司令部驻张家口,主力部队分驻察南、晋北和归绥(呼和浩特)。另有伪蒙古军骑兵九个师,分驻察绥等地。包头是塞外重镇,又南临黄河,是控制绥西并与归绥互为依托的枢纽。日军企图以此作为继续向绥西和宁夏进犯的军事基地。日军住包头地区的最高指挥官为骑兵集团长小岛吉藏中将,辖主力步骑炮兵共约一万余人,以及伪蒙古军一个骑兵师、独立守备队、日本宪兵队、特务队、伪地方警察队,分驻包头、安北、固阳等地。包头城筑有坚固的碉堡群,城周围挖有四米宽、四米深的外壕,并设有鹿砦及通电流的铁丝网。

根据以上敌情,傅作义将军决定采取远程奔袭,以掏心与攻点、截援、打援相结合的办法进攻包头。为迷惑敌人,在行动前,傅将军命令董其武师以及北起狼山南麓经乌梁素海至西山嘴一线与敌军对峙各部队,大举构筑防御工事,日夜锹镐并举,人喧马嘶,使敌认为在冰冻封河之际,赶筑防御工事,只图加强防守,绝无进攻意图。另外派出话剧团、京剧团到接近前方的五原城乡慰问军民。白天锣鼓喧天,夜间灯火通明,造成歌舞升平、并无军事行动的种种假象,以麻痹敌人。与此同时,傅将军又命将大批粮秣弹药埋藏在黄河南岸的沙窝里和五加河北岸至狼山南麓之间的隐蔽处,并发动群众做好支援前线、共同杀敌的准备。

1939 年 12 月 13 日,傅作义将军在五原召开了团长以上部队长会议,部署了攻击包头的任务。主要部署如下:

一、命令直属国民党中央骑兵第六军军长门炳岳率领骑兵第七师由马七渡口渡河,经黄河南伊克昭盟地区,务于 12 月 20 日前进至萨拉齐县与归绥之间,彻底破坏铁路,截击由归绥增援之敌。

二、命令董其武师长率领一〇一师附山炮一个营,沿前山包五公路前进,掩护攻城主力部队新三十一师至毛鬼神窑子以东之线,占领攻击准备位置。任务完成后,即在原地占领有利地形,随时准备支援三十一师的战斗。

三、命令孙兰峰师长率领新三十一师附炮兵一个营及五临警备旅于霖瑞团为攻包头主力部队。前进时利用一〇一师的掩护,至毛鬼神窑子以东黄草洼之线,占领攻击准备位置,在 12 月 20 日夜对包头之敌发起进攻。

四、命令袁庆荣师长率领新三十二师附山炮一个营,沿黄河南向包头前进,掩护我军右翼安全,并随时准备支援攻城打援战斗。

五、命令游击军马逢辰旅,乘夜秘密前进至包头以北山地潜伏,如包头之敌出城迎击我军时,该旅即乘隙占领包头。

六、命令新六旅王子修部,向包头、大佘太公路之间的后口子前进,到达后占领有利地形,阻击由大佘太增援之敌。

七、命令马腾蛟的三十五师及马彦骑兵旅沿乌不浪口、乌镇与乌梁素海至西山嘴之线布防,负责河套地区的守备。

骑六军军长门炳岳奉命后,率领骑兵第七师(师长由门炳岳自兼),由马七渡口渡过黄河,经二圪旦湾、柴登召等地到萨拉齐县南再渡黄河,按计划破坏了由归绥至萨拉齐县之间的一段铁路。但是未照命令在该地区继续阻止敌人即脱离战斗。傅作义将军得知骑六军骑七师的情况以后,估计由归绥增援之敌虽因铁路破坏迟滞了行动,但很可能在20日前后到达包头。为了先敌一步攻下包头,决心把原定的12月20日夜的攻城计划提前为20日拂晓。命令新三十一师的攻城主力部队务求以迅雷不及掩耳之势歼灭敌人。

当时的新三十一师师长孙兰峰遂即命令九十一团刘景新、九十三团安春山、五临警备旅第一团于霖瑞三个团,分别从西北门、水巴洞及城东的转龙藏攻城。九十二团郁传义为预备队,在包头北的三合号占领有利地形,准备迎击由固阳方向增援之敌。炮兵由刘振蘅副指挥统一指挥,在黄草洼附近占领阵地,师的指挥所就设在黄草洼。

安春山的九十三团在进抵包头西北城门时,看到守敌未发觉,碉堡工事有的无人把守,敌人正在熟睡,认为机不可失,立即组织突击队登城。时近冬至,塞北气温已降至零下30摄氏度左右。战士冒着呼啸的北风,在微弱的星光下,越过冰冻的城壕,架设云梯,争先爬城。城上只有几名伪蒙军哨兵,发现情况,竟主动喊话:"你们是中国军队吗? 中国人不打中国人。"并告以城上无日兵守备。九十三团一个营由伪蒙军哨兵引路,迅速全歼守西北门的日军,打开了城门。于霖瑞团冲进城内。沉睡中的日军突闻枪炮声,仓促应战。进城部队有的直指日寇驻包司令部,有的与敌人小股阻拦部队进行巷战。一时枪炮和喊杀之声响彻夜空。我军士气高昂,人人争先恐后,战斗异常激烈。在分割围歼中,敌军有的被消灭,有的被压缩至敌司令部所在地原绥西屯垦督办公署大院内。

我军进入城内后,傅作义将军亲临黄草洼新三十一师攻城指挥部,了解突击进城部队的战斗进展情况,并告以东西两方面都有援敌出现,指示孙兰蜂师长,在必要时要变攻城打援为守城打援,要求尽快调整和加强入城部队,扩大战果,同时要注视东西两方增援之敌,务以有力部队予以消灭。当时参谋人员通知新三十一师和一〇一师火速前进增援。

当一〇一师三〇二团进至昆都仑召时,与固阳援敌之一部、伪蒙军于振瀛一个团遭遇。三〇二团居高临下,迅速将敌歼灭,俘敌团长于振瀛以下近三百人。

21日拂晓前,一〇一师进至包头西北十余里之毛鬼神窑子村里,与大佘太和固阳开来的援敌相遇,即占领有利地形,予以阻击,猛烈攻打,歼其大部。敌一部欲向西北方向逃窜,遭我宋海潮所率炮兵伏击,全部予以歼灭。

董其武一〇一师在前进中,虽然全歼两处增援之敌,但也迟滞了我向城边靠拢的速度。当一〇一师抵达城边时,黄草洼已为敌攻占。孙兰蜂的攻城指挥部撤至北山脚下,敌我双方在黄草洼展开争夺战。该地硝烟弥漫,成为一片火海。一〇一师一部立即投入战斗,并与各部切实取得联络。此时三十二师亦到达附近,彼此配合,展开攻击。黄草洼战斗,双方损失均为重大。

20日下午,受我阻击的固阳、安北增援之敌,经过一个下午及彻夜战斗,伤亡惨重,除一部由东门窜入城内外,另有残余一部于21日晨乘汽车冲至西北门外,受到了我九十一团刘景新指挥的第五连孙英年连及迫击炮连的阻击,并以手榴弹炸毁了汽车,歼灭了所有敌人。日军为了掩护即将到来的大军向我反扑,妄想利用空中优势,压制我军行动。21日天刚亮,即有飞机六架向我地面部队轮番轰炸扫射。至下午一时许,果有从张家口、大同、归绥增援之日军步炮联合部队在坦克掩护下向我猛烈攻击。先由城东转龙藏我九十三团阵地突破,继续向黄草洼我三十一师司令部推进。正在关键时刻。我新三十二师各团先后赶到,一〇一师各团也都相继赶到参加了战斗。从此三十五军的主力部队全部投入战斗。在傅将军的正面阻击、侧后包围的战术指导下,给了敌人沉重打击。战斗一直进行到深夜。夜间敌人失去了空中及机械化的优势,不得不收缩部队,调整部署。

至此我已给予敌人沉重打击,牵制了华北日军未能南调。为了避免无谓牺牲,傅作义将军于21日晚命令各部及时脱离战斗,转向中滩集结待命,并命令一〇一师负责掩护全军撤退,准备打击向我追击之敌。迄至22日拂晓,我军全部脱离了战斗,转移至指定地点。

当日寇发觉我军撤退时,我主力部队已西行多时,敌军以大量的战车、汽车尾追。董其武一〇一师作为后卫部队,采取游击战术,利用大路两旁的丘陵、沙窝、红柳滩和枳芨丛等有利地形,处处阻击。敌汽车队尾追不及,又沿途挨打不敢深入,自行撤回。我军主力部队于24日晨已陆续到达中滩,并分散向五原一带转进。后卫部队完成阻击任务后,亦沿乌拉山南麓西撤。

部队撤出包头后,包头城内娘娘庙里仍有六位无名英雄继续战斗。因大军撤退,混乱中他们没得到撤退通知,大部队撤走后,处于不能出城的境地,便决心与敌人拼命到底。12月22日,敌人包围了娘娘庙,六位英雄沉着射击,杀敌众多,直战到壮烈牺牲。

包头战役经三天四夜鏖战,战斗中毙敌联队长小林一男大佐和小原一明大佐以下军官二十余人,歼灭日伪军三千余名,击毁汽车一百数十辆,坦克三辆,炸毁敌军火药库一座,获各种武器、军需品甚多,俘伪团长一名及伪军数百名。傅部攻城部队伤亡两千余人。更主要的是这次战役,我军吸引住晋北、察南及华北大部日寇,使其不能南下。从战略上看,包头战役的战果是巨大的。这次战役也锻炼了傅部官兵,诸如爬城巷战,攻城打援,机动灵活,动作敏捷,在实战中取得不少有益的经验。特别是进城部队,能遵守傅将军事前规定的严格军纪,做到秋毫无犯,军民亲如一家,受到包头居民的热情欢迎,积极支援。他们送水送饭,送子弹,抬伤兵,主动领路,指告敌人驻地,对部队提供了有力的帮助。这次战役也使绥包父老乡亲看到了中国军队击败日寇、收复国土的希望,激励了他们的爱国热情。这是战果中的一个重要部分。

会战绥西

傅军在袭击包头的战斗中,给了日本侵略者以沉重打击。敌人认为傅军的存在,是他们在西北战场上的最大威胁。为了对傅军进行报复,挽回所谓皇军在中国战场上的声誉,自 1940 年 1 月起,日军从张家口、大同、太原、临汾各地抽调三万余人,汽车千余辆,附有飞机、大炮、坦克,加上伪蒙军六个师,统由日酋黑田重德师团长指挥,向我河套大举进犯,扬言要在三个月内全部消灭傅军。

傅作义将军早在袭击包头以前,就对敌人的反扑有思想准备,预先采取了各种具体措施。如命令兵站分散埋藏军用物资、粮秣,地方政府演练空室清野,动员民众,配合歼敌,等等。包头战役刚一结束,立即加强部队调整训练,结合部队划分了预计敌人进套时的游击地区,熟悉地形,准备向导,随时准备打击来犯之敌。傅作义将军于 1940 年 1 月中旬在五原召开了团长以上的部队长会议,宣示如下决策:采取机动灵活的战略战术,同敌人进行运动战游击战;要做到避不利,找胜利,不失机,不吃亏,使敌想打打不上,想走走不开;要充分利用军民协作和我军对地形熟悉的有利条件,在敌运动中阻击,在敌宿营时袭击,以疲惫敌人,以少牵多,以多歼少,积小胜为大胜,相机歼敌有生力量。根据以上决策,给各部队的任务如下:

一、骑七师在西山嘴、马七渡口地区,阻击由前山向西进犯之敌,迟滞敌人前进后,转移至黄河右岸,威胁敌之左侧。

二、马腾蛟的三十五师和马彦骑兵旅利用乌不浪口、乌镇之线设阵地,阻击由后山进犯之敌,迟滞敌人前进;摸清敌人主力后,转入狼山山麓,威胁敌人右侧。

三、三十五军三个师集结五原西北的万和长、五原以北的折桂乡、五原东北的四牛头圪旦地区，随时准备机动打击敌人。

四、五临警备旅、绥远游击军、新六旅、骑三师、骑四师等，各在现地相机完成阻击任务后，分别选择有利地形继续打击扰乱疲惫敌人。

五、各部队的后勤留守人员，一律转移至宁夏磴口、石嘴山地区。

六、所有政工人员，除随军作战外，其余全部换便衣，协助地方政府，指导群众空室清野，侦察敌情，鼓舞斗志，安定人心，在敌后随时随地给敌造成军事政治和经济上的困难，使敌不得在河套立足。

果如所料，日军在1940年1月31日倾巢由包头开始向西进犯。由前山西犯之敌，一路沿乌拉山南麓包五公路进犯，受到我骑七师二十一团在蓿亥滩的阻击；一路沿黄河南岸西犯之敌，于21日进至马七渡口，遭我骑七师二十团在二圪旦湾阻击。激战终日，给敌以沉重打击后，入夜我军转移，继续在杨高明圪旦侧击敌人，迟滞敌人前进。这些行动都起到了以少牵多的作用，给我主力部队作战以有力的支持。

傅作义将军判断，日寇将采取对我主力进行速战速决之作战方针，对此做出的应战对策是以我主力军于有利地区布置预设阵地，诱敌深入，两面夹击，一举将日寇主力黑田部歼灭于运动之中，其他各部将不打自退。万一不能得手，立即改变方式，将主力隐蔽，以小部队采取游击战术，阻击困扰，以消耗敌人。具体布置是骑六军军长门炳岳指挥骑七师、骑四师在西山嘴、马七渡口阻击敌左翼小岛部队，截断其与各路的会合；以八十一军三十五师坚决阻击主力黑田部于乌不浪口之外，待我夹击部队布置就绪后，乘黄昏时后撤，以诱敌进入我既设阵地。我三十五军主力一〇一师埋伏在乌镇以东地区，三十一师埋伏在万和长和乌不浪口之间，形成夹击之势，待敌军闯入此袋形阵地内，南北两线同时猛烈夹击，将敌人歼灭于运动之中。

在前山，1月31日敌我交战的同时，由包五公路向西进犯敌之主力部队，在飞机、坦克和强大的炮火掩护下，向乌不浪口及乌镇的守军马腾蛟部三十五师和马彦骑兵旅发起了猛烈攻击。这时，预料之外的情况发生了。奉命在乌不浪口抵御日寇的马腾蛟部，一经敌军猛冲，未做坚强抵抗，即纷纷撤退。日军黑田部全面压了过来，一下子打乱了第一方案的战斗部署。傅作义将军不得不命令各部按第二作战方案，将主力隐蔽，以小部队与敌周旋。

此刻董其武师正按计划在各指定地区设置夹击阵地，布置防务。在途中忽见马腾蛟部忙乱撤退，接着又受乌不浪口方面攻入之敌的袭击。这时董其武火速命令一〇一师各部停止前进，一方面掩护友军安全转移，一方面各就所在位置，截击阻挡敌人，相对转移有利地区。但敌人很狡猾，以少数部队从正面钳制，主力部队向该师后方迂回，企图包围。这时董其武师长亲自指挥部队冲击，在一片喊杀声中手榴弹雨点般向敌群扔去，打开缺口，冲出包围圈，向折桂乡转进。在突围中伤亡巨大。

董其武师一部在乌镇以西沙梁地带，与敌先头部队相遇，即展开激战。以密集火力猛射，打退敌数次冲锋，毁敌汽车十余辆，敌尸枕藉。所部亦有伤亡。此际，敌后续部队源源开来。董其武命令郭景云团长率三〇二团一部掩护，一〇一师主力主动撤出战斗，向五原以北梅令庙、折桂乡一线转移。此时董其武获悉敌主力向五原突进，即令三〇二团之一部继续阻敌。董其武亲率三〇二团进入折桂乡圩堡内，依堡野战，阻击敌人。令三〇二团在堡外占领有利地形，与堡内形成犄角之势，攻敌侧背，并掩护三〇二团侧后安全。敌机飞旋上空，发现我军在堡内设防，即施展狂轰滥炸，同时指示炮兵以炮火轰击，妄图在此突破，夺路前进。反复猛攻多次，均被击退。此时傅作义将军电话中指示董其武要坚持到夜间，方可转移。董其武即调整部队，三〇三团仍以圩堡作为依托，从正面反击，三〇一团和三〇二团在堡子外，分左右扇形展开，凭借沙丘地带，在敌坦克、汽车行驶困难的情况下，以密集火力，三面攻击。一时堡子上空，沙尘飞扬，烟雾弥漫。我军则待敌逼近时，以轻重机枪交叉火力，并以手榴弹密集还击。堡子外两个团，又左右开弓，予以杀伤，威胁敌侧。敌猛扑几次，均被打退，双方处于僵持状态。

黄昏时刻，董其武命将伤兵运输后方。夜色渐浓，敌人炮声稀疏。董其武即通知堡子外两个团，除留小部机动兵力掩护，与堡内三〇三团，按预定序列，撤往百川堡一带，休整待命。

折桂乡战斗，比乌镇阻击战更为激烈。堡子外开阔的地上，横七竖八躺着敌人尸体。此次战役毙敌约二百余人。我军亦付出不小代价。三〇二团王赞臣团长受伤，连排长牺牲数人，士兵伤亡一百余人。敌人夜间不敢行动，将坦克、汽车围成一圈，聚集在圈内，汽车灯四下照射，以防袭击。第二天早晨，敌发现我军转移，即向五原方面搜索前进。因几次遭受伏击，损失惨重，行动极为谨慎,走走停停,至下午方到五原。夜色沉沉,我监视敌人的小分队,遂折回追赶部队。董其武一〇一师在百川堡附近宿营一日,即越过冰冻的乌加河,进入狼山湾休整。

北线进犯的日寇,侵占乌不浪口后,分兵两路,一路被一〇一师在乌镇、折桂乡阻击;另一路沿乌加河北岸狼山南麓包五公路向西进犯,在三女店以西存富圪旦地区,遭我新三十一师九十一团第二营的阻击,敌伤亡惨重。战斗至夜,敌人未能前进一步。敌进至万和长地区,又遭我新三十一师主力的阻击。

南线进犯之敌,自包头出动,由前山行进,在蓿亥滩、马七渡口、杨高明圪旦等地,被我骑六军之骑七师连续阻击,战斗亦甚激烈,双方互有损失。骑七师达到迟滞敌人前进的目的后,沿黄河南岸的库布齐沙漠边缘,向西转移。

2 月 2 日下午,突破乌镇向南进犯五原之敌又遭一〇一师在折桂乡、三十二师在四牛头圪旦的阻击。我军利用沙梁、土丘和旧有围堡的残壁、废墟,与敌展开了肉搏血战,使敌飞机、大炮、坦克一时不能发挥威力。为时近四小时的战斗,给敌以重创。至夜,敌军向后收缩。此时我军各部奉命脱离战斗。按原计划,一〇一师向狼山湾、板匠圪旦转移,新三十一师向圐圙补隆、柳树泉、傅家圪旦地区转移,新三十二师向蛮会、贾来保地区转移。军司令部也在当晚转移到了临河东南、黄河北岸的黄家壕。

2 月 2 日黄昏,沿包五公路前进之敌一部,在四牛头圪旦一带,被我隐伏该地的新三十二师伏击,敌仓促应战,遭我杀伤颇多。入夜,新三十二师袁庆荣师长下令脱离战斗西撤。

2 月 3 日,敌人主力北部的一路侵占了百川堡,南犯的一路进占了五原。敌人认为傅军已被歼灭,至少也是溃不成军,短时期不能恢复作战。蒋介石也竟主观认为绥西败局已定,无法挽救,电令傅作义将军到兰州代理患病休养的朱绍良职务,任第八战区司令长官,部队撤至石嘴山地区,指派他人指挥。傅作义将军坚决拒绝了这一命令,回电说:“将不离兵,兵不离土,将不离兵兵有主,兵不离土土能存。为了保卫疆土,不惜任何牺牲,坚决与敌周旋到底。”当即给了各部队如下指示:敌人这次调集平绥、同蒲全线兵力大举进犯绥西,使其后方空虚,因此绝不能长期陷入河套地区,力求与我速战速决。我军现已转入安全地带,敌人对我无可奈何,希我全体将士,一本抗战必胜的坚强信心,在各自地区采取灵活机动的游击战,疲惫消耗敌人,相机打击歼灭敌人,待机反攻。

2月3日一整天，敌机不停止地对我军轰炸。将入黄昏，我军司令部为了指挥方便，少牵扯主力部队力量，即转移到了黄河南岸的什纳格尔庙。当晚正是农历除夕，虽是人困马乏，仍然人人精神振奋，在炮声隆隆、寒风猎猎、黄沙漫漫中过了一个送旧迎新的战斗年。

正在这个时候，五临警备旅在张家庙伏击日军获胜，三十二师在百川堡拦击敌人，打得日寇晕头转向。

日寇于2月3日侵入五原后，企图捕捉消灭我军主力，继续分南北两路进犯临河、陕坝。上旬，侵入该两城镇。由于我军民空室清野工作做得比较彻底，南北两条公路边渺无人烟，陕坝、临河的人口牲畜都疏散、隐蔽，埋藏了粮食、财物，填埋了水井。敌人连个打问道路的人也找不到。在敌人长驱直入中，南北两路到处遇到我军小部队阻截，未捕捉到我军主力，却自以为得计。日本指挥官黑田中将大肆宣扬日军进占五原、临河、陕坝，绥远全省完全为日军占领，傅作义军已全军覆没。绥远、张家口及平津的敌方报纸，亦交相吹捧日军的“战绩”。黑田在五原开会欢庆，并令组织汉奸维持会，委任大汉奸王英为“绥西自治联军”总司令，负责维持绥西治安，巩固伪政权。

敌人由于战线拉得过长，平绥、同蒲各地调来的敌军不能久留河套，不得不缩短战线向东撤退。

敌人占领五原后，主力回师大同、张家口、太原等地。为了指挥方便，傅军司令部由什纳格尔庙移至临河东北的亚马赖。主力三十五军各部开至邬家地以西，集结整训待命。其他部队在五原、安北一带对敌袭扰，迷惑敌人。主力部队加紧整训，准备反攻。

这时，傅作义将军向各部传达指示，大意为敌军已深入，战线延长，补给困难。侵套日军均自察绥、雁北各地调集而来，后方空虚，定不能久留绥西。敌意在速战速决，企图消灭我军主力，巩固其绥包据点。据此，我军应采取灵活机动、分区游击的方式，以小部队监视敌人的动向，袭扰其运输线，消灭其分散据点驻军，以消耗敌人，疲惫敌人，造成敌人补给困难，处处被动挨打，欲守不易。各部应齐心协力，密切联系，避不利，找胜利，积小胜为大胜，坚定必胜信念；并为此必胜信念创造良好条件，保证旺盛斗志，想方设法打击敌人，保存实力，为驱逐入侵入敌，收复失地积蓄力量。各部接受指示后，大为鼓舞，先后在南北公路沿线的百川堡、头道桥、黄羊木头及临河、陕坝外围据点，袭击侵扰之敌。

黑田以为傅部主力已经溃败，虽有零星部队袭扰，不足为患，短期内绝对无力反攻。2月下旬，黑田率主力逐次撤离绥西，分别回驻原防。仅留日军约两个联队，六个战斗力不强的伪蒙师，大汉奸王英的绥西联军，宪兵、警备队以及特务机关等，总兵力约一万五六千人，据守后套。司令部及日军坐镇五原，汉奸队、伪蒙军分置于临河、陕坝及五原外围。同时组织伪政权，巩固其占领地区，企图长久盘踞。

傅作义将军侦知上述情况后，即令袁庆荣率新三十二师同时反攻临河、陕坝，令各部紧密配合。新三十二师向该两城镇推进，刚一接火，驻守临河的伪蒙骑兵师便全部撤出，沿五临公路向东逃窜。陕坝之敌孤悬后套最西部，见临河伪军撤离，更感孤立，当我新三十一师进抵陕坝以南园子渠口时，敌骑即向五原方向循去。临、陕守敌均为伪蒙军，除少数伪军头目，绝大多数士兵均不愿为日寇卖命。所以，我新三十二师向临、陕进军，守敌一触即逃，我军便收复了临河、陕坝两地。

日军为了避免挨打的局面，缩短战线，将六个伪蒙师分驻于丰济渠以东地区，占据五原外围。我军收复临、陕两城镇后，集结兵力于丰济渠以西地区，双方形成隔渠对峙态势。

这时董其武率一〇一师移驻丰济渠以西一带，新三十一师驻临河以东阿善附近地区，新三十二师进驻百川堡以南地区，绥远游击军驻三道桥附近，五临警备旅驻蛮会附近，新六旅驻狼山以北地区。

至此，绥西战役告一段落。绥西战役的全过程中，我军在乌不浪口、乌镇、折桂乡、三女店、黑石虎、万和长、蓿亥滩、马七渡口，杨高明圪旦、铁匠圪旦、黄羊木头、临河、陕坝、阿善及南北公路线上，阻击伏击和袭扰敌人，发生上百次战斗。其中有的战斗可以说是恶战。每次战斗均予敌以杀伤，最后收复了临河县城和陕坝，将敌逐至丰济渠以东。整个战役共毙伤敌二千一百余人，摧毁敌汽车百余辆，坦克五辆，缴获战马三百余匹及各种武器若干。

在会战绥西的战斗中，面对着来势凶猛的敌人，傅作义将军怀着抗战必胜的信心，运用游击战配合运动战的战术，指挥所部英勇杀敌，有力地打击和消耗了敌人，最大限度地保存了自己，为以后收复五原创造了有利条件。

收复五原

1940年2月初，日军侵占了五原。傅作义将军将作战指挥部由什纳格庙迁至临河县东北部沙窝中一个名叫亚马赖的小村，命令主力部队三十五军各部开至邬家地，整训待命，指挥其他部队在五原、安北一带待机作战，以袭扰、迷惑敌人。此时，傅作义将军即开始谋划布局，为收复五原做准备。

敌人占领五原后，留了日军一个联队，伪蒙军四个师和由察南、雁南及绥远调来的地方守备队，王英的绥西联军，日本宪兵队、特务队等，据守五原，由绥西警备司令水川中将、大桥大佐、特务机关长桑原中佐负责指挥。指挥中枢设在五原平市官钱局（地方银行）、屯垦办事处及其附近各个院中。宪兵、警官、顾问、科技人员等分住五原旧城各点。伪蒙军第四、第五两师分驻五原西北万和长，五原西南蛮可素，伪绥西联军的孙秉义、邬青云、常子义三个师分驻五原南二十华里的南牛坝、同义隆及五原东南的扒子补隆一带。伪蒙军李守信的参谋长乌吉廷及绥西自治联军总司令王英分住平市官钱局、日盛盐店及附近院内。敌军为了确保安北、大佘太至五原的交通安全，在五原以北的乌加河及乌拉壕上都加设了坚固的桥梁并派重兵把守。为了掠夺河套资源，调来日籍的行政和技术人员二三百人准备开采狼山矿产，妄图久占河套，达到“以华制华，以战养战”的目的。

傅作义将军针对当时情况，于1940年2月26日夜在亚马赖召开了团长以上的干部会议。会上，傅作义将军就当前敌我态势向大家做了说明，要求与会者对今后的行动各抒己见，会议经过充分讨论，概括为以下三种意见：

第一种意见：我军抗战以来损失太大，特别是包头、绥西两战役，部队减员严重,如不做整补再打下去,胜算不大,主张到后方换班休整。

第二种意见:在丰济渠以西整顿一个时期,使部队士气稍有恢复,人员装备得到部分补充,再做反击,收复失地也不为迟。

第三种意见:严明赏罚是自古以来治军的根本。对在此前战役中立了功的应给以奖励,违犯军纪、作战不力者,应绳之以法。赏罚分明,方能激励将士,振奋军心。同时各部加紧整训,切实认真地做好反攻的各项准备,相信完全可以克敌制胜。

傅作义将军肯定了最后一种意见,并亲切勉励大家说:“我深信我全军官兵和我本人一样,即使千难万险,也不能动摇打败日本侵略者的决心。我一定率领全体将士,不惜流最后一滴血,誓死扫除入侵之敌,光复国土!”为了整饬军纪,傅作义下令逮捕了作战不力的游击军司令马秉仁和擅自脱离部队的三十一师八十一团团长刘景新,交军法处审理。以奖惩分明整肃军纪,鼓舞士气。

会上,傅作义将军的讲话感人至深。关于收复五原,他说:“我是下决心要打的,就是剩下一兵一卒,我也决不离开绥西一步,决不离开这块土地和住在这块土地上的十几万民众。我们部队有着世人皆知的抗日光荣历史,相信大家也都十分珍爱这个历史。我是军人,抗日救亡是我的神圣职责。仗一定要打,但不做好准备,立刻就打,是没有几成把握的;如休整时间过长,恐失去战机,也不行。”最后傅作义将军决定,要利用短时间休整,抓紧技术练兵,补充弹药,充分发动群众准备作好战时配合。在此同时,制订了反攻五原的作战方案,一月内反攻五原。

这次会议整整开了一夜,为收复五原战役揭开了序幕。

亚马赖会议后,傅作义将军集思广益,对反攻五原战役做出了如下决策:

一、进攻时间定在三月下旬春分过后河套河水解冻消融之时。

二、分析到我军攻打五原时,日军必沿包五公路增援,我军必须配备坚强的打援部队。

三、组织掏心突击队,直插敌军心脏,由中间打响,而后全面开花,速战速决。进攻五原新、旧城的部队,须在两三天内歼灭敌人。

据此开始军事准备:命令一〇一师在丰济渠口,新三十二师在协成桥以北于黄河解冻前架好军用便桥;命令驻天吉太桥的三〇三团密切注视黄河消冰解冻情况,随时向指挥部报告;命令退到伊盟桃力民的门炳岳骑七师于3月3日前开回临河南台子、德和泉地区，做进攻五原的准备；命令退到宁夏境内的马腾蛟师开回临河，接替一〇一师和新三十二师对丰济渠天吉太桥和丰济渠五份子桥的防务；一〇一师和新三十二师即刻加紧训练做进攻五原的准备。另命令各部依自己的进攻任务派出侦察人员，结合当地民众，详细侦察五原城内外敌军配备情况，五原外围据点伪蒙军盘踞情况，同时加速补充部队弹药给养；令新六旅在乌拉壕做好决口放水准备。指示五原、安北两县县长和动委会会同水利专家，缜密制定放水措施，必须做到有利于我军军事行动，又要避免妨碍农田耕种。

之后，各部队即开始了夜战、巷战和村落战的战术训练和演习。傅作义将军亲自带着参谋人员到各部队指导演习。此过程中，傅作义将军亲自布置，以安春山任团长的九十三团为主体，又从其他部队抽调一些有战斗经验、作战奋勇的官兵，组成了一支精干有力的掏心突击队。安春山为掏心突击队司令，曹子谦为副司令。傅作义将军亲自对他们进行了掏心战术的指导。

1940 年的春分是 3 月 21 日（农历二月十三日）。春分将临，河套的大小渠道开始冰消水淌。这时，由河套民众帮助侦察，作战部队对敌情已了如指掌。掏心突击队在此前派出连长王步云带领精干官兵五人，扮成敌方“宣抚队”人员，潜入五原城，沿照我军进攻的计划路线和潜伏地点，把地形、地物以及敌兵的配备、司令部的位置等，都侦察得一清二楚。另外，部队派出部分政工人员，到邬家地等地秘密组织群众，准备为部队带路、运送伤员、运输粮食弹药等，都做了安排。

进攻五原的时机已到，傅作义将军发出命令，各部队一律于 3 月 19 日到达各自的进攻准备位置，20 日夜间开始进攻。

按照命令，各部队昼伏夜行，向进攻位置前进。掏心突击队官兵都换上了便衣，19 日夜间到达五原城南的和合源，潜伏下来。一〇一师到达五原西北四十里的陈旺圪旦一带，新三十一师、新三十二师到达五原西云贵圪旦至什巴圪图地区，骑七师一部分到达乃马召地区。

傅作义将军命令，各部于 3 月 20 日夜 12 时同时开火，向五原新旧城及外围各据点发动进攻。

霎时，掏心突击队由五原城东南突入城内，向日寇司令部及附近部队发起袭击，孙兰峰师长和徐子珍副旅长指挥的新三十一师附五临警备旅，由城西突入城关，攻击旧城义和渠及西关、黑头圪旦之敌；新三十二师附山炮营由五原城北攻击旧城及广盛西、前后补红之敌；一〇一师三〇二团团长郭景云率部歼灭二财主圪旦守桥之敌，破坏桥梁，阻敌增援部队。其余部队驱除梅令庙之敌后，向五原城及乌加河桥扩展战果。

我军迅猛地攻入五原县城，霎时全城雷动，日寇还在睡梦之中，我军即将手榴弹投入到他们的住室内。日寇有的未穿上衣服就被炸死在床上，有的向外逃窜，一出门就被我官兵用刺刀刺死，或用手榴弹炸死。激战三个多小时，我军即攻占了城内实验小学、粮库、屯垦合作社弹药库、皮毛店、谭统领公馆、直鲁豫公馆、耶稣堂、天主堂等多个日军据点。还剩屯垦办事处和平市官钱局两处据点没有攻克。

这时东方发亮，日寇飞机飞临上空，低空盘旋。但我军攻占各据点后没有扯下日本太阳旗，敌军辨不清该往哪里投弹，反而把炸弹投向了赶来增援的伪军守备队，把他们炸散了。

到 21 日凌晨，义和渠以东的日寇及伪军，大部分被消灭，其余多逃往屯垦办事处和平市官钱局两个据点。我掏心突击队曹子谦副司令率部攻打平市官钱局，阎梦云营长率部攻击设在屯垦办事处的日军司令部。因敌人构筑有坚固的防御工事，战况十分惨烈。阎梦云营长头部中弹阵亡，但部队攻势不减。掏心突击队安春山司令又令刘惠发营长率部攻击。上午八时许，敌机又来了十余架，先向城外我攻城部队投弹，后又向城内投弹。龟缩在平市官钱局和屯垦办事处两个据点的部分日军，端着刺刀出来反攻，被我官兵以手榴弹打了回去。日寇仍死守这两个据点，我官兵奋不顾身，冲杀五六次，终未攻克。

在掏心突击队进攻五原新城的同时，新三十一师附五临警备旅贾宴如团，由五原城西进攻西关和黑头圪旦两个重要据点。敌人凭借坚固工事和障碍物，以炽盛火力，阻止我军进攻。我官兵用黄色炸药爆破院落墙壁，反复冲击，到 21 日早晨，攻下了日军西关和黑牛圪旦两个据点。战斗中贾宴如团长阵亡，官兵伤亡亦众。但该团仍士气旺盛，继续攻击义和渠以西之敌，到 21 日午后将该地区日寇和伪军肃清。

新三十二师于 3 月 20 日凌晨 2 时，由五原城西北开始进攻，以九十四团附九十五团赵寿江营进攻五原旧城及前后补红。至 21 晨，将前后补红敌人击溃，赵寿江营长阵亡。九十五团由西边进攻广盛西，伤亡甚重。夜间，总预备队三〇三团团长宋海潮派第八连由广盛西东边协同进攻，一直到21日中午，我攻城炮兵向据守广盛西敌人展开炮击，宋海潮率全团参战，终将敌人击溃。我九十四团占领了五原旧城。此战中袁庆荣师长负伤。

新城的战斗仍在继续。3月22日中午，按傅作义将军指挥，新三十一师主力与掏心突击队会师。傅将军又派参谋人员率跑兵第三营赶来增援。步炮兵协同作战，终于3月22日下午，攻克了日寇最后坚守的平市官钱局和屯垦办事处两个据点。日军大部分被击毙，少数被俘，水川中将、金藤少将等逃窜出城。

至此，我军收复了五原城。

在我军攻打五原县城的同时，负责打援的董其武师的三〇二团，和由包头、固阳增援之敌在乌加河桥展开激战。因包五公路被我军民放水淹没，桥梁破坏，敌急于渡河，使用六架飞机配合重炮向我轰炸扫射，步兵在炮火掩护下反复冲锋，战斗极为惨烈。攻城开始，傅作义将军命令董其武率三〇一团、三〇三团去乌加河增援三〇二团，合击援敌。21日下午，敌援军先头部队乘百余辆汽车由包头到万和长陷入泥泞地带，行动困难，被我新六旅迎击。21日午夜，敌援军到达乌加河，发现桥梁已被毁，企图强行架设浮桥渡河。三〇二团立即向敌发起猛攻，以密集的火力阻敌架桥。敌不能过河救援五原之敌，而自己也陷入绝境，于是集中所有炮火轮番向三〇二团射击。董其武率三〇一团、三〇三团赶到后，组成交叉火力网，结合大炮轰击，使乌加河彼岸的援敌退回到折桂乡乌拉壕地区。

敌军几路援敌，源源不断地自东而来，麇集在乌加河及乌拉壕北岸的狭长地带，前进不得，乃以数十门大炮疯狂轰击我三〇一团阵地。天空有十余架飞机，配合轰炸，攻势猛烈异常。霎时我方阵地天昏地暗，随着巨大的爆炸声，不断掀起一股股冲天水柱和滚滚烟雾。三〇一团官兵伤亡很大，团长王建业负伤，前来增援的三〇三团团长宋海潮身中三弹，肠子流出，仍然不下火线。董其武师就是这样在五加河畔与敌人激战三昼夜。傅作义将军认为该师阻击任务已圆满完成，五原新旧城已攻克，继续与援敌血战已无必要，遂下令撤出战斗，随主力部队向西转移。

从五原逃出的水川中将及其随行的警务官池田浜崎、特务人员内久保作等百余人，逃至乌梁素海西岸，前有地方游击部队阻截，后有骑兵追剿，在刘家窑子附近大部被歼，或淹死于乌梁素海中，少数逃窜。

汉奸王英逃至西山嘴，被守备该地之新五旅安华亭放走。安华亭原为王英部下，1936 年百灵庙大捷时反正。事后傅作义将安华亭交军法处查办。

城内我军利用 22 日、23 日、24 日三天的时间，将五原日军仓库的军用物资全部运出，转移到指定地点。

3 月 25 日上午，敌军在飞机的掩护下，胆战心惊地重入五原城。这时五原城居民已逃避一空，新、旧两城均成一片废墟。在游击部队不断袭击的枪炮声中，敌人惊恐万状，慌忙寻得日寇战死者尸体数百具，泼洒汽油堆积焚化，而后携带骨灰仓皇逃走。

五原战役，我军取得了巨大胜利。在这次歼灭战中，共击毙日酋大桥大佐、特务机关长桑原中佐及其他特务官员约三百人，日兵一千一百人；毙伤伪蒙军三千余人。生俘日军指挥官观行宽夫、警务指挥官浅沼庆太郎、西天信一等五十余人，俘伪蒙军和伪军一千八百余人；缴获各种炮三十余门，汽车五十余辆，轻重机枪五十余挺，步枪三千余支，毒气筒一千多个，电台两部，以及橡皮船和其他军用物资，击坏、焚毁敌武器装备等不计其数。

五原战役胜利的消息很快传遍全国，报刊称之为“五原大捷”，全民振奋，举国欢欣。时国民政府最高军事当局颁最高荣誉之“青天白日勋章”给傅作义。傅作义将军却回电恳辞。他说：“凡作战荣誉，必归于全军，不容为个人所有。”电文中亦提及各民众奋勇杀敌，抗战工作人员之勤劳奋战。

1940 年 8 月，傅作义将军在陕坝举行隆重的庆功嘉奖大会。会场上悬挂着大幅标语：“五原战役的胜利是军民合作的胜利！”“五原大捷是士气旺盛的胜利！”“五原大捷是贯彻命令的胜利！”参加会的除傅部立功将士，还有群众英雄二百多人。他们戴着大红花，受到傅作义将军的接见和嘉奖。

奋勇抗日的河套民众

绥西抗战所进行的奔袭包头、会战绥西、收复五原三次战役的胜利，是傅作义将军指挥官兵浴血奋战、英勇杀敌的胜利，也是广大民众同仇敌忾、有力配合的结果。

傅作义将军对共产党广泛发动群众投入抗战的路线十分认同并努力效仿。他率部移驻河套，决心以此为阵地抗击日寇，首先学习共产党的经验，举办了“抗战建国讨论会”，统一官兵和地方各界人士团结抗战的思想，激发人们的爱国热情，树立抗战必胜的信心。接着成立动员委员会，深入到群众之中开展广泛、深入的抗日救亡宣传发动，并建立了战时所需要的通信网、救护队、担架队、盘查哨及支前物资供应等群众组织，在城乡营造出一派全民抗战的浓厚气氛。这为绥西抗战胜利打下了良好的群众基础。

另一方面，是日寇烧杀抢掠的暴行，激发了人民群众的满腔愤怒。历数日寇在绥西犯下的侵略罪行，真是罄竹难书。

1937 年秋季至 1939 年 8 月，日军三次出动飞机轰炸五原，造成数百人伤亡。

1938 年 4 月，日军入侵大佘太，惨杀四五百人，制造了尸体成堆、血流成河的悲惨景象。

1940 年间，日寇先后在狼山南麓、乌加河北一带的郝拴保圪卜、四牛头圪旦、三柜村、刘蛇村等村子，五原县乃马召、新公中等地烧杀抢掠，屠杀数百人；光天化日之下奸淫妇女，连七十岁的老妇也不放过；还有四岁的孩子被日寇刺刀挑死。

面对着日寇野兽般的罪恶暴行,群众恨得咬牙切齿,他们怀着满腔怒火,投入奋勇杀敌和支援前线的战斗中。群众和军队配合,形成了人民战争的汪洋大海,这是绥西抗战取得胜利的决定性保证。此过程中涌现出了不少民众抗战英雄和许多感人至深的事迹。

1940 年春节期间,正是会战绥西打得最艰苦最激烈的时候。日本侵略军凭着装备优势,相继占领了河套的五原、临河、陕坝几个主要城镇和公路沿线一些大的村庄。傅作义将军指挥部队,有计划地转进狼山南麓和黄河沿岸沙漠地带,与敌开展游击战。这时粮食补给发生了困难,官兵们多用糜米稀饭充饥,坚持对敌作战。孙兰峰师七个连驻在乌加河岸边的苗得雨圪旦,村民苗得雨老汉见抗日官兵昼伏夜出,行军打仗,生活极为艰苦,便宰杀了自家的羊,挖出窖藏的小麦,拿出三千斤羊肉和数千斤白面,请抗日官兵吃饺子过新年。当官兵向他表示感谢时,他说:“我不给咱们的部队吃了去打日本,难道留着等日本人吃了打中国人吗?”这些朴素的语言,包含着多么高尚的民族精神！战后,傅作义将军指示如数偿还苗老汉的粮食和羊肉。

安北县有个农民叫安礼,一贯省吃俭用,一双鞋子随破随补,八年舍不得扔掉。多年来他积蓄了大量粮食。当知道抗日部队缺粮时,主动找县长乔学曾表示,如今大敌当前,支援抗战,愿将自己积蓄的三万斤糜子全部献作军粮。傅作义得知后非常高兴,对安礼这种仗义疏财、支援抗战的爱国行为,在许多会议上给予表扬并传令嘉奖。军民听了无不为之感动。后来有一些人学习安礼,如安北的王四献出炒米六千斤,临河的李仁甫献出小麦六万斤,表示爱国之心。

在会战绥西和收复五原的战斗中,傅部伤亡甚重,运送伤员的任务繁重又迫切,原由青年男子组成担架队,已不够用。群众得知这种情况后,一些妇女自动组织起救护队,冒着枪林弹雨,不顾个人安危,从阵地把伤员一批批抬下来。临河百川堡有个刘大娘,是个小脚女人,也带着几个妇女上前线给战士送水送饭,救护伤员。正在浴血奋战的官兵见此情景,感动得热泪盈眶,受到很大鼓舞。

还有一段更为感人的民众救护伤员的事迹。

董其武师三〇三团团长宋海潮,在五原战役中不幸连中三弹,腿部、腹部七处受伤,大肠外露,流血过多,昏倒在阵地上。部队认为他已战死,在转移阵地时情况紧急,未及清理。战斗结束后,当地农民刘大宽回家路过沙畔,见横躺竖卧的尸体中有个人在抬手，便走上前去，见此人还活着，立即把他背进渠壕里隐藏起来，扯下衣襟包扎了他弹穿大肠的伤口，又脱下皮袄盖在他的身上。刘大宽赶忙回村找到村里唯一留下来的男人郭四毛旦，两人匆忙赶到渠畔将人背回。经过精心护理，后来转送军医院治疗，宋海潮得以起死回生，返回部队。宋海潮此后改名“再生”，以铭记河套乡亲的救命之恩。

更有一些民众，怀着对日寇的刻骨仇恨，配合部队的军事行动，抓住一切机会，凭借果敢和智慧，英勇杀敌。

1940 年 1 月 26 日，会战绥西中，日寇一架敌机坠落在临河县世成西东北约八九里外屯垦九连驻地，附近群众不约而同，手持铁锹从四面八方赶来，包围了飞机。日军两名驾驶员，一名被群众用铁锹劈死，另一名在恐惧中自杀身亡。

在抗击日寇的战斗中，五原县三区动委会组织的游击队，乘敌不备发动袭击，缴了一股日伪军的枪支，并消灭敌军十余人。

绥西战役时，日本侵略军为铺平进犯河套的道路，先派工程兵在乌拉壕架起了桥梁。我五原平元乡乡长薄根长带领农民蔡月红、戴义礼、樊七、李登云等人，乘夜幕掩护，前去毁掉了日寇架设的桥梁，并掘开了乌拉壕堤坝，淹毁了周边的道路，从而迟滞了敌人的行动，为我军阻击敌人赢得了时间。

1940 年 3 月，在傅作义将军指挥部队收复五原的战斗中，敌人被打得狼狈逃窜，部分日军逃出五原县城，窜到义和原渡口欲渡河逃命。这时，薄根长及船主杨双红、刘五等人，已把唯一的一只摆渡大船藏匿在河北岸的苇林之中。这正是黄河流凌时节，有的日军在后有追兵前无渡船的情况下，仓皇中想冒险过河，刚下到河里，便消失在湍急的河水中。其他日军见此情景，慌忙调头四处逃窜。

有八个日军在夜幕掩盖下逃到了一个名叫金先生圪旦的村子，闯进了王大老虎家。他们又累又饿，进家后，就“哇啦哇啦”叫着，比画着要吃的。王大老虎和王二老虎兄弟俩一商量，认为这是个杀敌的机会，两人就开始杀鸡备酒，假意款待。然后乘日本兵酒足饭饱入睡时，收其枪支，然后协同邻人用菜刀、铁锹，将日兵全部砍死，割下首级连同枪支装进麻袋，一并送交董其武一〇一师三〇一团。

另有一伙日伪军逃到五原马六一圪旦，也被群众包围起来，挥舞铁锹砍杀了十几个，只有少数几个逃跑。有个日本鬼子偷偷潜入银瑞桥农民王红有的凉房躲藏，被王红有发现，他扔进了一颗手榴弹将鬼子炸死。还有两个鬼子惊慌中闯入五原某村一民房，这家一位中年妇女，举起菜刀左杀右砍，将鬼子杀死。据统计，日伪从五原败逃中，仅被各地群众诱杀、打死和赶进乌梁素海淹死的即近千人。

在整个绥西抗战三次战役中，为帮助部队解决通信联系，群众组成了通信网，巧妙地用鸡毛信等方式，日夜传递情报，帮助部队掌握敌人的动态，使傅部能够及时进退，结集兵力，对敌组织有效的袭击。而由于动委会组织群众空室清野，严密封锁消息，致使日军对我军的活动茫然无知，盲人瞎马一样东冲西撞，处处挨打，疲于奔命。一天，日军抓住了卜碾房农民柴桂森，威逼诱使他为他们带路，去攻打我军主力。柴桂森愤怒之中将计就计，假意答应为敌带路，把日军引进我军的伏击圈里。我伏兵四起，把敌人打得抱头鼠窜，落花流水。

广大民众参加抗战，如同布下了天罗地网，让敌寇难以逃脱灭亡的命运。

1940 年秋，日寇飞机空袭陕坝，傅部侦察总队押着三个日本俘虏浅召、平仓、马志达，在陕坝郊外防空时，俘虏们乘隙逃跑了。傅作义闻讯甚为震怒，立即下令军警追拿，并令动委会利用民众组织协助捉拿日俘。当时是下午 3 时许，到晚上 10 时左右，就由渡口搬船的老汉送回逃跑的日俘一名；不到十八个小时，另两名日俘也由老乡们押送到陕坝。傅作义为此召开民众大会，表扬了动委会，奖励了逮捕日俘的老乡们。

由于河套民众在绥西抗战中的特殊贡献，1940 年 8 月，第八战区副长官司令部在陕坝举行庆功大奉时，会场内悬挂着一条醒目的大字横幅标语；“五原战役的胜利是军民合作的胜利”。大会特邀请群众英雄二百多人参加并嘉奖，其中薄根长、王大老虎、王二老虎均被授予“抗日民族英雄”称号。

乌镇之殇

河套平原南临黄河北靠山，山是阴山山脉的两狼山。两狼山间有个山口叫乌不浪口，是连接、贯通山北乌拉特草原和山南河套平原的一个重要的山口。乌镇即在山前乌不浪口东南不远的地方。距乌镇三千米还有个大村子叫乌兰敖包。乌镇的历史起自民国初年。

中国民国成立后，喀尔喀蒙古活佛哲布尊丹巴唯恐失去蒙古王公的封建统治地位，在沙皇俄国的怂恿和支持下，派军队持俄式枪炮，分三路向内蒙古进攻，其西部即越过乌拉特草原，从乌不浪口入侵，攻占了乌兰敖包和大佘太。河套大地主王同春率民团配合晋军第九师某营，击败了蒙古军的进攻。为防蒙古军再次入侵，萨拉齐知事王建屏通过王同春选址，在河套为晋军修建了驻军营地，地址就选在了离乌不浪口不远的乌兰敖包附近。

因这里连着山前的农区和山后的牧区，又靠近通往东南西北四个方向的交通要道，直通蒙古的大库伦（乌兰巴托），自建起军营后，人口渐多，一些经商者看准了商机，先是来这里开了些杂货铺，后来新建或从隆兴长等地迁来了多家商号，经营以皮毛为主的生意，渐渐形成了一个较大的集镇。因为这地方临近乌兰敖包，就叫成了乌镇，还有“乌镇即乌兰敖包”“乌兰敖包即乌镇”之说。其实这不准确，因为在原军营旧址上形成的乌镇，距原乌兰敖包村子尚有三千米距离。到抗日战争前夕，乌镇已有天瑞德、广盛西、万和长、乾丰号、德丰号、如意堂等二十八家较大商号，有二十几家杂货铺，还有旅店、饭馆等服务设施。这里成了蒙古与后套、包头、归绥等地的商品流通纽带和交易中心，蒙古商人来这里出售牲畜、绒毛、皮张，换取粮食、布匹、日用品等，常年商贾云集。由此乌镇成了人气旺盛、商业繁荣的绥西名镇,一时比古镇五原县城隆兴长还显繁华。居民亦发展到一百五十多户,两千多人。商号们每年还组织“花会”——相当于河套地方后来的交流会,除集中地进行物资交流,还请戏班子唱戏,各类艺人也来此卖艺,十分红火。

抗日战争时期,这里成了日军入侵河套的首当其冲的军事要地。

1939 年 1 月 31 日(农历己卯年腊月二十三),日寇黑田部侵犯绥西,以重兵攻破乌不浪口,入侵乌兰敖包、乌镇和四义堂一带,烧杀抢掠,并施放毒瓦斯。之后两天,连遭傅作义抗日部队截击,伤亡惨重。后日军又在五原激战中失败。

日军并不甘心失败,为对河套抗日军民实施报复,1942 年 5 月 11 日,日寇出动二十多架飞机,配有汽车、装甲车、坦克、大炮,打着黑色复仇的旗子,再次从乌不浪口入侵,直逼乌兰敖包,继而攻占了距乌兰敖包十里的四义堂,然后架起大炮向乌镇发动猛烈攻击。5 月 12 日夜间,日寇击退了傅作义部驻乌镇守军一〇一师三〇三团,进入乌镇,开始了更为凶恶疯狂的报复性的灭绝人性的烧杀抢掠。霎时整个乌镇火光冲天,浓烟滚滚,一夜间有二百多间房屋被烧毁。

1942 年 5 月 13 日上午 9 时许,日寇在乌镇的关帝庙前开始了大屠杀。鬼子兵把抓到的老百姓关进关帝庙里,一个一个往出拉,拉出一个用刺刀刺死一个,霎时血流成河。这天上午,日寇在乌镇杀害的中国百姓计六十六人。幸存者几十年后回忆往事,能记起名字的有皇甫三、皇甫文明、王蛇小、王柱小、周来维、李五十九、许黄毛、薄福治、常三、董三后生、黄三、史孔云、刘蛇、史明驹、王丑丑、德胜、丁二友、卜银浪妻子、张花女等。其中年龄最长的六十五岁,最小的张花女十五岁。有人被杀后,尸体被鬼子扔在了庙院内的水井里。薄银禄的妻子因患重病不能逃跑,藏在菜窖里,被鬼子发现后用刺刀刺死;闫存志老汉半身不遂,躲在小凉房里,被鬼子浇上汽油,活活烧死;一看庙的道人因阻止日军烧庙,被鬼子刺了二十多刀,惨死庙院内。还有几个外地来的商人,也在这里遭到残杀。被日寇杀害的还有四义堂的任和、任满满、任三毛三兄弟、二锁全兄弟二人、王存柱、二张锁、张二板头、杨万明等。任三毛妻子被日寇轮奸后得了精神病致死。新中国成立后,成为著名劳动模范、被誉为农民育种专家的梁来有的大女儿梁梅女,也因在日寇的屠杀中受了惊吓而病死。在乌兰敖包被鬼子用刺刀刺死的有杨二红、康吉等人。还有的人,如乌镇的蔡有善、高满车,虽挨了鬼子的刺刀,但没有被刺到致命处,一个腰部中刀,一个被砍掉了一只耳朵,待日寇撤走后乡亲们回来认领尸体，在关帝庙院内水井旁的尸堆里发现了他们，得以幸存。还有两个人挨了鬼子刺刀后昏死或装死倒地而得以幸存。一个叫张存官的人藏在庙内神像后，没被鬼子发现而保住了性命。一个叫张二旦的，鬼子要杀他时，他扯下搭在肩上的一件衣服，狠狠地向鬼子脸上抽去，然后撒腿就跑，鬼子朝他开枪射击而没有打中，他凭着自己对地形的熟悉保住了性命。

日本鬼子在乌镇见人就杀，见房就烧，见东西就抢，穷凶极恶，见了牲畜也杀，直杀得鸡犬不留。

这一天，傅作义调动兵力，向乌镇日寇发起反攻，致敌死伤二百余人。敌寇下午撤离乌镇，其联队长被击伤，撤退途中毙命。

日寇撤离乌镇时，施放了一种莫名的毒物，十几天后这里出现了一种比苍蝇略大的飞虫，叮咬人畜如针扎，血滴不止，后在叮咬处形成硬的肿块。牲畜被叮咬后狂奔乱跳或倒地打滚。当地人从未见过这样的飞虫，因为飞虫的两翅上各带有一个“日”字，所以认定是日本鬼子施放毒种而形成的，人们叫它花翅子。直到 1945 年日本投降后，这种飞虫才日渐减少，到 1948 年绝迹。

1942 年 5 月 13 日的浩劫，把兴起之中的乌镇彻底摧毁了。日寇入侵时外逃得以保住性命的人们，回来找到并掩埋了死者的尸体，之后有的投亲靠友搬走了，有的搬到四义堂去住。四义堂的房子多是那种半在地上半在地下的茅庵，当地人称“地卜洞”，也许是日寇没看在眼里，多数没被烧掉。

自此，曾经繁华的乌镇连同乌兰敖包成了一片废墟，一片荒野。那里留下的是日本侵略者在河套土地上实施杀光、烧光、抢光的“三光”野蛮罪行的铁证。新中国成立后，四义堂改名灯塔，寓意光明，人民公社时叫灯塔大队，后叫灯塔村。

结 语

傅作义将军绥西抗战,首先通过举办抗战建国讨论会,成立绥远省动员委员会,以政治工作手段,在军民中进行思想动员和组织准备,然后实施军事,连续发动了奔袭包头、会战绥西、收复五原三次战役,取得了重大胜利。这是傅作义将军坚持国共合作、团结抗日正确方针的胜利,是傅作义将军善于运用远距离奔袭和用突击队突然插入敌人心脏的掏心战术的胜利,是广大官兵浴血奋战、英勇杀敌的胜利,也是军民合作形成的人民战争的胜利。

傅作义将军指挥绥西抗战取得了重大胜利,在中国人民抗日战争历史上写下了重要的一页。更重要的是,1949 年傅作义将军率部起义,对北平和绥远的和平解放做出了重大贡献。新中国成立后,傅作义曾任中华人民共和国水利部长、水利电力部部长、国防委员会副主席、中国人民政治协商会议第四届全国委员会副主席。

绥西抗战的战将董其武师长和孙兰峰师长,后来分别出任国民党绥远省政府主席和兵团司令官。在傅作义将军的影响下,1949 年 9 月 19 日,他们在绥远率部起义,实现了绥远省的和平解放。新中国成立后,董其武于 1951 年率部抗美援朝,任中国人民志愿军二十三兵团司令员,1955 年被授予上将军衔和一级解放勋章,曾任中国人民政治协商会议第五届、第六届副主席。孙兰峰在新中国成立后曾任绥远省人民政府副主席、绥远省军区副司令员、内蒙古自治区人民政府副主席。

在我们回顾河套抗战历史,肯定和称颂傅部绥西抗战取得三次战役胜利的同时,也应知道战斗的艰难和惨烈,还应记住一桩令人痛惜的往事。那就是

1942年3月，正当傅作义在陕坝培训干部、重划地盘，准备在河套实行新县制时，日寇举重兵再次从乌不浪口入侵，向乌镇、乌兰敖包、四义堂一带发动突然袭击，两天内杀死我同胞六十六人，烧毁几十家店铺和几百间房屋，将镇内的财物抢掠、烧毁一空。从此，一个绥西名镇被日寇烧光、杀光、抢光了。这是河套历史上一次重大的惨痛的事件，应当载入史册，世代铭记，以史为鉴，面向未来。

第九章　民族英杰

“红党”创始人恩克巴雅尔

早在1919年，就有一位蒙古族青年开始在内蒙古西部的乌拉特草原传播马克思列宁主义，1921年建立了草原上第一个革命组织“乌兰纳明乌日”（红党小组）。这个蒙古族青年的名字叫恩克巴雅尔。

一

恩克巴雅尔，又名金安喜，1902年生于内蒙古乌拉特西公旗阿拉塔庆苏木（今乌拉特前旗白彦花苏木）毕力照海陶斯烘（村）一个贫苦牧民家庭。他从小聪颖好学，在老师的精心培育下，十几岁就掌握了蒙汉两种文字。他十三岁到十八岁，先后在旗府任见习文书、文书和师爷（文书长）职务。其时旗府每逢和汉族同胞打交道，多由他出面。他为人忠厚朴实，办事公道，深受蒙汉人民的喜爱。

1911年，孙中山领导的辛亥革命推翻了清朝的封建统治，一股向往民主和自由的革命洪流席卷了中华大地。随着一些宣传进步思想的报刊在草原上流传，少年恩克巴雅尔的思想深受影响。1915年袁世凯与日本帝国主义签订了丧权辱国的“二十一条”不平等条约，其中有五条直接关系到内蒙古人民的切身利益，如允许日本帝国主义在内蒙古东部地区享有经商、开矿、修筑铁路等种种特权，等于让日本帝国主义把持了内蒙古地区的经济命脉。这让恩克巴雅尔产生了对祖国和民族命运的深深的忧虑。

1919年初，恩克巴雅尔奉旗府札萨克诺彦之命前往北平蒙藏院任文书。

他在这里第一次听到“马克思主义”“俄国十月革命”“无产阶级”“阶级斗争”等新鲜名词和革命理论。那时中国社会,正处于一个风云激荡的大变动时期。李大钊自1918年7月以来在报刊上发表的《法俄革命之比较观》《庶民的胜利》《布尔什维克的胜利》《我的马克思主义观》等宣传马克思列宁主义和俄国十月革命的文章,恩克巴雅尔都一一仔细阅读,这对他世界观的形成影响很大。上海、天津等地工人罢工运动及学生运动的兴起,更使恩克巴雅尔看到了中国革命的希望。

恩克巴雅尔在北平蒙藏院工作期间,因工作关系经常去蒙藏学校。这里是当时蒙古族青年比较集中的地方。在他与蒙藏学校进步师生交往的过程中,有机会看到了《新青年》《每周评论》《新潮》等进步刊物,亲耳聆听了一些爱国知识分子宣讲马克思列宁主义的理论,使恩克巴雅尔进一步开阔了眼界,提高了认识,坚定了对为祖国民族的解放和繁荣发展而斗争的信心。

1918年第一次世界大战结束后,战胜国于1919年1月在法国召开了所谓巴黎和会。中国以战胜国的身份派代表出席会议。但和会在美、英、法帝国主义操纵下,不仅拒绝了中国人民维护国家主权的正义要求,还决定由日本接管德国在山东的各种特权。反动的北洋军阀政府竟然准备在“和约”上签字。消息传来,举国震惊,群情激愤,1919年5月4日,北平爆发了反帝反封建的五四运动。恩克巴雅尔和在北平的蒙古族青年一道,参加了爱国学生的示威游行活动,他们高呼着“取消卖国的‘二十一条’”“外争国权,内惩国贼”“誓死收回青岛”“拒绝和约签字”等口号,同反动军警展开了殊死的斗争。

1919年冬,恩克巴雅尔从北平返回乌拉特西公旗。他在广大贫苦牧民中宣传俄国十月革命和我国的五四运动,广泛传播马克思列宁主义思想,深刻揭露帝国主义和反动军阀政府相互勾结、狼狈为奸、出卖和损害蒙古族人民利益的丑恶行径,号召广大群众开展反帝、反封建和反对军阀统治的革命运动。

二

1920年秋天,恩克巴雅尔以朝拜蒙古活佛哲布尊丹巴·呼图克图的名义,赴蒙古进行考察。在那里,他了解到世界第一个社会主义国家苏联在十月革命后所发生的重大变化,也了解了蒙古在苏联影响下开展革命斗争的情况。在马克思列宁主义革命理论的启发下，他产生了一个想法，即要实现内蒙古人民的革命，需要建立一个牧民阶级的组织，发动和组织广大牧民参加革命斗争。

1921 年初春，恩克巴雅尔回到家乡，参加了旗府衙门例行的一年一次的开印典礼。此时全旗的大小官员及二十四座寺庙的大喇嘛云集一堂，商讨全旗的公务大事，还举办那达慕大会。恩克巴雅尔利用这个机会，秘密地在一些好朋友和穷苦牧民中介绍了苏联实行社会主义制度的情况，向大家宣传了列宁关于建立无产阶级政党的思想，号召大家团结起来，为改善自己的社会地位和生活条件而共同奋斗。

1921 年夏，恩克巴雅尔等五人，在阿拉塔庆苏木巴音宝力格村的恩克巴雅尔家中正式建立了乌拉特草原上的第一个“乌兰纳明乌日”（红党小组）。恩克巴雅尔任组长。他向大家宣布了这个组织的奋斗纲领，即在内蒙古地区推翻封建制度，建立没有压迫、没有剥削、人人平等的社会，就像苏联那样，劳动人民当家做主人，过幸福的生活。

为了扩大党的组织，恩克巴雅尔跑遍了乌拉特草原，在各个浩特（村庄），从贫苦农民中吸收了一批党员。经过一段时间的努力，乌拉山前后都建立起了红党的“乌日”（小组）。

在发展红党组织的同时，恩克巴雅尔还组织广大贫苦牧民同封建王公札萨克展开了反卖地放垦的斗争。当时，广大贫苦牧民最痛恨的就是封建王公贵族勾结军阀政府卖地放垦，致使草场减少，草原沙化，广大牧民一天天、一步步地被迫到那些荒山野岭和沙漠之中，过着更加贫困的生活。1923 年，乌拉特西公旗札萨克贺喜格德力格尔不顾牧民的死活，与军阀政府勾结妄图放垦敖尔布格（今乌拉特前旗大佘太乡南昌一带）的牧场。恩克巴雅尔发动群众采取“独贵龙”运动方式，以红党党员为骨干，以高乐乌素（居住的山沟）为单位组织起十几个“独贵龙”，特别是塔拉布隆、德波色格、希来庙、温得尔宝日等地的“独贵龙”组织，斗争最为坚决，最终取得了胜利，保护了广大贫苦牧民的利益。

在反放垦斗争的同时，恩克巴雅尔组织群众进行了夺取政权的尝试。当时，身居西公旗札萨克诺彦之位的人投靠军阀政府后，不仅骑在全旗人民头上发号施令，作威作福，还经常到包头、归绥、北平等地游山玩水，沉湎于酒色，而把旗政大权旁落到旗府协理等贪官污吏手中。他们对上阿谀奉承百般讨好，而对广大牧民则是敲诈勒索、为所欲为，并用搜刮来的民脂民膏在包头修建豪华的府宅。根据这种情况,恩克巴雅尔决定组织群众夺取旗府衙门的大印。他事先发动“独贵龙”成员和红党的党员,摸清了札萨克诺彦的行踪,发动突然攻击,迫使他们交出了旗府大印。此举沉重打击了封建王公贵族的威风,大长了贫苦牧民的志气。

清政府为了限制蒙古族人口的发展,在内蒙古地区大肆推行喇嘛教,一方面让一些男壮劳力入庙当喇嘛以减少人口的增长,另一方面利用宗教麻痹蒙古族人民的斗志。在乌拉特西公旗设立二十四座寺庙,规定牧民凡有两个儿子的必须有一个去寺庙当喇嘛,有五个儿子的必须有两个当喇嘛。而各寺庙拥有清政府赋予的各种特权,旗府衙门无权过问。寺庙的小喇嘛都是贫苦牧民的子弟,他们在政治上无人身自由,生活上也很贫困。针对这种情况,恩克巴雅尔深入各寺庙,在那些贫苦喇嘛中进行革命宣传,号召他们冲破宗教枷锁的禁锢,重新安排自己的生活。在恩克巴雅尔的启发和带动下,许多喇嘛都站到了群众斗争队伍的行列。后来恩克巴雅尔组织革命武装时,竟有三十多名喇嘛报名参加了他的部队。

1924 年 1 月,恩克巴雅尔作为乌兰察布盟盟长的随员前往广州,参加国民党“一大”。那时结识了一些中共党员及进步人士,进一步了解了当时国际和国内的形势。回到乌拉特西公旗之后,他积极宣传和贯彻孙中山先生提出的“联俄、联共、扶助农工”三大政策,为建立民族统一战线做了大量的工作。

当时内蒙古西部地区,不但在政治、经济等方面非常落后,而且在文化方面也同样落后。乌拉特西公旗识字的人寥寥无几,全旗仅有几处私塾,学生不过十几人,且大多是有钱人家的子弟。为从发展教育入手推进草原牧区的革命,1924 年初,恩克巴雅尔等人联合发起了创办学校的建议。1925 年,乌拉特三公旗学校在包头马王庙正式建立,学校招收的学生除三公旗官员的子弟,还吸收了许多贫苦牧民的子弟。恩克巴雅尔曾亲自担负一段时间的教学任务,他用通俗易懂的事例给学生们讲述了祖国的历史及当时正在兴起的社会革命,介绍俄国十月革命及正在进行的社会主义建设。在他的影响下,许多学生后来都走上了革命道路,为内蒙古自治区的建设和发展做出了应有的贡献。

三

1924 年夏,恩克巴雅尔等人打扮成化缘的行脚僧,再次前往蒙古。到乌兰巴托后，他们与蒙古人民革命党取得了联系，并通过该党负责人的介绍，接触了驻蒙的苏联代表。后通过苏联代表介绍，恩克巴雅尔从蒙古去苏联，找到了共产国际的负责人。

恩克巴雅尔向共产国际负责人说明了来意，共产国际负责人赞扬并支持了他们向往和追求革命的精神，说明共产国际已经派维经斯基去了北平，今后有什么事可联系他。并说还准备在1925年给内蒙古地区派三名顾问、一名翻译和赠送五百支枪，要恩克巴雅尔届时去包头接头。同时向恩克巴雅尔指出：国共很快就要北伐，北洋军阀被消灭后，中国要建立新的人民政权；内蒙古与蒙古不一样，不能独立；内蒙古地区的红党，应与中国共产党取得联系，服从中共的领导。

恩克巴雅尔从苏联回到乌兰巴托。1925年春节后，蒙古人民革命党派出两名同志，到内蒙古地区帮助开展革命活动。他们由恩克巴雅尔带路乘汽车来到了内蒙古。

1925年10月，在共产国际和中国共产党的积极支持和指导下，内蒙古人民革命党在张家口召开第一次代表大会。大会明确了内蒙古人民革命的任务，通过了成立内蒙古人民革命党的决议和宣言，制定了党的反帝反封建的纲领，选举了党的中央领导机构。年底，恩克巴雅尔及其领导下的西公旗的红党组织，加入了内蒙古人民革命党。

1926年8月，内人党中央迁往包头，开展党务活动，发展党员，扩大组织，宣传党的纲领和主张。当时，内人党在伊克昭盟的活动主要由锡尼喇嘛负责，乌兰察布盟由恩克巴雅尔负责。

恩克巴雅尔等人，当时主要以乌拉特西公旗为活动中心，通过重点培养，先后发展了十几名思想进步、倾向革命的蒙古族青年加入了内人党。

恩克巴雅尔为人正直、学识渊博，很受人们的尊敬。他提出的一些主张，人们比较容易接受。西公旗的红党组织归入内人党后，他根据党纲的规定，在西公旗内部开始实行某些社会改革，基本上都取得了成功。例如他把自清朝入关以后在盟旗地区实行封建王公札萨克体制改为旗长制，把全旗最高行政长官的世袭制改为民主选举制，在旗府衙门内废除了等级森严且又烦琐的跪拜礼；实行不论大小官员见面均互相握手问好，互称“诺和日”（即同志）。在社会风俗方面，他鼓励人们提倡男女平等，动员男子剪掉辫子，支持妇女参加革命，实行婚姻自由;喇嘛可以还俗结婚,参加劳动生产;废除各种封建徭役,禁种和禁止吸食鸦片,保障人民安居乐业。恩克巴雅尔倡导和进行的这些改革,当然遭到了一些王公贵族的嘲笑和反对,但深受广大贫苦牧民的拥护和欢迎。

内人党中央委员会移驻西公旗后,在中央的直接领导下,恩克巴雅尔等人积极参与了内蒙古军官学校的筹建工作。从乌盟和伊盟两地招收了一批蒙古族和汉族青年,又从包头领回一批共产国际支援内蒙古革命的武器,发给学员,组织起革命武装。当时参加训练的有七十多人。

1926年秋,内蒙古军官学校在乌拉特西公旗乌日图高乐寺庙举行了隆重的开学典礼。内人党中央委员会的领导人以及共产国际驻内人党的苏联顾问、蒙古人民共和国驻内人党顾问也参加了大会并讲了话。大会任命了军校校长,恩克巴雅尔等任教官。

军官学校政治课主要讲内人党的宣言和纲领,讲当时形势,揭露帝国主义侵略中国的野心和北洋军阀卖国求荣的罪行,介绍苏联社会主义革命和建设的情况。军事课主要讲战术和射击、骑乘等训练科目。文化课同时讲授蒙古、汉两种文字。

恩克巴雅尔重点给学生们讲了国际国内的形势,介绍了自鸦片战争以来帝国主义侵略中国的罪行。他还自编了《红旗歌》给学生们教唱,歌词是:

高举红旗,振兴国家,
唤起民众,组织精兵.
兄弟盟旗,赶快联合,
执行良策,尊重民心。
高举红旗,插遍全球,
消灭敌人,寻求光明。

训练结束,恩克巴雅尔把部队带到包头。他又派人去北平与共产国际驻华代表联系。

四

内人党成立的时候,由于混进少数投机政客,如以白云梯为首的反动上层分子,篡夺了党中央的主要领导职务。因此,从建党时党内就存在着两条道路的分歧,致使党的工作受到了损失。

恩克巴雅尔与白云梯等右派进行了坚决的斗争。1926 年底内人党中央迁往银川时,恩克巴雅尔拒绝与白云梯等人一同前往,而把部队拉到乌拉特草原,利用他在那里熟悉的地理环境和可靠的群众基础,准备坚持斗争。

1927 年 8 月上旬,在共产国际代表的支持下,内蒙古人民革命党中央在乌兰巴托召开了特别会议。参加会议的除原中央常委外,还有各盟旗的代表四十多人。恩克巴雅尔因当时忙于整训部队,同时准备召开乌兰察布盟代表会,因此未能前去参加,而是委派他人参加会议。特别会议清算了白云梯等人的错误,撤销了其中央委员会委员长的职务,选举了新的中央领导机构。恩克巴雅尔虽然没有参加这次会议,但因其为革命所做的贡献和坚定的革命意志,被选举为内人党中央委员会执行委员。

会议之后,白云梯及其亲信十余人秘密回国,严密地封锁了乌兰巴托特别会议的精神,仍以旧中央的名义召开会议,公开背叛革命,投入了以蒋介石为首的国民党反动派的怀抱。

在反动势力相互勾结、疯狂反扑的恶劣环境中,恩克巴雅尔及其所领导的部队就成了敌人的眼中钉、肉中刺。西公旗协理此时也一反常态,与绥远省督统密谋要除掉恩克巴雅尔,消灭这支人民革命武装。

他们先用拉拢收买的方法,派人与恩克巴雅尔谈判,提出只要恩克巴雅尔交出所有的武器,解散部队,就可以保证其生命安全。恩克巴雅尔严词揭穿了敌人的阴谋,誓与反动势力斗争到底。

1928 年 7 月 2 日深夜,敌人向恩克巴雅尔的部队发起了突然袭击。恩克巴雅尔的部队早有准备,敌人开火后,立即进行了反击。但是由于敌方的人多、火力猛,抵挡了一阵,恩克巴雅尔看到形势不利,立即将携带的文件烧毁,指挥部队边打边撤。

通过这次战斗,恩克巴雅尔深感形势的险恶。为了保存这支革命武装,他率部在梅力更庙驻了几天后,便将部队拉到了伊克昭盟,准备同锡尼喇嘛的部队会合,坚持武装斗争。

白云梯等人叛变革命后,在伊克昭盟乌审旗勾结国民党军队残杀无辜,镇压群众,形势十分紧张。恩克巴雅尔率部到伊盟后未能和锡尼喇嘛取得联系。

在敌强我弱的情况下，为了保存革命武装，恩克巴雅尔将部队撤到中蒙边境，暂时躲避。临行之前，恩克巴雅尔回到自己家中，抱起五个月的儿子吻了吻，对妻子说："我现在就要走了，你不要难过，干革命会有牺牲的。"他看看怀中的儿子，又说："为了他们这一代能过上幸福的生活，我们只有这样豁出去干了。你好好地抚养儿子，让他长大继承我的事业。"

1928 年农历七月十六日，恩克巴雅尔率领部队从梅力更庙起程，向边境转移。

部队出发之际，梅力更庙和其他几个寺庙的几十名喇嘛前来送行，感动之中，他们突然脱掉袈裟站到了队列之中。乌日图高乐寺庙的活佛喇嘛也脱掉了身上的大红袈裟站到了队列里，他们要跟着队伍一起转移，一起战斗。经恩克巴雅尔的劝阻和寺庙徒弟的哀求方才留下来。

部队越过乌拉山，沿着明安川西行到大佘太东面的乌兰忽洞时，遇到敌方部队的阻击。双方激战了整整一天，夜幕降临后，恩克巴雅尔指挥大家冲破了敌人的包围。在这次突围中，有的战士英勇牺牲了。

恩克巴雅尔率领部队继续西进，到苏独仑忽洞的乌兰道奔时，又碰上了敌人的堵截。经过激战，部队突破了堵截，继续向边境线前进。

1928 年农历七月二十日下午，部队到达乌拉特中公旗境内的索伦山南麓恩格尔庙，恩克巴雅尔决定部队暂时休息。

反动王爷为了消灭恩克巴雅尔及其部队，他们一直派人监视恩克巴雅尔的活动，并一次又一次的围追堵截。恩克巴雅尔率部队从梅力更庙出发时，他们就派人到乌拉特中公旗与旗保安团勾结，在恩克巴雅尔部队的必经之路上设下了埋伏。他们派人化装成喇嘛提前潜入恩格尔庙内，以做围歼恩克巴雅尔部队的内应。

恩克巴雅尔的部队经过几天的长途跋涉和激战，来到恩格尔庙后已经是人困马乏，于是在庙内布了岗哨便休息了。

这天半夜时分，哨兵突然发现庙内有人走动，问口令也不答应，于是开枪警告。霎时间枪声大作，敌人包围了这座庙宇。恩克巴雅尔以前曾经到过这里，对地形比较熟悉，于是指挥大家一面反击，一面向庙西北方向的山上转移。

敌人的火力很猛，在十分危急的情况下，为了掩护部队冲出包围，恩克巴雅尔命令其他人先撤，自己留下来掩护突围。

战斗一直进行到天明,部队撤出去了,当恩克巴雅尔正要撤离之际,突然中弹牺牲。

恩克巴雅尔英勇地牺牲了。为了革命的事业,他献出了自己的生命。人民并没有忘记他的功勋,中华人民共和国成立后,内蒙古自治区人民政府授予他革命烈士的光荣称号。

恩克巴雅尔作为乌拉特草原的革命先驱,在内蒙古革命斗争历史上留下了光辉的一页。

抗日女司令奇俊峰

1937 年卢沟桥事变爆发后，日本帝国主义大举进犯华北，10 月间，归绥、包头相继沦陷。在日寇武力威胁与所谓“兴蒙”欺骗宣传的诱惑下，一些蒙旗王公贵族出卖民族利益，纷纷投靠日寇，充当了蒙奸。在民族危亡的紧要关头，乌拉特西公旗石王遗孀奇俊峰，毅然摆脱了伪蒙古联盟自治政府和伪蒙古军的控制，举起抗日旗帜，率部奔赴河套参加抗日，先后被国民党军政部任命为乌拉特西公旗保安司令和乌拉特西公旗防守司令部司令，授予少将军衔，故得“抗日女司令”称号，声播草原，名留青史。

一

1915 年 6 月 3 日（农历四月二十一日），奇俊峰出生于内蒙古阿拉善和硕特旗王府所在地定远营一个封建贵族家庭。她的祖父嘉伦春旺吉勒系阿拉善旗第九代世袭亲王札萨克塔旺布鲁克札勒的堂弟，她的父亲德钦一心诺尔布是嘉伦春旺吉勒的三儿子，她母亲是满族人，姓薄，名德郭欲夏。

奇俊峰的父亲德钦一心诺尔布，又名德毅忱，人称“小三爷”，是个带有革命色彩的人物。在阿拉善以至整个内蒙古西部地区，说德钦一心诺尔布或德毅忱这两个名字，可能有人还不知道是谁，可是“小三爷”这个名字却曾经声震遐迩。

德钦一心诺尔布自幼聪颖好学，少年时即精通蒙汉两种文字且擅长绘画，是当时闻名于阿拉善旗的文人秀士。他青年时曾任阿拉善旗副梅林章京、副管旗章京等职，还曾受王爷和协理委托，代理管旗章京，管理全旗的行政、司法事务。他虽出身于封建贵族世家，身上却很少有王公贵族子弟的纨绔习气，经常活动在劳动人民中间，十分厌恶和反对一些王公贵族统治者对劳苦大众的残酷剥削和压迫。1917年俄国十月革命的胜利，对中国产生了巨大影响，革命和进步思想迅速在中国大地上传播。当这种思想传播到地处祖国边陲的阿拉善草原时，引起德钦一心诺尔布内心极大的激动，也引起了他革命的冲动。他决心顺应蓬勃兴起的资产阶级民主革命潮流，在阿拉善旗发动一场革命运动，推翻封建王公的统治，开创蒙旗资产阶级民主革命之先河。

1927年4月4日（农历三月初三），在冯玉祥、吉鸿昌等爱国将军的支持下，德钦一心诺尔布在阿拉善旗发动了武装暴动，一举推翻了代表封建制度的塔旺布鲁克札勒亲王（塔王）政权，宣布废除封建王公制度，建立民主、平等、自由的革命政权——阿拉善旗政务委员会。1927年4月7日（农历三月初六），在旗府定远营举行了庆祝革命胜利大会，选举德钦一心诺尔布为阿拉善旗政务委员会主任兼国民革命军蒙兵第二路军司令官。

这一革命运动，在阿拉善历史上称为“小三爷事件”。

在中国大革命风起云涌的年代，这一革命运动的胜利，确让许多革命的参与者和广大民众感到了一阵子前所未有的兴奋。但是，当时的中国社会，尚是一个被反动势力层层包围的社会，革命形势变化云谲波诡。就在阿拉善旗庆祝革命胜利大会召开五天之后，蒋介石在上海发动了“四·一二”反革命政变，各种反动势力应声而起，猖獗一时。在国民党右派的鼓动和支持下，被革命推翻的阿拉善塔旺布鲁克札勒亲王也纠结队伍，向革命政权发动了疯狂的反扑。而这时，冯玉祥已率部离开西北开赴中原，投入了蒋介石反革命阵营，吉鸿昌将军已调离宁夏，内蒙古人民革命党负责人白云梯背叛了革命。在孤立无援的情况下，德钦一心诺尔布指挥他的武装力量与反革命力量艰难抗争，历时七个月，终因寡不敌众而失败。

德钦一心诺尔布被迫携家眷离开了阿拉善旗，先后避居于银川、五原等地，过了三年多颠沛流离的日子。1930年他在北平被塔王的一个心腹发现。塔旺布鲁克札勒接到报告后，立即派出密探跟踪德钦一心诺尔布，后在归绥将其捉拿。1932年7月，阿拉善王府以“叛变头子”的罪名，判处德钦一心诺尔布无期流放。后德钦一心诺尔布惨死在阿拉善旗南部察汗郭勒庙中。他年仅十四岁的长子亦遭杀害。

奇俊峰是德钦一心诺尔布的二女儿，乳名平格，蒙名色布勒玛，她五岁时被寡居的姑母诺月朋领养。诺月朋的丈夫生前为伊克昭盟达拉特旗西官府协理，汉姓奇，故诺月朋为养女平格取汉名奇俊峰。

奇俊峰天资聪颖，记忆力强，且刻苦好学。她七岁时，诺月朋从五原县城请来蒙、汉两位私塾先生，作为家庭教师教她读书。至她十六七岁时，已较好地掌握了蒙古、汉两种语言文字。她尤其喜欢读历史和文艺方面的书籍，每逢得知有人去五原或包头时，总要向养母要钱，托人捎买书，拿回来如饥似渴地阅读。

她的父亲德钦一心诺尔布在阿拉善旗发动革命夺取政权时，奇俊峰十二岁；而她父亲因革命斗争失败被判处流放以致后来惨死，十四岁的弟弟亦被杀害时，她已十七八岁。父亲为蒙古民族解放英勇斗争的壮举，对她的思想形成产生了深刻的影响；而反动势力的凶残，则在她心里埋下了仇恨的种子。她常常想，有一天要继承父亲遗志，推翻封建王公的统治，为父亲和弟弟报仇雪恨。

随着年龄的增长，奇俊峰的思想渐渐成熟，也渐渐活跃，有时如鸟儿一样在天地间飞翔，有时若云朵在高空中飘浮，但她自身却还难以摆脱千百年来封建势力筑起的藩篱。她到了谈婚论嫁的年龄，本来有了心爱的人，是她的一个同学，两人已私订终身，但是却遭到了封建思想顽固的养母诺月朋的坚决反对。几经抗争无果，1934 年，十九岁的奇俊峰由诺月朋做主，被迫嫁给了乌拉特西公旗札萨克诺颜石拉布多尔济（人称“石王”），做了王爷的三福晋。

婚姻改变了她的人生轨迹，渐渐地她被推向了西公旗权力斗争的风口浪尖。

二

20 世纪 30 年代中期，正是乌拉特西公旗上层贵族之间互相争斗激烈的年份。反对石王并企图推翻其政权的是实力强势的公庙子大喇嘛依西达格丹，还有拥护大喇嘛的东协理额宝斋（蒙名额尔贺多尔济）。双方都有各自的保安队。1934 年 4 月百灵庙蒙政会成立后，额宝斋等立即表示拥护，以求得支持；而石王为了保其王位，则靠近了国民党绥远省政府。自此双方对立，势如水火。1935 年 4 月，双方矛盾激化而发生了军事交锋，先是大喇嘛和额宝斋的武装力量占了优势,迫使石王的保安队退守王府。后石王跑到包头,请求号称“绥西王”的阎锡山部第十九军军长王靖国派兵支援。王靖国遂派出兵力,会同石王的旗保安队,向驻守公庙子的大喇嘛保安队发起猛烈攻击。这时,大喇嘛的保安队不足百人,一场激战后被打得狼狈不堪。依西达格丹率领残部逃过黄河,到伊克昭盟地盘活动,继续招兵买马,扩充队伍,以图卷土重来。额宝斋则辗转逃窜到百灵庙,向依附于日本的蒙政会主席德穆楚克栋普鲁(德王)求救。

1936 年夏天,德王派出伪蒙古军一个连兵力,乘三辆汽车,并载有大量枪支弹药,由连长霍仁尼格率领,开赴乌拉特西公旗,驻于梅力更庙和呼和宝力格一带。依西达格丹也率其人马从黄河南边回来,妄图借助蒙古军的力量向石王发动突袭。石王得到消息后跑到包头,向绥远省主席傅作义求援。傅作义当即命令驻在包头的补充一团部分兵力和驻五原的七十二师派部分兵力,昼夜从东西两面驰援石王。那个夜晚,正当伪蒙古军和额、依武装要向石王府发动进攻之际,傅作义派来的兵力已对他们形成了夹击之势。伪蒙古军连长霍仁尼格见势不好,战斗刚一打响,即率部队向后山方向逃奔;额宝斋率领的部队和梅力更庙活佛的武装也纷纷逃窜。依西达格西大喇嘛则没能逃出包围圈,在公庙子附近被拦截击毙,同时被击毙的还有他侄儿巴图巴雅尔等。

到这时,乌拉特西公旗石王与额、依势力的权力争斗,已经演变为傅作义将军指挥的绥远抗日武装与以德王为首脑的亲日蒙奸势力的斗争。傅作义部队在公庙子击毙依西达格丹大喇嘛之后,额宝斋及其亲信率残部逃到百灵庙,参加了德王的伪蒙古军。后额宝斋本人隐居在百灵庙、归绥等地,一时销声匿迹。乌拉特西公旗赢得了暂时的平静。石拉布多尔济明白,他是依靠国民党的兵力取得了这场争斗的胜利;为进一步巩固自己的政权,必须紧紧地投靠国民党。为此,他住在包头,想方设法与王靖国等国民党军政要员联络、周旋,多次举行盛大宴会并赠送大量的金银财宝、鸦片烟土,以求得国民党军政当局的支持、庇护。在频繁的交往中,王靖国等国民党军政要员也纷纷表态,愿做石王的坚强后盾。这样,更坚定了石拉布多尔济巩固政权的信心。

不料,石拉布多尔济命途多舛,与敌手的争斗刚刚缓解,又起内患。

石拉布多尔济先后娶了三位福晋,他最宠爱的是二福晋花儿。自从石王娶了奇俊峰做三福晋,花儿心生醋意,总是絮絮叨叨地说石王不体贴她,另寻新欢。一天,与石王发生了争吵,花儿又哭又闹,竟一时耍性子吞金自尽。不久,石拉布多尔济亦病魔缠身。开始是精神恍惚，胡言乱语，不思饮食，后来身体日渐虚弱，卧床不起，最终于1937年11月18日（农历九月十五日）凌晨停止了呼吸。

三

石拉布多尔济去世后，乌拉特西公旗政治舞台上风云再起。正当忠于石王的一些上层贵族人士为石拉布多尔济张办后事之时，反对石王的额宝斋等则额手相庆，摩拳擦掌，又四出串联，卷土重来。此时奇俊峰正怀有身孕，她一面料理丈夫的后事，一面冷静地观察着形势，并按照传统规矩保护着石王交给她的旗府官印。

果然不出所料，额宝斋等人经过密谋策划，第一个行动是迫不及待地夺取旗府官印。在石王去世的第二天，由管旗章京朝鲁门、参领贡其格巴自尔二人出面，顶冠束带，到旗王府向奇俊峰发难，声称为了旗内安定，须把旗府官印交他们管理。这时，奇俊峰表现相当冷静，她当着众人，斥责了一些人的忘恩负义，然后斩钉截铁地说："我是石王的福晋，有资格护理旗府官印，而你们无权干涉！"朝鲁门和贡其格巴自尔理屈词穷，灰溜溜地离开了王府。

但这些人并不死心，接着又制造和散布谣言，说奇俊峰的身孕是伪装的，又说奇俊峰即使真的怀了孩子，也不会是石王的，就是生了男孩，也无权接替札萨克之位。妄图以此手段达到他们篡位夺权的目的。

面对这些人的卑劣行径，奇俊峰十分气愤，但她并不畏惧，下定决心，要和这些阴谋篡权者斗争到底。

1937年10月31日（农历九月二十八日），乌拉特西公旗王公贵族、大小官员、各寺庙喇嘛及来自十二个苏木的代表集聚，为石王举行了隆重的葬礼，决定12月12日（农历十月初十）在包头的西公旗驻包办事处为石王举行追悼会。之前的12月8日（农历十月初六），奇俊峰去了归绥，要求面见绥远省主席傅作义。次日，傅作义主席和绥境蒙政会指导长官公署参赞石华岩一起接见了奇俊峰。奇俊峰向傅作义主席及石华岩汇报了石王病故和办理丧事情况，以及额宝斋等纠合反对势力谋划夺权的情况。傅作义和石华岩听后，就石王病故对奇俊峰表示了慰问，同时答应选择适当时机，省政府会出面解决乌拉特西公旗问题。

这次会面，奇俊峰的思想和口才给傅作义主席留下了深刻印象。过后他说：“这是一位很不简单的年轻女人。”

在会见了傅作义主席之后，奇俊峰又由养母诺月朋陪同，到了乌拉特中公旗晋见了乌兰察布盟盟长兼乌拉特中公旗札萨克诺颜林沁僧格（林王），争取到了林王的支持。

时隔不久，绥远省政府通知奇俊峰和西公旗管旗章京朝鲁门同去归绥，参加有关乌拉特西公旗问题的调解会议。

调解会议之前，傅作义主席单独召见了奇俊峰，听取了她对解决西公旗问题的意见。

调解会议由绥远省政府负责蒙旗事务的长官公署参赞石华岩主持，参加的有省政府蒙务组长陈雨甲、乌兰察布盟盟长林沁僧格的代表那木吉勒其仁以及奇俊峰、朝鲁门等十余人。会上，奇俊峰和朝鲁门各述理由，提出调解条件。奇俊峰发言中列举了大量事实，揭露了朝鲁门及旗协理沙格德尔扎布等人在额宝斋的幕后策划、指使下，争夺旗府官印、掠夺财产和制造流言蜚语等问题。由于事实俱在，证据确凿，朝鲁门无法抵赖，只得承认错误，表示以后悔改。

这次调解会议，就解决乌拉特西公旗问题做出了七条决定后，以绥远省政府决议案形式，形成文件，发至各蒙旗。七条决定中，第一条决定由沙格德尔扎布、色冷保分别担任西公旗东、西协理。第二条关于旗府官印：新印系国民政府颁发，由旗政府保管；旧印系清王朝颁发，由奇俊峰保护供奉。第三条，石王遗留的财产，全部归奇俊峰所有，公款归旗政府。第四条，护路、水草、抓羊等捐税收入由奇俊峰支配使用。第五条，由全旗仕官保护奇俊峰之安全，遇事协商解决。第六条，奇俊峰若生男孩，可正式袭位。第七条，旗护路队由奇俊峰领导。

这七条决定，无疑对奇俊峰是有利的，关键是确定了她的权力地位，给了她指挥护路队的军权和一定的财权，明确了她若生男孩，即可按王公世袭制度接替其父的札萨克职位——这是奇俊峰所期盼的。

1938 年 4 月 15 日（农历三月十五日）凌晨，奇俊峰在包头住地如愿以偿地生了个男孩。她深深地体会到了做母亲的幸福和欣慰。她的幸福和欣慰还源于另一方面的重要意义。石王前两位福晋，都未能为他生儿育女，而她为石王生了儿子，在西公旗权力争斗的紧要关头，儿子作为小王子，可以合理合法地继承王位，她作为石王的遗孀、小王爷的母亲，可以名正言顺地执掌全旗的军政大权了。这能不让她感到幸福和欣慰吗？

奇俊峰请来乌日吐高勒庙的活佛罗布僧丹碧扎拉森为儿子取名。活佛翻遍了《阿拉坦甘珠尔》经，然后说："佛祖赐给小王爷的名字叫阿拉坦敖其尔。"后又随母姓起汉名奇法武。

1938 年农历六月下旬，正是草原上鲜花盛开、草木茂盛、牛羊肥壮的季节，小王爷阿拉坦敖其尔过了"百岁"不久，奇俊峰带着他，乘坐装饰一新的马车，从包头回到了位于哈拉汗（今巴彦花）的乌拉特西公旗王府，开始按照绥远省政府的七条决定，执掌乌拉特西公旗的军政权力。

这时，奇俊峰决心已定，要坚决地站在绥远省政府和抗日军队一边。回到王府后，她首先召集本旗军政要员，申明施政纲领，明确宣布：一、坚决接受绥远省政府领导，反对德王在百灵庙组织的"蒙政会"和后来在归绥成立的"蒙古联盟自治政府"；二、全旗官兵要团结一致，提防敌对分子挑拨离间；三、不许随便向牧民摊派勒索，减轻老百姓的负担；四、军队要守纪律，严禁抢夺民财和欺凌妇女。奇俊峰的施政纲领深受王府多数军政要员及民众的欢迎和拥护。由此，旗内出现了倾向抗日的新局面。

不久，奇俊峰还与驻在中滩的八路军抗日游击队建立了联系。

1938 年 10 月间，某日下午，奇俊峰在旗王府迎接了两位特殊的客人。他们都是农民打扮，却带着印有蒙古、汉两种文字的传单，内容是"蒙、汉、满、回、藏等各民族团结起来，共同抗日"。聪明的奇俊峰看看两个人，再看看这传单，便知道是来了八路军的人，立即视为上宾热情接待。来的正是在中滩一带组织抗日武装的中共绥蒙工委军事部长于占彪及随行人员。当晚，按照蒙古族传统礼节，奇俊峰摆了全羊宴招待客人。短暂的接触中，于占彪向奇俊峰讲了共产党的抗日主张及方针政策，介绍了全国抗战的情况。奇俊峰表示愿意和共产党密切配合，共同抗日。分别时，他们互赠了礼品。于占彪送奇俊峰一只手枪，奇俊峰回赠了带全副鞍具的骏马一匹。之后，奇俊峰派自己的贴身卫兵送于占彪等回到中滩。

四

1937 年 10 月 27 日，在日寇的操纵下，以德穆楚克栋鲁普（德王）为首的蒙奸头目,在归绥召开"第二次蒙古大会",成立了"蒙古联盟自治政府"。日军欲以归绥、包头为跳板,继续西犯,位于包头与河套之间的乌拉特西公旗成了国民党部队抵御日寇的前沿阵地。为控制这一地区,1938 年冬天,以蒙奸李守信为总司令的伪蒙古军派出第九师一个骑兵团,进驻了乌拉特西公旗,主要任务是监视奇俊峰的动向,阻止她进一步投靠国民党。

伪蒙古军骑兵团住在旗王府附近,对王府形成了控制之势。骑兵团的白团长经常骚扰王府,使用种种手段,企图逼迫奇俊峰屈服就范,依附伪蒙古军和"蒙古联盟自治政府"。

奇俊峰看穿了伪蒙古军团长的险恶而卑劣的用心,她清醒地认识到必须采取措施,尽快摆脱日伪军的控制,投入抗日阵营。于是,她秘密派人与驻在五原境内的国民党中央直属骑兵第七师师长门炳岳取得了联系,告知他要去五原参加抗日,请求门炳岳派兵接应。门炳岳经请示国民党中央同意,派出一个加强连的兵力去接应奇俊峰。奇俊峰得到消息,即准备行动。不料这时,王府中的两个叛徒向日伪军告了密。门炳岳派出的部队向西公旗王府行进途中,在乌拉山前遭到了日伪军的伏击,因门炳岳部队对地形不熟,战斗中伤亡过半。这次接应奇俊峰的行动失败。

为防止奇俊峰出走,日伪军扣押了西公旗保安队长沙格德尔,这不仅造成了保安队一时失控的状态,还给奇俊峰母子的人身安全带来了严重威胁。

日伪军打败了接应奇俊峰的门炳岳部队后,自以为得计,驻在乌拉山前升恒号的日伪军白团长当天傍晚就派人来到西公旗王府,通知奇俊峰到日伪军团部,说有要事相商。

奇俊峰知道这是白团长又施诡计,去了必然凶多吉少,她不露声色地对来人说:"这会儿天黑了,我夜里带孩子行走不便,你回去转告白团长,明天一早定去拜会。"

来人走后,她当机立断,即刻动身,去五原投奔抗日部队。她从贴身警卫中选择了楚伦巴托、额尔登仓、佳吉格勒等十几个熟悉地形和路线的神枪手,迅速地备好马匹,带足弹药,同她的养母诺月朋一起,带着儿子,夜间乘马离开王府,向着乌拉山方向出发。

在茫茫夜色中,一行人马顺着顿达高勒沟,急行一整夜,次日天刚亮时,绕过了乌拉山,到了山后的吉日嘎拉图庙,在庙里稍事休息,继续西行。门炳岳得到消息，电令驻在大佘太的杂牌军团长武驼羔派出一个班的兵力，护送奇俊峰一行，于 1939 年 3 月 22 日（农历二月二日）到达了五原。

门炳岳在五原热情地接待了奇俊峰一行，并立即把奇俊峰摆脱日伪军的控制，毅然奔五原参加抗日的情况报告了国民党中央。蒋介石很快回电，表扬了奇俊峰的抗日行动，并委托门炳岳代表他向奇俊峰表示慰问。次日，国民党《中央日报》便以显著位置登出消息："乌拉特西公旗石王遗孀携子赴后套参加抗日救国，蒋委员长派员慰问。"这一消息在全国引起了震动。国民党行政院、军政部、阎锡山等方面也纷纷来电表示慰问并给汇来巨额奖金。傅作义将军也在五原接见了奇俊峰母子，对奇俊峰的正义行动给予了鼓励，并答应奇俊峰以后所需一切军费开支，均由第八战区副司令长官部负责供给。1939 年 4 月中旬，国民党军政部任命奇俊峰为乌拉特西公旗保安司令。5 月，国民党中央军事委员会又发布命令，任命奇俊峰为乌拉特西公旗防守司令部司令，并授予少将军衔。由此，奇俊峰这位"抗日女司令"声名鹊起。

乌拉特西公旗防守司令部设在五原县城，每月由国民党军政部拨军费七千元，用作司令部开支。因为这时西公旗已被日军占领，原旗保安队和护路队的人中，有的投靠了日伪军，跟着奇俊峰来五原的人不足一个连。为此，在门炳岳等人的支持下，奇俊峰在五原招兵买马，重建军队。通过一个多月时间的努力，部队很快发展到二百多人，大部分是蒙古人，也有少数后套汉族人。由门炳岳电请国民党军政部批准，从国民党部队中派湖北人黄楚三为防守司令部参谋长，河北人李隽卿为参谋主任，钟可师为副长官，贺生举为军需主任，李国章为书记。

1939 年 6 月某日，乌拉特西公旗防守司令部在五原县城举行了组建大会。奇俊峰身着黄色军装，佩带少将军衔，同防守司令部其他军官一起出席了大会。奇俊峰主持大会并发表了题为"赤心爱国，坚持抗战到底"的讲话。然后黄楚三宣布，郑明金和郑色令分别任防守司令部第一团和第二团团长。

组建大会之后，一个团开赴西山嘴，另一个团开赴阴山以南、乌拉河以北地带，担负防守任务。

奇俊峰仿照八路军的政治工作方式，给每个团配备了政治指导员，专门做部队中的政治思想工作，教育官兵为抗日救国而战斗。在部队刚刚组建、兵员素质较差的情况下，由于政治思想工作和军事训练抓得很紧，使全体官兵保持了旺盛的斗志。

1939 年 7 月 19 日清晨，日本侵略军出动了一千多人的兵力，分乘四十五辆汽车，向后套的咽喉西山嘴发动猛攻。奇俊峰部队协同门炳岳的骑兵进行阻击。由于他们熟悉地形，配合门炳岳的正规军英勇杀敌，很快击退了来犯之敌。奇俊峰的抗日部队首战告捷，为抗日救国立下了第一次战功，各方面来电对其表示祝贺和鼓励，给了其部官兵极大的鼓舞。

1939 年 12 月 20 日，傅作义在后套发起了奔袭包头的战役，奇俊峰部队受命配合友军攻打驻守在东公旗察罕高勒庙的日伪军，歼敌百余人，为赢得整个战役的胜利再次立功。

五

奇俊峰离开乌拉特中公旗王府到了五原之后，额宝斋便得到了一个乘虚而入的机会，在日寇和伪蒙疆政权的直接操纵下，他回到了西公旗，迫不及待地着手组织伪政府，以实现他梦寐以求的篡夺西公旗最高权力的目的。为实现他的阴谋计划，首先为奇俊峰罗织罪名，制造舆论，说奇俊峰出卖蒙古民族的利益，为个人当官而投靠了国民党，在蒙古族牧民中大肆传播，以蛊惑人心。接着，他采取封官许愿的手段，拉拢同党，为他组织伪政府做准备，他还请了日本人小仓茂做他的高级顾问，以表示他的一切活动都得到了日军的支持。

经过一个多月的紧张活动，额宝斋在包头成立了所谓的“乌拉特西公旗政府”。之后，他派出一个排的兵力，从达日盖庙强行夺回了旗札萨克官印。可是，按照蒙古民族当年的王公世袭制度，没有合法的札萨克作为一旗之长，旗政府机构就不能名正言顺地行使权利。该到哪里去弄个札萨克呢?

1939 年初秋，额宝斋又自欺欺人地策划和导演了一出选拔札萨克的闹剧，选定家住在古力奔达坝的闲散台吉洛布僧桑杰的十七岁的儿子阿木尔萨那，作为西公旗的新任札萨克，又报请日军批准，任命其为乌拉特西公旗统兵团长。随后在公庙子举行了新札萨克就职仪式，由额宝斋亲自主持，请日本顾问和伪蒙疆代表讲了话。尽管讲话的人纷纷表示要全力支持新札萨克行使权力，但人们心里都明白，这个札萨克不过是个傀儡，真正要掌握全旗大权的人是额宝斋。

乌拉特西公旗日伪政权的建立，让奇俊峰感到了莫大的民族耻辱。她当即上书绥远省政府和乌兰察布盟盟府,列举了额宝斋等人一系列的罪恶行径,又向西公旗发出公告,明确宣布,在日寇操纵下成立的所谓“乌拉特西公旗政府”和选任的札萨克都是非法的、无效的,呼吁全旗人民不予承认。

1939 年 9 月,国民党中央政府正式任命奇俊峰为乌拉特西公旗札萨克,为该旗合法领导人,掌管全旗军政权力。同时她被任命为国民党政府绥境蒙政会委员兼建设委员会主任。由此,奇俊峰不仅取得了在乌拉特西公旗政权中的合法地位,还扩大了她在绥西政界中的影响。

奇俊峰就任乌拉特西公旗札萨克之后,即开始施政,通过主持召开旗务会议,推行了一系列新政策,其中包括:一、改组旗政府,使之更好地行使职权;二、本着对札萨克负责的精神,政府一般事宜由全体仕官轮流值班管理;三、精减官员编制,确定薪水待遇;四、恢复旗立小学,把原设在包头的旗立小学迁至五原同义隆继续开办,由奇俊峰兼任校长。

这时的乌拉特西公旗,实际形成了两个政府的局面,一个是以阿木尔萨那为札萨克而由额宝斋实际控制的日伪旗政府,一个是国民党领导建立的以奇俊峰为札萨克的旗政府。自日寇入侵绥西以来,西公旗大部分地区已为日伪盘踞,有一部分地区处于敌我交错的状态中,常有拉锯式的战斗发生。奇俊峰不顾个人安危,曾于 1939 年 10 月到 11 月间,带领旗府官员到旗内部分地区进行慰问,每到一地,都要组织群众举行国民公约宣誓,表达抗日救国的决心,还要给有困难的牧民和召庙发放救济金,以安定群众生活和鼓舞抗战士气。由此,她也更加赢得了牧民和僧众的拥护。

六

奇俊峰作为蒙古女司令坚持抗日,在国内各民族中,特别是在蒙古族中产生了巨大影响。位于绥西的茂明安旗齐王福晋额仁庆达赖和乌拉特东公旗额王福晋巴云英,在奇俊峰爱国抗日精神的鼓励下,也先后摆脱了日伪的控制,带领一些人马,到河套参加抗日。故绥西曾有三个“抗日女司令”之说。

为奖励以奇俊峰为代表的蒙古族“女司令”们坚持抗日的功绩,国民党军政当局除对她们通令嘉奖外,还安排她们到内地参观游览,以使她们进一步了解国内形势,开阔眼界,为抗日救国多做贡献。

奇俊峰接到让她外出参观游览的通知，内心十分兴奋。她安排好旗内政务后，就准备出发。随同出行的人，除了养母诺月朋和小王爷阿拉坦敖其尔，还有防守司令部参谋长黄楚三，参谋主任李隽卿，国民党旗党部书记长刘凤池，随从副官、护兵等。

一行人从五原过黄河，南行经伊克昭盟杭锦旗，于 1939 年 12 月 30 日到达当时伊克昭盟的政治、经济、文化中心札萨克旗王府，由伊克昭盟盟长、札萨克旗王爷沙格德尔扎布(沙王)亲自招待。1940 年元旦，奇俊峰在札萨克旗参加了绥境蒙政会三个常委的就职典礼。接着，她以蒙政会建设委员会主任身份，就伊克昭盟的交通、建设等问题和与会者进行了商讨并发表了自己的意见。她的见解深得沙王赞赏。

1940 年 1 月 8 日，奇俊峰一行到达陕北榆林县城，住在榆林的蒙旗指导长官公署，等待国民党第二战区长官部派车来接。他们没有想到，这一等竟两月有余。其间乌拉特东公旗额王福晋巴云英也南下参观游览来到这里，她们一起在榆林过了春节，又等了些日子。1940 年 3 月 18 日，乘坐来接他们的专车同时南下。一行经延安到西安，改乘火车到宝鸡，又乘汽车到成都。

她们到成都后，已升任国民党骑兵总监的门炳岳派人接上她们，安排她们在成都参观游览了三天，然后护送她们到达了重庆。

奇俊峰、巴云英一行到达重庆的第二天，国民党行政院、军政部、蒙藏委员会和蒙旗指导长官部等部门，都派代表前往住地看望，晚上为她们举行了盛大的招待会，何应钦、孔祥熙等国民党高级官员出席并即席讲话。他们高度地评价了奇俊峰、巴云英坚持抗日的功绩，称她们为具有爱国主义精神的勇士和女杰。奇俊峰、巴云英给何应钦、孙祥熙等官员和蒙藏委员会赠送了哈达，以表示感谢。

次日，国民党《中央时报》以“行政院、军政部、蒙藏委员会举行宴会，欢迎西蒙两女王”为题，发表了消息。

这次，奇俊峰一行在重庆住了一月时间，一边参观游览，一边做着准备，等待蒋介石接见。6 月初某日中午，她突然接到通知，说蒋介石要在下午接见她，人员限于奇俊峰及小王子、黄楚三、李隽卿四人，由门炳岳陪同晋见。

下午，奇俊峰等人分别乘坐两辆小轿车，被带进一所整洁的四合大院里。院里院外岗哨林立，戒备森严。下车后，奇俊峰等人被带入一个宽敞的会客大厅。时间不长，蒋介石和宋美龄由何应钦、孔祥熙陪同，来到会客大厅。奇俊峰起身立正，给蒋介石行了军礼。小王子阿拉坦敖其尔按照母亲事先的训练，给蒋介石行了跪拜礼。随后，奇俊峰及小王子给蒋介石和宋美龄献了哈达，赠送了事先制作的锦旗。

这次接见中，蒋介石打破了以往会客的习惯，谈话延续了三个小时。奇俊峰重点讲述了日寇在乌拉特西公旗扶持额宝斋等人建立伪政府的情况，以及广大牧民在日伪的统治和压迫下遭受的苦难。她要求国民党政府给予大力支援，解救蒙旗人民于水火之中。同时，对边疆地区的少数民族工作，奇俊峰提出了四点建议：一、严明功罪赏罚；二、调整蒙汉关系；三、加强行政机构；四、改善蒙旗教育。奇俊峰当面受到了蒋介石的赞许，说她是蒙古民族的女英雄，为抵抗日寇、保卫边疆立了大功。蒋介石当场宣布，给奇俊峰晋升为中将军衔，又命令军政部直接拨给奇俊峰二百枪支和足够的弹药，大、小汽车各一辆，军装五百套。

接见结束后，蒋介石和宋美龄夫妇宴请了奇俊峰一行。

第二天，《中央日报》便登出了蒋介石接见并宴请奇俊峰一行的消息。

一时，奇俊峰的重庆之行成了轰动山城的一大新闻，她的声誉更高了。先是重庆妇女界举办专场报告会，请奇俊峰去演讲。接着，她由宋美龄亲自陪同，到以蒋介石名字命名的中正中学演讲。奇俊峰用带有河套味的汉语演讲，她不用手稿，讲起来感情充沛，语言流利，表情自如。她列举了大量事实，愤怒而悲痛地控诉了日本帝国主义对北方蒙古民族地区的野蛮侵略和烧杀抢掠的罪行，呼吁大后方的人民群众大力支援前线的抗日军民，夺取抗日战争的胜利。她的演讲深深地吸引着听众，不时被热烈的掌声打断。演讲结束后，听众纷纷涌向她，请她签名留念。

七

奇俊峰此次重庆之行获得了巨大成功。她踏着北疆的冰雪出行，归来时已是河套平原五色斑斓的中秋。这时的奇俊峰，身着黄呢军装，领口上佩戴着金地红边两颗星的中将军衔领章，短发齐耳，气宇轩昂，言谈举止都有了几分将军风度。

她回到陕坝，首先去谒见国民党第八战区副司令长官、绥远省主席傅作义将军，向傅作义汇报了此次南行的情况，谈了她重新组建西公旗政权机构和军队的想法。傅作义对她的想法表示支持。经傅作义同意，奇俊峰决定暂时将西公旗防守司令部设在陕坝，将旗政府设在西公旗与中公旗交界处的呼和淖尔。傅作义指示，由三十五师师长马鸿宾协助整顿和组建西公旗部队。

之后不久，奇俊峰即派其随从副官温格尔、楚伦巴特尔等人，回西公旗召集原保安队人马，作为组建部队的基础。召集回近百人之后，奇俊峰将原来三个团的建制缩编为三个中队。部队武器装备较前有了极大改善。

奇俊峰本人，除了每年春、冬两季按照王公制度惯例举行开印和封印的旗务大会，她要去呼和淖尔主持处理旗政，其他时间一般都住在陕坝处理军务。

1940 年 3 月，傅作义将军指挥的收复五原的战役取得胜利后，奇俊峰为了能够早日收复西公旗，将她的主要部队改编为游击队，逐步从乌拉山以南撤至乌拉山以北和西山嘴地区，进行游击活动。

1941 年春季，原西公旗西协理色冷保的儿子郝游龙（蒙名陶克套胡巴特尔），带着二十多人的队伍，从伊克昭盟境内来陕坝投靠奇俊峰。奇俊峰知道郝游龙曾在包头参加过哥老会，他外号“油葫芦”，是个吃喝嫖赌、无所不为的人。但考虑到他的父亲色冷保曾为石王忠实效劳，立过大功，又考虑到郝游龙来了可以参加抗日，经与黄楚三、李隽卿商议，收留了他，任命为中队长。

这个郝游龙是个很有煽动能力的人，任中队长后，打着奇俊峰的旗号，几个月时间，就在各处收罗了近百名新兵。

到 1941 年底，奇俊峰部队人数增至二百五十余人，又恢复为三个团建制。经奇俊峰任命，郝游龙由中队长升任为团长。这三个团兵力，一个团驻呼和淖尔，作为旗札萨克的警卫团。另两个团受傅作义部队统一调遣，分驻在阴山脚下乌加河北的千里庙、同义隆等地，担负防守任务。

1945 年 8 月，中国人民的抗日战争取得胜利，原在日伪扶持下建立的西公旗伪政权迅速土崩瓦解，原由额宝斋策划选来的那个“札萨克”阿木尔萨那跑回深山密林中的家里躲藏了起来，大协理额宝斋也跑到包头、归绥等地探听消息，窥测风向。这边，奇俊峰作为坚持抗日的胜利者，正抓紧作着回西公旗接收政权的准备。她一面派出部队进驻哈达门口子一带，对西公旗进行武装防守；一面率领旗府和防守司令部的官员，从陕坝到了五原，准备择日从五原回西公旗执政。

就在奇俊峰暂住五原期间，额宝斋与原日伪旗府的协理宋布尔巴图、梅林章京焦太宝等人又串联起来，策划了新的政治花招。这一伙为获得权力而厚颜无耻的老政客，有着他们自认为得意的应付一切事变的经验。日本在中国土地上失败后，他们感到时下向奇俊峰表示投降倒是权宜之计。商定让宋布尔巴图出面到五原“欢迎”奇俊峰回旗。宋布尔巴图担心奇俊峰不见他，又跑到后山找来郝游龙一同前往五原并为其说情。

宋布尔巴图由郝游龙陪同，毕恭毕敬地拜见了齐俊峰，首先表明他是代表伪政府的官员，来向札萨克请罪，并说旗里已做好一切准备，欢迎札萨克回旗执政。奇俊峰并没有对他多说什么，只告诉他回旗后准备好五六百人马的给养。

1945 年 8 月 17 日，奇俊峰率领全副武装的五百余人的队伍，从五原出发，经扒子补隆、公庙子，第二天开进了旗府哈拉汗。焦太保、宋布尔巴图等伪政府官员三十余人，跑前跑后地迎接。

位于哈拉汗的旗王府是一座四合大院，院内有一栋十多间的砖瓦房，中央的房间内供奉着佛爷，还有军旗、弓箭等。奇俊峰及小王子住进了事先安排好的房间。梳洗完毕后，奇俊峰领着小王子走进佛堂，在佛像前点燃了香烛，即行叩拜，以求佛爷保佑。

为确保奇俊峰及小王子的安全，旗府四处都设了岗哨，戒备森严。

当晚，焦太宝、宋布尔巴图等人以全羊宴接待奇俊峰母子及随行官员。部队的士兵们也都享用酒肉。

奇俊峰自 1939 年 3 月离开西公旗王府，已过去近六年半时光。这六年半时光里，她在与日寇及民族败类的战斗中冲锋陷阵，历经荣辱，一朝胜利归来，睹物思人，心情是十分复杂的。她在王府只住了四天，便带上小王子，由参谋主任李隽卿陪同，由一个加强班护卫，开始了前往归绥的行程。

住在包头的伪旗政府大协理额宝斋得到这一消息，跑到包头城西三十华里处迎接。见面后，额宝斋做出一副痛心疾首、诚惶诚恐的样子，弯腰低头，嘴上左一个哈敦（夫人），右一个诺颜（长官），双手举着伪政府的官印，向奇俊峰表示请罪、投诚。随后，他把奇俊峰接到西公旗驻包头办事处住下，当晚设盛宴招待，又送上千两银子及烟土若干，并花言巧语，请求奇俊峰宽恕。

奇俊峰知道额宝斋是多年来在西公旗制造动乱的罪魁祸首，本想立即除掉他，可是此时，被他那副伪善面孔蒙蔽，竟改变了主意。

奇俊峰到了归绥，住了一月时间，其间几次拜见傅作义、董其武。后绥远省政府任命阿拉坦敖其尔为乌拉特西公旗札萨克兼西公旗保安司令。同时宣布，废除日寇扶持下建立的伪政府，对在伪政府任职的官员一律解职。

这正是奇俊峰此行归绥的目的。

奇俊峰带上傅作义、董其武给她的“尚方宝剑”，迅速回到西公旗发布政令。她首先召集伪政府官员开会，宣布省政府解除他们职务的决定。随后，她把西公旗王府从哈拉汗迁到公庙子，组织起了新政府，重要职务都由忠实于她的人员担任。同时，重新任命了旗保安队各团团长。

奇俊峰抓的第二件大事，是仿照傅作义在后套推行的乡村改革新建制，在旗内实施保甲制度，在邻近包头区域成立了忠勇乡，下设保甲，建立了乡武装——国民兵队。

为向全旗人民宣告并庆贺阿拉坦敖其尔继承王位，也为赢得和安定民心。1946年秋季，乌拉特西公旗在公庙子举行了盛大的“楚格拉”大会。在日伪统治时期，这种大规模的“楚格拉”大会已经数年不举办了。这次举办“楚格拉”盛会的消息传开，民众奔走相告，届时，有政府官员、贵族上层、寺庙喇叭、军人及平民百姓计约一千三四百人参加。开幕那天，新任札萨克阿拉坦敖其尔身着锦绣蒙古袍，头戴红顶花翎，由奇俊峰和政府官员陪同，接见了各苏木章京和上层贵族人士。会上，以新任札萨克名义发布了《告全旗人民书》。

“楚格拉”大会期间，举行了空前规模的“那达慕”，即摔跤、赛马、射箭三项比赛。摔跤有一百六十八对选手，赛马有一百二十多匹马参加比赛。

“楚格拉”大会结束那天，以新任札萨克名义举行了盛大的全羊宴会。奇俊峰以热烈的言辞祝贺“楚格拉”胜利召开，圆满结束，同时借机发布施政纲领。她和阿拉坦敖其尔举着酒杯，轮番给大家敬酒，共祝吉祥。

这次公庙子“楚格拉”盛会，标志着西公旗奇俊峰政权的重新确立。善良的人们也都希望西公旗能够结束外患内斗，人民能够安居乐业。

八

但是树欲静而风不止。那些在政局变革中失去权势的人，那些敌视奇俊峰的人，并不甘心失败。额宝斋就是这样的人。日伪政府垮台后，他一时如丧家之狗，装出一副可怜相向奇俊峰摇尾乞怜。奇俊峰一时心软，给他留了条命。但他对奇俊峰并不感恩戴德，在内心始终把奇俊峰视为眼中钉、肉中刺，欲除之而后快。他被赶出旗政府后，躲在阴暗的角落里，随时窥探动向，煽风点火，纠集同党，等待时机，期望东山再起。1946 年 6 月蒋介石发动反革命内战后，他感到时机已到，更加紧了活动。这时，他得了郝游龙与奇俊峰闹矛盾的信息。

郝游龙既是个兵痞又是个官迷，他在奇俊峰的保安队当了几年团长，又想当副司令，可是奇俊峰并没有满足他的要求。他让他母亲去找奇俊峰说情，奇俊峰亦未答应。由此郝游龙便对奇俊峰怀恨在心，把队伍拉到后山，拒绝接受奇俊峰指挥。

额宝斋抓住这个时机，开始了对郝游龙的拉拢，多次把郝游龙请到家里，以酒肉和鸦片款待，让郝游龙寻欢作乐。自此郝游龙对额宝斋言听计从。

1946 年冬天，奇俊峰身边发生了一件蹊跷的事，也是令她烦恼至极的一件大事。她身边的参谋主任李隽卿，突然以共产党嫌疑的罪名，被绥远省国民党当局逮捕了。

自 1938 年以来，奇俊峰与李隽卿朝夕相处，从友情发展到爱情，两人亲密无间，到了同行、同卧、形离不离的程度。这已成为人所共知的公开的秘密。

李隽卿被捕入狱后，奇俊峰失去了良好的参谋，也失去了亲密的伴侣。为营救李隽卿，她有半年多时间，奔波于西公旗与归绥之间，先后送出一万多银圆和大量贵重物品，向国民党官员行贿，终得以保释李隽卿出狱。但国民党当局有个条件，李隽卿出狱后必须离绥，不准再回蒙旗工作。为此，奇俊峰与李隽卿相拥而泣，甚至海誓山盟，永不分离。两人商定，李隽卿先到北平，奇俊峰回旗做好安排，然后找借口离旗，到北平找李隽卿享受爱情并共商对策。

就在奇俊峰奔走着营救李隽卿时，额宝斋、郝游龙等在谋划着如何杀害奇俊峰。这里又多了个帮凶，即国民党乌拉特中公旗党部书记长贺守忠。他们讨论的问题是怎样杀害、由谁去杀害、杀奇俊峰后该怎样向全旗人民交代以及权力该怎样分配等。贺守忠是个受过国民党调统室系统训练的特务，他认为杀掉奇俊峰并不难。关于如何向全旗交代的问题，他们为奇俊峰捏造拼凑了五条罪状：一、出卖西公旗人民的利益；二、勾结汉人李隽卿，阴谋投靠共产党；三、专横跋扈，独掌政权；四、霸占旗里的财产；五、阿拉坦敖其尔并非石王的后代，而是抱养的汉人孩子。关于杀掉奇俊峰母子后的权利分配也形成了统一意见：一、请回日伪政权时充任旗札萨克的阿木尔萨那，继续充任旗札萨克；二、郝游龙任旗保安司令；三、额宝斋为旗政府大协理。

1947年7月初，奇俊峰从归绥回到西公旗，即着手做她离旗出行的准备。她召集政府官员开会，安排旗内近期的工作，让旗府官员忠于职守，各负其责。然后说，她要带着小王爷去归绥住一个时期。对奇俊峰提出的再去归绥的目的，旗府官员心里都明白，都表示反对。他们能说得出的公开理由是现在国内形势很复杂，为防止西公旗再次出现动乱，要她在旗里继续辅助札萨克执政，而不要外出；内心的想法是阻止奇俊峰再去找李隽卿，一个实际的一旗之长，和一个汉人不明不白地"鬼混"，有损民族的尊严和西公旗的声誉。有人真心为奇俊峰和小王爷母子的安全担心，明白告诉她，郝游龙知道了司令和札萨克要去归绥，正在乌兰计集结部队，路上恐有不测，要她提防郝游龙。奇俊峰却说："我儿子是一旗之长，谁敢动他一根毫毛！"

1947年7月14日，奇俊峰带了数量可观的金银细软，和她儿子阿拉坦敖其尔一起，乘坐骡子车，从旗府公庙子启程。全副武装的二十四名护兵骑着马护卫左右。队伍一路向东行进，走到乌兰计时，天近黄昏。郝游龙通过暗哨观察到，奇俊峰所带护兵都是全旗闻名的神枪手，每人挎着两把二十响的德国造手枪，若硬打起来，自己的人肯定不是对手。因此他未敢贸然行动，而是改变了主意，对奇俊峰和小王爷母子笑脸相迎，接进他的团部，安排在一间好房子里，略进茶点，然后设盛宴招待。

第二天一早，奇俊峰一行用过早餐，母子上了轿车，护兵也纷纷上马，正准备出发时，"缴枪不杀！"忽听一声呐喊，便有郝游龙的队伍包围上来。奇俊峰的卫兵正欲拔枪还击，坐在车上的奇俊峰却摆着手一声嘶喊："自己人不能动武，有话好说！"这时郝游龙走上前来，对奇俊峰说："请司令下车，兄弟们有话要讲。"

奇俊峰及小王爷又被"请"回了郝游龙的团部。随后，郝游龙利用额宝斋等事前授意的拉拢收买手段和以多压少的包围，解除了奇俊峰卫队的武装。

由此，奇俊峰和小王爷母子落入了郝游龙的魔掌之中。也是按照额宝斋等的事前设计，为了把事情做得隐蔽，郝游龙把奇俊峰及小王爷母子转移到了远离公路、背靠乌拉山的达日盖庙，押在一小院里，派两个班的亲信士兵看管。7

月16日夜晚，额宝斋、焦太保等人都赶到了达日盖庙，谋划如何对奇俊峰下手。旗府里一些拥护奇俊峰的官员也闻讯赶来，好心劝阻奇俊峰不要离旗，继续回旗执政。然而奇俊峰不听劝阻，还出言不逊："你们有什么资格拦挡我，都滚回去！"她如此刚愎自用，而且错误地把希望寄托在郝游龙身上，她认为郝游龙头脑简单，权欲熏心，可拉拢利用。她对郝游龙硬软兼施，一面指责他不该妄恩负义，恩将仇报，一面对他封官许愿。她让郝游龙杀死额宝斋，然后让他当旗保安司令。

奇俊峰赴归绥途中被郝游龙武装劫持的消息传到了包头，又传到归绥，时任绥远省主席董其武电示国民党包头警备司令温永栋速行解救。温永栋亲自率军，分乘四辆大卡车赶到公庙子，但却受到额宝斋等操纵的部分王公贵族和郝游龙指挥的西公旗保安队的拦截。温永栋威胁保安队的人说："奇司令是中央有名的人，你们一定要保证她的安全，否则，蒋主席会下令和你们算账！"额宝斋等王公贵族和保安队的人说："这是我们蒙古人内部的事，你们不用多操心。我们一定会保证奇司令的安全。"

温永栋例行公事后，自以为奏效，率部离开了。

这边，郝游龙一面慑于温永栋的威胁，一面想着奇俊峰的许愿，心里确实产生了犹豫。老奸巨猾的额宝斋时刻打听着风声，观察着动向，当他看出了郝游龙的心神不定时，对他说："你现在处于骑虎之势，若放虎归山，必定会被老虎咬死。你若杀死这支老虎，以后西公旗的大权就是你的。"又怂恿郝游龙一亲信部下去对郝游龙说："你若听奇俊峰的，今天杀了额宝斋，明天奇俊峰就会杀你。再说，杀了奇俊峰，能得到那么多金银财宝，也好供咱部队使用。"

在权力和金钱的诱惑下，郝游龙产生了一种难以抑制的冲动，打定了主意。

1947年7月18日（农历六月一日）夜间，郝游龙指派一名杀手隐伏在奇俊峰住处。7月19日（农历六月初二）日清晨，奇俊峰起床后刚走出屋门，"啪、啪！"躲在暗处的杀手连开两枪，奇俊峰应声倒地。随后杀手又冲进屋里，杀害了奇俊峰的儿子、小王爷阿拉坦敖其尔。

九

1947年7月25日，国民党《中央日报》发出消息："乌盟西公旗血案，女王奇俊峰及幼子被杀,凶手系保安团长郝游龙。”事件震惊国内各界人士,绥远省当局遂派人前往西公旗调查。此后,奇俊峰的养母诺月朋数次去归绥告状申冤,要求当局严惩凶犯,为奇俊峰及阿拉坦敖其尔母子报仇雪恨。省政府主席董其武曾三次接见诺月朋,只说“候中央命令惩办”。由国民党操纵的绥境蒙政会派人去西公旗调查了一番,回来也没提出什么具体的处理意见。后来一位国民党官员道出了玄机,说此案是有政治背景的,李隽卿是共产党,奇俊峰与李隽卿关系密切,已构成共产党嫌疑。言下之意,郝游龙杀害奇俊峰,是替国民党杀了一个“共产党嫌疑”。

至于李隽卿的“共产党嫌疑”,纯属子虚乌有。其实李隽卿骨子里是崇蒋仇共的。奇俊峰在重庆谒见蒋介石的一些阿谀之举与献媚之词都出自李隽卿的设计和手笔。他被指为“共产党嫌疑”被捕入狱的原因是奇俊峰让李隽卿这样一个汉人睡在身边,而且对他言听计从,让他越来越多越得劲地干预旗政,严重地损伤了蒙古族的风化和尊严,引起了旗内上层人士和奇俊峰亲近者的严重不满。由一奇俊峰的本家侄儿暗中控告李隽卿是“共产党嫌疑”,国民党绥远省当局便乘机逮捕了李隽卿。这表面看来是反共防共之举,也顺应了蒙旗的“民意”,其实还另有用意,即当时绥境蒙古族的上层人物正要求“高度自治”,当然奇俊峰也是这个“自治运动”中的重要人物,国民党怕她因是“蒙古抗战女英雄”而不好对付,便通过逮捕李隽卿对她予以打击,以分散和削弱“自治运动”阵线的力量。

也许正是由于国民党当局这一得意之举,导致了奇俊峰后来的惨死。有人说奇俊峰是“为情而死”,亦不无道理。她若不是执意要离旗去会李隽卿,也许不会出现这样的结局。

奇俊峰和小王爷阿拉坦敖其尔被杀害后,郝游龙、额宝斋、贺守忠等自以为得逞,郝游龙当上了西公旗保安司令,贺守忠的妹夫阿木尔萨那重回旗府充任札萨克,额宝斋任大协理。他们执掌大权后,即向广大牧民征收捐税,搜刮民财。

乌拉特中公旗人民对王公贵族之间的互相残杀深感悲哀,对奇俊峰及阿拉坦敖其尔被杀害表示出了极大的同情与惋惜,他们编了民歌以寄托哀痛之情。

松柏丛生的乌拉山哟,
谁料到你会降临苦难;

抗战八年的女英雄哟，
竟遭到了“油葫芦”的暗算。
活蹦乱跳的小马驹哟，
谁见了都喜欢；
聪明过人的小阿哥哟，
却被魔鬼夺去了生命。

黑压压的乌云哟，
何时才能驱散；
豺狼般的“油葫芦”呀，
你残杀无辜罪恶多端。
阴森森的黑夜哟，
黎明还有多远？
丧尽天良的“油葫芦”呀，
有和你算账的一天。

郝游龙不仅是杀害奇俊峰和阿拉坦敖其尔母子的罪魁祸首，还反共反人民，罪恶累累。1945年冬天，在中国人民解放军与国民党军队作战的绥包战役中，郝游龙率二百余人的西公旗保安队在解放军侧翼骚扰，与守城的国民党军内外呼应，为国民党立了“战功”。杀害奇俊峰后，他曾被国民党军政部正式任命为乌拉特西公旗少将保安司令。1949年“九·一九”绥远和平解放后，他继续勾结由国民党潜伏特务组建的“华北反共义勇军”等反革命势力，从事反共反人民的罪恶活动。

1950年秋天某日，在郝游龙身藏德式马牌手枪乘火车进北京途中，被我公安机关逮捕。1951年春天，在乌拉特前旗（原西公旗）政府所在地哈拉汗，召开数千群众参加的公开审判大会。经乌兰察布盟人民法院判决，郝游龙被处以死刑，为西公旗人民伸张了正义。

新中国成立后，在中国共产党的阳光照耀和雨露滋润下，乌拉特草原出现了一派蒙古民族和各民族团结、和谐的景象，人民过上了新的生活。

结　语

在雄浑豪迈的内蒙古革命斗争历史进程中,有多少民族英杰,为了民族的解放和振兴,而怀着满腔热血,进行艰难的探索和英勇的奋斗。本章书写的蒙古族青年恩克巴雅尔,是第一个在乌拉特草原传播马克思列宁主义的革命先驱,是乌拉特草原上第一个马列主义革命组织的创始人。他为蒙古民族的解放事业献出了年仅二十七岁的生命,一生的奋斗事迹可歌可泣。他是蒙古民族的优秀儿女,是乌拉特草原的光荣。

而有着“抗日女司令”称号的奇俊峰,在民族危亡的关键时刻,以其特殊的身份,毅然站在了抗击日寇的立场上,率其所管辖的武装力量,投身抗日战场,一时在蒙古民族中以至全国产生了一定的影响。尽管她自身有着这样那样的弱点和局限,但仍不失为蒙古民族的女中豪杰和巾帼英雄。

无论是恩克巴雅尔,还是奇俊峰,都是蒙古民族闪亮的坐标。

乌拉特人民生生世世,乌拉山上松柏常青。让我们怀着坚定的文化自信和对民族英雄的崇敬,永远地记住和礼赞我们的民族英杰。

第十章　捍卫和平

绥远和平解放

1949 年 1 月 31 日，中国人民解放军举行入城式，北平和平解放。2 月 22 日至 24 日，傅作义将军偕邓玉珊先生等乘飞机赴石家庄，转往西柏坡，会见中共中央毛泽东主席、周恩来副主席和朱德总司令。谈话中毛主席说："有了北京的和平起义，绥远问题就好解决了。"他提出了"绥远方式"。1949 年 3 月 5 日至 13 日，中共中央在西柏坡召开的七届二中全会上，毛主席在报告中对"绥远方式"进行了明确地阐述，他说："绥远方式，是有意地保存一部分国民党军队，让它原封不动，或者大体上不动，就是说向这一部分军队作暂时的让步，以利于争取这部分军队在政治上站在我们方面，或者保持中立，以便我们集中力量首先解决国民党残余力量中的主要部分，在一个相当的时间之后（例如在几个月、半年，或者一年之后），再去按照人民解放军制度将这部分军队改编为人民解放军。这是又一种斗争方式。这种斗争方式对于反革命遗迹和反革命的政治影响，较之北平方式将要保留得较多些，保留的时间也将较长些。但是这种反革命遗迹和反革命政治影响，归根到底要被肃清，这是毫无疑问的。决不可以认为反革命力量顺从我们了，他们就成了革命党了，他们的反革命思想和反革命企图就不存在了。决不是这样，他们中的许多人将被改造，他们中的一部分人将被淘汰，某些坚决反革命分子将受到镇压。"

按照毛泽东主席这一讲话精神，1949 年 3 月间，中共中央华北局和傅作义方面各派代表三人，开始具体协商绥远和平解放问题。中共方的代表是李井泉、张友渔、潘纪文。傅作义指派的代表为原任北平市民政局长的周北峰、原华北"剿总"副秘书长兼政工处长王克俊、原华北"剿总"政工处副处长阎又文。

双方通过协商，于5月28日达成了《绥远协议》。6月3日，举行签字仪式。华北人民政府主席董必武和绥远省主席董其武的代表康保安，分别代表双方在协议书上签字。协议内容大体为划定人民解放军和国民党绥远部队的临时分界线，恢复平绥铁路交通，通邮通电，恢复商业贸易往来，确定双方货币兑换办法等。协议还规定，由中共中央华北局指派联络处驻归绥，协助执行协议。

随后，中共中央华北局和华北人民政府组成了以潘纪文任处长、鲁志浩任主任的驻归绥联络处，于7月11日进驻归绥，开始工作。

《绥远协议》虽然签署了，但落实这个协议却并非易事。当时绥远的情况十分复杂，敌我双方的斗争非常尖锐激烈。自北平、天津、察哈尔和晋北地区解放后，一些国民党特务和反共顽固分子麇集绥远。国民党中统特务头子张庆恩两次飞抵绥远，布置破坏和平协议的特务活动。绥远军政内部，也有一些反共分子，如军长刘万春、师长鄂友三、骑兵旅长乔汉魁等，坚决反对绥远起义，采取各种手段进行抵制和破坏。7月中旬，国民党政府军令部长徐永昌、空军司令王叔铭飞抵绥西陕坝，把董其武、孙兰峰、刘万春接了去，极尽拉拢和离间手段，破坏绥远和平起义。

与国民党反动派上层人物的活动相呼应，归绥的顽固反共分子们也更为嚣张。他们公然叫嚷："绝不能让共产党来绥远！"中共联络处进驻归绥后，他们大肆造谣，对中共人员进行攻击、污蔑，甚至在大街上谩骂和袭击联络处工作人员，进行挑衅。1949年7月24日，一群身着便衣、持有手枪和冲锋枪的军警特务，开枪打死了中共联络处铁路工作组秘书王士鑫，打伤了另两位同志。

面对敌人如此严重的挑衅，中共联络处长潘纪文面见董其武将军，严正谴责了反动分子的破坏罪行，并指出，一小撮反动分子企图破坏绥远和平解放的阴谋不会得逞。董其武当即表示，一定迅速追查，严惩凶手，并表示进一步采取措施，确保联络处人员安全。

此情况传到北京，毛泽东主席接见了傅作义，对他说："事情是有曲折的，革命不能没有牺牲。绥远解放，用'绥远方式'不变。"还说，"必要时，你可偕邓宝珊先生去绥远一趟。绥远用不着军管方式，起义后设军政委员会。"

1949年8月28日，傅作义将军携带毛泽东主席关于"不用武力解决绥远问题"的亲笔信，偕邓宝珊先生等，乘铁甲列车从北平出发，一路风尘，经绥东解放区丰镇，于9月2日到达归绥。然后往返于包头和归绥之间，为促成绥远和平解放做了卓有成效的工作。

历史前进的脚步不可阻挡。1949 年 9 月 19 日，国民党绥远省政府主席董其武、兵团司令孙兰峰等原国民党驻绥军政要员和各界代表三十九人，集聚在包头的绥远省银行礼堂，在绥远和平起义通电上签字。随后通电中共中央毛泽东主席、中国人民解放军朱德总司令并全中国，宣布绥远起义。

通电说："我们全体官兵、政府工作人员和各界同胞，今天在绥远发动了光荣的起义，并庄严地向人民宣布：我们正式脱离依靠美帝国主义的蒋介石、李宗仁、阎锡山等反动残余集团，坚决走到人民方面来。绥远和平解放，我们得庆新生，全体军民谨以无限忠诚，向人民领袖毛主席、朱总司令致以崇高的敬礼！"又说："我们要在中国共产党的领导下，努力学习，自我改造，和全国人民一起来粉碎帝国主义侵略中国的任何阴谋，消灭反动派一切残余势力，实现新民主主义，和平建设新绥远，和平建设新中国。"

毛泽东主席、朱德总司令复电："看了你们 9 月 19 日的声明，你们的立场是正确的。自从傅作义将军领导北平和平解放后，人民表示欢迎，反动派表示反对，反动派还企图破坏绥远军民和平解放的努力，但是终归失败。你们已经率部起义，脱离反动派，站到人民方面来。希望你们团结一致，力求进步，改革旧制度，实现新政策，为建设人民的绥远而奋斗。"

此即载入中国革命史册的绥远"九·一九"起义。从此，绥远实现了和平解放。

工作团进驻绥西

按照中共中央华北局与国民党绥远省政府签署的《绥远协议》精神，中共逐步派干部接收国民党在绥远的各级政权和军队，实现地方解放区化，军队解放军化。实际上，此前绥东地区已经解放，中共绥远省委和省人民政府设在丰镇。“九·一九”和平起义，主要指绥中和绥西地区。1949 年 12 月间，中共中央华北局即派出工作团进驻了归绥和包头，同时着手组建工作团进驻绥西。中共中央华北局决定，从冀中区八地委（即沧州地区）抽调干部，到绥远工作。1950 年元月初，所抽调的二百多名干部由刘健同志带队，于元月 6 日到达北京，在京经过短期培训、学习后，10 日晚从北京乘火车，12 日凌晨到达归绥。

1950 年 2 月 23 日，绥远省人民政府发布干字第 213 号令，宣布成立绥西生产建政工作团，任命了正、副团长及委员，分团正、副团长及委员。绥西生产建政工作团团长沈新发，副团长刘健、王恩荫（起义人员），委员邢情魁、李贵、黄波。去往五原、安北、晏江三县的人员为一个分团，称五安晏分团，团长何升岫，副团长苗瑞凤（起义人员），委员郝克、张智、张鸿恩（起义人员）；去往临河、米仓、狼山三县的人员为一个分团，因狼山又名永安堡，称临米永分团，团长李桂芳，副团长余平、车采凤（起义人员）、刘惠之（起义人员），马克俭、杨清、董炎炳、柴生华（起义人员）为委员。

其间，中共绥远省委书记高克林给工作团全体成员做报告指出：“工作团的主要任务是实现绥西解放区化，并协助军队实现解放军化。具体工作任务是：一、领导恢复和发展生产；二、建立各级人民政权；三、发展地方武装，安定社会秩序；四、减租调地，剿匪反霸；五、搞好统一战线，加强民族团结。

绥远省人民政府主席董其武、副主席杨植霖也接见了工作团成员，就工作任务和要求发表了讲话。

工作团人员在归绥过了春节，2 月 23 日（农历正月初七）午夜从归绥乘火车，24 日凌晨到包头。在包头停留一日，25 日早晨 7 时，分乘十辆卡车西进。大家自带干粮，中午在公庙子休息就餐，然后继续西行。下午 3 时许到达安北县城扒子补隆（新安镇），时有安北县起义军政人员及民众代表二三十人在城南迎接。团领导下车答谢，之后向五原进发。下午 5 时许到达五原县城隆兴长镇，又有起义军政人员及民众代表四五十人在县城南门迎接。团领导下车答谢后，一起入城，当夜工作团人员住宿在五原旧城原县政府和警察局。

至此，五安晏分团的人员留在隆兴长。

2 月 26 日，总团和临米永分团的人员继续乘车西行，中午到达临河县城。当地起义军政人员和民众代表三四十人在东门迎接。

临米永分团的人员留在了临河。

在临河用过午饭后，总团的人员继续向陕坝进发，约下午 4 时到达陕坝东约五里处，有起义军政人员和民众代表七八十人在元子渠桥迎接，一同进入陕坝。

绥西生产建政工作团总团进驻陕坝后，即开始了紧张的工作。

1950 年 3 月 20 日，在当时河套的政治中心陕坝，由工作团正式宣布，成立中国共产党绥西地委、陕坝专署、绥西军分区。沈新发任地委书记兼军分区政委；邢情魁任专署专员，起义人员王思荫任副专员；杨维垣任军分区司令员，张福来任副司令员。

按照中共绥远省委和省人民政府的指示精神，中共绥西地委于 3 月下旬到 4 月初，从总团抽调部分人员，加上绥远省新派来的华北人民革命大学的学生和从省妇干校抽调的干部，继组建临河、五原工作团之后，又组建了米仓、狼山、晏江、安北工作团，分别进驻各县，开展工作。要求各县在 4 月 30 日前成立县委和县政府，陕坝镇成立镇党委和镇政府。根据《绥远协议》精神，各县县长由起义人员担任，副县长由中共干部担任。

中共绥西地委和陕坝专署成立后，即开始在原专署和各县的民政、财政、建设、文教四大部门加派党的干部，特别加强了民政、财政两大部门的领导和力量，并开始筹建百货公司、供销社、人民银行及邮电、粮食、税务等部门的工作机构。同时开始了废乡建区、废保建政的宣传和筹备工作。绥西军分区成立后，即按照绥远军区司令部颁布的《剿匪肃特布告》和《目前剿匪肃特治安工作的指示》精神，调动和指挥部队，投入了剿匪肃特的战斗。

绥西地区按照“绥远方式”和平解放了，广大人民群众热烈拥护，拍手称快。但正如毛泽东主席的英明论断，“决不可以认为反革命力量顺从我们了，他们就成了革命党了，他们的反革命思想和反革命企图就不存在了。决不是这样。他们中的许多人将被改造，他们中的一部分人将被淘汰，某些坚决反革命分子将受到镇压”，绥远“九·一九”起义前后，在河套这片敌情十分复杂的土地上，起义与反起义、革命与反革命、改造与反改造，两种势力一直进行着尖锐、激烈的斗争。我们工作团的共产党员和革命干部们，中国人民解放军的指挥员和战士们，即在这革命与反革命的较量中与敌人斗智斗勇，冲锋陷阵，他们将面临血与火的搏击和严峻的考验。

临河险情

绥西生产建政工作团临河县分团团长李桂芳，成员有马克俭、仝发启、刘敬海、高新平、庞新民、于发路、王占峰、赵英（女）等三十多位同志。李桂芳任中共临河县委书记（最初对外称政委），马克俭任县委组织部部长。工作团于1950年2月26日到达临河。27日，召开了有旧军政起义干部和工作团成员参加的大会。会上，原县长刘惠之介绍了旧政府和机构设置、人员职务等情况，李桂芳公布了工作团全体人员名单，然后郑重说明生产建政工作团的中心任务是抓好春耕生产，建立新政权。他要求起义干部和工作团人员密切配合，立即行动起来，抓好当前的工作。

这次会议之后，经过一天时间的准备，工作团成员和起义干部一起，首先组成城市工作队，深入到工商界、学校及城镇居民中宣传党的各项方针政策，发动群众，安定人心，从调查研究入手，开展工作。工作团还在临河县银行西侧设立了一个宣传窗口，随时接待前来“摸底”的群众，向他们宣传全国的革命形势，绥远和平解放的意义以及工作团来此的目的等；同时了解他们的生产和生活情况，问寒问暖，和他们交朋友。通过这样广泛深入地宣传和接触群众，使中国共产党的方针政策日渐深入人心。一传十，十传百，好些农民知道共产党的工作团是来为老百姓办事的，主动找上门来，要求工作团派干部到他们村去工作。一些起义干部也说共产党政策好，纷纷表示接受共产党领导，作好各项工作。

紧接着，生产建政工作团派出工作小组深入农村，一方面帮助贫困农民克服种种困难，组织和推动春耕生产；一方面了解社会情况，宣传党的政策，发现、培养农民中的积极分子和骨干成员，为召开农民代表大会、建立新政权打下了良好的基础。

经中共绥远省委和省人民政府批准，通过召开全县人民代表大会，1950 年 4 月 14 日，正式宣布成立临河县人民政府，由起义人员苗瑞凤任县长，仝发启任副县长。会上同时宣布了县政府各科、局负责人名单。

这时，生产建政工作团在临河县的工作已基本打开了局面。但是，反动分子并不甘心他们的失败，不会自行退出历史舞台。特别是在起义部队中，一些反动分子顽固地坚持反动立场，千方百计地对中共工作团的工作进行抵制和破坏，甚至进行威胁。

遵照我党对起义部队解放军化的要求，中国人民解放军绥远省军区抽调了一批干部，到起义部队任政治委员、政治部主任、指导员等职，做政治工作。这些同志到起义部队之中，和官兵生活在一起，给士兵上政治课，教唱革命歌曲，使党的政策在连队中日益深入人心，对拥护绥远和平解放的进步官兵来说，政治工作的成果日益显现。但起义部队中一些反动分子对中共的政工人员和政治工作极端仇视，采取各种手段进行抵制和排斥，甚至谋划反革命暴乱，妄图推翻共产党对起义部队的领导，把部队拉出去，为他们幻想的蒋介石反攻大陆效劳。

当时驻临河的起义部队三二八团三个营，在临河城里和城外的桃儿湾、黄河边的杨满渡口各驻一营，团长张玉尧是国民党军统特务，虽在起义人员登记册上签了字，内心里却对共产党充满仇视。他竭力反对中共对起义部队的改造，唆使其亲信和追随者采取各种卑鄙手段，对中共工作团和派驻军队的政工人员进行跟踪盯梢，流动监视，对在政治上向中共靠拢的进步官兵进行打击、迫害。他们肆意克扣军饷，使士兵吃不饱，吃不好，反说“这就是解放军的待遇”，以挑拨、煽动士兵对中共的不满。张玉尧及其追随者还与地方上潜伏的国民党特务分子、土匪及其他反动分子勾结，欺压人民，破坏生产，扰乱社会治安，袭击中共工作团，谋划暴乱，接连制造事端。

根据当时的形势，中国人民解放军绥远省军区规定：“没有命令，起义部队不准普遍发放枪支弹药，只限于警卫士兵有枪。”可是张玉尧无视这个规定，私自把武器发给官兵，指使其追随者在部队驻地杀牛、杀猪、杀羊，以“犒劳”为名，拉拢收买部分官兵。其磨刀霍霍，扬言还要杀人。

1950 年 4 月，一天，临河县公安人员到离县城不远的治丰村执行任务时，遭到了三二八团一个排兵力的围攻。由于我公安人员巧妙地避开了敌人,才没有遭受损失。这是反动分子对中共新政权的一次试探。工作团方面为顾全大局,暂没对敌对分子进行反击。

张玉尧错误地估计了形势,也是他的反动立场所决定,紧接着他把驻在杨满渡口和桃儿湾的两个营部调回城内,准备暴乱。首先以整训为名,对中共派去的政工人员和进步士兵进行咒骂、讽刺,工作中故意刁难,甚至到政工人员住处鸣枪威胁。针对这种情况,为保证我政工人员安全,工作团决定以军分区政治部开会名义,把派驻各营连的政工人员调回,集中在工作团接待处,以防不测。反动分子们自以为得计,我政工人员离开时,他们还鸣枪示威。我政工人员离开后,他们又开始对靠近中共的进步官兵进行镇压。一天晚上,他们以外出执行任务为名,将队伍拉到城外野滩里,将三十多名进步官兵杀害后埋在沙窝子里。有一个士兵因向我政工人员借了一本《论共产党员的修养》阅读,就被反动分子拉出去活埋了。

在迫不及待、紧锣密鼓地准备暴乱的过程中,张玉尧指使其所控制的特务分子,换上便衣,四出活动,掌握了工作团的人数及武器配备情况,领导人住处等,还绘制了地图,标出了行动路线,并在县公安局内部选好了一个内线。这个内线是原国民党公安局的一个副警长,起义留用人员。按照反动分子们的策划,暴乱行动先从公安局开始,按照信号,内线从里边打开大门,暴乱分子冲进去,将公安局的人一举歼灭,再以一个连兵力向工作团驻地发起进攻。然后将部队拉走。

这天要行动了。张玉尧召集亲信们开会,进行布置。白天他们杀猪宰羊,大吃大喝,并准备好了三天的食品。同时,以保护工作团为名,在县政府门口和大街十字路口架起了轻、重机枪和小炮。到了晚上,县政府门口和各路口增加了岗哨,县公安局院墙四周有多名士兵和便衣在游动。似乎箭在弦上,一触即发。

城里的群众觉察到这一情况,一片恐慌,商店都关了门,居民也不敢出屋。有的群众偷着跑来给工作团报信,让工作团的人躲一躲。

其实,对敌人的阴谋活动,已经掌握在了工作团的视线之中。他们在公安局的那个内线,也已被控制。到时公安局的大门未打开,外面的敌对分子也未敢强冲,他们的阴谋未能得逞。但是,反动分子们的妄想及阴谋活动并没有停止。针对这一情况，工作团召集紧急会议，商议对策，决定工作团长、县委书记李桂芳和军区派驻三二八团的马政委即刻去陕坝向地委汇报，其余多数人员分三批离开县城，下乡贯彻县人民代表大会精神。县里只留下副县长仝发启、公安队长岳英、公安人员陈美、县政府秘书庞新民、民政科长高新平五人，观察动向，相机应对。下乡的人是那天夜间先后出发的。

第二天县长苗瑞凤来上班，见一夜之间政府院里只剩下四五个人，很惊讶，问同志们都到哪里去了。仝发启笑了笑说："都下乡贯彻人代会精神、抓生产去了。"接着将实情告诉他，苗瑞凤县长对张玉尧的罪恶行径深表痛恨。

李桂芳和马政委到陕坝向地委汇报了情况后，几次打回电话询问临河的事态发展情况，仝发启只说同志们都下乡去了。因邮电局长是个国民党特务，别的情况不便详说。5月1日下午约5时许，地委书记沈新发亲自打来电话，让仝发启尽快到陕坝汇报情况。仝发启考虑到留守同志们的安全，经与从三二八团撤出来的政治部安主任商量，决定带上岳英、陈美、庞新民、高新平，以及部分从三二八团撤出的政工人员、公安队员共四十多人，傍晚6时许，从临河县城出发。

队伍刚一出城，就发现道路南北两侧距离约二里远各有一百多人的队伍，与他们同向而行，并渐渐向他们靠近。这时同志们的心情都紧张起来，仝发启与安主任商量后，要大家加快前进，并做好战斗准备。霎时同志们以临战姿态手握钢枪，子弹上膛，同时加速了前进的脚步。过了离县城六七里远的马道桥时，两侧的队伍停止了前进。看来，这只是张玉尧对我工作团的一次威胁，并未敢轻举妄动。

一行人到陕坝后，仝发启和安主任连夜向地委书记沈新发等汇报了张玉尧在临河的阴谋活动和策划暴动等情况。此前，沈新发听了李桂芳和马政委的汇报后，已找起义部队一〇七师师长王丛仁谈了情况，要他出面制止张玉尧的暴乱行为。王从仁师长赶赴临河找张玉尧谈话，张玉尧拒不承认他的暴乱企图，只说他部署兵力都是为了保护工作团和维护社会治安。

5月5日，工作团的同志回到临河县城，张玉尧改了一副嘴脸，笑脸相迎，并请工作团的同志们吃饭。见面会上，工作团领导同志讲话中敲山镇虎，说一些暗藏的国民党特务分子与反革命分子勾结，造谣惑众，破坏生产，扰乱社会治安，妄图制造暴乱；要求起义部队要认清形势，站在人民群众一边，在保卫生产建政、维护社会治安方面起积极作用。张玉尧听了假装点头称是。之后，我们的政工人员又回到三二八团。

不管张玉尧怎样抵赖他的犯罪事实，不管他怎样表演，他身为国民党军统特务，在临河县破坏和平起义成果，妄图制造军事暴乱事实俱在。1950 年秋季，三二八团奉命东调。临行前，团政治部组织忆苦思甜大会，一些下级军官和士兵纷纷揭露张玉尧及其追随者敌视中共工作团，企图策划暴乱以及排挤打击政工人员，杀害进步士兵的累累罪行。三二八团被调到河北省保定地区新城县，被编入中国人民解放军第六十七军。张玉尧拒不接受整编和改造，鼓动一些反动分子逃跑叛乱，被我地方民兵围剿捕捉。张玉尧如此死心塌地坚持反动立场，与人民为敌，罪行累累。后经有关方面批准，对其执行了枪决。

安北事件

绥西生产建政工作团安北县工作团团长王正大，副团长王锦云。王正大任中共安北县委书记。1950 年 5 月 1 日，生产建政工作团与旧政府合并办公，即标志着新的人民政府成立。按照起义协议精神，起义人员张鸿恩任县长，王锦云任副县长。5 月 4 日召开全县人民代表大会，王锦云以副县长的身份同代表们见了面，发表了讲话，之后就投入到工作之中。

自生产建政工作团到安北后，即按照总团的部署，开始了抓春耕生产和废除旧政权、建立新政权等工作，首先在乡村废除了保甲，停止了旧政权对农民的各项摊派，给农民群众发放了农业贷款，解决了不少群众生产和生活中的困难，赢得了广大群众的拥护。下一步工作，是要贯彻全县人民代表大会精神，通过召开各区的人民代表大会，废乡建区。研究工作时，县委书记王正大提出要下乡贯彻县人代会精神，王锦云却坚持自己先下去，让王正大在县里坐镇指挥。当时大佘太划为四区，是全县条件最艰苦、社情最复杂、匪特活动最猖獗的区域，王锦云要先到那里去工作。后经请示中共绥西地委同意，王锦云带领县委秘书吴海、县政府通讯员郝瑞云二同志，一起骑马于 5 月 22 日下午到了大佘太。这时，四区的人民代表大会已经结束，王锦云抓紧时间与代表们一一见了面，了解了当地农业生产和铲除大烟（鸦片）苗等情况。吃晚饭时，驻四区工作组长李修身接到县长王鸿恩打来的电话，说是接到通知，让王县长明天上午赶到陕坝开会，叫大佘太保警队派一个班护送，由县政府保警大队长杨世雄接应。

王锦云为了按时参加陕坝的会议，决定带着吴海、郝瑞云连夜赶回安北县城。他们没有想到，前面的路上正隐伏着凶险。

县政府保警大队是原国民党安北县的“清剿团”，“九·一九”起义后原封不动地接收了过来，保警大队长杨世雄是暗藏其中的反革命分子，他早已在大佘太收买布置下匪徒，寻机谋杀中共工作团干部。当他得知王锦云等要连夜从大佘太回县城时，立即秘密指令特务分子、保警队排长云占山，到王锦云等回县城所经之路埋伏，伺机杀害。

夜间，当王锦云、吴海、郝瑞云三人骑马走到德岭山红山口时，云占山等匪徒突然向毫无准备的王锦云等三人开枪射击，即刻血染红山口，三人惨遭杀害。

王锦云，陕西省延长县人，1934 年在陕北参加中国工农红军青年队，1935 年加入中国共产党，转战陕、晋、绥、蒙等地，历任少先团区委书记、县团委书记兼游击队长、独立营长、县委组织部部长、县长、县委书记、地委武装部部长和绥蒙军区武装部干部科长等职。1949 年入华北革命大学学习。1950 年 3 月，按照组织安排，从华北革命大学提前结业，到河套参加生产建政工作团工作。在长达十六年的革命生涯中，他参加农村打土豪、分田地、抗捐税斗争，参加了抗日战争和解放战争，一贯积极勇敢，艰苦奋斗，深入实际，并善于团结和组织群众，出色地完成党交给的各项任务。他从不计较个人得失和名利地位，只要是革命需要，他就服从大局，听任组织分配。在他身上，充分体现了那一代共产党人所追求的精神境界。

王锦云牺牲时三十四岁。

吴海，山西省偏关县人，1946 年参加革命，同年加入中国共产党，曾任民兵中队长、副大队长、区委书记、县委秘书等职。牺牲时三十一岁。

郝瑞云，内蒙古乌兰察布盟集宁人，是王锦云的通讯员，牺牲时十九岁。

米仓血案

1950年4月初,绥西生产建政工作团进驻米仓县。工作团政委赵歧,同时任中共米仓县委书记。1950年4月25日,成立米仓县人民政府,起义人员刘惠之(原临河县县长)任县长,工作团长蔡子萍任副县长。县政府设在三道桥。6月实行"废保建政",将全县划为三个区(后来重划为四个区),为各区配备了区长、武装干事、助理员等干部。

米仓县地处河套西部,西邻乌兰布和沙漠,北靠阴山,当时是土匪活动猖狂的区域。活动在米仓县境内的土匪有多股,其中最猖狂最凶恶的是以张疤子(张希尧)和王如意为首的股匪。张疤子号称"华北人民反共自卫救国军"第一特务师长兼"华北反共义勇军"四十师第一团团长,王如意号称"华北人民反共自卫救国军"第二师第二团团长兼"华北反共义勇军"四十七师第二团团长,他们纠集了数百匪徒,活动在胡柜城、太阳庙以西地区。匪部号称"司令部",设在阴山内炭窑口一巨大山洞中,洞口及周边岗哨林立,戒备森严。"司令部"门口挂着国民党青天白日旗,叫嚣"开展华北敌后游击战","先打区,后打县,再后打绥远","让共产党的工作团限期退出陕坝和三道桥"。此匪部匪徒最多时达四五百人,均骑快马,他们白天藏在山里,夜里下山抢掠农民的马匹、粮食、财物,强奸妇女,甚至围攻政府机关。最西部的米仓县一区首当其冲是受土匪袭扰最严重的地区。

米仓县一区区公所设在三道桥西北约二十里远的大树湾刘二拴圪旦。区委书记兼区长田桂生是一位抗日战争时期入党的同志,他到一区工作后,不顾个人安危,白天带领同志们深入到群众之中,一面宣传党的政策,一面发动群众恢复和发展生产，建立新的政权和群众组织。很多时候，他们在夜间召集干部和群众开会、学习之后，就睡在离区公所较近的农民人家的屋顶上，轮流放哨，以警惕土匪的突然袭击。

经过几个月的艰苦工作，米仓县一区的各项工作都大有进展，党的干部也在群众中树立起了很高的威信。群众说：“迈开步，甩开手，共产党咋走咱咋走。”

广大人民群众期望跟着共产党，过上和平安定的日子，建设自己的家园。可是土匪、特务及一切反动势力却怀着他们“反共自卫”的幻想和野心，随时伺机向新建的革命政权发动袭击，严重地威胁着人民生命财产安全。

1950 年 6 月下旬，张疤子、王如意股匪出动武力，并动用车辆和骆驼，欲下山抢劫一区境内的崔虎豹粮库。田桂生区长得到情报后，即刻向县政府做了汇报。

副县长蔡子萍接到报告后，立即给起义部队三〇三团打电话，请他们出兵护卫粮库。可是等三〇三团部队赶到时，粮库已经被抢了，土匪已逃得没了踪影。

1950 年 9 月 19 日，张疤子和王如意率二百多名土匪，从炭窑口玻璃庙下山，一路向东袭扰。田桂生得到情报后，一面向县政府报告，一面组织区公所人员作好迎击土匪的准备。

下午二时许，土匪先头部队二十几人冲进了位于大树湾刘二拴圪旦的区公所院内。此时区公所内共有八人，长枪八支，手榴弹八十颗。勤务员宁银定最先向土匪投掷了两颗手榴弹，炸伤了两个土匪和一匹马。土匪见势不妙，逃出院子，绕到区公所后面，蹿上两户人家的屋顶，居高临下地向区公所院内猛烈射击。这时，后面的骑匪队伍已经赶到，霎时对区公所形成了包围之势。一场包围袭击与反包围的战斗打响了。

田桂生指挥着另七位同志，向进攻的土匪猛烈还击，投手榴弹炸死土匪二人，炸伤五人。战斗持续了一个半小时，他们子弹打完了，手榴弹也甩净了，县里的救援部队还未赶到，情况十分危机。这时，一个家住太阳庙双敖包的名叫康四儿的人，是土匪头子张疤子的干儿子，又当过伪乡干事，他对区公所内外地形十分熟悉，便来给土匪带路。由他引着，众匪徒从区公所西南角的矮墙爬上了马棚，听不到院里再有枪声，断定区公所的人没子弹了，便纷纷跳进院里，呐喊着向屋子里进攻。此时英勇的宁银定手持空枪冲上去与土匪搏斗，壮烈牺牲。接着，土匪冲进北房，枪杀了区长田桂生和区助理员武建民。武装干事霍二官在草棚里与土匪搏斗，也终因寡不敌众而牺牲。公安队班长杜银锁也被枪杀在马棚里。

县公安队赶到时,土匪已经逃跑。我们的五位同志倒在了血泊之中。土匪将区公所的枪支、电话机及其他财物抢劫一空。

苍天在垂泪,阴山在哭泣。1950 年 9 月 20 日,中共米仓县委和县政府将五名牺牲同志的遗体,运回了米仓县人民政府所在地三道桥,人们含着万分悲痛的心情,为五位同志举行了隆重的追悼会。县委书记赵歧为五位同志致了悼词,宣布五位同志为革命烈士,同时追认区助理员、起义干部武建民为中国共产党党员。赵歧在讲话中,号召全县共产党员、公安队员和广大群众动员起来,化悲痛为力量,团结战斗,彻底消灭活动在河套的土匪和国民党特务,为人民除害,为烈士报仇。与会同志高呼口号,表示剿匪肃特的决心。

米仓血案中牺牲的五位烈士的情况如下:

田桂生,共产党员,河北省易县人。抗日战争时期参加革命,立过战功。1950 年 2 月随生产建政工作团来河套,4 月任中共米仓县一区区委书记兼区长,牺牲时四十五岁。

霍二官,共产党员,山西省五寨人。解放战争时期参加革命,历任战士、班长。1950 年 4 月任米仓县一区武装干事。牺牲时二十七岁。

武建民,起义干部,狼山县永胜乡人。1950 年 4 月任米仓县一区助理员。牺牲时二十七岁,被追认为中共党员。

杜银锁,米仓县头道桥乡人。县公安队班长,牺牲时二十多岁。

宁银定,山西省代县人。1950 年参加革命,任米仓县一区勤务员。牺牲时四十多岁。

1950 年 10 月初,以毕力格巴图尔师长为总指挥的绥西剿匪指挥部,命令蒙骑四师十团和红马连、白马连等剿匪部队,开赴河套西北太阳庙一带,对张疤子等匪部进行围击。10 月 6 日,在善岱庙活捉了匪首张疤子、张德彦,另一匪首王如意率残部投降。消息传到米仓县一区,人们拍手称快,纷纷来到五烈士牺牲地,凭吊英雄,告慰忠魂。

1951 年 1 月,根据绥远省人民政府指示,米仓县委和县人民委员会派人,将田桂生、霍二官、宁银定烈士的忠骨护送至归绥烈士陵园安息。有人送挽联:

五壮士成仁,告慰忠魂,一片丹心垂青史。

众匪全歼灭,万民称快,民主改革展宏图。

后套土匪何以多

清朝对河套地方族群实行蒙汉分治，今巴彦淖尔辖境，自清朝顺治五年（1648 年），阴山南北设乌拉特西公、乌拉特中公、乌拉特东公三旗，属乌兰察布盟；河套中部和南部地区为伊克昭盟鄂尔多斯左翼后旗（达拉特旗）和鄂尔多斯右翼后旗（杭锦旗）管辖地域。西部属阿拉善额鲁特旗。清朝乾隆年间，河套地区的汉族人属萨拉齐厅管辖；光绪二十九年（1903 年）在大佘太设置五原同知厅，管理河套地区的汉族人口。民国元年（1912 年），五原抚民厅改置五原县，后又设临河设治局、大佘太设治局，管理河套地区的汉族人口。五原、临河、大佘太三地与乌拉特三旗均隶属绥远省，而河套西部地区自民国十六年（1927年）设磴口县，属宁夏省。

地方区划复杂，政出多门，又地处边陲，官府鞭长莫及，且远离官兵，属“三不管”地区。一些不轨之徒便乘虚而入，结伙为匪。这是那个年代河套土匪麇集的原因之一。

原因之二，素传“黄河百害，唯富一套”，这里盛产粮食，是养穷人的地方，也是一些人的发财之地。到民国年间，这里已有一些较大的地主和商号，可作为土匪抢夺财物的目标，由此吸引来了众多匪徒。

原因之三，是这里的地理位置，北靠阴山，连着广袤的草原，西部又连着大沙漠，土匪抢劫为害后，有藏身和逃窜之地。

还有周边地区的官兵叛变为匪，也多流窜后套为非作歹。

自民国初年，便有多股土匪在后套流窜袭扰，匪害日重。活动在西部的有安宝子、王德尼玛、包在山、白彦公、曹孟禄等匪部；东部五原曾有弓占元匪部。

活动最猖獗、危害最严重的是卢占魁匪部。

卢占魁，丰镇隆胜庄人，民国三年（1914 年）落草为寇，在大青山拉起杆子。在蒙古活佛哲布尊丹巴势力的支持下，打着反对共和、推翻民国、保清朝复辟的旗号，发展人马，扩大队伍，很快聚集匪徒千余人。这时，绥远特别行政区下令解散了一支蒙古军队，这些人也投靠了卢占魁，使其匪部迅增至两千余人。为笼络匪首，以卢占魁为“将军老大”，封了“十大兄弟”，其中有汉族、蒙古族和回族人，组成了一个民族匪部，最多时达两万人。其匪部主要活动在大青山区域武川、固阳、包头一带。

民国四年（1915 年）十一月，经地方士绅和商家请求，绥远特别行政区都统出兵剿匪。民国五年（1916）二月，卢占魁匪部逃到后套。民国六年（1917）一月，绥远特别行政区都统采取招抚办法，将卢匪部万余人收编为一个骑兵旅，任命卢占魁为旅长，令其部驻五原隆兴长和太佘太一带。

其时，卢占魁匪部已失去了蒙古活佛势力的支持；绥远都统名曰“收编”又不能按期发饷，无力约束其土匪行为；且卢占魁及其部下匪性难移，有了“官兵”的旗号，变本加厉地抢掠奸淫，通过“绑票”、“请财神”等手段，向地方大户和商家勒索银两、敲诈钱财。对所索财物不能按时交纳者，便要“撕票”，杀人后还要扒人皮，惨无人道，穷凶极恶。匪徒还到处寻欢作乐，奸淫、迫害妇女。五原和太佘太的士绅和商家及百姓难堪其害，派代表到绥远都统府诉苦陈情。当年 9 月，新任绥远都统派兵来后套剿匪，迫使卢占魁匪部逃离东去。但后套的匪害并没有止息。

民国九年（1920）十二月，北洋政府任命西北军阀马福祥任绥远都统。民国十一年（1922 年）秋天，众股匪集结两千余人袭扰包头，马福祥派兵镇压，迫使一些匪徒逃窜后套。

民国十二年（1923 年）冬天，匪首刘喇嘛、苏雨生、赵有禄率匪千余人，从包头窜入五原隆兴长抢劫。赵有禄原为卢占魁匪部“十大兄弟”中的老三，卢匪部被击溃后，他单独拉起队伍重返后套，进行更为疯狂的抢掠。

民国十四年（1925 年），伊克昭盟达拉特旗旗兵叛变为匪，窜入临河境内大肆抢掠。

此时活动在后套的股匪头目还有小白狼、八音豹、张老五、马大头、杨猴小、黑脸王、冯六奎、周昌旺、王毛仁、大辫子李四等。

民国十五年(1926 年),又有黑脸王、斧头刘两股土匪窜来后套。后套地方匪首杨灯罩、二锅盖都带有匪徒数百人。当年 8 月,匪首大辫子李四率匪五百余人突袭五原隆兴长,抢掠二日,洗劫了多家商店。

民国十五年(1926 年)十二月起,冯玉祥国民军开始从后套西开,第二年全部出境。随后,后套地方土匪蜂拥而起。除原有股匪,又有苏和尚、龙和尚、生和尚、金小子等股匪,集聚为害。西公旗匪首马什巴彦尔也率前山地方土匪百余人,袭扰后套。民国十六年(1927 年)四月,匪首石海率匪徒百余人,夜间突袭临河城,抢走枪支、马匹若干。

民国十七年(1928 年)秋,匪首赵青山(外号赵半吊子)率匪众两千余人,自固阳经大佘太窜入后套,一路在五原、安北、狼山、临河等地大肆劫掠,并对天德生、天义生等商号绑票,敲诈勒索,为害两月余。

民国十九年(1930 年),匪首杨猴小率匪徒千余人窜入后套,袭扰五原、临河等地,每夜洗劫五六个村子,抢走大量的粮食、骡马牛羊及其他可用财物,给百姓造成巨大灾害。

同年,宁夏匪首马天禄匪部进入后套,一路劫掠。

民国二十年(1931 年)秋,盘踞在河套的土匪头子王英被蒋介石委任为义勇军司令兼骑兵第三师师长,由此打着义勇军旗号招兵买马,纠集杨猴小、袁占鳌等匪部,组成号称三个旅一万人的义勇军,实三千多人,驻扎后套,民众不堪其扰,称其为“官土匪”。

民国二十一年(1932 年),宁夏马鸿逵部路经河套,沿途骚扰,百姓深受其害,也称其为“官土匪”,又称“兵匪一家”。

民国年间,面对土匪的袭扰,官府曾多次出兵剿匪,并曾取得成效。如民国四年(1925 年)宁夏马鸿宾部入后套剿匪,将匪部击溃;民国六年(1917 年)绥远都统出兵,将卢占魁匪部驱离后套;民国十六年(1927 年),晋军田树梅旅在临河剿匪,将一匪部击溃;民国十七年(1928 年),晋军郭凤山骑兵师(人称黑马队)和蒙古骑兵师“老一团”黄马队,同时在后套剿匪,从蛮会到五原驱逐赵青山匪部,在五原境内将匪首赵青山击毙。民国二十一年(1932 年),晋军王靖国部进入后套,赶走驱散了王英匪部。

官府和官兵如此的剿匪行动,打击和驱逐了糟害百姓的土匪,无疑受到了称赞。但也有的官兵部队,本来是来剿匪,可赶走了土匪之后,他们闯到老百姓家里或商铺里，蛮不讲理，强行抢夺财物，老百姓称其为“二茬土匪”。

前述“官土匪”和“二茬土匪”给百姓造成的危害同样深重。

民国二十一年(1932年)五月始，山西军阀阎锡山派其亲信王靖国率屯垦军来后套“拔兵屯田”，提出“寓兵于农”“兵农合一”的方针，屯垦兵一面从事农业生产，一面清乡剿匪，使多年为害后套的大小股匪和零星散匪，或被剿灭，或闻风逃离。其震慑作用持续数年。接着，民国二十八年(1939年)，傅作义率部进驻河套，举兵抗日，大军压境，更无土匪敢来骚扰。但此时及以后多年的河套并不天下太平，赶走了外敌日寇，又出现了国内国民党特务的种种阴谋活动，以致形成了后来匪特勾结为害的局面。

从特务麇集到匪特合流

从民国二十一年(1932年)到民国三十八年(1949年),阎锡山、傅作义和董其武先后驻兵河套,十七年时间,以其震慑作用和军事行动,吓跑或驱逐了土匪,但却引来了特务,以致后来匪特勾结,为害更甚。

从民国二十八年(1939年)说起。那年7月,傅作义在临河百川堡主持召开抗战建国讨论会,就有国民党中统特务潜入其中,在大会小会上记录每个人的发言,识别谁是"共党嫌疑",拉黑名单,上报中统局。民国二十九年(1940年)初,国民党中统特务头子张庆恩在陕坝建立起了绥远调查统计室(简称调统室),其使命:一、监视傅部党政军各部、厅负责人的政治言论和行动倾向;二、开展党务活动,推行反共政策;三、统一领导绥远各界的中统分子,并发展其组织;四、训练特务干部,开展大西北的特务工作。按照这样的使命,张庆恩领导和指挥其特务人员,一面疯狂地逮捕镇压共产党人,一面网罗和训练特务,扩大组织。以后数年,陕坝成了西北地区国民党特务麇集和活动的大本营。

国民党中统特务在河套地区大肆发展和活动时,以戴笠为头子的军统也看中了这个地方。民国二十九年(1940年),受戴笠指使,第八战区纵队指挥官在米仓县二道桥建立了"通讯训练班",实为训练特务,学期两个月,训练二期,计三百余人。民国二十三年(1944年)一月,戴笠指派其部下,在陕坝办开了"中美训练班",亦称"中美合作所第四训练班"。"中美合作所"全称叫"中美技术合作所",是国民党中统局和美国一特务机构合办的专门训练特务的机关,在全国多地开设训练班。陕坝"中美训练班"为其一,由戴笠兼班主任,从1944年1月至1945年11月,共办五期,训练特务计一千零六十人,在后来国民党的反共行动中都派上了用场。

1948 年和 1949 年两年,是河套地区特务云集的两年。这两年间,与绥远邻近的张家口、天津、北平以及太原、西安、兰州、银川相继解放,原活动在这些地方的军中或地方的一些特务,误认为河套是可以藏身并能够东山再起的生存之地,纷纷向这里逃窜。甘肃的特务头子王国富,陕西榆林的"调统"特务头子王之修等,都各自带领一群特务来了河套。原阎锡山部两个副师长张选、马壮,在大同、太原等地解放后,收罗残部成立了"军官纵队"和"山西干部收容所",编成四个中队,计三百余人,窜入绥远,欲经河套向西逃奔,取道银川、兰州、西安,转赴广州。他们来到河套时,西安、兰州、银川相继解放,这些人滞留河套,分驻在阎锡山屯垦军中。还有 1949 年 4 月太原解放前夕,阎锡山命部下齐敬德到兰州任侦察大队总队长,企图在西北守住一个地盘。8 月 26 日兰州解放,齐敬德带十余人逃回五原,以原屯垦军驻地为依托,网罗山西逃来的人员组成"军官队",不久又到临河百川堡组成"反共自卫救国同盟会",齐敬德任主任。绥远"九·一九"起义后,阎锡山命绥远垦殖联合办事处坐办田树梅将此"同盟会"改组为"华北人民反共自卫救国军",总司令田树梅,政治代表齐敬德,参谋长马壮,下设两个特务师,三个挺进旅,一个挺进支队。

1948 年冬季,阎锡山以绥远军务处名义,一次用飞机运送六十多人到河套,交给田树梅,之后分散到河套各地,作为反共人员储备。不久田树梅在五原农事试验场成立了"绥远屯垦训练队",这个"训练队"实为后来成立的"反共自卫救国军"的前身。

绥远"九·一九"起义前夕,国民党政府军令部长徐永昌到包头,企图阻止董其武率部起义。在回天乏术的情况下,他同从各处逃来绥远的特务头子密谋策划,安排潜伏,妄图以河套为根据地,继续坚持反共活动,以等待有朝一日国民党军反攻。因中统华北办事处主任张庆恩面目早已暴露不宜再留绥远,而将其带走,留下中统华北办事处副主任李鲲生负责指挥绥远地区的特务活动,并以国民党中央军事委员会名义,委任过去在绥远担任过军政要职的崔正春为"华北军政委员会"主任。

徐永昌飞回广州后,崔正春通过特务,两次给阎锡山发电报,报告绥远的情况并请示。阎锡山遂复电指示崔正春在绥西成立"华北反共义勇军",任命崔正春为总司令。

“九·一九”起义之后之久，崔正春即潜回河套，纠集起一些特务头目和反共分子，在五原开会，正式成立由崔正春为主任的“华北军政委员会”，同时建立“华北反共义勇军”，崔正春任总司令，田树梅任副总司令，申志谦任参谋长。

这就等于原田树梅的“华北人民反共自卫救国军”和崔正春的“华北反共义勇军”成了统一指挥的反革命武装势力。

此间还有从山西逃亡过来的一些年轻的阎锡山特务分子和一些原在后套屯垦军中的特务分子，拼凑起来，在狼山组建了“铁血青年团”，后改称“铁血青年工作委员会”，统由崔正春为主任的“华北军政委员会”指挥行动。

“华北反共义勇军”成立后，崔正春和田树梅指使部下与活动在后山的几股土匪联系，进行“收编”。任命匪首张疤子（张希尧）为“华北人民反共自卫救国军”第一特务师师长兼“华北反共义勇军”四十七师第一团团长；任命匪首王如意为“华北人民反共自卫救国军”第二特务师第二团团长兼“华北反共义勇军”四十七师第二团团长；任命匪首李在为“华北人民反共自卫救国军”第二特务师第一团团长兼“华北反共义勇军”四十七师第三团团长。张疤子匪部活动在阴山西段炭窑口和红山口一带，司令部设在山洞内；王如意匪部活动在河套西部胡柜城和太阳庙以西地区；李在匪部活动在河套中部靠近阴山的蛮会、狼山一带。

1949 年春天，曾任临河县反共清剿团副团长的大恶霸地主刘振魁，在临河马场地一带纠集地痞流氓三十多人，组织了反共团伙“青年自卫队”。“九·一九”绥远和平解放后，在蒋阎特务的策动下，刘振魁秘密网罗人员，收集武器，成立了八十余人的“华北反共抗苏调查团”和“绥西游剿司令部”，刘振魁任司令，与崔正春的“华北反共义勇军”相呼应，在临河、狼山、宴江一带打家劫舍，敲诈勒索，奸淫妇女，无恶不作。

1950 年 2 月，原宁夏保安大队长郭永胜（郭拴子）拉着七十多人的匪徒流窜河套，与活动在河套中部和东部的匪特相呼应，在西部磴口县、米仓县及阿拉善旗一带活动。

绥远“九·一九”起义后，绥西起义部队中的大多数官兵，按照“军队解放军化”的要求，接受中共的改造，成为中国人民解放军指战员。但有少数反动分子寄希望于蒋介石集团在美帝国主义帮助下反攻复来，他们与蒋阎特务勾结，对抗改造，并暗中串通反革命势力，妄图拉出人马与共产党打游击。

1950年2月至10月，起义部队及地方保警中发生的大大小小的叛逃为匪事件二十多起。

1950年2月10日，驻狼山的起义部队副师长庞茂青，在特务头子李鲲生等人的策动下，拉一个营和一个连叛逃为匪。

1950年4月26日，驻陕坝的起义部队连长张德彦等一伙人，在特务的策动下，杀害了解放军派去的指导员，胁迫带领部分人马窜到米仓县境内，上山为匪。

1950年5月8日，起义部队骑四师二团团长毕照熙、炮连连长秦怀璧和管理排长李海率部叛逃。

1950年5月21日，太佘太保警队分队长云占山等七人，在中统特务胡尚儒和安北县保警大队长杨世勋策动下叛变，打死安北县副县长王锦云等三人。5月23日，杨世勋带领十八人逃窜为匪。

1950年5月下旬，原宴江县警察局巡官杨忠带领十余人叛逃。

1950年5月26日，西公旗保安一团团长卢万辉和副团长田鸿英，带一百五十人在西山嘴叛逃。

1950年6月中旬，起义部队某团四连一班长傅来喜，打死排长后，胁迫八人叛逃。

1950年7月4日，原西公旗保安二团排长何宏云带八人叛逃。

1950年7月10日，西公旗保安团副团长带一个连叛逃。

1950年7月15日，起义部队某团团长鲍素才在宴江县叛逃。

1950年7月20日，起义部队某团连长刘喜才和排长杜宝山在五原南牛犋叛逃。

1950年8月3日，西公旗保安二团四连连长带二十六人叛逃。

1950年8月6日，起义部队某营营长梁钊在陕坝带二十七人叛逃。

1950年8月上旬，起义部队骑兵旅班长王德海在三道桥带三十七人叛逃。

1950年8月11日，西公旗保安二团连长郑子义带二十七人叛逃。

1950年8月26日，起义部队某团警卫连长杨天生和排长胡生民带十一人叛逃。

1950年9月8日，起义部队某团副官肖某三人在临河叛逃。

1950年10月26日，鄂友三骑四师连长陈录、排长李双小带十八人叛逃。

另有起义部队骑兵旅某团康英带十二人叛变，高水庆带十四人叛逃。

这些叛逃分子，大多投入到“华北反共义勇军”和“华北人民反共自卫救国军”中，使匪特队伍更为扩大，成分也更为复杂，有原国民党起义官兵中的叛逃分子、原阎锡山屯垦军中的反共分子、流窜在绥西的惯匪、暗藏河套的蒋阎特务、反动会道门头子、当地的反革命分子等，他们来路各异，同流合污，番号林立，名目繁多，但反共反人民的本质是一致的，掳掠奸淫的恶行是相同的。他们以抢掠和敲诈财物为生存手段，实为匪特勾结而形成的有政治目标和行动纲纲的政治土匪和武装特务。

1950 年 6 月朝鲜战争暴发后，匪特们以为时机到了，难以按捺地猖狂起来。崔正春、田树梅之流以“华北军政委员会”和“华北反共义勇军”的名义，张贴布告，散发传单，散布“第三次世界大战就要打起来了”“国军就要打回来了”等反革命谣言，蛊惑人心。他们丧心病狂地杀害解放军驻起义部队中的政工干部和靠近中共的进步官兵，随时窥探和监视中共政权机构和人民的动向，常常在夜间出动袭扰，多次袭击中共新建的区公所。1950 年 8 月间，李在股匪两次袭击狼山县三区区公所，杀害了公安排长李志中，抢走大量财物。1950 年 9 月 17 日傍晚，张疤子、王如意股匪，突袭米仓县第一区区公所，杀害了区长田桂生等五人，抢走区公所步枪九支、电话机两部、马匹及其他财物。此间临河县第三区区公所亦遭土匪袭击。

各股匪在民间抢劫骚扰，无恶不作，在牧区，他们抢劫牧民的牛、羊、马匹，在农村，他们抢劫农民的粮食和其它生活用品，所到之处皆洗劫一空。他们四处奸淫妇女，甚至连十几岁的女娃也不放过。

匪特勾结所犯罪行，罄竹难书，天理不容。

绥西剿匪

为击溃反革命匪特武装的挑衅和进攻，保卫革命的胜利成果和人民生命财产安全，彻底粉碎匪特们妄图变天的美梦，从1950年开始，中国共产党领导的绥西地区各级人民政府和中国人民解放军，在广大人民群众的配合下，开始了大规模的剿匪肃特行动。

1950年4月15日，绥远省人民政府和绥远省军区司令部发布了《剿匪肃特布告》，接着5月29日绥远省军区发出《目前剿匪肃特治安工作的指示》。

1950年8月10日，绥远省军区下达了剿匪命令，派毕力格巴图尔师长率内蒙古骑兵师两个团开赴河套，同时命令由起义部队改编的三十七军一〇九师副师长唐文佐率该师三二七团，绥西军分区副司令员张福来率步兵独立营和骑兵红马连、白马连，在河套和后山地区执行剿匪任务。成立绥西剿匪指挥部，毕力格巴图尔任总指挥，蒙骑四师副政委乌力吉那仁任政委，唐文佐、张福来任副总指挥，绥西军分区参谋长刘生凯和蒙骑四师参谋长赵英为指挥部正、副参谋长。

1950年9月初，剿匪各部队在狼山县北部阴山山麓集结会师，然后兵分几路，堵截、围剿和包抄土匪。

在此之前，陕坝专署公安处派出了侦察小组，配合部队侦察员，对敌情进行了侦察，大体掌握了各股匪的活动范围和活动规律。战斗命令下达后，9月13日，蒙骑四师十团第三连和中公旗支队，沿后山西进，以堵截土匪从山后草地东窜；西公旗支队驻哈拉葫芦、同义隆一带进行搜剿，堵截土匪从山前东窜；蒙旗五师一个连驻临河杨满渡口，以堵截土匪向黄河南伊克昭盟逃窜。刘生凯参谋长指挥三二七团和军分区步兵营及红马连、白马连，分别从铁匠圪旦和西补隆由东向西沿阴山搜捕盘踞在魏柜和义太魁一带的齐敬德匪帮。9 月 19 日，在段六八圪旦发现齐敬德匪部七十余人，当即以骑兵分头追击，以步兵封锁山口，经过六个小时的战斗，消灭匪徒五十七人，击毙了“华北人民反共自卫救国军”的“政治代表”齐敬德，缴获步枪二十八支，子弹一千余发，马六十九匹，驼、骡、驴十七头。

1950 年 3 月 24 日，唐文佐副师长和刘生凯参谋长指挥三二七团，在铁匠圪旦以北的三柜补隆，将王跃武股匪和甲木苏股匪剿灭，击毙了匪首王跃武。

1950 年 9 月 28 日，刘喜子匪伙逃窜至善岱庙附近，受到蒙骑四师十团和中公旗支队的伏击，被击毙和生擒四十五人。

1950 年 9 月 30 日，匪首张疤子率匪众三百余人沿阴山向西逃窜，逃至西尼乌素沙梁。蒙骑四师十团二连及中公旗支队包围匪徒，激战四小时，歼匪五十八人，生擒了匪团长杨天升和杜宝山及匪众四十余人。其余匪徒分两股向本巴图庙和沙漠里逃窜。

同一天，匪首李在率众匪逃窜至郭四圪旦，受到剿匪部队三二七团阻击，匪众被击毙和生擒数十人。李再及手下数十匪徒向东逃窜。

为彻底消灭张疤子及众股匪残部，剿匪指挥部命令，蒙骑十团二连及中公旗支队换乘骆驼向本巴图庙附近沙漠搜剿，令十团一连在善岱庙一带堵击，防匪东窜，令绥西军分区红马连和白马连沿丰盛堂和牛犋一带机动搜剿，其余主力则驻守在王如意圪旦、吕二圪旦，待机围剿出窜之匪，步兵独立营负责堵击山口要点。

1950 年 10 月初，剿匪指挥部命令蒙骑四师十团和红马连、白马连等剿匪部队奔赴河套西北部太阳庙一带，对张疤子残部进行围击。10 月 6 日，在善岱庙活捉了匪首张疤子、张德彦，另一匪首王如意带残匪投降。

10 月 7 日，刘少三、贾效起率残匪七十余人从乌苏太山口出山，受到我步兵独立营和骑兵连的堵截，激战六小时，歼匪三十八人。

1950 年 10 月 7 日，由宁夏窜入后套的鲍喜才股匪二十余人，绕善岱庙东窜，刘少三残部十九人由阿贵庙北山东窜。指挥部得到情报后，命蒙骑四师十团派一个连跟踪追击鲍喜才股匪，派另一个连追击刘少三残部，令中公旗支队奔乌力吉图庙迂回包围，令西公旗支队一连在高台梁白音查干一带堵击，二连在温根太庙堵截,令骑四师十二团配合驻铁匠圪旦的步兵三二七团一营到西乌盖口堵击。鲍喜才、刘少三股匪在剿匪部队分进合击、追击堵截下,除鲍喜才等六人逃走,其余皆被击毙或生擒。

到 1950 年 10 月中旬,中国人民解放军在河套地区大规模的剿匪战斗告一阶段,在不到两个月的时间里,消灭或赶走了在后套猖獗一时的大小股匪,活捉了匪首张疤子、张德彦等匪首三十余人,匪特勾结的“华北反共义勇军”和“华北人民反共自卫救国军”从此销声匿迹,其“政治代表”齐敬德、参谋长马壮、“政治处”主任马子刚、参谋处长李映南、特务张静等,被我军击毙或活捉。还有一些匪首,面对着中国人民解放军武装剿匪的威慑,在走投无路的情况下,率残部投降。除匪首王如意,投降的还有匪首郝鸿荣、刘喜才、李建堂等。

1950 年 12 月,驻河套的起义部队奉命东调,这时其部队中又有二百余人叛逃为匪,他们与河套残留的散匪纠集在一起,使河套地区的土匪出现了死灰复燃之势。人数较多的有董剑、魏根照为首的股匪一百多人,分散成四小股,一面抢劫,一面进行反革命的政治煽动,危害极其严重。1951 年 1 月上旬,绥远省军区再次派蒙骑四师一个骑兵团和二十二师一个步兵团进河套,与绥西军分区配合,结合当地开展的反霸斗争,进行第二次剿匪。1951 年 2 月 16 日成立了剿匪反霸指挥部,地委书记沈新发任主任,蒙骑四师师长毕力格巴图尔任副主任,陕坝专署专员邢情魁、军分区司令员杨维恒、军分区副司令员张福来、公安处长李贵等任委员。

这次剿匪行动从 1951 年 2 月 27 日开始,到 5 月初,两个多月时间,在后套范围内共抓捕匪特和与匪特勾结的恶霸地主三百六十五人,仅临河、米仓、狼山三县即捕捉匪特和恶霸地主二百余人。几个原从河套逃脱的几个重要匪首,也在后来的剿匪中被击毙或生擒。如 1950 年从小佘太逃往固阳的匪首王毛仁,被蒙骑四师剿匪战士陶克陶格日勒和丹巴击毙于查石太山西端的大白山中;匪首李在逃至伊克昭盟南梁,化装成羊倌隐蔽,被发现抓捕后押回狼山受到处决。

至 1951 年 5 月,河套剿匪取得了决定性胜利。这是中共绥远省委、省政府和省军区及河套地委、专署、军分区果断决策的胜利,是中国人民解放军剿匪部队指战员正确指挥和英勇善战的胜利,也是人民群众积极参与和密切配合的胜利。

中国人民解放军剿匪部队初到河套时,特别是到了地处偏远的农村和牧区，老乡们看见远远地来了队伍，以为是又来了土匪，吓得赶紧逃跑，有的村子人跑光了，有的村子跑得只剩下一两个老人。剿匪部队进村后，严格遵守“三大纪律、八项注意”，对老百姓秋毫无犯，他们找到老人们说：“我们是中国人民解放军，是来打土匪的。”老人们不敢相信，但看见眼前的军人穿戴整齐，威武精神，说话和蔼，进了村并不抢东西，也不抽大烟（鸦片），便怀着疑惑跑出去往回叫人。先是岁数大些的男人回来了，接着有年轻人试探着回来了，女人们也回来了。解放军指战员开始向乡亲们宣传河套的革命形势和党的政策，表明解放军剿灭土匪、保护老百姓利益的决心。接着，指战员们便帮助乡亲们做营生。正是秋收季节，农村的各样营生很多，他们见了什么营生都搭手帮忙，还帮着割庄稼、起土豆。乡亲们被感动了，他们说：“还没见过这样的军队。”就忙着给部队腾房子，安排住处，把藏在外面的牛羊赶回来，把埋在地下的粮食、锅灶及炊具挖出来，要给解放军做饭吃。

解放军剿匪部队自己带着粮食，走到哪里自己动手做饭，烧了老乡的柴火要付钱，吃了老百姓的萝卜、白菜也要按价付钱，有时吃饭光吃糜米饭没有菜，也不动老乡一个葱叶。有一次部队在六缸房村做饭，不慎烧坏了老乡的一个用高粱秸秆制作的锅盖片子，也赔了钱。

到了蒙古族居住地区，剿匪部队严格执行党的民族政策和宗教政策。有一次部队路经一个喇叭庙，战士们口渴了，也不进庙里找水喝，遇到下雨，也不进庙里避雨。他们的行为感动了庙里的喇嘛，在部队离开时，从活佛到喇嘛，数十人同时以诵经的仪式为其送行，高呼：“宝日罕其日格（佛军）！”“腾格里其日格（天兵）！”“阿拉腾其日格（金子般的部队）！”

解放军剿匪部队好名声很快在河套农村和牧区传播开来，受到了群众的热烈拥护和积极支持。有的地方群众自动组织起情报小组，只要发现匪特的踪迹，就给剿匪部队送情报，让匪特陷于人民战争的汪洋大海中，无处藏身。

解放军剿匪部队每取得一次剿匪战斗的胜利，都会收集很多战利品，其中的牲畜、粮食和其他财务都是土匪从老百姓手中抢去的。每次战斗一结束，部队都要通知和组织附近的老乡来认领东西。凡没人认领的东西，都送交陕坝专署设的剿匪物资管理委员会，妥善管理；对缴获的牲畜，凡无人认领的，统交军分区负责喂养。专署和军分区多次发出通知，让各旗县组织群众来认领以前被土匪抢走的东西。1950 年 10 月 10 日，专署和军分区组织了一次集中的认领活动。

剿匪物资管理委员会把所有待认领的缴获物资在大院子里陈列起来，让各处来的人认领。认领者来自河套各县及乌拉特东公、中公、西公三旗，以及杭锦旗、达拉特旗，还有从阿拉善旗和鄂托克旗来的。有汉人，有蒙古人。有的认领自家被土匪掠走的牲畜，有的认领衣物和其它用品，如蒙古人的腰刀、银碗、头饰、鼻烟壶等。是自己的他们认领，不是自己的不要。如中公旗一蒙古老乡认领了自己的蒙古靴，但发现靴子里塞着一双新袜子时，他立即揪出来放回原处，说："米尼比西（不是我的）！"杭锦旗一蒙古族妇女，家里三副头带（头饰）都被土匪抢走了，这里正好陈列着三副头带，她边看边摇头，没一副是她家的，失望地离开了。西公旗一蒙古人认好了一匹马，登记之后，拉着马走出大院时，发现马臀部打的火印有点不对，便立即声明，把马放开了。晏江县来的一位大嫂，从陈列物品中认出了一双旧布鞋，说是她亲手给男人做的。还有几双新布鞋，别人让她再认认，她摇头说不是她的。

认领物资的场面十分感人。认领上物资的人，蒙古人骑上马、骑上骆驼，汉人赶上牛车、骑上毛驴或步行相跟，高高兴兴地走了。没认住失物的人，尽管有些失望，但心里也挺满意，都说共产党就是好，消灭了土匪，老百姓可以安心搞生产、过日子了。

肃特镇反

1950年3月，陕坝专署成立的同时，即成立了以李贵为处长的陕坝专署公安处。基于当时河套地区潜伏蒋阎特务众多、社情复杂的情况，绥远省公安厅长张如岗等专程赴京向公安部汇报，请求人力支援。公安部决定选派六名侦察员到绥西工作。其中张学勤、魏忠源、王生喜三人被分配在了陕坝专署公安处。他们一到陕坝，即被安排在公安处侦察科，投入到对敌特的侦察工作之中。

也正在1950年3月，中共中央发出《关于严厉镇压反革命活动的指示》。根据中央指示和中共绥远省委的有关指示精神，绥西地委和陕坝专署公安处开始布置剿匪肃特，制定的肃特方针是“先蒋阎，后当地；先大后小；先行动性特务，后情报特务”，以“先切头”的办法，打乱敌特的指挥系统，进而顺藤摸瓜，向敌特发动进攻。经过侦察和研究，决定先从抓捕大特务头子李鲲生和田树梅入手。

李鲲生是国民党中统特务，曾任河北省“调统室”主任，中统沈阳区区长、北平区副区长。1949年北平和平解放后，他逃到上海，又从上海逃来河套，隐蔽在安北县一屯垦农场。不久，中统华北办事处主任张庆恩得知李鲲生到了河套，将他叫到归绥，任命其为中统华北办事处副主任。绥远“九·一九”和平解放前夕，张庆恩逃往广州，李鲲生接任中统华北办事处主任，隐身包头，之后又经五原潜入陕坝。1949年10月10日，李鲲生以经商活动做掩护，召集手下特务秘密碰头，在陕坝建立了交通联系点，布置了五部电台，谋划开展“敌后游击”。1950年1月19日，李鲲生按照张庆恩的密电指示，从陕坝到百川堡，与田树梅、崔正春等联系密谋，成立了“华北东北西北党政军联合工作指导委员会”。并起草了章程计划，电呈张庆恩。“华北东北西北党政军联合工作指导委员会”由张庆恩挂名任主任委员，副主任委员田树梅、崔正春，李鲲生任书记长。“委员会”的任务是策动起义部队叛变，收集流亡游散官兵，发展匪特武装，指导潜伏特务进行活动。

当时李鲲生以买卖人的身份把家安在了陕坝城里，他行动诡秘，很少回家，多是回到陕坝与下属接头后迅速离开。为监视其行动，公安处派一位女同志和另两位姑娘，以妇联名义，在李鲲生住的院子里办起了识字班并拉李鲲生的女儿参加学习，从多方面了解和掌握李鲲生的行动迹向。

1950 年 4 月 25 日，专署公安处得到情报，李鲲生回到了陕坝，住在陕坝城郊大顺城附近其交通联络员万家珍家中，第二天要在陕坝北郊与下属接头。公安处指派侦察科长郑贵和侦察员张学勤、王生喜等通过周密侦察，布置了抓捕李鲲生的包围圈。4 月 26 日凌晨，侦察员在大顺城附近野外发现了李鲲生的身影，遂围上去将其抓捕。随后又抓捕了万家珍，在他家炕席底下搜出了李鲲生交他送往各地的信件。李鲲生和万家珍被送到绥远省公安厅后，又供出了藏在万家珍家中的联络图和电报稿等。这些东西为抓捕李鲲生线上的特务提供了可靠的线索。

1950 年 5 月上旬，陕坝专署公安处侦察员们又在陕坝秘密抓捕了另一特务头子田树梅。

田树梅原是阎锡山屯垦军二〇五旅旅长，后被阎锡山任命为绥远垦殖联合办事处坐办。1949 年“九 · 一九”绥远和平解放后，他亦属“起义人员”，却在暗中接受了阎锡山的密电任命，起用和网罗以前从山西逃来的特务分子及空运来的“储备人员”，又煽动起一些屯垦留守人员，以百川堡为据点，组织起了“华北人民反共自卫救国军”，当上了总司令。以后又与李鲲生、崔正春等特务头子勾结，当了“华北反共义勇军”的副总司令。

和李鲲生一样，田树梅也住在陕坝，家在天主教堂东面不远一条巷子里。因他披着“起义人员”的外衣，日常活动并不隐蔽。我公安人员通过对他的侦察和监视发现，他每天早晨都要从家里出来，到东北大桥北面的树林里走一遭。陕坝地委和专署公安处决定对田树梅实施秘密逮捕。那天早晨，公安处侦察人员张学勤、王生喜等埋伏在陕坝东北大桥附近，看见田树梅又从家里出来走进了那片树林，待他从树林里出来时，冲上前用枪口对住了他：“站住，不许动！”

田树梅猛地一惊，旋即故作镇静："你们这是干什么？前几天邢专员还叫我去。"侦察员说："跟我们走吧！"老奸巨猾地田树梅见两个抓他的人都穿着便衣，倒希望是遇见了"绑票"的，试探地说："你们放了我，要多少钱给多少钱，要多少东西给多少东西。"侦察员说："我们什么也不要，就要你跟我们走！"田树梅不再说话了。两个侦察员押着他，从奋斗中学院里穿过，出学校南门，顺着天主堂东城墙往南走，到了陕坝专署对门的公安处。当天，田树梅即被用汽车送往包头，后转送北京。

在抓捕了李鲲生和田树梅之后不久，陕坝专署公安处接到了国家公安部通过绥远省公安厅转来的指示，说潜伏在绥西的国民党特务崔正春，有一部电台，同台湾联系频繁，要求陕坝专署公安处侦察崔正春的行踪，尽快抓捕。

崔正春自被徐永昌任命为"华北军政委员会"主任之后，又被阎锡山任命为"华北反共义勇军"总司令，成了潜伏河套地区的匪特总指挥。他曾任过临河县县长和参议长，任过绥远省调查研究室副主任，对河套及周边的地理很熟悉，且生性狡猾，潜伏期间可谓狡兔三窟，有时住百川堡，有时隐蔽在陕坝万字会，有时又去往他处。在百川堡、狼山、陕坝大转盘和城西农村，都有他设的据点；临河县大板仁圪旦、刘兰圪旦、刘三地、十八里桥、二十五里桥、陕坝南门外等处，都有他设的联络点和情报站。1950 年春天，他感觉到了在后套存身和活动的危险，带领几个亲信，转移到了黄河南面杭锦旗境内沙漠中一个叫迷麻图的地方，以此为窝点，指挥部署其反革命行动。崔正春还偕其同伙，伪装卖毛驴，到伊克昭盟乌审旗、鄂托克旗、东胜、桃力民等地，在封建王公和地方反动武装队伍中活动，收罗起义部队中的叛逃人员和散匪加入其"华北反共义勇军"，以"华北军政委员会"名义发给"委任状"。他还组建了自己的"直属卫队"。

陕坝专署公安处通过第一步侦察，大体掌握了崔正春的去向。1950 年 5 月下旬，派出郭希尧、孙光海两位侦察员，化装成流落绥西以做小生意维持生活的原国民党部队的营级军官，背着装有火柴、针线、首饰、布料等物品的大包袱，深入到黄河南伊克昭盟杭锦旗境内的沙漠中，执行进一步侦察的任务。侦察员通过两个月的艰苦奔波，终于发现了崔正春的行踪，摸清了崔正春隐身迷麻图的具体位置和周边地形。在此期间，陕坝专署公安处抓到了两个崔正春手下的特务，其中一个是来陕坝为崔正春筹款的，另一个是跟踪我侦察员来到陕坝并探听风声的。两人被公安机关捕获后，通过对其讲明形势，晓以利害，他们都表示了悔过自新之意，愿意投诚倒戈，配合我公安机关捕获崔正春，以立功赎罪。

1950年的夏天，绥西的政治空气十分紧张。这边，中共绥西地委和陕坝专署公安处正忙着布置和准备对大特务头子崔正春的抓捕行动；那边，崔正春及其同伙躲在偏僻的角落，胆战心惊中依然做着黄粱美梦，进行着阴谋策划。6月25日，朝鲜战争爆发后，他们以为策应蒋阎反攻大陆时机已到，即以“华北军政委员会”和“华北反共义勇军”名义散发名为“布告”的传单，胡说：“同盟五十余国讨赤，欧亚围攻飞机炸巡，国军沿海登陆多处，美日进入东北吉林，各省起义蜂起灭共，唯我西北观望因循，告尔军民放胆起义，重阳败匪原子降临”。以此谣言惑众，煽动骚乱。8月初，崔正春派亲信从沙漠中的迷麻图潜回后套，在十八里桥交通联络点密会，制定夺取后套的计划，决定9月26日（农历八月十五）行动，策动沿狼山驻扎的起义部队叛变，作为“反共义勇军”主力，由“反共义勇军”某旅攻占陕坝，策动起义部队驻临河的三二八团，驻狼山的三二九团占领临河、狼山，进而占领整个后套，作为绥西反共根据地。

陕坝专署公安处得到这一情报，经请示绥远省公安厅和中共绥西地委，决定组成行动小组，在9月26日之前抓捕崔正春。公安处长李贵，侦察科长郑贵与行动小组成员刘来虎、魏忠源、李保章、武振义、孙光海等共同研究，制定了周密细致的行动方案。

1950年9月17日，陕坝专署公安处行动小组五名侦察员，带着两名投诚倒戈人员，从陕坝出发，当晚住头道桥。9月18日在黄杨闸附近上了一艘运煤的木船，渡过黄河，夜晚在蒙古族牧民道劳斤家住宿。第三天9月19日，他们一行进入了长满枳芨的沙地，傍晚到了迷麻图崔正春住处附近。

这天农历八月初八。夜幕降临后，侦察员们趴在崔正春住房对面的土坡上，观察着眼前的动静，隐约看见土屋前摆着三个草墩子，离土屋不远有一座蒙古包。投诚倒戈人员说，土屋门前摆草墩子是崔正春设的暗号，门前摆三个草墩子，以示此时屋里正有三个以上的人在开会；那蒙古包里住着崔正春“直属卫队”的骑兵连长。行动小组经过商议，决定让投诚倒戈人员中的一人，拿上从陕坝带来的香烟和烧酒，到蒙古包里稳住骑兵连长；另一人带领魏忠源、李保章先进土屋，与崔正春周旋，刘来虎、武振义、孙光海在外面警戒，听着屋里的动静，随时准备投入战斗。

一投诚倒戈人员领着魏忠源和李保章走到土屋门口时，里面听到了动静，立即有人发问:“谁?”倒戈投诚人员领着魏忠源和李保章进了屋。屋里有五个人,像是正在开会。那投诚倒戈人员向崔正春献上十五元大洋,说:“这是筹来的款子,过些天还有一些。”随后指着魏忠源和李保章说,“这两位兄弟是来投奔司令的,他们原来都是国军,受不了共产党的压迫。”崔正春接过大洋,之后现出不悦的样子,指责那投诚倒戈人员:“不经我允许,你怎么随便把人引到这里?”遂将审视的目光投向了魏忠源和李保章。魏忠源赔笑叫着“司令”,赶紧从衣兜里掏出香烟,递与崔正春。李保章假意从兜里掏火柴给崔正春点烟,瞬息之间,魏忠源和李保章同时举起手枪对准了崔正春和另外的人:“不许动!”听到喊声,刘来虎、武振义、孙光海三人猛虎般冲进屋里。崔正春惊慌地转身,要从铺盖底下取手枪,他的手一伸,即被魏忠源踩在了脚下。魏忠源对门外喊:“一连二连注意警戒!”站在门口的武振义回答:“报告营长,已经布置好了!”行动小组五名侦察员,一人在门外警戒,四人和一投诚倒戈人员一起动手,把崔正春和另四名特务捆起来,迅速地搜出了藏在土屋中的枪支、文件和他们在榆林印好准备散发的“布告”。那个在蒙古包里和骑兵连长喝过酒的投诚倒戈人员也走了过来。七个人押着五个特务,快速离开迷麻图,向黄河渡口方向疾行。当住在蒙古包里的骑兵连长发现“司令”等人被抓走了,赶紧集合队伍追赶,他们判断抓“司令”的人一定从小路走了,就从小路追。可我公安行动小组带着崔正春等五个特务,偏偏是走的大路。追赶的匪兵无功而返。

1950年9月20日上午10时许,我公安行动小组押着崔正春等五个特务到达黄河岸边,公安处派出的公安大队正等在那里迎接。9月21日,崔正春等被押回陕坝。

大特务头子崔正春被擒,让他们策划发动“9.26”暴乱、建立河套反共根据地的幻想彻底破灭,让敌特作为精神支柱的“华北军政委员会”就此垮塌,也预示着“华北反共义勇军”的末日来临。之后,崔正春被押送北京,和此前逮捕的特务头子李鲲生、田树梅同样,受到了应有的惩处。

1950年10月10日,中共中央发出《关于纠正镇压反革命活动右倾偏向的指示》(称“双十指示”),指出:“为了打击帝国主义的阴谋破坏和彻底消灭蒋介石残余匪帮,为了保证土地改革和经济建设的顺利进行,为了巩固发展中国人民的胜利,必须镇压一切反革命活动,严惩一切勾结帝国主义、背叛祖国、反对人民民主事业的国民党反革命战争罪犯和怙恶不悛的反革命分子,必须肃清一切危害人民的土匪、特务、恶霸及其他反革命分子。”根据中央的指示精神，中共绥西工委(1950 年 12 月改称中共陕坝地委)和陕坝专署领导成立了镇反委员会，在各级党委和政府领导下，广泛发动群众，在河套地区全面开展镇压反革命运动。

这次运动镇压的重点是特务、土匪、反动党团骨干、反动会道门头子、恶霸，统称“五种敌人”。

运动的基本路线是党委领导，全党动员，发动群众，吸收各民主党派、民主人士参加；统一指挥，统一行动，慎重稳妥，谨慎从事，严格审查捕人、杀人名单；注意各个时期的斗争策略，广泛进行宣传教育，打破关门主义、神秘主义，坚决反对草率从事的偏向。

运动中严格执行“坦白从宽、抗拒从严、立功赎罪、立大功受奖”的基本政策，并在运动开始前和进行中，制定了一系列具体政策，以保证运动健康发展。

在牧区开展镇反，采取更为稳妥的政策，加强调查研究和侦察，重点打击有现行破坏活动的反革命分子，搜捕从外地逃入的反革命分子，号召群众检举揭发，敦促有问题的人主动坦白，不搞集中搜捕。

这次镇反运动分三个阶段进行。

第一阶段为 1950 年 10 月至 1951 年 2 月。工作重点是深入地调查摸底；根据此前剿匪肃特中掌握的情况，逮捕了一批“五种敌人”，分别不同情况和罪行进行了处理。

第二阶段为 1951 年 2 月至 1952 年 11 月。工作重点是在搜捕已经掌握的“五种敌人”的同时，开展了对特务、反动党团骨干分子的登记，促使暗藏的反革命分子投案自首。

1952 年 3 月 4 日，绥远省人民政府颁发了《特务分子登记处理暂行办法》的布告，规劝特务分子限期投案自首，进行登记。之后不长时间，河套地区有一百零七名特务分子进行了登记，多为原“华北反共义勇军”系统的人员。至此，“华北反共义勇军”彻底覆灭。

至 1951 年 5 月，河套地区有七百零一名一贯道道首和三百三十名反动党团骨干分子进行了登记，搜捕了一些有严重罪行的一贯道道首。

1951 年 11 月至 1952 年初，对潜伏在农村的特务和恶霸五十人施行了逮捕；同时取缔了“圣母军”组织，对其中的极端反动分子实施了抓捕。

第三阶段为1952年11月至1953年5月。工作重点是集中力量通缉、追捕潜逃在外的“五种敌人”。共抓捕潜逃外地的特务、反动党团骨干分子、反动会道门头子和地方恶霸计二百八十人，区别不同情况进行了处理。

河套地区的剿匪及持续开展的肃特镇反运动，历时三年多，取得了重大胜利。广大人民群众对此拍手称快。通过这一系列的对敌斗争，彻底摧毁了潜伏河套的国民党特务组织，清除了在河套地区进行破坏和捣乱的各种反革命残余势力，使解放初期一度动荡不安的社会状况得到了根本性好转，新建立的人民政权得到了巩固和加强，人民的生命财产安全及安居乐业得到了有力的保障。这一运动的胜利，也保证了河套地区土地改革和经济建设的顺利进行，为后来开展的农业合作化运动创造了有利的条件。

结 语

1949 年 9 月 19 日绥远实现和平解放两天之后，9 月 21 日，中国人民政治协商会议第一次全体会议在北京召开，毛泽东主席在大会上讲话指出："帝国主义者和国内反动派决不甘心于他们的失败，他们还要作最后的挣扎。在全国平定以后，他们也还会以各种方式从事破坏和捣乱，他们将每日每时企图在中国复辟。"绥远和平解放后，各种反革命分子在河套地区所进行的垂死挣扎，所从事的破坏和捣乱，一系列敌我斗争事实，都充分证明了毛主席的英明论断。对敌人的复辟活动及妄想，早在 1949 年 3 月召开的党的七届二中全会上，毛泽东主席做报告时即已指出："这种反革命遗迹和反革命政治影响，归根到底要被肃清，这是毫无疑问的。"在中国共产党的领导下，战斗在河套地区的中国人民解放军指战员、公安人员及广大人民群众，经历了接收和改造起义部队过程中所进行的激烈斗争，经历了剿匪、肃特、镇反等艰苦卓绝的，甚至残酷的奋战，终于取得了在河套地区清除反革命遗迹和反革命政治影响的决定性胜利。从此，河套大地真正走向了新生，在中国共产党的领导下，人民群众随着时代前进的步伐，过上了安居乐业的新的生活。

毛泽东主席说："要奋斗就会有牺牲。"河套地区和平解放初期，为建立和保卫人民政权，为肃清和消灭各种反革命分子，在剿匪、肃特、镇反的战斗中，都有革命烈士为捍卫河套大地上的真正的和平，为保卫人民的生命财产安全，献出了年轻的宝贵生命。他们是魂归河套的人民英雄。他们的生命之歌会永远在河大地上回荡。

亲爱的河套乡亲们，巴彦淖尔的同胞同仁们，让我们更加用心地关注和了解家乡的历史吧！让我们时刻铭记，是无数革命先贤先烈，用他们的英勇奋斗和牺牲，换来了我们今天的和平环境和富有尊严的人生，他们是值得我们永远缅怀和称颂的民族精神的践行者和国家精神的造就者！让我们更加珍视及传承家乡历史文化中的红色基因和革命精神，追寻着革命先烈和革命前辈在这片土地上留下的奋斗足迹，以光荣的历史为推动力，面向未来，更加珍惜中国共产党领导中国革命取得的胜利成果，坚定文化自信，更热爱自己的祖国和家乡，努力拼搏，把我们的家乡建设得更加美好！

后　记

这部《河套风云》,是一部书写河套及乌拉特革命斗争历史及相关政治历史的专著,亦是一部纪实文学作品。此书初稿成于2016年,但对其素材的采集和积累,再到书写,却有着三十六年的历史,到几经订正修改后定稿的2018年,已有三十八年的历史。

作者从1964年冬天至1980年冬天,连续十六年在河套城乡工作和生活。那时只注重感受河套地区的风土人情和社会生活,对其历史文化却鲜有了解。从1980年11月开始,由于工作变动,开始接触和关注起河套现代历史,主要是中共河套地下组织的斗争历史。这时,我从巴彦淖尔盟文联调到内蒙古自治区文联,初任内蒙古革命回忆录编辑室编辑。此编辑室的编制属于内蒙古文联,工作上与自治区党史资料征集办公室密切联系,任务是访问中国大革命和土地革命时期、抗日战争时期和解放战争时期在内蒙古地区从事革命斗争和战斗过的老干部,为他们整理和编辑回忆录。因我是从巴彦淖尔盟调去的,工作分工时,便让我侧重访问当年在河套地区从事过革命斗争的老干部。

这样,从1980年12月开始,我在呼和浩特先后访问了中共河套地下组织创始人刘进仁、曾在河套做过地下工作的王逸伦等老干部,为他们整理了部分回忆录。接着去北京,访问了在中国人民解放军军事科学院任职的吉合将军。1931年秋天,吉合随王若飞等从苏联回国,在去陕北寻找红军回来时路经河套,曾做过社会调查;1933年到1935年间,他任中共绥远特委组织部长,参与领导中共临河县委的工作,对当年中共河套地下组织的活动情况多有了解。通过访问,我为他整理了回忆录《荒原上的足迹》。1981年9月至10月,我陪同当年中共河套地下组织第一任临河县委书记王森故地重访,在临河县和杭锦后旗城乡活动了十几天,聆听了王森在临河县干部大会上所做的当年中共在河套开展地下斗争情况的报告。在临河过国庆节,十月上旬,我们一起从临河去兰州,看望、访问了当年临河的地下党员、鲁大药房掌柜赵子明(原名房鲁泉)。回到呼和浩特后,我为王森整理了四万余字的回忆录《河套风云》,又为赵子明整理了回忆录《临河地下斗争的日子》。接着,我又访问了几位抗日战争时期在河套做过地下工作的老同志,如曾任中共绥西工委组织委员的郭敬、在临河做过党的地下工作的侯野烽、有过河套地下斗争经历的女共产党员刘桂清等。1983年秋季,又陪同王逸伦重访河套。

中共河套地下组织斗争历史之艰苦卓绝、波澜壮阔令我十分震撼。从此之后,我便十分注重收集、阅读和积累来自各方面的有关河套革命斗争历史的资料及相关资料。退休之后,我于2005年重返河套,参与河套文化研究工作,更加深了对河套历史文化的系统的认识。

2011年,我怀着向中国共产党九十诞辰献礼的心愿,编辑了一部反映河套地下革命斗争的回忆录专辑,与自治区党史办联系,得到自治区党史办副主任贾志义同志的支持与合作,此书以我为王森整理的回忆录篇名《河套风云》为书名,2011年6月由远方出版社出版。在我为此书撰写的前言中,将中共河套地下斗争历史分为五个阶段,觉得对这段历史的脉络把握得更为清晰了。

也是通过编辑这部革命回忆录,我对早年在河套从事过革命活动的一些历史人物,有了更多、更立体的了解和认识。此后便考虑换一个角度,站在客观的立场,对所熟悉的历史资料进行梳理、整合、辨析,并进一步考证、求实,以接近文学的手法,写一部较为翔实、系统、确切地反映河套地区革命斗争历史及相关政治历史的专著。以此红色文化篇章,展示和弘扬巴彦淖尔的红色文化资源,传承河套文化的红色基因。于是在中共巴彦淖尔市委宣传部和巴彦淖尔市文联领导的支持和鼓励下,经过2016年一年的努力,写出了初稿,仍定名为《河套风云》。但其内容,不再只是书写中共河套地下革命斗争，而是又有了扩展和延伸，从中国的现代史跨越到当代史。

这部书稿，记述了从中国民主革命时期的20世纪20年代到新民主主义建设时期的20世纪50年代初，近三十年中发生在河套及乌拉特地区的重大政治历史事件，介绍了这期间活动在河套及乌拉特地区的重要历史人物，也展现了这一时期河套及乌拉特地区的社会风貌。

全书分十章，前六章写中共河套地下革命斗争，显然是全书的重心。第七章和第八章分别记述了冯玉祥五原誓师和傅作义绥西抗战。这两件事，都是河套近代史上声震遐迩的大事。这两件事，不仅有着中共的影响，也是有共产党人和河套民众参与其中的大事。第九章“民族英杰”，写的是乌拉特草原上的两位杰出人物，他们分别在家乡的革命斗争历史上和抗日战争史上各有千秋，具有不可或缺的地位。第十章“捍卫和平”，写的是1949年“九·一九”绥远和平解放后，党、政、军和人民群众为捍卫和平解放应有的成果，保卫人民群众的生命财产安全和安居乐业的环境，同各种反动势力进行的三年多时间激烈的艰苦卓绝的斗争。

说此书为纪实文学作品，因为它第一是实实在在写历史的，第二是用散文文体写的，每小节可独立成篇，连缀起来，即是一部河套历史纪实系列散文。因为是纪实，作者写作过程中始终把握一个“实”字，力求事实的确切和行文的严谨，而力戒虚浮和华而不实。按文学意义的散文要求，可能是匆匆的叙述多了些，细致的描写少了些，似乎缺少了散文应有的文采，文学的味道淡了一些。这一点，只有靠史实本身的色彩变化和故事的生动来弥补了。

我为完成这部文稿，如前所述，除了曾经亲自接触访问过当年革命斗争的亲历者，此外就是靠参阅资料。写中共河套地下斗争历史，主要依据河套地下革命斗争回忆录《河套风云》中的文章，而这本书的原始资料来源则是巴彦淖尔盟（市）党史办编辑的《巴彦淖尔盟党史资料》。这些资料的整理者有陆秉义、杨耀彬、赵春如、秦文庆、黄建斌、夏励秋、李子恩、张晔、田聪颖、张少文等。笔者对其中数位，以前曾多有请教与交流，有几位则不熟悉。就此向各位资料整理者表示由衷的敬意和谢意。写绥西抗战，主要参阅了当年亲历者董其武、靳书科、令狐理、李敏才、以平、安春山、宋海潮等人的回忆录及《巴彦淖尔文史资料》《乌拉特中旗文史》中的有关资料。书写其他几章，除参阅有关回忆录，还参阅或援引了巴彦淖尔文史学者苏希贤、武英士、王治国、李珍、金宝、那顺巴雅尔、宝音乌力吉、宝音德力格尔等先贤整理的部分资料。特别说明的是，写《“红党”创始人恩克巴雅尔》一节，其史实主要援引自金宝先生所撰《乌拉特草原的革命先驱——恩克巴雅尔烈士传略》。就此一并表示感谢。

感谢中共巴彦淖尔市委宣传部、巴彦淖尔市文联领导近年来对我文学创作的关注和鼓励，对推进出版此书的重视。

感谢中共巴彦淖尔市委党史资料征集研究办公室李贵军主任和张少文、秦万峰二位编审百忙中审定书稿并做数处重要订正，使所涉史实和表述更臻于准确。

感谢中共河套地下组织创始人刘进仁的外孙贾胜利先生审阅此书初稿并提供相关信息。

感谢远方出版社领导和编辑为出版此书同我们一起所做的努力。

正当本书即将付梓之际，中共内蒙古自治区党委和内蒙古自治区人民政府于2018年9月10日发布了《关于实施中华民族优秀传统文化传承发展工程的实施意见》，其中提出“提炼升华红色文化资源所蕴含的精神价值，推出一批重大红色文化研究成果”。我们做的正是这样一件事。这令我们深受鼓舞，也备感欣慰。

谨以此书献给巴彦淖尔各族人民，献给河套平原及乌拉特草原的父老乡亲，也献给全国更多的读者。我们对此书的价值充满自信。对其不足之处，恳请读者同仁批评指正。

李廷舫

2018年10月于呼和浩特